수속성의 마법사

제1부
중앙 연방편

Ⅵ

쿠보 타다시 - 글
메바루 - 일러스트

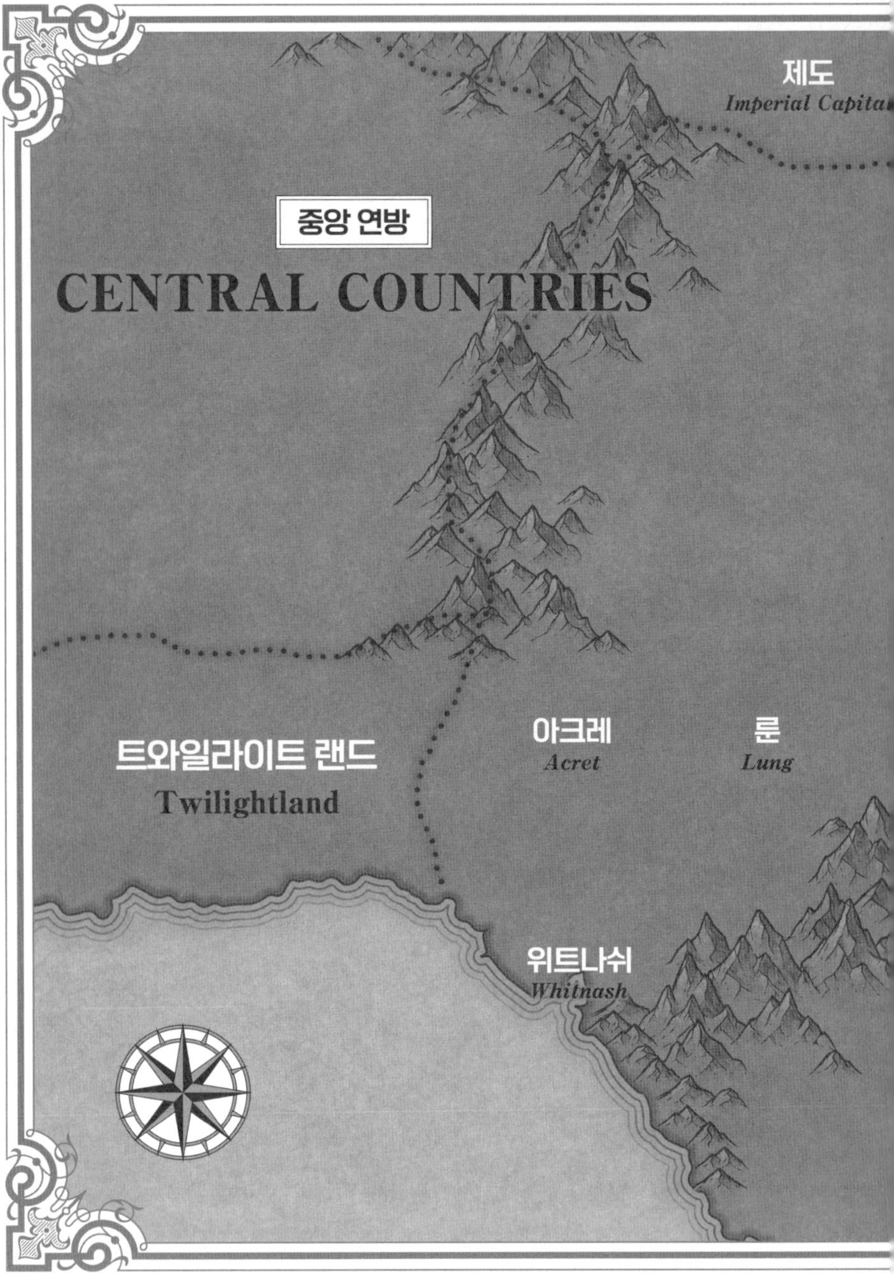
제도
Imperial Capital
중앙 연방
CENTRAL COUNTRIES
트와일라이트 랜드
Twilightland
아크레
Acret
룬
Lung
위트나쉬
Whitnash

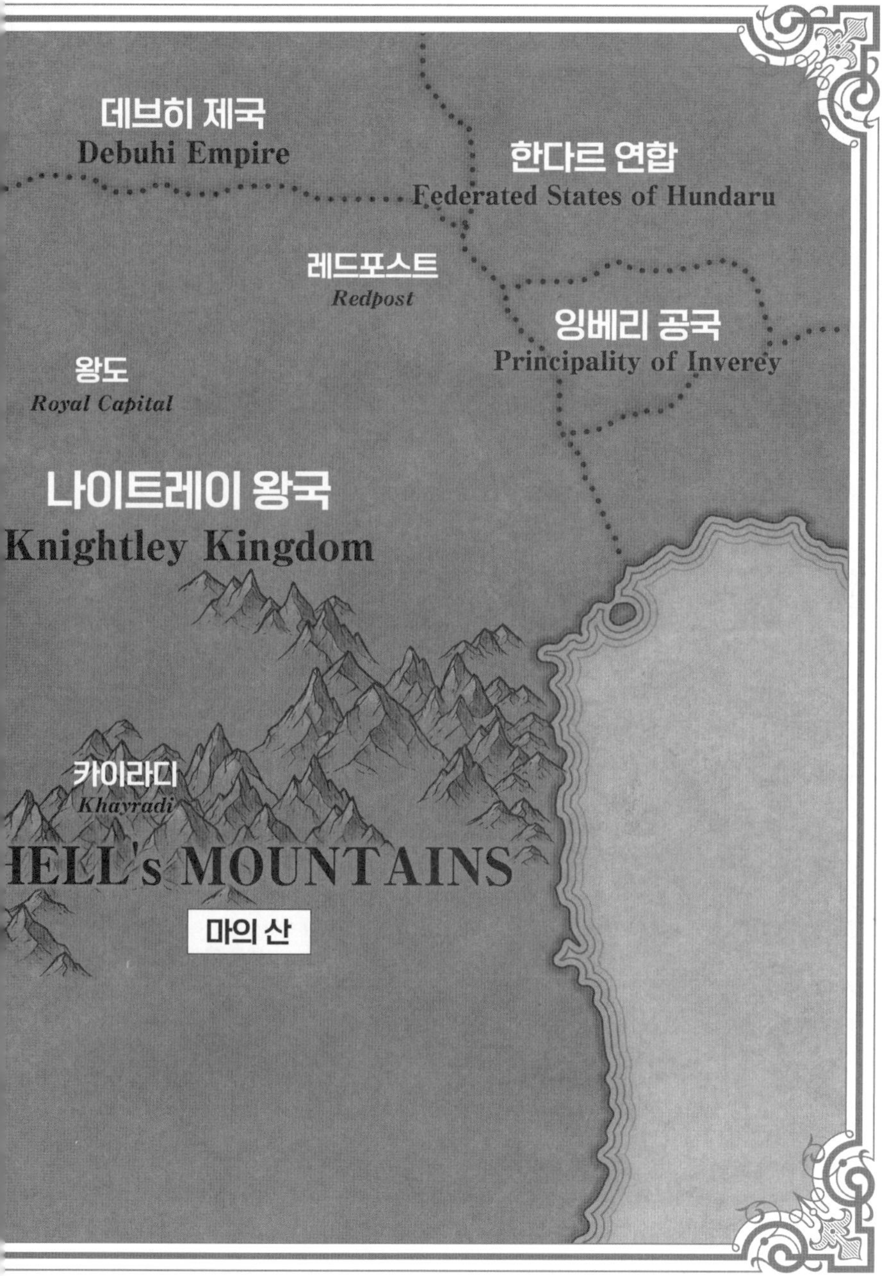
데브히 제국
Debuhi Empire
한다르 연합
Federated States of Hundaru
레드포스트
Redpost
잉베리 공국
Principality of Inverey
왕도
Royal Capital
나이트레이 왕국
Knightley Kingdom
카이라디
Khayradi
IELL's MOUNTAINS
마의 산

데브히 제국

[오스카]

화속성 마법사.
『폭염의 마법사』라는 별칭으로 유명하다. 미카엘이 이르길 료의 앞길을 가로막는다고 하는데……?
외전 《화속성 마법사》의 주인공.

[피오나 루빈 보르미네사]

데브히 제국 제11 황녀. 황실 마법사단 단장. 막내딸로서 현 황제의 사랑을 독차지하고 있다. 오스카와는 심상치 않은 인연이 있는 듯한데……?

한다르 국가 연합

[오브리 경]

한다르 국가 연합 집정. 왕국 동부나 그 주변국에서 암약하고 있다.

소속불명

[레오놀]

악마. 말도 안 되게 강하다. 전투광이며 료와의 전투가 마음에 든 모양.

[듀라한]

물의 요정왕. 료의 검술 스승. 료를 마음에 들어 하며 그에게 검과 로브를 선물했다.

[미카엘]

지구 기준으로 천사와 비슷한 존재. 료가 전생할 때 설명자 역.

모험자 길드

[휴 맥글러스]

룬의 모험자 길드의 마스터. 신장 195cm에 험악한 인상.

[니나]

룬의 모험자 길드의 접수 직원. 룬의 모험자들에게는 아이돌 같은 존재.

풍

[세라]

엘프 B급 모험자.
파티 『풍』의 유일한 멤버로 바람 마법사이자 초절기교 검사.
연령은 비밀.

서방 연방

[로먼]

한 시대에 한 명만 나타난다고 알려진 용사. 19살. 솔직하고 성실하며 미소가 멋지다. 성격 좋은 호인.

Characters/등장인물 소개

•나이트레이 왕국•

붉은 검

[아벨]

B급 모험자. 검사. 파티 『붉은 검』 리더.
26살. 뭔가 비밀이 있는 듯한데……?

[린]

B급 모험자. 풍속성 마법사.
『붉은 검』 멤버. 키가 아담하다.

[리햐]

B급 모험자. 신관. 『붉은 검』 멤버.
구슬이 굴러가는 듯한 미성의 소유자.

[워렌]

B급 모험자. 방패기사. 『붉은 검』 멤버.
과묵하고 2m가 넘는 거한.

스위치백

[라]

C급 모험자. 검사.
파티 『스위치백』 리더.

[미하라 료]

주인공. D급 모험자. 수속성 마법사.
전생 시 수속성 마법 재능과 불로
능력을 부여받았다. 영원한 19살.
좋아하는 것은 개그와 커피.

10호실

[닐스]

E급 모험자. 검사. 길드 숙소 10호실
멤버. 20살. 성정이 거칠지만 동료를
아낀다.

[에토]

E급 모험자. 신관. 10호실 멤버. 19살.
체력이 없는 게 약점.

[아몬]

F급 모험자. 검사. 10호실 멤버. 16살.
10호실의 상식인.

제1부 중앙 연방편 Ⅵ

프롤로그 010

왕도로 036

왕국 사절단 089

테베에서 170

시빌워 204

두 번째 296

막간 크루코바 후작령 328

전초전 349

영주관 전투 430

에필로그 514

수속성의 마법사

본문, 컬러 일러스트_메바루

제1부 중앙 연방편 VI

프롤로그

그날, 방패 앞에서 검과 지팡이가 교차하고 있는 모험가 길드의 문장을 단 마차가 룬 모험가 길드 앞에 멈춰 섰다.

내려선 사람은 키 180센티미터 정도의 건장한 체격을 가진 남자. 머리카락과 수염은 하얗고 길게 자라 늘어져 있었고, 자신의 키보다 큰 지팡이를 손에 쥐고 있었다. 겉보기에 마법사로 보였다.

하지만 가장 인상적이었던 것은 외모가 아니었다.

바로 위압감이다.

남자가 문을 열고 길드로 들어선 순간, 길드 안의 공기가 바뀌었다.

그곳에 있던 모험가나 직원 대부분은 남자가 누구인지는 알지 못했다. 그럼에도 남자가 뿜어내는 비정상적인 정도의 위압감을 원하든 원치 않든 느낄 수밖에 없었다.

남자는 모험가들의 시선 따위는 알 바 아니라는 듯이 정면 카운터로 향했다.

카운터 안쪽에는 접수 직원 니나가 있었다. 니나는 남자가 길드에 들어오자 바로 자리에서 일어났다. 남자가 누구인지 알고 있었기 때문이다.

남자가 앞에 서자 니나가 깊이 고개 숙여 인사했다.

"그랜드 마스터."

결코 크지 않은 그 목소리는 길드 안에 있는 모든 사람의 귀에

수속성의 마법사

제1부
중앙 연방편

Ⅵ

쿠보 타다시 - 글
메바루 - 일러스트

닿았다.

하지만 목소리를 듣고 그 의미를 이해했다고 해도 여전히 실내는 고요했다. 고요한 그대로, 조용한 술렁임이 서서히 번져나갔다.

놀란 목소리를 내고 싶다. 내고 싶지만…… 그 누구도 입을 열지 못했다.

입을 연 것은 딱 한 명. 그랜드 마스터라고 불린 그 남자뿐이었다.

"마스터 맥글러스에게 안내해 주게."

"알겠습니다."

니나는 그렇게 대답하고는 그랜드 마스터 핀레이 포사이스를 안쪽으로 안내했다.

길드 안에 소리가 돌아온 것은, 두 사람이 안쪽으로 사라지고도 한참이 지난 뒤였다.

◆

"그랜드 마스터……."

"맥글러스 마스터, 갑자기 찾아와서 미안하군."

"아닙니다. 이쪽으로 오시죠."

휴는 조금 뻣뻣한 몸짓으로 응접 공간의 상석을 가리켰고, 자신은 말석에 앉았다. 직급상 그랜드 마스터가 더 높았기 때문이다.

앉기가 무섭게 핀레이가 입을 열었다.

"엘시가 트와일라이트 랜드에서 돌아왔네. 여러모로 수확이 있었는지 또 연구실에 틀어박혔어."

엘시는 그랜드 마스터 핀레이 포사이스의 딸이자, 과거 휴와 혼담이 오갔던 여성이기도 했다.

"엘시는 궁정 마법단 소속이었죠. 소속은 그대로 유지한 채 마법 대학에 진학했다고 들었습니다. 역시 우수하군요."

휴는 최대한 감정을 배제한 채 대화를 맞받아쳤다.

등으로는 식은땀을 흘리면서.

"아직도…… 실연의 상처를 일에 몰두하며 달래고 있지."

"윽."

엘시와의 혼담을 거절한 것은 휴였다.

어디서부터 잘못된 것인지, 왕도에서도 유명한 미소녀였던 엘시는 휴에게 속절없이 반해버렸고, 아버지인 핀레이도 크게 환영하던 혼담이었다.

하지만 휴는 그 혼담을 거절했고…… 엘시는 실연을 당했다. 그것이 3년 전의 이야기였다.

"됐다, 그 일을 탓하려는 건 아니야. 엘시가 앞으로 결혼하고 싶은 상대가 나타난다면 결혼은 그때 가서 생각해도 돼. 여자가 가문을 위해 결혼해야 하는 시대는 이제 갔으니까. 포사이스라는 가문의 이름도, 후대에 기필코 남길 만큼 대단한 것도 아니고."

그랜드 마스터 핀레이 포사이스는 백작위를 가진 어엿한 귀족이었다.

외동딸인 엘시가 여백작이 되어 가문을 이어받는 것도 물론 가능하겠지만, 그것은 엘시 본인이 원하지 않았다. 이유는 모르겠다. 그리고 핀레이도 딱히 궁금하지 않았다.

일찍이 부인을 잃은 핀레이는 남자 홀로 엘시를 키워왔다고 해도 과언이 아니었다. 그 때문에 가문의 일을 포함한 장래에 대해서는 엘시가 원하는 대로 살게 하고 싶었다.

"그보다 내가 온 것은 룬의 길드에 부탁할 일이 있기 때문이네."

"'통신'으로는 말할 수 없는 내용인 겁니까?"

룬 모험가 길드 마스터의 집무실에는 왕도 왕성과 왕도 모험가 길드를 연결할 수 있는 통화용 연금 도구가 놓여 있었다. 하지만 보안 면에서 그리 완벽하지는 않았다.

"음. 실은 왕도 소속의 A급 파티 오룡과의 연락이 끊겼어."

"그게 무슨……."

◆

얼마 전, 아벨이 A급으로 승격하며『붉은 검』은 A급 파티가 되었다.

소속된 최상위자의 랭크가 그대로 파티 랭크가 되기 때문에 워렌, 리햐, 린은 아직 B급 모험가였지만, 아벨 한 명이 A급이 된 것만으로『붉은 검』도 A급 파티가 된다.

하지만 왕국의 또 다른 A급 파티『오룡』은 소속된 5명이 전원 A급 모험가였다.

이는 다섯 명 모두가 아주 높은 능력을 보유하고 있을 뿐만 아니라 오랫동안 실적을 쌓아왔다는 증거이기도 했다.

다섯 명 중 네 명이 30대 초반. 유일하게 신관 한 명만 마흔을 눈앞에 두고 있다. 모험가로서 원숙의 경지에 도달한 파티라고 할 수 있었다.

그런 그들의 연락이 두절되었다는 말이었다.

"확실한 정보입니까? 오룡의 리더는…… 실례지만 여러모로 좀 무신경하다는 평이 있었던 걸로 압니다만……."

휴의 지적에 미간을 찌푸린 핀레이가 고개를 끄덕이며 대답했다.

"맞네. 검사인 산…… 그 녀석은 확실히 시간 감각에 둔한 부분이 있지. 하지만 신관인 헤닝이 처신을 잘해온 덕분에 파티로서는 특별히 문제될 것이 없었다. 지금까지도 없었고. 하지만 이번에는 연락조차 없어."

핀레이는 깊은 한숨을 내쉬고는 말을 이었다.

"이건 조금 전의 엘시 이야기와도 이어지네. 엘시가 트와일라이트 랜드에 연구를 하러 갔을 때 유력자와 접점이 있었던 모양이야. 그래서 윗분들과의 조율 끝에 왕국 마법 대학에서 유학생을 받아들이자는 이야기가 나왔지. 아울러 이참에 사절단도 보내서 최종적으로는 대사관을 둘 수 있는지 검토하자는 이야기까지 나왔다고 하더군."

"트와일라이트 랜드라면 왕국의 남서쪽에 있는 신흥 국가로군요."

휴는 왕국의 지형과 접경 국가들을 떠올리며 말했다.

"그래. 국경을 맞대고 있긴 하지만 아주 폐쇄적이라 지금까지 대사관 건설 이야기는 나왔다가 사라지길 반복해 왔던 모양이야. 물론 폐쇄적이라고는 해도 상인들의 왕래는 많았고, 랜드 출신 모험가도 왕국에 자주 오지. 다만 정부끼리의 교류가 거의 없어."

"음? '오룡'이 그 사절단에 들어갈 예정이었습니까?"

"그래, 그렇게 된 거다. 신관 헤닝이 있는데 나라와 엮인 기한에 늦는다는 건 있을 수 없는 일…… 그런데 이번에 나타나지 않는 것은 이상하단 말이야."

핀레이는 떨떠름한 표정 그대로, 지금까지 손 한번 대지 않은 식은 홍차를 한모금 마셨다.

"그들이 의뢰를 받고 향한 곳이 고터 백작 쪽이라는 게 마음에 걸리더군."

"고터 백작령이라고 하면 왕국 북부 국경…… 제국 국경에 맞닿은 영지군요."

거기까지 말한 휴도 핀레이와 똑같이 얼굴을 찌푸리며 말을 이었다.

"즉, '오룡'의 실종에 제국이 관여했을 가능성이 있다는 겁니까."

"그 가능성을 배제할 수 없네."

A급 모험가라고 하면 그 전투력은 비상한 수준이다.

어지간한 마물에 지는 일은 없을 것이다……. 그리고 사람이 상대라면 인류 최고봉이라고 해도 과언이 아니었다.

하지만…….

"그래, 예를 들면 폭염의 마법사…… 오스카 루스카 같은 자와 관련되어 있다면…….”

“확실히 까다롭겠군요.”

가로되, 일격에 왕국군 1천 명을 태워 죽였다.

가로되, 일격에 와이번을 폭발시켰다.

가로되, 일격에 반란군이 농성하던 도시를 소멸시켰다.

그런 소문을 가진 규격 외의 마법사.

비상한 실력을 가진 A급 파티라 해도 확실하게 승리할 수 있다……라고는 장담할 수 없는 상대였다.

“그랜드 마스터, 혹시 오늘 오신 이유는…….”

“음. 연락이 두절된 오룡을, 룬에서 새롭게 탄생한 A급 파티 붉은 검이 수색해 줬으면 좋겠네.”

그랜드 마스터 핀레이 포사이스의 부탁을 들은 휴의 얼굴이 일그러졌다. 그 표정에 이름을 붙인다면 '고뇌'가 가장 잘 어울릴 것이다.

“그런 표정을 짓는 것을 보니 고개를 끄덕이기 어려운 사정이 있는 모양이군.”

휴의 표정을 보고 핀레이가 물었다.

“네…….”

하지만 휴는 대답만 할 뿐 그에 대한 설명을 하지는 않았다.

한참 동안 이런저런 고민을 거듭한 끝에, 마침내 입을 연다.

“그랜드 마스터에게는 전해도 괜찮겠지요. 아벨의 정체에 대해.”

“아벨의 정체라고?”

일반적으로 모험가를 설명하거나 사정을 설명할 때 정체라는 표현을 쓰지는 않는다.

"네, 아벨의 본명은 알버트 베스퍼드 나이트레이. 국왕 폐하의 차남입니다."

"음."

역시나 그 말은 핀레이에게도 예상 밖의 내용이었다.

확실히 최근 몇 년간 제2 왕자 알버트의 이야기는 들려오지 않았다. 그래서 어느 유력 영주의 기사단에 들어가 단련하고 있다고만 생각했다.

그런 그가 사실 모험가가 된 것도 모자라, A급으로 올라가 있었다니…….

모험가 길드에서 모험가가 C급 이상으로 올라갈 수 있을지 여부는 신분과 출신에 좌우되지 않는다. 물론 인격이나 식견에 따라 심사되기는 하지만, 일정 수준 이상이 담보되어 있다면 나머지는 의뢰 내용, 길드 기여도, 의뢰 수행 수와 성공률로 랭크 상승이 정해진다.

그렇기 때문에 그랜드 마스터라고 해도 A급 모험가가 된 아벨의 출신까지는 몰랐던 것이다.

어떤 의미로는 모험가 길드의 심사 체계가 매우 공정하다는 것을 의미하는 것일지도 모른다.

그럴지도 모르지만…….

"그런 건 그랜드 마스터인 나에게는 미리 알려줬으면 좋았지 않나……."

아까보다 더욱 얼굴을 찌푸리는 핀레이.

"네. 죄송합니다."

머리를 긁적이며 사과하는 휴. 물론 휴에게는 잘못이 없다. 정해진 절차에 따라 일을 하고 있을 뿐이다. 하지만 그 절차에 '현역 왕자가 모험가로서 A급에 오른다'라는 경우가 상정되어 있지 않았을 뿐…….

그렇지만 느닷없이 그런 말을 들은 핀레이의 심정은 휴도 충분히 이해할 수 있었다.

"그렇게 되면 사정이 달라지겠군. 아벨을 오룡 수색에 제국 국경에 파견할 수는 없지."

핀레이가 작게 한숨을 내쉬었다.

나이트레이 왕국에는 현재 왕태자가 있다.

왕성 내뿐 아니라 그동안 이뤄온 정책 덕분인지 민심도 매우 두터웠다. 인격과 식견 모두 흠잡을 데가 없었다. 그렇긴커녕 역대 국왕들과 비교해도 최상의 부류에 들 정도였다.

아무 일도 없다면 언젠가는 명군이 될 것이다.

그래, 아무 일만 없다면…….

"왕태자 전하께서 요즘 몸이 좋지 않은 날이 잦다고 들었네."

핀레이가 슬픈 얼굴로 중얼거렸다.

젊은 시절부터 왕태자는 건강이 좋지 않았다.

두 왕자의 사이가 무척 좋았던 덕분에 훗날 왕태자가 정치를 맡고, 차남인 알버트가 군사를 이끄는 형태로 왕국이 운영될 것이라 여겨졌다. 그렇기 때문에 알버트 역시 각지의 기사단에서 경험을 쌓고 있는 것이라 생각했다.

하지만 최근 왕태자의 몸 상태가 상당히 악화되었다. 만약 무슨 일이라도 생긴다면…… 왕위 승계권 서열 1위는 알버트가 된다.

그런 알버트, 즉 모험가 아벨을 위험한 곳으로 내보내는 것은 여러모로 곤란했다.

휴뿐만 아니라 핀레이도 그렇게 결론을 내렸다.

"'오룡'의 수색은 다른 사람에게 맡기도록 하지. C급이 중심이 되겠지만 B급 모험가를 여럿 보내면 돼. 그래, '적'이 안되면 '백'이라는 선택지도 있지 않은가."

"펠프스 쪽 말입니까? 부친 쪽도 그렇지만 펠프스 본인도 첩보망이 있는 것 같으니 그런 종류의 탐문에는 안성맞춤일지도 모릅니다."

『백의 여단』을 이끄는 펠프스 A 하인라인은 룬 소속의 B급 모험가였다.

부친은 알렉시스 하인라인 후작. 왕국은 물론 중앙 연방 전역을 통틀어 가장 강력하고 광범위한 첩보망을 가진 대귀족이라고 알려져 있었다. 펠프스도 그 피를 이어받아 많은 정보가 모여드는 조직을 구축하고 있다고 한다.

"그렇게 되면…… 사절단 문제를 어떻게든 해결해야겠군. 이미 랜드 쪽에 사절단 인원을 제출했네. 'A급 모험가'라는 것은 이번 사절단의 간판이라더군. 외무성에서 꽤 강한 압박이 들어왔어. 보낼 모험가가 없으면 곤란하다고 말이지."

"그렇죠……. 그렇다고는 해도 연락이 되지 않는 이상 어쩔 수 없지 않겠습니까."

"그래서 말인데, 랜드에는 또 하나의 A급 파티인 '붉은 검'이 대신 가주면 어떨까 지금 생각했는데, 어떤가?"

"과연. 제국 국경에 비하면 훨씬 낫군요."

"음, 아벨을 제국 국경에 보내는 건 문제지만 랜드에 보내는 건 문제가 없지. 정부 간의 교류가 없어도 민간이나 상인들 간에는 교류가 있는 나라니까. '오룡' 대신에 보낼 수 있겠나?"

"네. 그거라면 문제없을 것 같습니다."

핀레이의 제안에 휴도 고개를 끄덕이며 대답했다.

제국 국경 부근에서 어디 있는지도 알 수 없는 A급 파티를 찾는 것에 비하면 훨씬 나았다.

"그렇군. 다행이야. 사절단에 참가할 인원은 검사와 마법사 두 명이다. '붉은 검'에서는 검사인 아벨과…… 마법사는 린이었지? 사절단은 열흘 후 왕도에서 출발할 테니 그때까지 두 사람을 왕도로 보내주게나."

하지만 핀레이의 그 제안에 휴는 다시금 얼굴을 찌푸렸다.

"뭐야. 거기도 또 문제가 있나?"

핀레이도 이번에는 좀 어이가 없었다. 이제 A급 파티가 된 지 얼마나 됐다고 벌써 문제를 겪고 있단 말인가.

"네…… 하지만 '붉은 검'의 문제는 아닙니다……. 실은 지금 왕도에서 일라리온 님이 방문하셔서 일전의 마인과 뱀파이어의 마법에 관한 조사를 진행 중입니다. 그래서 린은 그 조수로 붙들려 함께 코나 마을로 간 탓에……."

"아아…… 일라리온 공이……."

거기서 핀레이는 왼손으로 자신의 얼굴을 감쌌다.

일라리온 바라하. 왕국 필두의 궁정 마법사. 왕국 마법사의 정점에 선 사내.

그리고 적어도 마법에 관한 한, 일라리온의 뜻을 꺾을 수 있는 자는 아무도 없었다. 국왕조차도 그것은 불가능했다. 왕도의 그랜드 마스터이자 본래 마법사인 핀레이는 그 사실을 누구보다 잘 알고 있었다.

즉…….

"린은 사절단에 갈 수 없겠군."

핀레이는 그렇게 말하고는 성대한 한숨을 내쉬었다.

"그럼 달리 린에 필적하는 마법사를…… 아니, 무리겠지. 그런 인재가 널렸으면 누가 이 고생을 하겠나."

"네……."

두 사람의 한숨소리가 집무실에 울려 퍼졌다.

한숨이 울려 퍼지는 것도 드문 광경이지만, 그 정도로 두 사람의 고뇌는 깊었다…….

침묵이 흐른 지 20초 후.

휴는 마음을 굳게 먹고 핀레이에게 제안했다.

"딱 한 명, C급이 된 지 얼마 되지 않았지만 아벨에게 뒤지지 않는 마법사가 있습니다."

"누구지? 이렇게 된 거 C급이라도 상관은 없네. 그 마법사는 아벨과의 관계 같은 건 어떤가? 문제없이 잘 지낼 수 있는 건가?"

핀레이가 냉큼 달려들었다.

침묵하고 있던 20초 동안 외무성의 인간들에게 어떻게 설명해야 할지 계속 고민했고, 고민한 결과 지독한 미래밖에 보이지 않았기 때문이었다.

"그건 문제없습니다. 아벨이 친구라고 공언하기도 했고, 그 녀석의 생명의 은인이기도 합니다. 전투 능력도 매우 높고, 성격이 모나지도 않았습니다."

"오, 아주 좋군! 그런데 왜 그렇게 어두운 표정인가……?"

희색이 만연한 핀레이와는 대조적으로 휴는 설명하는 동안에도 여전히 표정이 어두웠다. 당연히 핀레이는 그것을 수상하게 여겼다.

"그 녀석에게 의뢰를 수락하게 만드는 게 좀 어려울 겁니다."

"아아…… 가끔 있지, 그런 모험가가."

핀레이도 지금까지의 경험에서 그와 비슷한 모험가를 떠올린 것인지, 무겁게 고개를 몇 번 끄덕였다.

"돈은 차고 넘칠 정도로 갖고 있습니다. 게다가 모험가 랭크를 올리는 것에 조금도 관심이 없고요."

"그건 정말 골치군. 뭔가 낚을 만한 게 없겠나?"

"저도 계속 그걸 고민하고 있습니다만…… 도무지 떠오르는 게……."

휴는 몇 번이나 고개를 저었다.

일반적인 모험가라면 보수를 올리면 대부분 응한다.

하지만…….

"참고로 그 마법사의 이름은?"

"료라는 이름입니다."

"그 료가 원하는 것으로 낚는 것이 제일이겠지만……."

"그렇긴 한데, 전혀 짐작 가는 것이 없습니다."

휴가 작게 고개를 흔들었다.

차고 넘칠 정도로 많은 돈…… 그래, 실제로도 휴는 료가 얼마만큼의 돈을 가졌는지 알고 있었다. 료와 아벨의 마석을 팔아 입금한 당사자였기 때문이다. 그 정도의 돈이 있으면 대부분의 것은 손에 넣을 수 있을 것이다.

그러니 료가 원하는 것이면서 동시에 돈으로는 손에 넣을 수 없는 것을 찾아봐야 하는데…… 과연 그런 것이 존재할까?

"떠오르지 않는 건가? 그래…… 그 료와는 최근에 언제 만났지?"

"네? 아, 글쎄요……. 잉베리 공국 원정 때 만난 게 마지막인 것 같습니다. 그러고 보니 그때 무척 갖고 싶어 하던 것이 있었습니다."

"뭐지?! 뭐야? 뭘 갖고 싶어 했지?!"

핀레이가 재차 달려들었다.

하지만 휴의 표정은 여전히 어두웠다. 어차피 손에 넣을 수 없는 물건이라는 것을 알고 있기 때문이었다.

"연합의 골렘입니다. 고장난 것이라도 상관없으니…… 정말 갖고 싶어 죽겠다는 얼굴을 하더군요……."

"아, 아아…… 그건 좀 힘들지……."

역시 그랜드 마스터라 해도 다른 나라의 신무기를 손에 넣는 것은 불가능했다.

"요즘 연금술에 푹 빠져 있는 모양입니다. 왕도에 유명한 연금술사가 있는데…… 그렇지, 케네스 헤이워드 남작이요. 그와도 친분이 있는 것 같고……."

"잠깐!"

휴가 설명을 이어가는 와중, 핀레이가 한 손을 들어서 막았다.

"연금술이라고 했나? 헤이워드 남작과?"

"네, 그렇게 말했습니다."

휴에게 확인하자 핀레이는 턱에 손을 갖다 대며 무언가 고민하기 시작했다.

그리고 약 1분 뒤, 입을 열었다.

"가능할지도 모르겠군."

◆

그날 료는 아침부터 〈워터 제트〉와 씨름하고 있었다.

공격 마법인 〈워터 제트〉가 아니라 이동 보조용, 그러니까 몸에서 분사되는 타입의 워터 제트를 말했다. 료가 편의상 〈워터 제트 슬러스터〉라고 명명한 마법이었다.

일부러 명명한 이유? 그편이 더 멋있어 보이기 때문이었다.

연습 장소는 집 앞의 마당. 세로 400미터, 가로 400미터로 축구장 세 개는 거뜬히 들어갈 만큼 넓은 그 마당. 그곳은 지금 온

통 물바다였다.

즉석으로 만든 수영장. 땅을 파서 만들어진 수영장이 아니라 땅 위에 만들어진 수영장.

마당 밖에서 보면 눈앞에 5미터나 되는 물벽이 우뚝 솟은 기묘한 광경으로 보일 것이다.

물론 이는 〈워터 제트 슬러스터〉의 비행 실험에서 실패해도 다치지 않도록 료가 준비해 둔 것이었다.

이것이야말로 수속성 마법사의 진면목!

당연하지만 료는 쫄딱 젖었다. 물론 젖은 물도 료의 마법 제어 아래에 있으니 순식간에 말리는 것도 가능했다. 그래서 처음에는 그렇게 했지만…… 도중부터 귀찮아져서 젖은 채로 놔두고 있었다.

'퓨웅~'이나 '첨벙~' 하는 소릴 내면서 스스로 수영장에 뛰어들고 있으니 쫄딱 젖는 것은 당연한 수순이었다.

그러다 어느 순간부터는 뛰면서 정상에서 포즈를 취하기 시작했다.

마지막에는 포즈를 취하며 〈아이시클 랜스〉를 날리는 지경까지 이르렀다.

'얍'이나 '하앗'이라는 기합 소리를 내며 물 위에 띄운 얼음 과녁을 향해 〈아이시클 랜스〉를 발사한다.

아마도 지금의 마음은 닌자가 아닐까.

날아올라서 수리검을 던진다…… 그런 이미지를 상상하며 얼음 창을 쏘고 있을 것이다.

……아마도.

겉으로 보기만 해서는 그 속마음까지는 알 길이 없었다. 하지만 보기만 해도 알 수 있는 것은 있었다.

그것은 료가 무척 즐겁게 임하고 있다는 것. 만면에 미소를 지은 채, 진심으로 즐겁게 하고 있었다.

하지만 그것으로 충분했다. 그거면 된다.

즐거운 것이 제일!

즐기면서 하는 것이 가장 뛰어난 학습이다!

미간을 찌푸리고 인상을 쓴다고 해서 배울 수 있는 것이 아니다. 무슨 일이든.

그런 료의 집앞으로 모험가 길드 문장이 붙은 마차가 다가왔고, 그 안에서 미간을 찌푸린 험상궂은 얼굴의 사내가 내려섰다.

내려왔을 때는 찌푸린 얼굴이었지만, 눈앞에 우뚝 솟은 물벽을 보고 멍한 표정으로 변했다.

"아, 휴 씨!"

수백 번째 〈워터 제트 슬러스터〉 점프 도중, 료는 마차가 도착하고 그 안에서 길드 마스터 휴 맥글러스가 내려선 것을 확인했다.

순식간에 거대한 수영장을 없애고 휴 앞으로 내려서는 료.

"별일이시네요, 저희 집에 다 오시고."

실제로도 용건이 있을 때는 료가 길드로 호출되는 경우가 많았다.

“뭐, 집으로 들어오세요. 커피라도 준비해 드릴게요.”

“아, 음…….”

료는 제 할 말만 하고 휴의 대답도 듣지 않은 채 집 쪽으로 가버렸다.

〈워터 제트 슬러스터〉를 사용하면서.

아직 세라의 풍속성 마법만큼 정교한 컨트롤은 할 수 없지만, 꽤 잘 쓸 수 있게 되었다. 멀리서 보면 료가 껑충껑충 뛰면서 집으로 향하는 모습이 보였을지도 모른다.

뒤늦게 정신을 차린 휴는 다시 마차에 올라타 료의 집으로 가달라고 마부에게 말했다. 어차피 아직 여기서 400미터는 더 가야 한다. 이대로 걸어가면 5분 이상은 걸린다.

농가는 마당이 넓은 법이니까.

마차를 집 앞에 대기시켜둔 휴는 예의 바르게 집 정면의 여닫이문을 통해 안으로 들어갔다.

보통은 그것이 정상이었다. 이미 익숙해진 『10호실』 사람들이나 아벨, 혹은 세라 같은 사람들은 뒷문으로 드나들지만.

집 안에서는 향긋한 커피향이 감돌았다.

“휴 씨, 이쪽이에요.”

오른편 안쪽에서 휴를 부르는 료의 목소리가 들려와 휴는 그쪽으로 향했다.

그곳에는 응접용 공간이 있었고, 테이블 구석에는 갈아둔 원두와 뜨거운 물이 담긴 프렌치 프레스, 그리고 모래시계가 놓여 있었다. 커피의 향기는 거기서 나고 있었다.

다만 이상하게도 프렌치 프레스는 얼음으로 만들어진 것처럼 보였다.

"아, 료는 수속성 마법사니까."

휴는 그렇게 중얼거렸다가, 곧바로 자신이 한 말의 모순을 깨달았다.

얼음제 용기…… 그 안에 뜨거운 물이 담겨 있고, 심지어 김까지 나고 있다.

"이상하지 않나?"

무심코 손을 대봤지만 뜨겁지 않았다.

김이 나고 있는 것을 보면 뜨거운 물은 맞을 텐데, 프렌치 프레스는 뜨겁지 않았다. 이건 이상하다. 뜨거운 물이 담긴 용기는 보통 뜨거운 법이다.

아니, 그뿐만 아니라…… 얼음으로 만든 용기는 차갑지도 않았다. 그것도 이상하다. 얼음이라면 보통 차가운 법이다.

그때 료가 평소와 같은 로브 차림으로 들어왔다.

그제서야 휴는 조금 전 물에 쫄딱 젖어 있던 료가 로브를 입지 않고 있었다는 것을 깨달았다. 당연하지만 로브를 입은 채 물속을 들락날락하는 것은 힘들었기 때문에 벗어 두었던 것이다.

"아, 저기 소파에 앉으세요."

료는 그렇게 말하며 수속성 마법으로 얼음 컵 두 개를 만들어 냈다.

그 타이밍에 모래시계가 전부 떨어졌고, 료가 프레스 핸들을 꾹 눌렀다. 용기 안에 있던 가루가 바닥에 가라앉으며 상부에는 맑은 커피만 남았다.

그것을 컵에 따르자, 방 안에 감돌던 커피 향이 한층 더 진해졌다.

"휴 씨, 드세요."

"아, 음, 고마워."

컵을 받아든 휴는 향을 살짝 맡고는 그대로 입에 넣었다. 커피 향이 입안에서 비강으로 퍼졌다.

"맛있군."

얼음 용기로 프레스한 커피.

하지만 식어 있지도 않고 평소처럼 맛있었다. 아니, 오히려 길드에서 나오는 커피보다 더 맛있게 느껴졌다.

"코나 마을의 대관 고로 씨가 보내주신 원두가 방금 막 도착했거든요. 마을에서 제일가는 로스팅 기사가 볶았다고 하던데…… 로스팅 기사의 실력에 따라서도 맛이 꽤 달라지네요."

료가 코나 커피를 마시며 기분 좋은 얼굴로 설명해 주었다.

컵에 든 커피를 다 마신 후, 휴는 마침내 본론을 꺼냈다.

"오늘 온 건 다름이 아니라, 료에게 맡기고 싶은 의뢰가 있기 때문이야."

"음, 휴 씨, 저는 지금, 아주 바빠서……."

"아까 그 물놀이 말인가?"

휴가 말하자 료가 눈동자를 바쁘게 굴렸다.

"아, 그건 수속성 마법을 사용한 전투 훈련이에요. 응, 맞아요, 전투 훈련이죠."

휴는 아무 말도 하지 않았다. 아무 말도 하지 않고 료의 얼굴을 빤히 바라보았다.

"노는 것처럼 보였을지도 모르지만, 그것도 엄연한 전투 훈련이에요."

그 침묵을 참지 못한 료가 말을 보탰다.

뭐, 도중부터는 거의 재미로 뛰었으니까…… 주위에서 보면 어딜 어떻게 봐도 놀고 있는 것처럼 보였을 거라는 자각은 있었다. 본인도 노는 기분으로 임했으니까.

물론 노는 것이 나쁘다고 생각하지는 않았다. 놀이와 배움은 일체화하는 것이 제일이다.

다만 의뢰를 거절하기 위한 이유로 쓰기엔 상당히 빈약하다는 것도 자각하고 있었다.

"뭐, 그건 상관없어. 사람마다 다양한 훈련 방법이 있는 법이니까."

휴의 수긍에 료는 안심했다.

하지만…….

"하지만 의뢰는 받아줘."

"네에……?"

누가 봐도 싫다는 표정을 짓는 료.

조금 전 행복하게 커피를 마시던 표정과는 하늘과 땅 차이였다.

"미안하지만 이 의뢰는 료가 아니면 맡길 수 없어."

"제가 아니면 못 맡긴다고요?"

료가 아는 범위 내에서 그 정도로 수임자가 한정되는 의뢰는 쉽게 떠오르지 않았다. A급이나 B급이라면 모를까 이제 막 C급이 된 마법사에게 무슨 대단한 의뢰가 있단 말인가.

"열흘 뒤, 왕국에서 트와일라이트 랜드로 사절단을 보내게 됐다. 거기에 모험가가 두 명 더 합류하기로 되어 있었는데, 당초 예정했던 모험가가 아직 돌아오지 않고 있어."

"기한을 어기다니 모험가로서 있을 수 없는 일이군요."

묘하게 거만한 말투로 손가락을 흔들면서 혀를 차는 료. 혼자만의 연기에 심취해 있었다.

"그래, A급 모험가의 행동이라고는 보기 어렵지."

"네? A급……."

휴의 한마디에 료 역시 놀라움을 감추지 못했다.

왕국에서 A급이라고 하면…….

"마침내 아벨이 돌아오지 못하게 되었군요……."

"그럴 리가 없잖아! 왕도의 A급 파티 '오룡' 녀석들을 말하는 거다."

휴는 그렇게 말하고 컵을 입으로 옮기려다, 이미 내용물이 비어 있다는 것을 깨달았다.

"아, 죄송해요. 한 잔 더 드릴게요."

그렇게 말한 료가 프렌치 프레스 속에 남아 있는 커피를 휴의 컵에 따라주고 남은 것을 자신의 컵에 따랐다.

"음, 고마워. 그래서 그 '오룡' 대신 아벨이 가게 됐는데, 랜드에 신고한 모험가는 검사와 마법사라고 하더군. 그래서 마법사도 한 명 더 가야 해."

"그렇다면 린이 가야 하지 않을까요?"

료는 고개를 기울이며 당연한 의문을 제시했다.

"보통이라면 그렇지. 하지만 지금 린은 일라리온 님의 조수로 코나 마을 쪽에 가 있어……."

"아, 일라리온 님……."

료는 일라리온과는 직접적인 면식이 없었다. 하지만 마법에 집착하는 일라리온에 관한 소문은 질릴 정도로 많이 들었다. 주로 린과 아벨에게서. 그리고 마법에 관한 일이 되면 무슨 일이 있어도 꿈쩍도 하지 않는다는 것도.

그런 일라리온이 코나 마을에 갔다는 것은 마인과 뱀파이어에 관련된 사안일 테고, 당연히 마인의 마법에 관해 조사하느라 여념이 없을 것이다.

그렇다면 린은 당분간 돌아올 수 없다…….

"린, 가엾게도……."

"그렇지……."

료가 그렇게 말했고 휴도 동의했다.

"뭐, 그래서 아벨과 견줄 만한 마법사가 없을까 얘기하다가 료의 이름이 나온 거야."

"그렇군요……."

아벨과 견줄 만하다…… 그 평가는 썩 나쁘지 않았다.

'이제 거의 넘어왔군.'

휴는 마음속으로 고개를 끄덕였다.

"물론 보수로는 A급 수준의 보수가 나온다. 구속 기간이 길기 때문에 상당한 금액이 되겠지. 게다가 이번에는 나라의 사절단이라 호위는 외무성이 따로 구한다고 했으니 료와 아벨은 호위 일을 할 필요도 없어. 손님 대우를 받으면서, 이동할 때도 마차를 타고 이동하게 되겠지."

"그거 대단하네요."

모험가가 맡는 의뢰의 경우 이동은 대개 도보로 이루어진다. 료도, 거의 그랬다……. 예외라면 주 왕국 왕자인 윌리 전하의 의뢰 때 정도일까.

'이걸로 마지막이다.'

휴는 마음속으로 다시 한 번 고개를 끄덕였다.

"그리고 료에게는 특별히 왕도의 그랜드 마스터가 별도의 보수를 주기로 했다."

"그랜드 마스터? 아, 휴 씨의 전 약혼자의 아버님."

"아, 응. 맞는 말이긴 한데…… 아니, 됐어. 그보다 보수라는 건 포획한 연합의 골렘을 볼 권리다."

그 한마디가 미친 파장은 강렬했다.

"뭐라고요!"

료는 말 그대로 펄쩍 뛰어올랐고, 휴가 인식하기도 전에 코앞까지 얼굴을 들이밀고 있었다.

전 A급 검사조차 인식할 수 없는 스피드…….

“가, 가까워, 얼굴이 너무 가깝다고. 그, 지난번 잉베리 공국 원정 후에 말야, 왕국의 첩보 부대 비슷한 조직에서 전장에서 망가진 연합의 골렘을 빼돌렸다고 하더라고. 그래서 현재 왕립 연금 공방에서 조사하고 있다고 하는데, 그걸 볼 권한을 료에게 주겠다는 거야. 너 그 골렘에 관심 있었잖아.”

“굉장하네요! 그럼 지금 바로 왕도로 가죠, 얼른!”

료는 말이 끝나기가 무섭게 모든 걸 다 내던지고 집 밖으로 나가려 했다.

“잠깐! 왕도까지의 이동은 길드에서 마차를 보내줄 거야. 아벨이랑 같이 그걸 타고 가줘. 내일 아침 8시에 길드 앞으로 오면 돼.”

“내일…… 너무 늦어요.”

고개를 푹 떨군 료가 양손과 양 무릎을 땅에 대고 절망한 포즈를 취했다.

“아니, 너도 도시를 오래 비울 텐데 떠난다는 걸 전해 둘 상대가 있지 않겠어?”

휴가 상식적인 말을 전하자 그제서야 료가 고개를 들었다.

“하긴 그렇네요. 세라에게도 전해둬야 하고, 업자에게 집 청소도 맡겨놔야 하니까요.”

“그, 그거면 되는 건가……. 뭐랄까, 어떻게 보면 모험가의 귀감이로군.”

기본적으로 료는 의뢰를 잘 받지 않고 집에 틀어박혀 있는 것이 일상이었지만…… 그런 만큼 뒤따라오는 귀찮은 교류가 적었다.

그때 료의 머릿속에 10호실 멤버에 대한 연락도 필요하지 않을까 하는 생각이 잠시 떠올랐지만…….

'길드가 말해 주겠지.'

료는 기본적으로 적당주의였다.

왕도로

다음 날 아침 8시, 료와 아벨을 태운 길드 마차는 룬을 떠났다.

료는 그리 크지 않은 여행 가방 하나에, 아벨도 비슷한 가방 하나뿐이라 두 사람 모두 짐이라고 할 만한 것은 거의 없었다. 애초에 준비 시간도 거의 필요하지 않았다.

"료…… 의외로 덤덤하네."

"네? 무슨 말인가요?"

아벨은 평소처럼 얌전히 앉아 있는 료를 보고 감상을 말했고, 료는 그 뜻을 알지 못해 되물었다.

"아니, 길마가 그랬거든. 료는 말로 치면 흥분해서 날뛰는 상태니까 좀 진정시켜두라고."

"의미를 모르겠는데요……. 제 고향에는 이런 말이 있어요. 서두르면 일을 그르친다 혹은 급할수록 돌아가라. 조바심을 내봤자 좋을 건 없어요."

료는 새침한 얼굴로 고개를 끄덕이며 말했다.

"그렇군. 맞는 말이야."

아벨은 안심하고 천천히 고개를 끄덕였다.

◆

료는 문득 떠오른 생각을 아벨에게 물어보기로 했다.

"아벨, 조금 전 길드 앞에서 배웅받았을 때 말인데요……."

"응?"

"붉은 검 세 명 중 아무도 안 왔죠?"

"아아…… 뭐, 그렇지."

"혹시 아벨, 세 사람한테 구박당하고 있나요?"

"왜 그렇게 되는데!"

료는 몹시 가여운 것을 보는 듯한 눈빛으로 아벨을 바라보며 조심스럽게 물었다. 당연히 아벨은 발끈했다.

"하지만 파티 리더가 혼자서 긴 일정 동안 일을 하러 가는데, 아무도 배웅을 안 나오다니……."

"그 말대로라면 '10호실' 녀석들도 아무도 안 왔잖아?"

"전 알리지 않았어요. 애초에 전 '10호실'의 비정규 멤버니까요."

"아, 응……. 아니, 그렇게 따지면 세라도 안 왔잖아!"

"세라는 솔로 파티 '풍' 쪽에 속해 있잖아요……. 게다가 오늘 아침에 집으로 찾아왔고요."

'어떠냐'라는 대사가 딱 들어맞을 것 같은 표정을 짓는 료. 아벨은 상당히 열이 받았다.

하지만 거기서 고함을 지르지는 않았다. 그는 상식적인 어른이니까.

"실은……."

"이제 알았어요! 마침내 아벨은 '붉은 검'에서 추방당하고 만 거군요! 너무 신경 쓰지 마세요."

"왜 그렇게 되는데!"

결국 소리를 치고 마는 아벨.

"실은 지금 일라리온이 코나 마을에 와 있어서……."

"아, 맞아, 린을 데려갔다고 했죠. 그래서 제가 차출된 거고……."

"그랬지. 거기에 워렌도 리햐도 전부 다 따라갔어."

"네……?"

"그래서 저번 A급 승급식 때도 세 명 다 없었잖아?"

"그러고 보니……."

료의 눈에는 아벨이 쓸쓸해하는 것처럼 보였다.

아니, 어쩌면…… 절망감에 사로잡힌 것처럼 보이기도 했다. A급의 승급식 때 함께 동고동락했던 파티 멤버가 아무도 오지 않다니……. 그것은 료의 입장에서도 상상하는 것조차 무서운 상황이었다.

"세계의 관절이 뒤틀리고 말았다."

료가 작은 목소리로 말했다.

"뭐?"

"지금까지 믿었던 세계가 무너지고 절망적인 상황에 처했을 때 한 나라의 왕자가 내뱉은 말이에요. 왕자를 참칭하는 아벨과 딱 어울리는 말이죠?"

"참칭이라니…… 아직도 안 믿어주는 거냐."

"당연하죠! '세계의 관절이 뒤틀리고 말았다. 아아, 이 얼마나 저주스러운 운명인가. 그것을 바로잡기 위해 태어났다니!' 이렇게 외쳤다고요!"

마차 안에서 햄릿의 한 장면을 재현하는 료.

"아, 응……."

"자, 따라서 말해 주세요. 세계의 관절이 뒤틀리고 말았다."

"뭐?"

"세계의 관절이 뒤틀리고 말았다."

"세, 세계의 관절이 뒤틀리고 말았다."

료의 박력에 눌려 그 말을 따라하는 아벨.

"맞아요. 절망적인 상황에 빠졌을 때는 토해내는 게 제일이에요. 아벨에게 사용권을 빌려줄게요."

"아, 응, 고마워……?"

여기에 한 사람, 비록 이세계이긴 하지만 셰익스피어의 제자가 또 한 명 태어난 것이었다…….

◆

"아벨…… 이 마차, 좀 이상해요."

"음? 이번엔 또 뭐야?"

"아니, '이번엔'이라니…… 그렇게 말하면 제가 늘 이상한 소리를 하는 사람처럼 들리잖아요."

료는 어이없다는 듯 어깨를 으쓱하며, 대체 무슨 소릴 하는 거냐는 표정을 지었다.

"자각이 없구나."

아벨은 한숨을 쉬며 고개를 저었다.

"뭐, 이번만큼은 아벨의 망언은 넘어갈게요. 신경 안 써요."

"내가 무슨 망언을 했다고……."

"아무튼, 이 마차는 이상해요."

"그래? 제대로 왕도로 가는 길을 달리고 있는데."

"네, 길은 맞는 것 같은데…… 거의 계속 전력질주하는 느낌이에요."

마차라는 것은 일반적으로 장거리를 이동해야 하기 때문에 비교적 천천히 달린다. 하지만 료 일행이 타고 있는 길드 마차는 상당히 빨랐다.

물론 얼마 전 왕국 동부 국경까지 제자들을 구하러 갔을 때 탄 육두마차도 상당히 빠르긴 했다. 일류 마부라 부를 만한 워렌, 말들의 피로 회복을 담당한 리햐, 바람의 저항을 줄여준 린…… 이 세 명의 협력이 있기 때문에 가능한 일이었다.

이번 마차는 사두마차인데, 그와 비슷한 속도로 달리고 있다는 생각이 들었다. 즉, 한계에 가까운 속도였다. 이대로라면 분명 말들의 체력이 도중에 떨어질 것이다.

"뭐, 전력인지 아닌지는 모르겠지만 상당한 속도이긴 하네. 이것도 전부 료 때문이야."

"저요?"

료는 고개를 갸우뚱하며 되물었다.

"료는 연금 공방에 하루빨리 가고 싶잖아?"

"네, 당연하죠. 왕도 출발 시간이 정해져 있는 이상 연금 공방에 있을 수 있는 시간은 얼마 안 되니까요! 1분 1초도 허투루 쓸 수 없어요."

"그래서 그런 거야. 길마가 왕도 그랜드 마스터에게 허가를 받아서, 도중에 모험가 길드에서 건강한 말로 교체해 최대한 빨리 왕도에 도착할 수 있도록 신경 써준 거지."

"오…… 휴 씨는 좋은 사람이군요!"

료는 마차 안에서 휴에게 감사했다.

"원래라면 일주일 가까이 걸렸을 여정인데 이틀이면 도착한다나 봐……. 하여간, 무모한 짓에도 정도가 있지."

아벨은 어이없다는 얼굴로 말했고, 료는 연신 감사했다.

하지만 문득 의문이 들었다.

이세계든 판타지 이야기 속이든 대부분 속도를 낸 마차의 승차감은 최악이었다. 서스펜션 같은 것도 없고, 타이어도 고무가 아니라 나무나 철제이니 당연하다면 당연했다.

그러나 지금 타고 있는 마차는 그런 이야기에 묘사될 정도로 나쁘지 않았다. 그러고 보니 지난번의 육두마차도…… 뭐, 그건 룬에서도 최상급의 고급 마차이긴 했지만.

"아벨, 이 마차는 승차감이 별로 나쁘지 않네요?"

"그래, 길드 마차는 이런 고속 이동을 할 일이 종종 있으니까, 마법…… 아니, 연금술로 만든 충격을 흡수하는 기구가 들어 있다는 것 같아. 나도 자세한 건 모르지만."

"연금술! 그리고 마법…… 그렇군요, 그런 방법이 있었군요."

그래, 지구라면 17세기에 장착되던 마차 서스펜션은 이 세계에는 필요하지 않았다.

왜냐하면 마법이 있으니까!

왜냐하면 연금술이 있으니까!

이것이야말로 판타지!

"그러고 보니 요즘에는 연금술을 쓰지 않고도 승차감 좋은 마차가 나와서 화제가 되고 있다던데."

"호오. 기술의 발전이 눈부시네요."

"무슨 대장장이가 만든…… 누구였더라…… 원래도 유명한 무기 대장장이였는데…… 아, 맞아, 칼라시니코프."

"칼라시니코프……."

료의 머리에 떠오른 것은 현대 지구에 실존했던, 세계에서 가장 많이 사용된 군용총 AK-47의 설계자 칼라시니코프였다.

AK-47은 옛 소련에서 제작되어 전 세계에 팔려나가며 복제된 자동 소총을 말한다. 수많은 영화나 드라마에서 중동 분쟁 지역이나 게릴라들이 마구 쏘아대던 바로 그 소총.

하지만 이 나이트레이 왕국에서 칼라시니코프라고 하면 합리적인 가격에 승차감이 뛰어난 마차 공방으로 유명한 모양이다.

그래서 요즘 하급 귀족이나 상인들 사이에서는 아래와 같은 대화가 자주 오간다고 한다.

"요즘 어떤 마차 타?"

"칼라시니코프."

◆

이후 예정대로 이틀 만에 왕도에 도착한 일행.

"료, 우리 숙소는 룬 변경백저야. 여기서 기다리고 있으면 집합 전날 밤 내가 데리러 올게!"

왕도에 들어간 마차는 그대로 왕립 연금 공방으로 직행했다. 료는 곧바로 뛰어내려 연금 공방으로 들어갔다. 아벨은 그때 그렇게 말을 걸었지만…… 과연 료의 귀에 닿았을지는 알 수 없었다.

"하아…… 저 열정은 대체 어디서 오는 건지."

아벨은 한숨을 내쉬며 마차를 룬 변경백저로 돌렸다.

◆

"케네스! 케네스 계신가요~!"

왕립 연금 공방 입구 앞에서 고래고래 소리치는, 마법사로 보이는 로브를 걸친 남자.

몇 번 정도 소리치고 나자 비로소 안쪽에서 반응이 돌아왔다.

"아, 네네, 잠시만요."

그리고 나온 것은…… 케네스가 아니었다.

마법사로 보이는 로브를 걸친 남자. 료는 낙담했지만, 낯익은 얼굴이기도 했다. 그는 바로 케네스 헤이워드 남작의 부하 라덴이었다.

"어? 료 씨 아닌가요? 오랜만이네요."

왕도 소동 당시, 료는 마침 이 연금 공방에 있었던 덕에 케네스와 부하들을 데리고 룬 변경백저로 피신시켰다. 그때 눈앞의 남자 라덴도 함께 대피시켰던 기억이 있었다.

"아니, 그 전에…… 왜 현관 앞에 계신 거예요? 이곳에 들어올 때 문 앞에 위병이 있지 않았나요?"

라덴은 갑자기 료가 현관 앞에 들이닥친 것에 의문을 느꼈다. 위병에게 받은 보고도 따로 없었는데…….

"괜찮아요. 이유는 모르겠지만 눈치를 못 채더라고요!"

마음이 들뜬 료가 고개를 끄덕이며 그렇게 대답했다.

"음……."

라덴은 어떻게 대답해야 할지 망설였다.

망설이는 사이에 료가 말을 덧붙였다.

"라덴, 케네스를 만나러 왔어요. 골레…… 아니, 어떤 물건의 조사를 하는 중이죠?"

"네……?"

거기서 라덴이 움찔했다.

거의 새어나가지 않은 정보를 어째서 눈앞의 마법사가 알고 있는 것일까……. 그의 경계심이 눈에 띄게 높아졌다.

왕도 소동 때 목숨을 구해 준 일도 있고, 은혜를 잊은 것은 아니었다. 하지만 그건 그거고 이건 이거다.

연금 공방은 정보 유출에 극도로 민감한 조직이라고 해도 과언이 아니었다. 이는 왕가 직할 조직이었던 과거가 있고, 왕가에서 의뢰받은 연금 도구 제작 일도 상당했기 때문이었다.

특히 주임인 케네스는 정보 누설에 관해서는 입이 닳도록 엄중하게 주의해 왔다.

그럼에도 소관인 내무성에서 베이드라 관련 정보가 유출된 것은 안타까운 일이었지만.

"아, 그렇게 경계하지 마세요. 왕도 모험가 길드의 그랜드 마스터를 경유해 **그것**을 견학할 수 있다는 허가를 받았거든요. 확인해 주시면 아마 알 수 있을 거예요……."

"알겠습니다. 그럼 일단 응접실로……."

"아니요, **그것** 근처까지 갈게요. 케네스에게 직접 확인받는 게 가장 빠를 테니까요."

그 제안은 정규 절차와는 거리가 멀었지만, 료의 기세에 라덴은 거절하지 못했다.

"그, 그렇다면 제 뒤를…… 절대 다른 곳으로 가시면 안 돼요. 제 뒤만 따라오셔야 해요……."

"응, 알았으니까 빨리 가자."

료는 여전히 미소 짓고 있었다.

라덴은 이날 깨달았다. 웃는 얼굴만큼 무서운 것은 없다는 사실을.

웃는 얼굴로 뒤를 따라오는 료. 물론 자신이 뒤를 따라오라고 했으니 문제 될 것은 어디에도 없었지만…… 라덴이 반쯤 울상을 짓고 있었다는 것은 비밀이다.

◆

왕립 연금 공방은 넓었다.

부지도 넓고 건물도 넓다. 하지만 일하는 인간의 수는 결코 많지 않았다. 연금술사 숫자로만 따지면 열 명 정도 될까. 하지만 그 대신 '왕립 연금 공방의 연금술사'라고 하면 왕국에서도 알아주는 연금술사라는 것을 의미했다.

현재 그 연금술사들을 총괄하고 있는 것이, 약관 22세에 천재 연금술사라는 화려한 타이틀을 달고 있는 케네스 헤이워드 남작이었다.

그는 각종 장비들이 들어찬 분석실, 연금 공방 중에서도 가장 넓은 공간 중 한 곳에 있었다. 방의 면적도 면적이지만 천장까지의 높이도 20미터 이상 되는 광대한 공간이었다.

그 중앙에 바로 그 골렘 한 대가 놓여 있었고, 거기로부터 여러 가닥의 선이 뻗어나와 있었다.

몰두한 채 작업을 이어가던 케네스는 계속 왼손에 끼워두고 있던 건틀릿을 풀고 겨우 한숨을 돌렸다.

그때 문을 노크하는 소리가 들렸다.

"들어오세요."

케네스는 벗은 건틀릿을 옆 작업대에 내려두고 노크 소리가 들린 문을 바라보았다.

들어온 것은 부하인 라덴과 오랜만에 만나는 수속성 마법사였다.

"료 씨, 오랜만이군요."

"케네스, 안녕하세요. 아, 이야기는 들으셨을 것 같은데……."

료는 여전히 미소를 짓고 있었지만, 마음은 방 중앙에 서 있는

골렘 쪽에 완전히 기울어져 있었다.

그 모습을 본 케네스가 웃으며 말했다.

"네, 내무성을 통해 료 씨의 견학 허가는 나와 있습니다. 하지만 굉장하군요. 이것의 견학 허가를 받아낼 정도의 인맥이라니."

"일주일 후에 트와일라이트 랜드에 가는 의뢰를 맡는 대신 이걸 보여주기로 했거든요. 아니, 그런 것보다……."

그렇게 말하면서도 료는 골렘에게 시선을 고정한 채 조금씩 다가갔고…….

마침내 손이 닿았다.

물론 만진다고 해서 딱히 무슨 일이 일어나지는 않았다.

하지만 잉베리 공국의 전장에서 본 이후로 내내 그리워했던 골렘을 마침내 만질 수 있었다. 료는 감격으로 몸을 떨었다.

료가 한참동안 골렘을 이리저리 만지고 있는 사이, 잠시 물러났던 라덴이 케네스와 료의 몫의 커피를 가져왔다.

"료 씨, 커피 한잔 드시겠어요? 골렘은 도망치지 않아요."

"아, 네, 도망치진 않겠지만…… 제 시간이 유한하니까……."

"일주일이라고 했죠? 사실 아까 얼추 분석이 끝났습니다. 몇 가지 데이터를 대조해 봐야 하는데, 그동안, 다시 말해 일주일 동안은 료 씨가 원하는 대로 보셔도 괜찮습니다. 물론 부수는 건 안 되겠지만요."

케네스는 미소 지으며 그렇게 말했다.

그 말이 료에게 닿은 순간, 료의 목이 휙 돌아가며 케네스 쪽을 향했다.

"정말요?"
미소에서 살짝 쓴웃음으로 바뀐 케네스가 그렇게 대답했다.
"네, 정말입니다."
그 후 료는 마치 테니스 선수처럼 몇 번이고 작게 주먹을 불끈 쥐는 세리머니를 반복했고, 그제서야 커피를 마시러 이동했다.

◆

커피를 한 손에 들고도 역시나 료의 시선은 골렘에게서 떨어질 줄을 몰랐다.
"료 씨, 어떻게 하시겠습니까? 직접 살펴보신 뒤에 제 소견을 듣겠습니까? 아니면 처음부터 듣고 나서 보시겠습니까?"
"아아…… 원래라면 직접 살펴본 뒤에 듣고 싶지만, 이번에 시간이 제한되어 있으니까…… 가능하다면 먼저 케네스의 소견을 듣고 싶어요."
료는 2초쯤 고민하더니 그렇게 답했다.
"그렇군요. 확실히 그편이 나을지도 모르겠군요."
케네스가 고개를 끄덕이고는 설명을 시작했다.
"우선 이 골렘은 몸속에 마석을 여섯 개 가지고 있습니다."
"여섯 개…… 두 개 연동도 쉽지 않은데……."
"맞습니다. 두 개를 연동하는 것조차 매우 어렵죠."
료가 무심코 중얼거렸고 케네스가 그것을 긍정했다.
'연금 도구에 마석은 한 개'. 이것은 연금술의 상식이었다. 두 개 이상의 마석이 있으면 각각이 서로 반발하거나 열폭주 같은 예기치 못한 동작을 일으켜 도구로서 쓸 수 없게 되는 경우가 대부분이었다.

물론 최상급 수준의 연금술사가 되면 2개의 마석을 연동시키는 것도 가능하지만…… 그렇다 해도 가능하다는 것뿐이지 결코 쉬운 일은 아니었다.

"여섯 개라고는 해도 여섯 개를 동시에 여기(勵起)하는 것은 아닙니다."

그 말을 듣고 료는 살짝 안심했다.

6개 병렬 여기 기술을 가진 골렘이라면 일주일 안에 분석할 자신이 도저히 없었기 때문이다.

연금술에서 마석이 활동 중인 상태를 '여기 상태'라고 부른다. 참고로 비활동 상태는 '기저(基底) 상태'라고 한다. 언제 누가 이런 이름을 붙였는지는 모르지만 옛날부터 그렇게 불려왔다고 한다.

다만 마석을 그저 놔두는 것뿐이라면 두 개든 세 개든 문제는 없었다. 그러나 여기 상태의 마석이 두 개 이상 가까이 있으면 서로 반발하거나 열폭주를 일으킨다…….

즉 케네스의 설명으로 미루어 봤을 때, 여섯 개의 마석이 골렘 안에 들어 있긴 하지만 여기 상태와 기저 상태를 세밀하게 전환하면서 움직이고 있는 모양이었다.

케네스는 골렘의 흉부를 가리키며 말을 이었다.

"흉부에 있는 가장 큰 바람 마석이 주동력원이라고 할 수 있습니다. 그리고 이 마석은 항상 여기하고 있습니다. 그 외에는 좌우

팔에 한 개씩, 다리에 두 개, 그리고 머리에 한 개. 이것들이 필요에 따라 여기하는 겁니다."

"흉부가 항상 여기하고 있다는 건, 최소 두 개는……."

"그렇습니다. 마법식을 해독한 바로는 최대 3개의 병렬 여기가 가능하더군요."

"세 개……."

2개를 연동하기도 어려운데 3개라니…….

솔직히 말해 현재의 료가 가진 지식으로는 이해할 수 없는 수준의 연금술이었다.

"이걸 만든 사람은 정말 대단하네요……."

료는 제작자를 순순히 칭찬했다.

"네."

케네스는 고개를 크게 끄덕이고는 말을 이었다.

"이 정도의 연금술을 다룰 수 있는 인물은 중앙 연방을 통틀어도 그리 많지 않을 겁니다. 그리고 내부 마법식을 보고 확신했습니다. 이것을 제작한 사람은 프랑크 드 베르데입니다."

"프랑크 드 베르데……."

"네. 나이트레이 왕국 마법 대학이 자랑한 천재 연금술사. 제가 스승으로 모셨던 그분입니다."

케네스는 얼굴을 찌푸리며 설명했다.

"케네스의 스승…… 그럼, 더 굉장하겠네요."

료의 어휘력이 극단적으로 낮아졌다. 그만큼 압도당했다는 뜻이었다.

"네, 굉장하죠. 저 같은 것은 발끝에도 미칠 수 없는 천재입니다. 그와 협력해 여러 개의 연금 도구를 제작했습니다. 하지만 2년 전 프랑크는 돌연 실종되었습니다. 현재까지 이렇다 할 행방은 알려지지 않았습니다만…… 이걸 보면 연합에 있는 거겠죠."

케네스의 표정은 슬픔과 외로움, 그리고 약간의 안도가 뒤섞여 있었다.

하지만 거기서 료는 떠올렸다.

연합의 잉베리 공국 침공에 개입했을 때, 휴 맥글러스가 이끄는 남부군은 적의 최고 사령관인 오브리 경에게 기습을 가했다. 그 오브리 경 일행과 휴, 아벨, 그리고 료가 대치했을 때 골렘 다섯 대를 이끌고 개입해 온 '박사' 같은 인물이 있었다.

오브리 경은 그를 닥터 프랑크라고 불렀다…….

"짐작이지만, 저희가 그 프랑크 씨를 만난 것 같아요."

"정말입니까!"

료의 말에 놀라는 케네스.

료는 잉베리 공국에서의 만남을 설명했다.

"아…… 그건 확실히 프랑크 같군요."

케네스는 웃으며 고개를 끄덕였다.

"케네스가 제 스승이라고 말했더니 좋은 스승을 만났다면서 기뻐하시더라고요."

"아하하……."

료의 말에 케네스도 조금 쑥스러운 얼굴로 말을 이었다.

"이번 견학은 료 씨의 목표인 골렘 제작에 큰 도움이 될 겁니다."

"네! 원대한 목표를 향해 또 한 걸음 내딛게 되겠죠!"

료는 다시 한 번 우뚝 선 골렘을 바라보았다.

거기서 문득 의문이 들었다.

'다리는 네 개인데 다리 쪽 마석은 왜 두 개인 걸까.'

그런 의문을 느꼈지만, 케네스에게 묻기도 전에 질문을 먼저 받고 말았다.

"료 씨는 이 골렘이 싸우는 모습을 보셨겠군요."

"네. 움직이는 속도는 솔직히 사람만큼은 아니었지만, 방어력과 돌파력이 굉장했어요."

"……를 튕겨냈죠."

"네?"

케네스가 한 말의 일부를 료는 알아듣지 못했다.

"베이드라를 튕겨냈죠……."

"아, 아아……."

"아, 료 씨는 베이드라는 모르셨습니까? 견학 허가 서류 안에는 베이드라까지는 보여줘도 상관없다고 들었는데……."

케네스가 조금 당황한 얼굴로 말했다.

"아, 베이드라 알아요. 그 초록빛의…… 마법 무기를 말하는 거죠?"

문자로 된 『베이드라』는 룬 변경백의 보고서에서 봤고, 현상인 『베이드라』는 전장에서 보았지만, 그 두 가지를 머릿속에서 아직 동일 선상에 두지는 못하고 있었다.

"그겁니다. 종류를 구분하자면 마도병기로 분류되는 것 같습니다. 하지만 설마 잉베리 공국에서 실용화했을 줄은…….”

케네스의 표정에는 짙은 아쉬움이 배어 있었다.

그것도 당연하다. 자신이 설계하고, 허가만 나면 제조까지 할 수 있었을 물건이 엉뚱하게도 다른 나라에서 이미 만들어져 쓰이고 있었으니 말이다.

“케네스는, 혹시 정보가 어디서 새어나갔는지는…….”

“네, 들었습니다. 내무성에서 새어나갔다고요.”

분노보다는 체념에 가까운 표정을 지은 케네스가 작게 고개를 저으며 대답했다.

이 연금 공방이 정보 유출에 엄격하게 대처하고 있다고 해도, 소관하는 관청에서 새어 나간다면 막을 도리가 없었다.

물론 정보를 캐내는 쪽도 어디가 누설되기 쉬운지를 알고 있을 것이다. 그곳을 집중적으로 겨냥하면 최소한의 비용으로 정보를 얻어낼 수 있다.

그 수단은 어느 세계, 어느 시대나 거의 변하지 않았다.

회유 혹은 협박.

즉 돈이나 이성을 들이밀거나 가족에 대한 위협을 해서 복종시키는 것.

이번 내무성의 유출은 전자로, 관련된 것이 평민이기도 해서 즉각 사형 선고를 받았다고 한다.

신분 격차, 참으로 무섭다…….

“베이드라의 집속형조차 튕겨냈다는 점이…… 다만 아무리 조사해도 그 원리를 알아낼 수가 없습니다. 팔로는 화속성 마법이나 토속성 마법밖에 쓰지 못할 겁니다. 혹은 주동력인 풍속성인데…… 어느 쪽이든 무속성인 마법 장벽 계통은 사용할 수 없습니다. 그중에서 베이드라를 튕겨낼 만한 게 있다고 하면…… 흙벽이라면 가능할지도 모르지만 그런 건 발생하지 않았던 것 같고…….”

“아아……. 그 플라스마는 화속성이나 풍속성 마법이었나보네.”

료가 그 장면을 머릿속에 떠올리며 지나가듯 말했다.

료는 라이트 노벨에서 본 대로 번개는 곧 풍속성이라고 멋대로 속단하고 있었는데, 번개가 플라스마라는 것을 생각하면 반드시 바람이라고 단정할 수는 없었다.

화속성 마법으로도 플라스마를 발생시키는 것도 가능할 것 같았다.

아니, 애초에 수속성 마법으로도 플라스마를 발생시키는 것이 가능하지 않을까 생각했을 정도다. 지구에 있었을 무렵 물 플라스마로 알루미늄 캔을 절단하는 동영상을 본 적이 있었으니까…….

케네스는 료의 중얼거림을 듣고 달려들듯이 물었다.

“료 씨! 알고 계십니까?!”

“아니, 그…… 자세히 설명할 자신은 없는데…… 뭐라고 할까요, 화속성 마법이나 풍속성 마법으로 초고온의 작은 번개를 발생시키면, 그로 의해 공기 밀도가 달라져서…… 충격이 잘 전달되지 않게 되는 거예요.”

“네……?”

케네스에게 설명은 통하지 않았다.

케네스에게도 통하지 않는데 아벨이나 다른 사람들이 이해하지 못하는 것은 당연했다. 모든 것은 료의 책임이었다.

“맞아, 베이드라는 풍속성 마법으로 공기의 진동을 전파시키는 병기잖아요?”

“네, 맞습니다! 잘 아셨군요. 진동 전파라서 본체에 미치는 반동이 전혀 없다는 것이 가장 큰 장점입니다.”

“그런데 골렘 방어 기구는 바로 그 공기의 진동을 방해할 수 있어요.”

“아…… 그런 말이었군요……. 궁합이 최악이군요.”

그제야 이해한 케네스는 쓴웃음을 지으며 고개를 저었다.

“본래 이 골렘 팔의 용도는 번개로 성벽이나 성문을 녹여서 부수기 쉽게 만들 목적이었을지도 모르지만, 그걸 방어에 응용한 거죠. 저는 그걸 봤을 때, 어쩌면 설계자는 처음부터 베이드라의 요격을 상정하고 있었던 게 아닐까 하는 생각이 들었어요.”

료는 전장에서 골렘이 베이드라의 녹색 빛을 튕겨냈던 장면을 떠올리며 답했다.

“그렇군요. 골렘의 설계자가 프랑크라면 충분히 있을 수 있는 이야기입니다. 프랑크와는 실종 직전까지 이 공방에서 함께 연금술을 개발했었으니까요.”

케네스는 조금 씁쓸한 표정을 지으며 그렇게 말했다.

◆

궁극적으로 연금술의 목적은 연금 도구를 만들어내는 것에 있었다. 연금 도구란 마법을 생성하거나 마법 현상을 일으키는 도구를 말한다.

마법에 의지하지 않고, 혹은 마법사가 아니더라도 마법 현상을 일으킬 수 있는 도구. 그것이 바로 연금 도구다.

예컨대 포션은 포션을 생성하는 마법진이 그려진 종이 위에서 마력이나 재료를 사용해 생성된다. 그래서 엄밀히 말하자면 이 경우엔 '마법진이 그려진 종이'가 연금 도구가 되고, 포션 제조는 연금 도구를 사용한 미(未)연금술이 된다. 혹은 연금술 전단계라고 해야 할까.

하지만 일반적으로는 포션 제조도 연금술 안에 포함되고, 오히려 연금술의 기초 중 기초로 여겨진다. 마법진에 익숙해지고 마력의 조작을 경험한다는 점에서 보면 분명 연금술의 기초라는 말은 틀린 말은 아니었다.

연금 도구에는 반드시 마법진이나 마법식이 그려진다.

그리고 동력원으로 마석이 붙는 경우가 있다. 마석이 사용되지 않는 경우라면 마법사가 외부에서 마력을 집어넣는다.

조금 전 포션 제조에 사용되는 '마법진이 그려진 종이'의 경우는, 마석은 쓰지 않고 마법사가 외부에서 마력을 주입하는 타입이었다.

마법진의 경우는 어떤 속성의 마력을 주입해도 작동시킬 수 있었다.

마법식의 경우는 발현시키고 싶은 마법 현상의 속성과 같은 마력이어야만 가능하다. 예를 들어 바람을 일으키는 마법식이라면 풍속성 마법사가 마력을 주입하거나 바람 마석에서 마력을 공급받아야 한다.

그렇게 생각하면 마법진이 마법식보다 사용하기는 더 편리하다고 할 수 있었다. 하지만 이를테면 똑같이 '바람을 일으키는' 기능이라 해도, 마법진이 마법식보다 몇 배나 더 많은 마력이 필요했다. 주입된 모든 마력을 곧장 사용할 수 있는 마법식과는 달리, 마법진은 누구나 쓸 수 있는 표준 마력으로 변환하는 과정을 한 번 거쳐야 하기 때문이었다.

마법진과 마법식 모두 각각의 특징이 있기 때문에 생활 속에서 용도에 따라 나뉘어 쓰이고 있었다.

료 자신은 연금술 입문으로 포션 제조 등을 해 왔는데, 그때 사용했던 것은 마법진이었고 마법식을 쓰지는 않았다.

하지만 연금 도구를 제작하는 단계에 이르면 마법진만으로는 부족해진다. 마법식도 반드시 필요한 순간이 온다. 각각의 특징이 있어 구분해서 사용해야 하기 때문에 결국 양쪽 모두가 필요해진다.

구입한 연금술 관련 책이나 도서관에 있는 연금술 관련 책에 마법식 예문이 많이 실려 있는 덕분에 그것을 이해하고 사용할 수는 있게 되었지만…… 최종적으로 골렘의 구동을 목표로 하는 료의 입장에서는 그것만으로는 턱없이 부족했다.

그래서 갖가지 연금 도구에 새겨진 다양한 마법식을 보기 시작했다. 보고 배우기 위해.

'하산'의 검은 노트에 있는 내용은 물론 왕도 소동 전후에 이 연금 공방에서 케네스에게 배운 것들, 그밖에 게코 상회에서 보여준 연금 도구에 쓰인 마법식들.

하지만 공통되는 것, 공통되는 부분, 비슷한 구문 같은 것도 있긴 했지만, 아예 다른 경우도 많았다.

그건 어째서일까?

지금이야말로 물어볼 타이밍이었다.

료는 커피를 다 마신 뒤 케네스에게 물었다.

"케네스, 늘 궁금했던 게 있어요."

"음? 갑자기 뭔가요?"

케네스는 아직도 느긋하게 커피잔을 굴리고 있었다.

"연금 도구에 적힌 마법식에 대해서 말인데…… 좀 제각각인 것 같은 기분이 들어요."

"아, 무슨 말인지 알겠습니다. 그건 아마도, 마법식이 쓰는 사람에 따라 달라지기 때문입니다."

"네?"

"즉, 100명이 있으면 마법식도 100가지 존재한다……라는 말입니다."

"그게 무슨……."

료는 이해할 수는 없었지만, 적어도 말도 안 되는 소리를 듣고 있다는 것만은 이해할 수 있었다.

"옛날에 한 연금술사가 한 말이 있습니다. 마법식을 쓴다는 것은 언어 하나를 만들어내는 것과 동의어다."

현대 지구에는 수많은 언어가 존재했다.

이『파이』에도 다양한 언어가 존재했지만, 중앙 연방은 거의 같은 언어권이었고 서방 연방도 거의 유사한 언어체계를 사용했다. 용사 로먼 일행과도 문제없이 대화할 수 있었다.

물론 동방 연방으로 가면 중앙 연방과 언어체계가 완전히 달라진다고는 하지만.

언어라는 것은 비슷한 것도 있지만 전혀 다른 것도 있다……. 그런데 마법식이, 사람마다 다르다고……?

"그건 곤란해요."

"저에게 말씀하셔도……."

료가 간절한 표정으로 심정을 전하자, 그것을 들은 케네스가 쓴웃음을 지으며 대답했다.

"상회에서 팔고 있는 연금 도구 수준이라면 유명한 마법식이 쓰이거나 서적에 실려 있기도 해서 별반 차이는 없습니다만…… 료 씨가 목표로 하는 것은 그런 것이 아니겠죠?"

"네. 저는 제 손으로 골렘을 만들고 싶으니까요!"

"그러고 보니 그렇게 말했었죠……."

왕도 소동 때 케네스는 료가 목표로 삼는 지점을 물어보았다. 그 장대한 목표를 듣고도 케네스는 비웃지 않았다. 오히려 료를 응원해 주었다.

"이번에 료 씨는 골렘에 관한 모든 정보를 열람할 수 있는 권한을 부여받았습니다. 그러니 이 공방이 보관하고 있는 인공 골렘에 대한 정보를 모두 보실 수 있습니다."

"그, 그 정도라니……."

케네스의 말에 료의 두 눈이 반짝였다.

"예전에 프랑크가 있을 때 남기고 간 자료이니 그야말로 이 골렘의 기초 기술이나 다름없을 겁니다. 왕도 소동 땐 료 씨에게 열람 권한이 없어서 보여드리지 못했지만, 이번에는 문제없지요. 나중에 보여드리겠습니다."

"오오! 케네스, 고마워요."

그렇게 말한 료는 케네스의 두 손을 잡고 당장이라도 울 것 같은 표정을 지었다.

한바탕 감동한 료가 다시 자리에 앉자 케네스의 설명이 재개되었다.

"그래서 마법식에 대해 말씀드리자면, 사람마다 다르다고 해서 아무렇게나 써도 된다는 뜻은 아닙니다. 대충 쓴다고 마법 현상이 발현되는 것은 아니니까요."

"그렇겠죠. '언어를 하나 만들어 낸다'라고 했는데…… 그건 무슨 말이죠?"

현대 지구를 기준으로 언어를 하나 만들어내는 것을 상상해 본다면…… 응, 상상이 안 간다.

"우선 마법과 연금술의 차이점부터 생각해 보죠. 둘 다 마법 현상, 즉 흙으로 된 벽을 생성하거나 물을 만들어낸다는 점은 같습니다. 그 부분은 이해하셨습니까?"

"네, 이해했어요."

료는 학생 같은 말투로 자신 있게 고개를 끄덕였다.

지금 기분은 마치 특기 과목 수업을 듣는 학생의 기분이었다.

"마법은 소리, 연금술은 문자로 마법 현상을 만들어냅니다. 마법은 영창을 하죠. 그 소리가 마법 현상을 일으키지만, 연금술의 경우는 문자의 배열이 마법 현상을 일으킨다고 알려져 있습니다. 그렇기에 연금술사는 마법 현상을 일으키는 글자들의 배열을 찾아내야 합니다."

"그게 무슨……."

료는 말을 잇지 못했다.

상식적으로 생각해도 엄청난 노동이었다.

몇천, 몇만의 시행착오를 반복하면서 마법 현상을 일으키는 문자의 배열을 찾아낸다……?

일본이라는 '언령의 나라'에서 나고 자란 만큼 말이 마법 현상을 일으킨다는 설명 자체는 이해하기 어렵지 않았다.

소리로 현상을 일으키는 예로는 축문이 가장 좋은 예였다. 축문은 낭독할 때 절대로 틀려서는 안 된다.

또 문자가 현상을 일으키는 예로는 여러 가지 것들을 봉해 두는 부적이 가장 알기 쉬운 예였다. 거기에 적힌 문자들이 힘을 지닌다…….

그러한 문화를 가까이서 접해 왔던 료로서는 비교적 이해하기 쉬운 설명이었다.

하지만…… 몇천, 몇만의 시행착오 부분은…….

거기까지 생각하다가 문득 료의 머릿속에 무언가가 번뜩였다.

"이미 발견된 문자의 배열을 쓰거나 일부 개조해서 써도 되는 거죠?"

"네, 물론입니다."

료가 묻자 케네스는 활짝 웃으며 대답했다.

학생 료는 선생님 케네스가 원하는 답을 찾아낸 모양이었다.

그랬다. 책에 실려 있거나 연금 도구에 쓰이고 있거나, 혹은 케네스나 프랑크가 사용하던 '문자의 배열'을 사용해도 되는 것이다.

적어도 연금술에 저작권은 없다! 책은…… 하려고 했다가 세라에게 혼난 기억이 있지만…….

이는 프로그래밍 초보자가 자주 쓰는 방식이었다. 원래 있는 프로그램을 재사용해서 필요한 부분만을 바꾼다. 옛날에 료는 그런 방법을 배운 적이 있었다…….

무엇이 어디서 도움이 될지는 정말로 알 수 없는 법이다.

하지만 여러 사람 것을 무작정 조합한다고 다 되는 것도 아니다.

서로 충돌해서 오작동을 일으키는 경우도 있다고 하니까. 역시 쉽게 풀리지는 않을 것 같지만, 적어도 료가 내다보는 미래에 작은 불빛 하나가 켜진 것만은 확실해 보였다.

◆

료와 아벨이 왕도 크리스털 팰리스에 도착한 날.

료는 왕립 연금 공방으로 직행했다.

한편 아벨은 룬 변경백저에서 몇 가지 일을 처리했다. 일개 모험가라도 A급이 되면 영주 관계자와 얽힌 다양한 일이 생긴다.

그것들을 모두 소화한 밤, 아벨은 변경백저를 나와 한참을 걸어 한 건물로 들어갔다. 그곳은 왕국 마법 연구소, 일명 일라리온 저택.

하지만 평소처럼 곧장 최상층에 있는 일라리온의 집무실로 향하는 대신, 이번에 그가 향한 곳은 지하였다. 연구소의 지하는 일라리온 전용 실험실이 가득한 출입 금지 구역이었다.

하지만 아벨은 그런 것은 개의치 않고 안으로 들어가 어떤 방 앞에 서더니 오른손을 문 앞에 가져갔다. 푸른빛이 문에 떠올랐고, 잠시 후 소리 없이 문이 열렸다.

방 안쪽에 있는 문에서도 같은 일을 반복하며 총 세 개의 문을 통과했다. 이어서 나타난 계단을 내려가 긴 통로를 걷기 시작했다.

20분 정도 걸었을까, 막다른 곳에는 위를 향해 뻗은 나선형 계단이 있었다.

아벨은 망설임 없이 계단을 올라갔다. 돌문 앞에 서서 문에 손을 얹고 무언가를 외웠다. 그러자 돌문이 저절로 열렸다.

거기서 50미터쯤 더 걸어가자 다시 돌문이 나왔다.

아벨은 검을 칼집에서 반쯤 빼낸 다음 칼자루로 세 번 문을 두드렸다. 잠시 후 문 너머에서 세 번 두드리는 소리가 들렸다.

그것을 확인한 아벨은 이번에는 일곱 번 두드렸다. 그제서야

문 너머에서 자물쇠와 빗장을 푸는 소리가 들리고 문이 열렸다.

그곳에는 왕태자의 얼굴이 있었다.

"어서 와, 알버트."

"형님……."

웃으며 맞아준 왕태자에 비해, 알버트라 불린 아벨은 말을 잇지 못했다. 그의 모습이 지난번 만났을 때와 달리 너무나도 수척해 보였기 때문이었다.

"흉한 몰골이지?"

왕태자는 여전히 미소를 지은 채 아벨에게 말했다.

"아뇨……."

아무리 형이라고 해도 솔직한 감상을 말할 수는 없었다. 그렇다고 해서 그럴싸한 거짓말을 늘어놓을 수 있는 성격도 아니었다.

"내 몸에 관한 일이니 내가 제일 잘 알아. 솔직히 말하자면 이제 1년도 못 버틸 거야."

"형님!"

"그렇게 무서운 얼굴 하지 마. 어쩔 수 없는 일이니까."

왕태자는 쓴웃음을 지으며 화를 내는 아벨을 달랬다.

"내가 죽으면 아벨이 왕위 승계권 1순위가 돼. 아벨의 무예 실력에 대해서는 전혀 걱정하지 않아. 개인의 수준으로 봐도 A급 모험가까지 됐을 정도니까."

수척한 얼굴이었지만, 왕태자는 진심으로 기쁜 감정을 담아 그렇게 말했다.

"하지만 모험가를 해 왔던 만큼 실제 국정에 관여한 경험이 부족한 게 좀 걱정이야.”

“네…….”

왕태자의 지적에 순순히 고개를 끄덕이며 동의하는 아벨.

물론 열여덟 살에 왕성을 떠나기 전까지는 왕족이 배워야 할 모든 내용을 아벨도 배워왔다. 그러니 기초 지식에 관해서는 문제가 없지만…… 현실적으로는, 그것만으로는 부족했다.

“그래서 말인데, 지금부터 일주일 동안 내가 왕태자로서 겪어온 문제나 경험을 아벨에게 직접 전수해 주고 싶어.”

“네……? 하, 하지만 그건, 전…….”

아벨은 왕성에 있을 무렵 제2 왕자로서 문무 양도를 갈고닦았다.

그렇다고 해도 양쪽 모두 평등하게 좋아하는 것은 아니었다……. 말할 필요도 없이 무를 더, 아니, 아예 삶 전체를 바치고 싶다는 생각마저 할 정도로 검에 치우쳐 있었다.

“알버트, 여기까지 온 이상 도망치면 안 돼. 형으로서 하는 마지막 부탁이야.”

일면 후련해 보이기까지 하는 미소를 지으며 왕태자가 아벨을 다그쳤다. 이렇게 말하면 아벨이 도망치지 못한다는 것을 경험을 통해 알고 있기 때문이었다.

“네…… 알겠습니다.”

별다른 저항 없이 받아들이는 아벨.

“좋아. 네가 분명 받아줄 거라 생각해서 자료도 준비해 놨어. 당장 오늘 밤부터 시작하자.”

그로부터 일주일간, 공부에 매진하는 날들이 시작되었다

◆

왕립 연금 공방에 들어온 다음 날, 오늘도 료는 포획한 골렘과 프랑크 데 베르데가 남기고 간 자료와 씨름하고 있었다.

씨름하고 있다고 적긴 했지만…… 언제나 웃는 얼굴이었다. 얼마나 기뻐 보이는지 당장 콧노래라도 흥얼거릴 것 같은 분위기였다.

가끔 방구석에서 데이터를 정리하거나 무언가를 만들고 있는 케네스에게 가서 질문을 하기도 했다. 그것도 웃는 얼굴로. 대답하는 케네스도 료의 미소에 맞춰 저도 모르게 미소를 띠게 되었다.

왕립 연금 공방은 오늘도 평화로웠다.

"주임님, 마법 대학을 견학하시는 분들이 도착하셨습니다."

"오늘이었군요. 고마워요, 라덴."

부주임인 라덴이 케네스에게 견학자의 방문을 알렸다.

"마법 대학?"

물론 료도 마법 대학의 존재는 알고 있었다. 그리고 눈앞에 있는 인공 골렘을 만든 프랑크 드 베르데가 마법 대학에서 이 연금 공방에 파견을 나왔다는 이야기도 이전에 전해 들은 기억이 있었다.

"본래 마법과 연금술은 밀접하게 연결되어 있습니다. 마법 대학 안에도 연금술과가 있는데, 내년도에 그곳에 진학 예정인 학생이 견학을 오는 거지요. 저도 융합 마법과 관련해 간단히 설명을 해야 해서 잠시 자리를 비워야 합니다. 죄송합니다, 료 씨."

케네스는 그렇게 말하더니 자료를 정리하기 시작했다. 해설을 위한 자료를 챙겨가려는 모양이었다.

하지만 료가 신경 쓰인 부분은 다른 쪽이었다.

"융합 마법…… 연금술과의 융합 마법…… 이야기를 들어보고 싶긴 한데……."

료는 그렇게 말하면서 골렘을 보았다. 다시 한번 케네스를 보았다. 또 골렘을 보았다. 다시 한번 케네스를…….

이야기는 들어보고 싶지만 골렘을 두고 가기 아쉽다는 것이 태도로 고스란히 전해졌다.

"두 칸 옆에 있는 '제1 회의실'에서 진행할 겁니다. 언제든지 뒤에서 몰래 들어오셔도 됩니다."

케네스는 웃으며 그렇게 알려주고는, 골렘 연구에 지치면 기분 전환으로 들르라는 말을 남기고 나갔다.

얼마 후 사람들이 와글거리며 복도를 지나가는 소리가 들려왔다.

유리창을 통해서 바라보자…….

선두를 걷는 사람은 180센티미터가 넘는 체격의 중년 남성. 마법 대학의 인솔자이니 아마 마법사일 것이다. 하지만 마법사라기보단 창기사라는 말이 더 잘 어울리는 외양을 갖고 있었다. 키만큼이나 가늘고 긴 지팡이를 들고 있는 것이 료의 상상력을 더 자극한 것일지도 모른다.

그 중년 남성을 어디선가 본 기억이 있는 것 같은데…… 바로 떠올리진 못했다.

그리고 그 이상으로 료의 시선을 사로잡은 인물이 있었다.

“어? 왜 마법 대학에…… ”

그랬다. 시선을 사로잡은 인물은, 료가 확실하게 아는 사람이었다.

인솔자의 뒤를 따라 걷는 학생 40여 명. 다들 스무 살 안팎 정도.

그러나 마지막에 있는 한 사람만 꽤 젊었다. 아주 젊었다. 열다섯 살쯤 되어 보였다. 료의 기억이 확실하다면 15살, 생일을 넘겼다고 해도 16살.

그리고 소속은 아마도 마법 대학이 아니라 왕립 고등학교일 것이다. 그곳으로 유학을 왔다. 확실하다. 왜냐하면, 료의 제자였으니까.

저곳에 있는 윌리 전하는.

일행이 지나간 뒤에도 여전히 고개를 갸우뚱거리고 있는 료.

“월반 같은 걸까요?”

가능성은 있었다. 주 왕국 제8 왕자인 윌리 전하는 엄청난 노력가였다. 스승인 료가 말려도 말을 듣지 않고 연일 마력이 다 소진될 때까지 마법 연습에 매진했을 정도였다.

면학 태도가 전반적으로 그런 느낌이라면 월반으로 대학에 들어가는 것도 가능할 것 같았다.

료는 골렘을 바라보았다.

물끄러미 바라본 뒤 입을 열었다.

"넌 도망가지 않아. 좀 궁금하니까 저쪽을 보고 올게."

그렇게 말하고는 방을 나갔다.

◆

"헤이워드 남작님, 바쁘신 와중에 시간을 내주셔서 감사합니다."

"아닙니다, 크리스토퍼 교수님. 왕립 연금 공방이 마법과 연금술의 발전에 기여하는 것은 당연한 일입니다."

학생들의 인솔자인 크리스토퍼 교수와 케네스가 인사를 나누고 있었다.

크리스토퍼 교수는 마법 대학의 수석 교수이자, 차기 총장으로 사실상 내정된 인물이었다. 예전에 룬의 던전에 조사단 중 한 명으로 온 적도 있었다. 료가 어디선가 본 기억이 있었던 것은 그곳에서 스치듯 보았기 때문이었다.

그런 와중 조용히 방의 뒷문이 열리고, 로브를 입은 남성이 살금살금 안으로 들어왔다. 그리고 그대로 맨 뒷자리에 앉았다.

그 모습을 알아차린 것은 두 사람.

케네스와 크리스토퍼 교수.

케네스는 그저 미소만 지을 뿐.

크리스토퍼 교수는 작게 고개를 갸우뚱했지만 별다른 말은 하지 않았다. 자신이 인솔해 온 학생이 아니라는 것은 바로 알았겠지만…… 왕립 연금 공방에 갓 들어온 연금술사이거나 외부에서 연수를 온 인물이라고 생각한 모양이었다.

두 시간 뒤 케네스의 강의가 끝났다.

몇몇 학생이 케네스에게 질문을 하러 갔다. 질문을 받은 케네스는 차분하고 알기 쉽게 설명해 주었다.

맨 뒷자리에 앉아 있던 료에게도 그 분위기가 어렴풋이 전해졌다. 크게 고개를 끄덕이는 료. 묘하게 태도가 거만했다.

하지만 그런 료를 알아본 인물이 있었다. 고개를 갸우뚱하면서 다가오다가…… 확신한 얼굴로 이름을 부른다.

"료 선생님!"

"오랜만이네요, 윌리 전하."

놀라는 윌리 전하를 기쁘게 맞아주는 료.

윌리 전하는 중앙 연방 동부에 있는 소국 주 왕국의 제8 왕자로, 유학이란 이름의 볼모 같은 형태로 왕도에 와 있었다. 료는 그런 윌리 전하의 유학길을 호위하며 함께했는데…… 도중에 이런저런 사건사고가 있었다.

윌리 전하가 암살 교단의 표적이 되면서 이런저런 일이 있었고, 료가 그 암살 교단 마을을 얼어붙게 해서 괴멸시켰고, 교단 수령 '하산'을 자칭한 인물에게 스카우트 제안을 받기도 했다. 최종적으로는 하산은 부하의 배신으로 목숨을 잃었고, 그때 그는 료에게 자신의 연금술 노트를 넘겼다.

말하자면 료와 윌리 전하는 함께 사선을 빠져나온 전우라 할 수 있었다.

그런 윌리 전하는 수속성 마법에 소질이 있었고, 료는 호위하는 내내 그에게 몇 가지 가르침을 전수했다. 워낙 성실하고 노력을 마다하지 않는 성격이라 그런지 윌리 전하는 금세 수속성 마법 훈련에 몰두했고, 료가 놀랄 정도로 빠르게 성장했다.

그런 두 사람의 재회.

"료 선생님은 룬에 계셨던 거 아니었나요……?"

"잠깐 일이 있어서 왕도에 와 있었거든요. 그보다 윌리 전하야말로 입학할 학교는 왕립 고등학교라고 하지 않았나요?"

"네. 잘 기억하고 계시네요."

"후후후, 학교편은 정석이니까요."

"……네?"

료의 머릿속에 떠오른 라이트노벨의 왕도 스토리 『학교편』을 알 리가 없는 윌리 전하가 고개를 갸우뚱했다.

그래, 료의 망상이었으니 이해하지 못하는 것이 당연했다.

"으음, 고등학교에는 결국 한 번도 가지 못했어요."

"왜요?"

"예전에 일어났던 왕도 소동 때문에 왕국 귀족의 자제분들도 꽤……."

"아아……."

"무사했던 분들도 영지로 돌아갔고, 한동안은 대부분 그곳에서 지낼 예정이라고 들었어요. 왕립 고등학교는 재개될 가망이 사라진 거죠."

"그렇군요."

예전에 료가 들은 말에 의하면 왕립 고등학교는 귀족 자제들을 위한 학교라고 했다.

얼마 전 왕도에서 일어난 소동은 이제 일반인에게도 '왕도 소동'이라는 말로 불리게 되었다. 귀족 저택이 밀집해 있는 왕도의 북쪽이 그 왕도 소동의 중심이 된 탓에 왕국 귀족은 상당한 피해를 입고 말았다.

그렇게 되면 자연히 귀족 전용 학교는 어려운 상황에 처하게 된다…….

애초에 순수하게 학업면만 놓고 봤을 때, 귀족 가문으로서는 굳이 학교에 보내지 않더라도 가정교사를 붙이면 그만이다.

학교에 모여 집단생활을 하는 이유의 대부분은 인맥 만들기.

상류층이 될수록 그 성격이 강해지는 것은 어느 시대, 어느 세계에서도 마찬가지였다.

"하지만 전 일단 유학을 목적으로 온 거라 학교에는 다녀야 하거든요. 그래서 신분과는 관계가 없는 왕도 보통학교에 다니기 시작했는데……."

"뭐랄까, 굉장한 이름이네요……."

윌리 전하가 다니는 학교의 이름을 듣고 료는 놀라움과 황당함, 그리고 약간의 착잡한 기분을 느꼈다.

하지만 지구에도 고등학교에 보통과 비슷한 말이 있었던 것 같으니, 그럴 수 있겠구나 생각하며 혼자 알아서 납득했다.

"다만 전부 주 왕국에 있을 때 배웠던 내용들뿐이라서……."

"정말로 '보통'이었군요……."

조금 쓸쓸한 얼굴로 말하는 윌리 전하의 모습에 료는 작게 고개를 저으며 탄식했다.

"그랬더니, 보통학교에 재적한 채로 마법 대학에 다녀보지 않겠느냐고 크리스토퍼 교수님이 권유해 주셨어요."

윌리는 그렇게 말하고는 교실 앞쪽에 있는 중년의 인솔자를 바라보았다.

"아, 크리스토퍼 교수님!"

여기서 비로소 료는 떠올렸다. 룬의 던전에서 아벨 일행을 구출하러 갔을 때 본 사람이라는 것을.

"료 선생님은 크리스토퍼 교수님을 아시나요?"

"아, 아니요, 잠깐 지나가듯 본 적이 있을 뿐이에요."

멀리서 보고 조사단의 높으신 분 같다고 멋대로 추측한 것뿐이니 차마 '아는 사람'이라고는 말할 수 없었다.

말할 수 없다고 생각했는데…….

그런 크리스토퍼 교수가 두 사람에게 걸어오며 말했다.

"룬의 모험가인 료 님이시군요. 설마 윌리 전하와 료 님이 아는 사이일 줄은 몰랐습니다."

"네? 어? 크리스토퍼 교수님은 저를 아세요?"

크리스토퍼 교수가 자신을 알고 있다는 사실에 놀라는 료. 소개한 적도 소개받은 적도 없다는 건 일단 확실했다.

"네, 물론입니다. 그 던전에 다녀온 이후 궁정 마법단의 아서 고문에게 이야기를 들었거든요."

"아아, 아서 씨."

궁정 마법단 고문 아서는 료가 아벨과 함께 구해낸 인물이었다. 도와준 것에 대해 무척 감사해하고 있었다.

"그런데 왕립 연금 공방에도 출입하고 계셨다니. 활동이 폭이 넓으시군요."

"케, 케네스와는 친한 사이라서요……."

료는 아주 잠깐, 정말 찰나 크리스토퍼 교수에게서 풍긴 날카로운 분위기를 느꼈다.

그것은 대부분의 경우라면 착각이라고 치부할 정도로 희미한 감각이었다. 만약 이 자리에 아벨이 있었고, 그가 '착각이야'라고 말했다면 료도 순순히 받아들였을 정도로…… 아주 미세한 감각이었다.

"교수님, 오후 일정 말인데요……."

그 순간 학생 한 명이 말을 걸었고, 크리스토퍼 교수는 그쪽으로 이동했다.

"크리스토퍼 교수님은 좀 무서운 느낌이네요."

솔직한 감상을 그대로 전하는 료.

윌리 전하는 그 소감을 부인하지 않았다.

"맞아요, 가끔 그럴 때가 있죠. 교수님은 마법 대학 차기 학장 자리에 오르는 게 거의 확실시되고 있어요. 또 대학 내부의 권력 자체도 견줄 만한 사람이 없다고 하고요. 거대한 조직 안에서 위로 올라간다는 건, 단순히 일만 잘한다고 할 수 있는 게 아니니까요. 여러 사정이 있는 거겠죠."

"……15살에 그런 말씀을 하실 수 있는 윌리 전하도 대단하네요."

"아니요, 저는 왕족이라 이것저것 보고 배운 게 있으니까요."

솔직하게 칭찬하는 료와 수줍어하는 윌리 전하.

인간사라는 것은 여러모로 어려운 법이다.

그 후 윌리 전하는 마법 대학으로 돌아가는 길에 친구로 보이는 사람들에게 밥을 먹으러 가자는 권유를 받고 떠났다.

료 앞에서 잠시 머뭇거렸지만, 료는 웃는 얼굴로 보내주었다.

"월반을 하면 친구 관계를 맺는 게 어렵다고 들었는데, 윌리 전하는 잘하고 있는 것 같네요."

료는 그렇게 중얼거리며 몇 번이고 고개를 끄덕였다.

음? 물론 혼자 남은 료는 케네스가 같이 먹자고 권유해 주었으니 괜찮다!

"공방에 지내시는 일주일 동안 료 씨도 이 식당을 자유롭게 쓰시면 됩니다."

"연금 공방에는 식당도 있었군요!"

케네스의 안내를 받아 향한 연금 공방의 부속 식당은 꽤 훌륭했다. 메뉴도 다양해서 한 달 동안 매일 먹어도 질리지 않을 것 같았다.

하지만, 료는 깨달았다.

"케네스, 메뉴의 가격을 모르겠어요."

그랬다. 메뉴에는 사진이 붙어 있어 알아보기는 무척 쉬웠지만, 가격이 붙어 있지 않았다. 혹시 모두 똑같이 천 플로린인가?

"아, 무료입니다."

"네?"

"이 식당은 연금 공방에서 일하는 사람들만 이용할 수 있기 때문에 모두 연금 공방 예산으로 충당되고 있습니다. 그러니 료 씨가 이용할 수 있는 건 아주 특별한 거죠."

"세상에……."

케네스가 웃으며 설명했고, 료는 당장이라도 눈물을 흘릴 것 같은 얼굴로 감사했다. 만난 적도 없는, 예산을 매겨준 위대한 그 누군가에게 감사했다…….

두 사람은 함께 식사를 했다.

료가 고른 것은 함부르그 정식. 료가 보기엔 햄버그 정식으로 보이는 음식이었다.

"왕도에서 퍼진 건 꽤 최근이지만, 왕국 동부에서는 꽤 옛날부터 있었던 요리라고 합니다. 아, 맞아요, 동부에서는 료 씨처럼 햄버그라고 발음한다는 모양입니다. 왕도에서는 함부르그라고 하지만요."

료가 맛있게 먹고 있는 와중 케네스가 그런 설명을 해 주었다.

이 식당은 유행하는 음식도 잘 도입해 주는 모양이다……. 이 얼마나 훌륭한 일인지!

"맛있는 음식을 먹으면 훌륭한 발상이 떠오른다. 초대 공방장이기도 했던 리처드 왕의 말입니다. 그래서 이 부속 식당도 무료가 된 것이죠."

"역시 리처드 왕! 그는 영감의 본질을 이해하고 있었을지도 몰라요!"

리처드 왕은 왕국 중흥의 시조라 일컬어지는 영매한 왕이었다. 그리고 료는 리처드 왕이 환생자가 아닐까 의심하고 있었다.

하지만 그런 것과는 별개로, 음식의 중요성을 이해하고 있었다는 점만큼은 훌륭했기에 극찬밖에 나오지 않았다.

참고로 료 자신은 영감에 관해서는 구양수의 삼상(三上)을 굳게 믿고 있었다. 마상(馬上), 침상(枕上), 측상(厠上)에서 좋은 생각이 떠오른다는 의견에 전적으로 동의했다. 하지만 그와 동시에, 전 일본인으로서 목욕하고 있을 때에도 영감이 떠오를 수 있다는 것을 경험을 통해 알고 있었다.

즉, 삼상뿐만이 아니라 다른 때에도 영감이 잘 떠오르는 순간이 있을 수 있다……. 그렇다면 식사도 해당되지 않을까 생각했다.

"어느 쪽이든 맛있는 식사는 정의예요."

료가 강하게 주장했고, 케네스도 웃으며 동의했다. 그것을 부정하는 인간은 없을 것이다!

하지만 케네스가 미간을 살짝 찌푸리고 말을 이었다.

"이 연금 공방 운영 전반에 관한 예산은 국왕 폐하 직할이던 때부터 풍족했습니다. 그것은 현재의 내무성 소관이 된 뒤에도 변하지 않았습니다. 다만……."

"다만……?"

"베이드라나 프랑크의 골렘 같은 특별 사업에 관한 예산은 쭉 동결된 상태입니다."

"혹시 프랑크 씨가 연합에 가버린 것도……."

"네, 그게 큰 이유였던 것 같습니다. 프랑크는 인공 골렘 제작에 인생의 전부를 걸었으니까요. 확실히 백작이긴 했지만, 최근의 왕국…… 그러니까 왕국 정부의 운영 방식에는 불만을 품고 있었습니다."

케네스는 그렇게 말하며 작게 고개를 저었다.

함께 나란히 앉아 연구에 몸담았던, 심지어 스승이자 벗으로 삼았던 인물이 떠날 수밖에 없었던 상황은 그에게도 그리 유쾌한 일은 아니었을 것이다.

"어려운 이야기이지만…… 나라가 다르다고 해도, 설령 그곳이 적국이라고 해도, 영원하게 적일 수는 없다고 생각해요."

료는 잠시 생각하다가 말을 이었다.

"국가라는 건 기본적으로 가상 적국이라고 해도, 시대에 따라서는 가까워지기도 하니까요. 어쩌면 왕국과 연합도 그런 관계가 돼서 다시 프랑크 씨와도 평범하게 만날 수 있게 될지도 몰라요."

"그렇……군요. 그렇게 된다면 좋겠네요."

료의 말에 미소 짓는 케네스.

연합은 제국과 함께 왕국의 가상 적국 중 하나였다. 그 부분은 지정학적인 이유로 인해 앞으로도 쉽게 바뀌지 않을 것이다. 그러니 연금술 연구를 함께 할 날이 올 수 있을지는 솔직히 모르겠지만, 교류 정도는 가능하지 않을까 생각했다.

"여러모로 어렵네요. 연구에만 집중할 수 있다면 얼마나 좋을까요?"

어째서인지 연구자도 아닌 료가 그렇게 말하며 탄식했다.

그 말을 들은 케네스는 쓴웃음을 지었다.

"연구에만 집중한다고 하니…… 료 씨, 제가 여기에 살고 있다는 건 알고 계셨습니까?"

"네?"

◆

식사 후, 케네스가 료를 안내한 곳은 케네스의 침실이었다.

그곳은 수면실이 아닌, 평범하게 거실과 침실이 존재하는 케네스 전용 방이었다. 실제로도 거기서 일상생활을 보낸다고 했다.

"여기서 자고 일어나서, 옆동에서 연구 개발을 한다……?"

"네. 물론 저뿐만이 아니라 소속된 연금술사 모두가 방을 가지고 있습니다. 이렇게 하면 언제든지 연구로 돌아갈 수 있으니까요."

케네스의 설명에 료는 놀랐다.

그리고 깨달았다. 케네스의 말을 듣고나서 깨달았다.

지금 케네스는 이렇게 말했다. '연구로 **돌아간다**'고. 다시 말해 연구가 모든 것의 중심에 놓여 있다는 뜻이었다. '연구하러 **간다**'가 아니다. 연구를 하고 있는 것이 정상적인 상태이고, 그 외의 수면, 휴식, 아마도 식사조차 비정상적인 상태일 것이다.

그래, 연구자란 그런 존재지.

"왕립 연금 공방은 그야말로 연구자를 위한 시설이네요."

"네."

료가 순순히 칭찬했고, 케네스는 뿌듯한 얼굴로 고개를 끄덕였다.

"아, 그러고 보니 료 씨의 게스트룸도 준비되어 있습니다. 어제와 같은 수면실이 아니라, 거기서 생활하시면서 골렘을 연구하셔도 괜찮습니다."

"정말요?!"

이리하여 연금술에 파묻혀 지내는 료의 꿈같은 일주일이 지나갔다.

◆

한편, 그 무렵 아벨은…….

"응, 잠깐 쉬자."

왕태자가 그렇게 말하자마자 아벨은 책상 위에 엎드렸다.

"알버트는 체력도 좋은데, 많이 피곤해 보이네."

"엄청 피곤합니다, 형님……."

침대 위에서 미소 지은 채 말하는 왕태자. 반쯤 혼이 나간 얼굴로 책상에 엎드려 대답하는 알버트―― 아벨.

"참, 종이에는 적지 못했지만 기억해 둬야 하는 정보가 있어."

"기억해 둬야 할 정보?"

왕태자가 '종이에 적을 수 없다'고 말할 정도의 정보라면……

상당히 기밀성 높은 이야기라는 뜻이었다.

"조만간 제국과 왕국이 전쟁을 벌일 거야."

"……네?"

예상치 못한 말에 아벨은 얼빠진 소리를 내고 말았다.

"뭐, 가벼운 충돌 정도라면 몇 년에 한 번씩 있지만, 이번에는 거기서 안 끝날 것 같아. 왕국이 대패할 가능성도 있어."

"그게……."

왕태자의 충격적인 예측에 아벨은 말문이 막히고 말았다.

"왕도 소동으로 왕국 기사단은 막대한 손실을 입었으니까. 살아남은 젊은 단원들을 중심으로 해서 빠른 속도로 재건되고는 있지만, 제국이 상대가 되면 아무래도 전력 부족이 되는 건 불가피해."

"상대가 제국이라면 왕국 북부 귀족들이 일어서지 않겠습니까?"

"그렇긴 하지만…… 사실 그 북부 귀족들의 움직임이 조금 수상해."

"설마, 그럼……."

"그렇다고는 해도 당장은 아닐 거야. 몇 개월, 혹은 1년 이상 걸릴지도 모르지. 다만 그런 상황도 있을 수 있다는 걸 기억해 줬으면 해. 나중에 알버트가 왕위를 잇게 된다면 정보를 모으고, 분석하고, 앞을 예측하고, 미리 조치를 취하는…… 그런 일도 필요하다는 걸 마음 한구석에 넣어뒀으면 좋겠어. 지금 직면한 문제를 해결하는 것만이 아니라."

"네……."

아벨의 대답은 작았다.

그것도 당연했다. 지금 왕태자가 한 말에는 놀라울 정도로 무거운 무게가 담겨 있었다. 알버트가 왕위를 잇는다. 그것은 곧 아버지인 현 국왕 스태퍼드 4세와 눈앞에 있는 형인 왕태자 두 사람 모두 사라진다는 것을 의미했다.

그랬다. 눈앞의 왕태자는 앞으로 자신과 국왕이 죽는 것을 기정사실로 받아들이고 있는 것이다.

"몇 가지 일에는 이미 수를 써뒀고, 앞으로도 계속 조치를 취하긴 하겠지만…… 솔직히 판을 뒤집기엔 역부족이야."

"형님……."

"그렇지, 물적 증거는 전혀 없고 정황 증거뿐이지만, 내무성을 조심해."

"내무성? 내무경의 해롤드 로렌스 백작 말입니까?"

"그 본인인지, 주변 인물인지…… 그건 아직 몰라."

내무경 해롤드 로렌스 하면 수완가라는 말을 아벨도 들은 적이 있었다. 이전 국왕의 측근 인물들을 조사했을 때에도 그에 관한 나쁜 소문은 일절 들려오지 않았는데……. 하지만 왕태자가 이렇게까지 단언했다는 것은 근거가 될 만한 무언가를 잡았다는 뜻이었다.

거기서 아벨은 문득 떠오른 것이 있었다.

"예전에 곤골라도 상회를 단속했을 때 엠마뉴엘이 이끄는 제2근위대를 움직인 것도 내무성의 왕도 위병대를 신뢰할 수 없어서 그랬던 겁니까?"

"아, 그러고 보니…… 엠마뉴엘에게 보고를 받았었지. 그 자리에 아벨과 마법사가 있었다고. 맞아, 그거야. 곤골라도 자체가 연합과 제국 양쪽과 이어져 있었거든. 내무성에 손을 뻗고 있는 건 제국인 것 같아서 제2 근위를 움직였지."

"제국……."

거기서 아벨의 뇌리에 어떤 추측이 번뜩였다. 하지만 그것은 별로 달갑지 않은 추측이었다.

"혹시 아버님…… 국왕 폐하의 몸을 좀먹고 있는 무언가도 내무성을 통해서 제국이?"

"그럴 가능성도 있어."

아벨의 생각을 왕태자는 인정했다.

하지만 작게 고개를 저으며 말을 이었다.

"증거를 모을 시간은 없어……. 아마 시간에 맞출 수 없겠지."

"형님……."

"왕국에는 법이 있어. 법이 있는 이상 그에 따른 절차를 밟아야 해. 그건 시정의 백성이든 왕족이든 변함이 없어. 그렇기 때문에 손을 쓰는 것이 늦어진 시점에서 패배 자체는 이미 확정되어 버린 걸지도 몰라."

"……."

"아벨이 국왕이 되면, 그런 미흡한 법에 대해서도, 현실의 문제를 처리하는데 적합한 형태로…… 시대에 맞춰 바꿔 나갔으면 좋겠어."

"……노력하겠습니다."

후련해 보일 정도의 미소를 지으며 왕태자는 당부를 전했다. 아벨은 얼굴을 찌푸리면서도 고개를 숙이고 받아들였다.

"좋아, 그럼 휴식 종료. 계속하자."

"네……."

그렇게 아벨이 공부에 매진한 지도 일주일이 지나갔다.

◆

사절단 출발 전날 밤, 왕립 연금 공방 앞에는 비틀거리는 검사 한 명이 서 있었다.

"실례, 합니다……."

힘없는 그 목소리는 평소라면 아무도 반응하지 않을 정도로 가느다란 목소리였다. 하지만 그날 밤 연금 공방 문 근처에는 한 명의 수속성 마법사가 대기하고 있었고, 그 가느다란 목소리를 들을 수 있었다.

"아벨, 늦었어요. 직접 데려오겠다고 해 놓고서…… 저 혼자 변경백저로 갈까 생각하던 참이에요."

"윽…… 미안해. 공부가 길어져서……."

아벨은 꽤 큰 가방을 들고 있었다.

료도 왕도에 왔을 때보다 더 큰 가방으로 바뀌어 있었다.

"아벨, 큰 가방을 들고 있군요."

"료 너도."

둘 다 서로의 가방을 보고 웃었다.

아벨은 마른 웃음을.
료는 즐거운 웃음을.
그 차이는 아마도 가방의 내용물에서 오는 차이였을 것이다.

아벨은 왕성에서 출발해 왕국 마법 연구소를 거쳐 연금 공방으로 향했다. 거기서 료와 합류하고, 두 사람은 룬 변경백저에 들어갔다.

완전히 녹초가 되어버린 아벨은 그대로 침대로 직행.

료는 우아하게 목욕을 마치고, 가방에 든 자료를 잠시 살펴본 뒤에 잠에 들었다.

잠의 세계는 평등하다.

두 사람은 평화로운 세계를 만끽했다…….

다음 날 아침, 왕태자의 일주일 집중 강의에서 해방된 아벨은 하룻밤의 수면만으로 완전히 회복했다.

역시 A급 모험가다웠다. 회복력도 인류 최고봉에 가까울 것이다.

료도 별 탈 없이 일어나 변경백저에서 차려준 아침을 든든하게 챙겨먹었다.

이제부터 긴 여행이 기다리고 있다. 게다가 외국으로 가는 여정이다. 무슨 일이 있는지 모르는 이상 먹을 수 있을 때 먹어둬야 했다. 평소에는 틀어박혀 지내고 있지만, 이 부분은 역시 모험가다웠다.

두 사람은 이번에 게스트라 할 수 있는 입장이었기에 마차가 준비되어 있었다.

집합 장소인 마차로 향하자 거기에는 아는 얼굴이 있었다.

"뭐야, 잭이랑 스코티잖아? 두 사람 다 사절단에 들어온 거야?"

그곳에 있던 사람은 왕도의 술자리 조직인 '차남 연합' 소속이자 왕국 기사단원인 잭 클러와 스코티 코북이었다.

"아, 소대장 자격으로 멤버로 합류했지."

"희망자가 많아서 상당한 경쟁률을 뚫고 들어왔어."

잭과 스코티는 웃으면서 그렇게 대답했다.

하지만 갑자기 잭의 웃음이 얼어붙었다.

바로, 잭이 료의 모습을 인식한 순간이었다.

"너, 넌 그때 그 마법사……."

그때라는 것은 물론 왕도 소동 때의 엘프 자치청을 말한다.

엘프인 세라가 아크데빌을 쓰러뜨린 직후 료가 그곳에 나타났고, 다른 데빌들의 목을 〈워터 제트〉로 베어버렸다. 잭이 동경하던 세라를 끌어안은 채.

잭의 눈에는 희미한 공포와 함께 적개심이 깃들어 있었다.

그런 날카로운 분위기를 료도 알아차리고, 옆에 있는 아벨에게 작은 목소리로 묻는다.

"제가 이 사람한테 뭔가 잘못했나요?"

료의 기억으로는 잭을 만난 적이 없었다. 하지만 적대적인 시선은 느껴졌다.

물론 아벨은 모든 사정을 알고 있었지만…… 이 자리에서 솔직하게 밝힐 마음은 들지 않았다.

"그, 글쎄…… 뭔지는 모르겠지만, 신경 쓸 필요는 없지 않을까?"

등으로 식은땀을 흘리면서도, 아벨은 결국 얼버무리기로 했다.

참고로 잭 옆에 있던 스코티는 작게 고개를 저으며 체념하는 표정을 지었다. 처음부터 아무것도 할 생각이 없다는 것을 행동으로 보여준 셈이었다.

결국 료는 그 무엇도 깨닫지 못한 채 고개를 갸우뚱하며 마차에 올라타게 되었다.

그날, 외무성 교섭관을 최고 책임자로 하여 문관 20명, 모험가 A급 파티 2명, 기사단 20명, 종사 20명, 호위 모험가 C급 20명으로 총 82명의 사절단이 왕도를 떠났다.

왕국 사절단

사절단 중 문관들과 A급 파티인 료와 아벨은 마차, 기사단은 기마로, 나머지는 도보로 가게 되었다. 그 때문에 이동 속도는 꽤 느렸다.

왕도에서 남부 최대 도시인 아크레를 경유해 왕국 서남부에 있는 트와일라이트 랜드까지는 편도 한 달 예정. 첫날 숙박 예정인 데오팜을 시작으로 아크레까지 가는 제3 도로 구간에서는 모두 도시 안에서 숙박하게 된다.

그 이후에도 국경까지는 야영 예정이 없었다. 모험가나 기사단뿐이라면 몰라도 교섭관을 포함한 문관들에게 야영은 어려운 일이었기 때문이다.

그런 점에서는 비교적 편안한 여정이었다.

“아벨, 첫날은 데오팜이래요. 기억나요? 둘이 왕도에서 룬을 목표로 했던 여행에서 처음 묵었던 것도 데오팜이었죠. 제 왼팔이 잘렸던 그 여행 말이에요.”

“본인 팔이 잘려나간 얘기를 어떻게 그렇게 웃으면서 할 수 있는 건지……. 료의 정신력은 정말 굉장하네.”

아벨은 해쓱해진 얼굴로 말했다.

하지만 아벨이 해쓱해진 이유는 료의 이야기 때문만은 아니었다.

"아벨이 가져온 자료도 양이 상당하네요."

"뭐, 그렇지. 형님이 내주신 숙제가 산더미라……."

그랬다. 아벨은 형인 왕태자의 집중 강의에서는 해방되었지만, 여행하는 동안 풀고 오라고 강요받은 숙제의 산과 함께 마차에 올라탄 것이다.

그것이 해쓱해진 이유의 90퍼센트 정도를 차지하고 있었다.

"……법을 어긴 A 백작가에 관한 처분 범위…… 일족의 어느 범위까지 어떤 형벌을 내릴 것인가……. 왕성에서 검을 뽑아 행사 주최자 B 백작가 당주에게 칼을 겨눴다……. 뭔가 세세한 설정이 적혀 있네요. 마치 실제로 일어난 사건의 케이스 스터디 같아요."

"그렇지. 실제로 일어난 사건이니까."

"여긴 대궐 안이오! 라고 하면서 멈추게 했을까요?"

료의 머릿속에 떠오른 것은 아코번의 아사노 타쿠미노카미와 키라 코즈케노스케의 이야기, 즉 마츠노로카의 칼부림 사건*이었다.

"대궐이 뭔지는 모르겠지만, 베려고 했던 쪽 백작가는 몰락했다고 알고 있어. 하지만 거기에 이르기까지의 사정도 좀 복잡해……. 하아…… 어려운 문제가 끝도 없네."

아벨은 땅이 꺼져라 한숨을 내쉬며 말했다.

"마치 진짜 왕자님 같은 공부를 시키네요."

"마치……라니…… 아직도 믿지 않는 료도…… 대단한 고집

*에도성 안쪽 복도인 마츠노로카에서 아사노가 키라에게 칼을 뽑아 상해를 입힌 사건을 말한다. 에도 성 안에서는 본래 검을 뽑는 것이 금지되어 있다.

이네.”

“당연하죠. 그야 자칫 잘못해서 정말 아벨이 왕이 되어버리면…….”

“되어버리면……?”

아벨은 그 뒤의 대답이 살짝 궁금해서 료에게 뒤를 물었다.

“왕이 되면…… 더는 가벼운 마음으로 밥을 얻어먹을 수 없게 되잖아요!”

“아, 응, 그럴 줄 알았어.”

아벨은 마차 안의 테이블에 엎드렸다.

“그러고 보니…….”

“뭔데?”

료는 문득 생각난 의문을 입에 담았고, 아벨은 고개를 들지 않은 채 물었다.

“아벨의 형, 왕태자 전하의 이름이 뭐죠?”

“형님은 카인디시 베스퍼드 나이트레이야.”

“카인…….”

“음? 확실히 어렸을 땐 형님을 카인이라고 부르기도 했지만.”

료의 머릿속에 떠오른 것은 카인과 아벨의 이야기.

지구에서 있었던 세계 역사상 최초의 살인 사건, 가해자인 형 카인과 피해자인 동생 아벨. 구약성서에 나오는 이야기.

‘설마 카인 씨가 아벨을 공부로 압살할 계획을 세우고 있는 건……?’

당연하지만 아니었다.

◆

시종일관 심각한 얼굴을 하고 왕태자에게 부여받은 숙제를 푸는 아벨.

그에 비해 시종 웃는 얼굴로 자료를 읽거나, 옆에 있는 종이에 이것저것 적어 내려가는 료.

둘 다 서류와 씨름하고 있다는 점에서는 같았지만, 마차 안에 풍기는 분위기는 전혀 달랐다. 그것은 왕이 되기 위한 숙제와 골렘과 관련된 데이터와 자료에서 오는 차이였다.

두 사람이 탄 것은 테이블이 딸린 2인용 마차. 다른 이들이 타는 테이블 딸린 4인용 마차에 비하면 조금 작지만, 다른 사람 눈치를 보지 않고 지낼 수 있었기에 두 사람의 공부는 원활하게 진행되었다.

오후 4시 전, 사절단은 1일차 숙소인 데오팜에 도착했다.

◆

"아벨, 그때 저희가 묵었던 숙소예요!"

료는 누가 봐도 들뜬 모습으로 오늘 밤 묵을 숙소를 올려다보았다.

료는 기억하고 있었다. 이 숙소는 대욕탕이 딸려 있다는 것을.

"뭐, 데오팜 중에서도 꽤 고급스러운 숙소니까. 국가가 사절단의 숙소로 고른 이유도 이해가 되네. 이번에는 숙소를 통째로 빌렸다고 하더라."

아벨은 하루 종일 공부만 한 탓인지 누가 봐도 피곤한 기색이었다.

그런 아벨의 입에서 충격적인 말이 날아왔다.

"료, 기억하고 있겠지만 오늘 저녁 식사는 교섭관 방에 가서 먹어야 해. 여섯 시에 방으로 가자."

"네……?"

료는 그대로 굳어버렸다.

교섭관이란 왕국 외무성에서 파견된, 트와일라이트 랜드와의 모든 협상을 총괄하는 인물을 말한다. 이 사절단의 최고 책임자이자 당연히 고위 관료이기도 했다.

앞으로 나가려던 료의 오른발이 딱 멈추고, 왼손도 앞으로 나가려던 자세 그대로 멈추고…… 표정을 포함해 료의 모든 것이 정지했다.

그리고 삐걱이는 소리가 날 것 같은 느린 움직임으로, 여전히 굳은 얼굴을 한 채 아벨 쪽을 바라보았다.

"아, 아벨, 저는 몸이 안 좋아서 저녁은 빠질……."

"빠질 수 있을 리가 없잖아. 이런 자리까지 다 이번 의뢰에 포함된 거야."

어깨를 으쓱인 아벨이 한숨을 쉬며 잔혹한 말을 고했다.

"아니, 하지만 아벨이 A급 모험가인 거지 전 그냥 C급……."

"료, 포기해."

"하지만 분명 교섭관은 고위 귀족이니까 평민 모험가 따위는 쓰레기를 보듯 쳐다볼 거고…… '이런 놈과 같은 밥상에 앉을 수 없어!'라고 말하면서 제 소중한 로브에 와인을 끼얹을 게 분명해요."

료의 무표정이 풀리더니, 이번엔 눈물을 글썽이며 호소한다.

"……정말, 엄청난 편견이네. 아니, 물론 그런 귀족도 있지만…… 교섭관은 서부의 대귀족 호프 후작가의 차남이야. 나이는 서른 정도였던 걸로 아는데……."

"대귀족……."

료는 눈물을 머금은 채 절망적인 표정을 지었다.

"어쨌든 포기해. 옷은 평소 입던 옷이면 된다고 하더라. 그럼 이만."

그렇게 말한 아벨은 사절단을 따라 빠르게 숙소 안으로 사라져 버렸다.

남겨진 료는, 데오팜에 도착했을 때의 흥분은 온데간데없이 사라진 얼굴을 하고 터덜터덜 힘없는 발걸음으로 숙소에 들어갔다.

◆

"이거 정말 잘 와주셨습니다. 제가 이번 교섭관을 맡은 이그니스 하그리트입니다. 잘 부탁드립니다."

그렇게 말한 교섭관 이그니스는 두 사람에게 악수를 청했다.

료와 아벨을 맞이해 준 사절단 교섭관은 료가 맥이 빠질 정도로 예의바른 인물이었다.

"당신이 검사 아벨 씨군요. 이번에는 저희 외무성의 무리한 부탁을 흔쾌히 맡아주셔서 정말 감사합니다. 그리고 그쪽이 마법사 료 씨고요. 일라리온 님의 사정 때문에 떠맡게 되셨다니…… 정말 유감입니다."

교섭관 이그니스는 생글생글 웃는 얼굴로 악수를 청했고, 순식간에 두 사람의 마음에 '착한 사람일지도 모른다'라는 인상을 심어주었다.

과연 외무성의 **교섭관**다웠다.

얼굴이 엄청 잘생긴 편도 아닌데, 그렇다고 또 추남인 것도 아니다.

부드럽고 온화한 느낌이 들었다. 늘 미소를 머금고 있는 얼굴이 온화한 분위기를 한층 더 강하게 만들어 주고 있었다.

"자, 그쪽에 앉으시죠. 이제 요리도 다 됐다고 하니 금방 나올 겁니다. 우선은 먹으면서 이야기합시다. 따뜻한 음식은 따뜻할 때 먹는다. 그게 요리사에 대한 예의니까요."

첫인사를 겸한 교섭관 이그니스와의 첫 만찬은 화기애애한 분위기 속에서 마무리되었다.

료가 숙소에 들어오기 전까지 품고 있던 대귀족에 대한 이미지는 완전히 사라졌고, 덕분에 별 탈 없이 즐거운 시간을 보낼 수 있었다.

맛있는 요리, 즐거운 대화…… 상류층의 좋은 점만이 듬뿍 담긴 만찬이었다고 생각하며 료는 만족했다.

"이그니스 씨, 좋은 분이었네요."

"그래, 그의 부친인 호프 후작은 왕국 정치와는 거리를 두고 있는 분이지만 영지 경영은 탁월하다는 평이 자자해. 세금도 낮고, 상업은 번창하고, 치안도 좋다더라. 게다가 호프 후작령은 농사가 활발했던 곳인데 요즘은 상업면에서도 대단하다는 모양이야. 나중에 한번 가보고 싶어."

아벨은 그런 자세한 이야기를 들려주었다. 사실 호프 후작령에 대한 정보는 왕태자와의 집중 강의 속에 나온 것이기도 했다.

"뭐, 이그니스 공도 불안했겠지. 우리들과는 얼굴 한번 보지 못하고 출발했으니까."

"그거예요. 왜 저희는 왕도 사절단 결성식 같은 곳에도 안 나간 건가요?"

료가 연금 공방에 틀어박히고, 아벨이 집중 강의를 듣고 있는 사이 결성식과 피로회가 진행되었다고 한다. 상식적으로 생각하면 당연히 그런 행사도 있었을 것이다…….

"그건, 내가 그 자리에 나가면 왕성에 있었을 때의 지인과 마주칠 가능성이 있어서 그랬다는 것 같아. 그랜드 마스터와 형님이 미리 의논을 끝내둔 모양이야. 그래서 우리는 모험가라는 명목으로 그 자리에 나가지 않게 된 거고."

"또 아벨의 왕자님 설정인가요……. 이 정도면 차라리 감탄이 나올 수준이네요."

료는 어깨를 으쓱이고 한숨을 내쉬며 어이없다는 표정을 지었다. 실로 연극적인 태도였다.

"아니, 여기까지 와서도 믿지 않는 료가 오히려 감탄이 나올 정도인데……."

료와 비교할 수 없을 정도로 깊은 한숨을 내쉬며 아벨이 투덜거렸다.

"하지만 자칫 잘못해서 아벨이 왕이 되어버리면……."

"어차피 밥을 못 얻어먹느니 뭐 그런 소릴 하겠지."

"아벨에게 빚진 것들이, 왕의 권력이라는 이름 하에 없었던 일이 되겠죠."

"내가 무슨 악덕 왕이냐!"

평소처럼 소리치는 아벨.

하지만 순간 무언가를 깨닫는다.

"그보다 내가 료에게 빚진 게 있었나……?"

"아벨의 존재 자체가 저에게 진 빚이에요."

"뭐라는 거야!"

"오늘 아벨의 지적은 전부 별로였거든요."

"……."

다음 날 아침.

숙소 안뜰에는 검을 휘두르는 기사와 모험가들이 있었다.

기사 중에서 솔선수범해 검을 휘두르고 있던 이는 왕국 기사단원인 잭 클러였다. 옆에서 함께 검을 휘두르는 아벨이 보기에도, 이전과 비교해 진지함이 남달랐다.

"잭, 다른 사람 같네."

"세라 씨 곁에 설 수 있는 기사가 되려면 당연히 해야 할 일이다."

"그, 그래……."

잭이 진지하게 수련을 시작한 동기를 듣고 저도 모르게 눈을 돌리는 아벨.

이루어질 수 없는 사랑에 속을 태우는 술친구를 보며 아벨은 끝내 아무 말도 하지 못했다. 괜한 말이라도 꺼냈다가는…… 잭과 료의 결투가 시작될 것만 같다는 생각이 들었기 때문이다.

◆

"후우……."

사절단 일행의 어느 마차 안.

검사로 보이는 남자가 눈앞의 서류에서 고개를 들고 한숨을 내쉬었다.

"난 이렇게 열심히 하고 있다, 정말 대단하지 않느냐, 라는 걸 어필하는 건가요? 아벨, 정말 뻔뻔하군요!"

"왜 그렇게 되는데! 한숨을 쉰 것뿐이잖아."

오늘도 검사와 마법사의 만담…… 아니, 대화가 펼쳐지고 있었다.

"애초에 공부는 즐겁게 하는 거잖아요. 한숨을 쉴 일이 아니에요."

그런 말을 하는 료는 확실히 웃고 있었다. 당연히 좋아하는 분야이기 때문이었다.

"료도…… 예를 들어 정치에 관한 공부라면 한숨 한두 번 정도는 내쉴 거라 생각해."

"후후후, 그건 아벨이 무지해서 그런 것뿐이죠. 자, 이 정치 연구가인 료에게 뭘 고민하고 있는지 의논해 보도록 하세요!"

"정치 연구가……."

또 수상쩍은 직함을 붙였군, 하고 투덜거린 아벨은 아까보다 더 깊은 한숨을 내쉬며 고개를 작게 저었다.

"딱히 고민이 있는 건 아냐……. 다만 왕가라는 건 왜 존재하는 걸까 하는 의문이 문득 들어서……."

"왕자가 왕가의 존재 의의를 묻다니…… 정말 철학적이군요……."

"아니, 철학적이지 않아."

아벨은 그렇게 말하다가 문득 료의 손을 보았다.

오른손으로 손잡이를 잡고 무언가를 우득우득 돌리고 있었다. 유리처럼 보이지만, 수속성 마법으로 만든 얼음제 물건이라는 것까지는 쉽게 짐작할 수 있었다.

한참을 돌린 뒤 뚜껑 같은 것을 열더니 속에서 가루가 된 것을 새로 만든 얼음통에 옮겨 담는다.

"료, 지금 뭐 해……?"

그렇게 말한 료는 가루 형태로 만든 커피 원두를 다 옮긴 뒤 빈 커피 밀을 아벨에게 건네주었고, 자신은 얼음제 프렌치 프레스에 뜨거운 물을 부었다……. 물론 수속성 마법으로.

수속성 마법의 엄청난 만능성!

"이걸로 로스팅한 원두만 갖고 있으면 여행 도중에도 갓 내린 커피를 마실 수 있어요!”

“오오…….”

평소에는 료의 행동에 황당함을 드러내는 일이 잦은 아벨이지만, 이번만큼은 솔직하게 감동했다.

프렌치 프레스에서는 코나 커피의 그윽한 향이 풍겨왔다. 책상 위에는 얼음제 프렌치 프레스와 얼음제 모래시계가 놓여져 있다…… 아마 ‘모래’도 아주 작은 얼음 알갱이일 것이다.

“창업 가문이란 깃발이다.”

“뭐?”

료가 중얼거렸고, 아벨은 무심코 그것에 반응했다.

“아, 아니요, 그냥 혼잣말이에요. 왕가라는 것은 깃발이라는 거죠.”

“왕가란 깃발이다…….”

료는 고개를 끄덕이고 설명을 시작했다.

“사람이라는 생물은 조직이나 나라처럼 모호하고 실체가 없는 것에 대해서는 충성심을 갖기 어렵다고 해요. 그래서 그 조직을 체현하거나 상징하는 **사람**에 대한 충성을 품게 함으로써 사람들을 한데 모으는 거죠.”

아벨은 끼어들지 않고 료의 설명을 조용히 경청했다.

“나라는 국기나 국가를 제정하고, 모호한 것이 아닌 나라를 상징하는 **사물**을 내걸어 백성들의 충성을 모아요. 하지만 역시 그걸로는 완벽하지 않죠. 가장 확실한 건 역시 **사람**이에요.”

현대 지구를 기준으로 본다면 민주주의의 총본산이라 할 수 있는 미국이 가장 좋은 예일 것이다.

미국 대통령은 미국이라는 나라 그 자체의 상징이자 그것을 구현한 인물이다. 그래서 무슨 일이 일어나도 국가의 상징인 대통령의 안전이 최우선시 된다. 수십 명이, 혹은 수천 명이 죽게 되더라도 일단은 대통령의 안전을 확보하기 위해 국가 전체가 움직인다.

그런 시스템이 갖춰져 있다.

미국의 시스템을 설계해 온 사람들은 알고 있었을 것이다. 국민을 한데 모으기 위해서는 국가 자체를 상징하는 **사람**을 세우는 것이 가장 효과적이라는 것을.

그렇기 때문에 그렇게나 다양한 민족과 종교, 여러 사상이 뒤섞인 모자이크 국가임에도 딱 한 번의 대규모 내전을 겪었을 뿐, 여전히 세계의 정점에 군림할 수 있는 것이었다.

지금까지도 세계 역사상 수많은 카리스마적 지도자들이 존재했다.

그들 밑에서는 인종의 대립이나 종교의 대립은 큰 문제가 되지 않았고 나라는 계속 돌아갔다. 하지만 그들이 죽으면 그러한 대립이 표면 위로 떠올라 나라를 뒤흔들었고, 무엇보다 백성을 고통스럽게 했다.

그렇기에 한 세대에서 끝나버리면 곤란한 것이다.

사람을 한데 모으기 위한, 그 상징으로서…….

"즉 왕, 혹은 왕가란 나라나 백성을 하나로 모으기 위한 상징으로서 필요한 존재라는 거네. 아니, 좀 더 분명하게 말하자면 가장 효과적인 체계라는 건가?"

"뭐, 그런 거죠. 좀 비인도적라는 생각도 들지만요. 왕은 평범한 인간이 누릴 수 있는 즐거움은 경험할 수 없을 테니까요."

창업 가문을 깃발이라고 말한 사람은 료의 아버지였다.

직원을 하나로 묶는 상징으로서, 그리고 회사를 운영하는 데 있어 가장 효과적인 장치 중 하나로서 창업 가문을 활용하는 것은 충분히 가능한 일이라고.

실제로 대기업이 된 뒤로 창업 가문을 배제한 회사는 수십 년 후 어떻게 되었는가?

일본에는 수백 년이 넘는 회사가 수천 개에 달하지만, 거의 모든 기업이 창업 가문을 지니고 있었다.

그렇지 않으면 버티지 못한다.

역사가 증명한다.

역사는 거짓말을 하지 않는다.

역사는…… 때로는 잔혹하다.

창업 가문의 인간이 **가문**에 붙들려 버릴 가능성도 물론 있다. 직업 선택의 자유가 없는 것은 인도적이라고 보기는 어렵다.

하지만 역사는 그런 것을 고려해 주지 않는다.

"깃발 자체가 반드시 유능하다고는 할 수 없어요. 깃발인 만큼 주위에 우수한 인재를 두고 그들이 제대로 움직이기만 하면 충분한 측면도 있죠. 실제로 역사상 어리석은 왕은 셀 수도 없이 많았으니까요. 물론 깃발 자체가 유능하다면 더할 나위 없겠지만, 그렇지 않다고 해도 너무 낙심할 필요는 없어요."

"뭔가 그 말…… 내가 유능하지 않다는 말로 들리는데……."

아벨이 가늘게 뜬 눈으로 료를 바라보았다.

"이런, 모래시계가 다 떨어졌네요. 자, 커피라도 마시면서 한숨 돌리죠."

그렇게 말한 료는 프레스를 내려 차갑지 않은 얼음 커피잔에 갓 만들어진 커피를 따라 아벨에게 건네주었다.

"응, 고마워."

받아든 아벨은 그 향기에 저도 모르게 미소 지었다.

"설마 여행길의 마차 안에서 갓 내린 커피를 마시게 될 줄이야."

"후후후. 수속성 마법의 위대함을 마음껏 느끼도록 하세요!"

료는 과장스럽게 말하며 함께 커피의 향기에 미소를 지었다.

◆

같은 시각. 왕국 내의 어느 장소.

"'흑' 님, 모든 준비가 끝났습니다."

『흑』이라 불린 남자 앞에, 열 명이 넘는 남녀가 한쪽 무릎을 꿇고 고개를 숙인 채 명령을 기다리고 있었다. 신생 '암살 교단'의 간부들이었다.

"새로운 계약에 기반하여 사절단에 대한 습격을 허가한다. 나탈리아, 지휘를 맡도록."

"예."

명령을 내린 뒤 『흑』의 모습은 사라졌다.

하지만 간부들은 바로 움직이지 않았다.

『흑』이 사라지고 2분 정도 지나자 나탈리아가 몸을 일으켰다. 그것을 따라 다른 간부들도 움직였다.

"이전의 수령님 이상으로 위압감이 강하구먼."

간부 중에서도 가장 최고참인 사내가 그렇게 중얼거렸다.

그런 그를 노려보는 나탈리아. 하지만 입 밖으로는 아무 말도 하지 않았다.

간부끼리는 같은 서열.

하지만 그만큼 오랜 시간 교단에 몸담아 왔던 사내의 입지는 강했다.

나탈리아가 『흑』의 총애를 받아 이번처럼 큰 작전의 지휘를 맡았다고 해도, 결국 간부 중 한 명에 지나지 않았다.

'언젠가는…….'

마음속으로만 언젠가 이 남자들 위에 서겠다는 결의를 다지며 나탈리아는 방을 나갔다.

향하는 곳은 왕국 남부 최대의 도시 아크레.

◆

사절단이 왕도를 출발한 지 열흘째.

왕국 제3 도로를 남하해, 드디어 남부 최대의 도시인 아크레에 들어섰다.

아크레는 하인라인 후작령의 영지이자, 룬과 함께 왕국에서도 손꼽히는 대도시였다. 영주인 하인라인 후작은 왕국 기사단장 출신으로, 룬의 B급 모험가 펠프스의 친부이기도 했다.

그런 아크레에서는 문관과 기사단, 종사들은 영주관에 숙박하고 모험가들은 영주관에 인접한 고급 여관에 숙박하기로 되어 있었다.

표면상으로는 문관과 기사단들의 환영식을 진행했지만, 모험가들은 참여해 봤자 서로 어색하기만 할 테니 관저 밖에 숙소를 잡아 편하게 쉴 수 있게 해 준 것이다.

실제로는 제2 왕자이자 A급 모험가가 된 아벨을 위한 조치였다. 왕국 내에서 이뤄지는 행사에는 아벨을 끌어들이지 않을 것, 그것이 사정을 아는 사람들 사이에서의 암묵적인 룰이었다.

펠프스의 아버지이기도 한 하인라인 후작 알렉시스는 아벨의 신분을 알고 있었기에 사정을 아는 사람 중 한 명이었다.

아벨과 료를 포함한 모험가 22명이 묵는 숙소는 영주관에 인접한 숙소인 만큼 최고급 여관이었다. 평소 같으면 하인라인 후작가 전속 대상인이나 후작가를 찾는 귀족 수행원 등이 묵는 숙소였다.

우선 로비부터가 남달랐다.

대리석을 깔아 만든 광대한…… 그래, 넓은 정도가 아니라 광대한 로비에는 호화로움과 세련됨이 절묘한 균형을 이루며, 광대하면서도 매우 아늑한 공간을 만들어내고 있었다.

"아벨…… 굉장한 숙소네요……."

"그래……. 남부 제일이기도 하지만 왕국 전역에서도 손에 꼽을 정도의 고급 여관이니까."

종업원들의 몸가짐 역시 완벽한 프로였다. 까칠한 자도 많은 모험가들을 상대로도 계속 웃는 얼굴로 응대하고 있어 험악한 모험가들 사이에서도 미소가 넘쳐나고 있었다.

그런 광경을 보고 있던 료와 아벨의 곁에도 두 명의 종업원이 찾아왔다.

"아벨 님과 료 님 맞으시죠? 수속은 이미 끝났으니 방으로 안내해 드리겠습니다."

"짐을 들어 드리겠습니다."

직원 두 명을 따라 두 사람은 2층의 가장 안쪽 방과 바로 맞은편 방을 안내받았다.

료가 들어간 방은…….

넓은 거실에는 고급스러워 보이는 소파와 멋스러운 흔들의자가.

거실과는 별도로 딸린 침실에는 푹신한 킹사이즈 침대가. 심지어 객실 전용 노천탕까지!

"끝내준다……."

료의 입에서 무심코 새어 나온 감탄사에, 안내한 종업원은 빙긋 미소 지으며 감사를 전했다.

대귀족이 진심을 다해 운영하는 여관…… 그 굉장함을 료는 처음으로 체감했다.

료는 객실 노천탕에 느긋하게 몸을 담근 뒤 준비된 실내복을 입고 1층 식당으로 내려갔다.

거기에는 이미 반쯤 취한 모험가들이…….

그 안에서 흉악한 A급 검사를 발견한 료는 그에게 들키지 않게 구석 쪽으로 이동했다……. 아니, 이동하려고 했지만…….

"야, 료, 혼자만 도망치지 마!"

"사라믈잘못봐씁니다."

"말이 되는 소리를 해."

술에 취한 아벨에게 잡혀 술에 취한 모험가들 속에 던져진 료.

강제로 이어지는 술과 음식의 연속 공격.

그리고 어째서인지 좌우로 여성 모험가들에게 끼여 '귀여워~'라는 합창 세례까지 들었다. 료는 여성 모험가에게 귀여움받는 얼굴인 모양이다……. 동방 계열의 얼굴은 동안처럼 보여서 그런 것일까.

기본적으로 룬에서는 특정 모험가하고만 교류해 왔던 탓에, 이런 상황에 처해본 적이 지금까지는 한 번도 없었다…….

주위가 다들 술에 취해 무너지고, 료도 흐느적거리면서 거의 무의식적으로 고기 요리를 먹고 있을 때였다.

창밖에서, 있을 리 없는 인물을 발견했다. 게다가 그 인물은 료를 보고 이리 오라고 손짓하고 있었다.

료는 주위를 둘러보며 자신을 제외하고 모두가 뻗어있는 것을 확인했다. 깨어있는 것이 료뿐이라는 것은, 다시 말해 료를 부르고 있다는 뜻이었다. 그렇게 판단하고 숙소 밖으로 나왔다.

"펠프스 씨?"

"안녕, 료."

료를 부른 것은 룬의 거리 B급 파티 『백의 여단』 단장인 펠프스였다.

"어떻게 여기까지……."

"음? 본가니까……."

"아, 그러고 보니……."

펠프스 A 하인라인은 하인라인 후작가의 후계자였다. 그리고 이곳은 하인라인 후작령의 영지 아크레.

"그러네요. 아벨이라면 안에 있을 텐데요?"

"아니, 이번에는 료에게 전할 말이 있어서."

펠프스는 오픈 테라스 의자에 앉았고, 료도 그 맞은편에 앉았다.

"단도직입적으로 말할게. 료는 암살 교단을 알고 있지?"

"네……?"

물론 알고 있었지만…… 대답을 망설인 것은 솔직하게 말해도 되는지 잠시 고민했기 때문이었다.

그리고 결국…….

"무, 무슨 말인지……."

"응, 거짓말하는 거 다 티나."

펠프스는 키득키득 웃으며 지적했다.

"료가 암살 교단 마을을 궤멸시켰다는 건 알고 있어."

"아, 그건 어쩌다 보니……."

설마 거기까지 알려졌을 거라고는 생각하지 못했기에, 료는 당황하며 해명하려 했다.

"아니, 딱히 그 일을 비난하려는 게 아니야."

"아, 그런가요?"

눈에 띄게 안심하는 료.

"하지만, 그 암살 교단이 다시 움직이기 시작했어."

"어……? 하지만 수령은 이제……."

그랬다. 수령이었던 '하산'은 료의 눈앞에서 숨을 거뒀다. 그리고 료는 그의 연금술 자료를 넘겨받았다.

"응, 아무래도 다른 인물이 새로운 지도자가 된 모양이야. 그래서 말인데, 그들의 표적에 이번 사절단이 들어가 있을지도 몰라."

"네……? 왜 사절단이?"

"이유는 모르겠어. 다만 이 부근에서 얼마 전부터 사절단에 대한 정보를 모으고 있는 사람들이 있어. 붙잡아서 캐물어보니 그런 대답이 나왔고."

펠프스의 표정에는 변화가 없었다.

하지만 '붙잡아서 캐물은' 방법은 결코 정상적인 방법은 아닐 것 같다는 생각이 들었다. 딱히 근거는 없지만, 펠프스는 그런 방면에도 뛰어날 것 같았기 때문이다.

그 부분이 아벨과 다르다고 느끼는 지점이기도 했다.

거기까지 생각이 미치자 한 가지 가능성이 떠올랐다.

"혹시 아벨을 노리는 건가요?"

료의 말에 펠프스는 료의 눈을 뚫어져라 쳐다보았다.

"그 질문을 한다는 건, 료는 아벨의 신분을 알고 있다는 거네?"
펠프스가 옅은 미소와 함께 물었다. 질문 형식이지만 이미 확신하고 있는 얼굴이었다.
"네, 제2 왕자라고 참칭하고 있거든요."
"참칭이라니."
그 말에는 펠프스도 소리 내 웃고 말았다.
"응, 뭐, 사실이야."
"아아…… 뭐, 어렴풋이 그럴 것 같다고는 생각했어요."
그래, 생각하고는 있었다.
거짓말 아니다? 진짜로.
"이번 표적이 아벨인지 아닌지는 아직 모르겠어……. 아벨을 노린다면 굳이 이 타이밍이 아니라, 오히려 주위에 사람이 없을 때가 더 쉬울 테니까. 그래도 가능성은 제로가 아니니까……."
"알겠습니다, 조심할게요."
료가 크게 고개를 끄덕였다.
펠프스가 일부러 자신을 만나러 온 이유를, 암살 교단의 움직임을 알리는 것에 더해 아벨의 호위를 부탁하기 위함이라고 료는 해석했다.
"다행이다. 료가 붙어 있으면 든든하지."
그렇게 말하고 빙긋 웃은 펠프스가 몸을 일으켰다.
"아, 그리고 트와일라이트 랜드 자체의 분위기가 상당히 수상해지고 있어. 그것도 일단 알고는 있어 줘."
그렇게 말한 펠프스는 옆에 있는 관저 쪽으로 걸어갔다.

그 뒷모습을 배웅하는 료.

"음, 귀공자라는 건 아마 저런 사람을 두고 하는 말이겠죠. 아벨은…… 품위가 없는 건 아닌데 좀……."

"나 있는 거 알고 말하는 거지?"

그늘에서 나온 것은 대화에 등장했던 검사 아벨.

료는 〈수동 소나〉를 켜둬서 아벨이 있다는 것을 알고 있었다. 물론 처음부터 있었던 것은 아니고 이야기가 끝나기 직전에 온 것이지만.

"아뇨아뇨~, 그럴 리가요~."

"거짓말 다 티나거든!"

료는 한숨을 내쉬며 아벨에게 말했다.

"아벨, 제가 아벨을 오해했던 것 같아요."

"뭐야, 갑자기."

아벨은 고개를 갸우뚱하며 물었다.

"아벨이 제2 왕자라는 걸 저도 인정할게요."

"료는…… 내가 하는 말은 안 믿고 펠프스가 하는 말은 믿는 거야?"

"어쩔 수 없죠. 사기꾼이 '저 왕자예요~'라고 말해도 쉽게 믿기 어렵잖아요? 하지만 후작가의 후계자가 '그는 왕자입니다'라고 말하는 건 믿을 수 있으니까요."

"……그 비유가…… 맞아?"

아벨은 작게 고개를 젓고는 말을 이었다.

"뭐, 됐어. 애초에 펠프스는 왜 온 거래?"

"저번에 봤던 암살 교단 있잖아요. 그게 다시 움직이기 시작했는데, 이번 사절단을 노리고 있대요."

"그렇게 중요한 말을, 어떻게 그렇게 가볍게 말할 수 있는 거지……."

카레가 없으면 햄버그를 먹으면 되잖아요, 만큼이나 가벼운 료의 말투에 한숨을 내쉬는 아벨.

확실히 아주 중요한 내용이긴 하지만…….

"하지만 이번에는 기사단도 있고, 저희 말고 다른 모험가도 있잖아요? 힘 빼고 해도…… 아니, 빵빵한 지원을 기대할 수 있으니까요!"

"응, 힘 빼고 한다는 말 다 들렸어."

"그런말한적엄써요."

◆

"아크레를 지나 더 나아가면 여기저기서 숲이 많이 나올 거야."

아크레를 출발한 후, 아벨이 료에게 말했다.

"즉 지금부터가 실전이라는 거군요."

료는 비장한 결의라도 마친 얼굴로 진지하게 고개를 끄덕였다.

"아니, 그 정도로 심각한 건 아니야……. 아크레 다음, 그러니까 오늘 밤 머물 바든 브레인을 지난 뒤니까."

"뭐야……. 그런 거라면 내일 말해 주세요."

"아니, 지금도 충분히 **실전** 여정인데……."

어쩔 수 없다는 얼굴로 한숨을 내쉬며 작게 고개를 젓는 료. 그 모습을 보고 지적을 날리는 아벨.

평소와 같은 풍경이었다.

그렇지만 어제까지의 마차 안과는 조금 분위기가 달랐다.

어제까지는 말 그대로 이동 학습실이라 불러도 될 정도의 광경이 펼쳐졌었지만, 오늘은 책상 위에 올라간 서류가 절반 가까이 줄어 있었다. 완전한 안전이 보장되었던 아크레까지 가는 제3 도로가 아니기도 했고, 무엇보다 펠프스의 경고를 고려한 결과였다.

"어제 펠프스 씨가 아크레에서 움직이던 암살 교단 사람을 붙잡고 캐물었다던데……."

"그 녀석, 그런 방면에는 능하니까."

아벨은 고개를 끄덕이며 대답했다.

"그렇게 쉽게 잡히다니 교단의 암살자도 별거 아니네요."

"아니…… 아마 그런 문제는 아닐 거야."

"무슨 말인가요?"

아벨이 부인했고, 료가 고개를 갸우뚱하며 되물었다.

"이 아크레, 아니, 하인라인 후작령 자체가 왕국에서도 손꼽히는 방첩 기능을 갖추고 있거든."

"펠프스 씨가 그 방면에 강해서요?"

"그것도 있지만, 펠프스 이상으로 아버지가 그 방면에 강해. 펠프스의 스승이니까."

아벨은 펠프스의 부친이자 현 하인라인 후작의 얼굴을 떠올리며 대답했다.

"전 왕국 기사단장이죠?"

"전전 왕국 기사단장이지."

전 왕국 기사단장 바카라는 왕도 소동 때 사망했다.

"부친, 즉 알렉시스는 기사단장 시절 귀신이라고 불렸던 인물이었지만, 첩보의 중요성을 알고 있던 인물이기도 했어."

"기사단장이라는 말에서 떠오르는 이미지와는 거리가 머네요……."

"그렇지. 하지만 알렉시스가 왕국 기사단장 자리에 있었기 때문에 10년 전 '대전'에서 왕국은 대승을 거둘 수 있었던 거야. 알렉시스 본인이 말했지. 정보의 힘이었다고."

"적을 알고 나를 알면 백 번 싸워도 위태롭지 않다."

"음?"

료가 손자의 한 구절을 중얼거렸고, 아벨이 되물었다.

"아뇨, 제 고향에서 전해지는, 전쟁에서 정보가 가진 중요성을 적어둔 문장이에요."

"호오. 료도 잘 아는구나."

료는 어렸을 때부터 전략 게임 애호가였다.

"제 고향에서는 상식이죠."

"아, 응, 그래……."

◆

하인라인 후작 집무실.

현 하인라인 후작 알렉시스는 매일같이 서류 작업을 소화하고 있었다.

올해 50세가 되는데 아직도 그 풍모는 젊었고, 군살 하나 없는 몸 역시 놀라울 정도로 탄탄했다.

그 집무실에 한 남자가 들어왔다.

"아버님, 사절단 일행이 도시를 출발했습니다."

알렉시스의 장남이자 B급 모험가 펠프스가 보고했다.

"그래, 고생했다. 그건 그렇고 놀랐어. 기사단을 이끌고 있던 게 돈탄이었다니. 중대장이라고 했나. 그땐 아직 햇병아리였는데…… 시간의 흐름이 느껴지는군. 그러고 보니 어제 옆쪽 여관에 갔던데……."

"눈치채셨습니까? 그 일을 경고하러 갔습니다. 아벨은 반쯤 술에 취해 있어서 료에게 전했고요."

"그 수속성 마법사 말인가."

알렉시스는 그렇게 말하고는 작게 한숨을 내쉬었다.

"아버님은 여전히 료를 신용할 수 없으십니까?"

캐묻는 것도 아니고, 비난도 아니다. 그저 걱정이 많은 아버지를 향한 아들의 물음이었다.

"아니, 신용은 하고 있다. 아벨뿐만 아니라 너까지 신뢰하는 인물이니 아마 상당한 인물이겠지. 그 부분이 아니라, 그가 가진 지나치게 강한 힘이 말이다……."

"아, 그 마을 말이군요."

그 마을이란 료가 〈퍼머프로스트〉로 얼어붙게 만든 암살 교단 마을을 말했다.

물론 대외적으로는 전혀 알려지지 않는 정보였고, 왕국 귀족들조차 거의 모르는 정보였지만, 이곳은 하인라인 후작가. 막강한 정보 수집력 덕분에 아주 높은 정확도로 무슨 일이 일어났고 누가 연루되었는지를 파악하고 있었다.

"우리보다 먼저 그 마을의 소재를 알고 있었다는 것도 놀라운데, 혼자서 궤멸시켰다는 건 더욱 놀라워. 바라건대 그 힘이 왕국을 향하지 않기만을 바랄 뿐이야."

알렉시스는 그 옛날 귀신이라 불리던 인물과 동일인물이 맞나 싶을 정도로 힘에 부치고 나약한 표정을 지었다.

하지만 아들인 펠프스는 알고 있었다. 이쪽이 바로 알렉시스 하인라인의 본모습이라는 것을.

물론 적을 마주하면 가차없이 공격하고, 모든 수단을 총동원해 파멸로 몰아넣는…… 그야말로 귀신 같은 일을 벌인다. 그러나 그 본질은 매우 섬세하고 신중한 성격. 그렇기 때문에 첩보 활동에 뛰어난 것이라고도 할 수 있었다.

"그러고 보니 트와일라이트 랜드의 수상쩍은 정보, 역시 사실이었어. 지금 도착한 정보다."

알렉시스는 그렇게 말하고는 종이 한 장을 펠프스에게 건네주었다.

펠프스는 그것을 훑어보고는 눈썹을 살짝 찌푸리며 중얼거렸다.

"내전 가능성……. 정부 측 중심은 콘트레라스 백작, 반정부 측의 중심은 에스피엘 후작…… 그런데 정부 측 본체는 반정부 측의 움직임을 파악하지 못하고 있다? 이게 무슨 말이죠?"

"솔직히, 전혀 모르겠다."

중앙 연방 제일이라 일컬어지는 첩보망을 가진 하인라인 후작가, 그것은 중앙 연방 제일의 정보 분석 능력을 가졌다는 말과 동의어라 할 수 있었다. 하지만 그런 하인라인 후작 알렉시스조차, 트와일라이트 랜드에서 벌어지고 있는 상황에 대해서는 도무지 갈피를 잡지 못하고 있었다.

"콘트레라스 백작도 에스피엘 후작도 모두 랜드 굴지의 대귀족이다. 랜드에서 이런 대귀족은 중앙 정부 관직을 맡지 않아. 지방에 영지를 거드리고 영지와 수도를 오가며 살지. 게다가 각자가 막대한 경제력과 군사력을 갖고 있어…… 랜드 정부가 안고 있는 전력보다 더 거대한 힘을. 양쪽 모두 국가의 중추고, 영지와 관련된 충돌이 있었다는 보고도 받지 못했다. 그런 와중에 내전이라니? 너무 갑작스러워. 그리고 랜드 정부가 그 움직임을 파악하지 못하고 있다는 것도……."

"이번 왕국 사절단 파견과 관련이 있을까요?"

"가능성은 있지만……."

알렉시스가 거기까지 말했을 때, 문을 노크하는 소리와 함께 새로운 정보가 도착했다.

알렉시스가 훑어보고는 바로 펠프스에게 건네주었다.

"가능성이 더 커졌군."

"왕국의 사절단 파견을 강하게 밀어붙인 자가, 콘트레라스 백작……."

새로 도착한 정보는, 이번 왕국 사절단 파견이 정부 측 핵심 인물에 의해 추진되었다는 사실을 알려주고 있었다.

"사절단이 내전 한복판으로 뛰어들게 될지도 모르겠어."

알렉시스는 그렇게 중얼거리며 작게 고개를 저었다.

잠시 후 알렉시스가 다시 입을 열었다.

"잉베리 공국 일도 그렇고, 우리 왕국 동부의 혼란도 그렇고, 중앙 연방이 한시도 조용할 날이 없구나."

왕국 동부에서는 로우대교 붕괴 이후 여러 혼란이 발생했고, 잉베리 공국에서 난민까지 유입되면서 치안이 심각하게 악화되었다.

혼란을 진압해야 할 지방 영주들도 반란에 휘말려 목숨을 잃거나, 갑자기 들이닥친 마물에 의해 목숨을 잃거나, 혹은 알 수 없는 저택의 화재에 휘말려 목숨을 잃는 일이 이어지면서 혼란은 더욱 확대되었다.

그 시발점이 된 것은 슐즈베리 공작 콘라드의 죽음이었다. 때마침 아벨이 있는 『붉은 검』이 의뢰를 맡으며 엮이게 된 그 사고였다.

"콘라드의 죽음은 짜여진 극본이었지만, 결국 배후는 아직도 알아내지 못했지."

알렉시스가 중얼거렸고, 펠프스도 고개를 끄덕였다.

물론 심증은 있었다. 다만 물증을 찾아내지 못했을 뿐이다.

"이 일련의 동부 동란의 배후가 오브리 경은 아니라는 거지요."

"아닐 거다. 오브리 경 자신이 마스터 맥글러스에게 그렇게 말했다는군. 그 말을 믿을지 말지는 별개로 쳐도, 잉베리 공국을 손에 넣은 이상 인접한 왕국 동부의 혼란은 그에게도 골칫거리겠지. 손에 넣기 전이였다면 왕국의 개입을 막기 위해 파괴 공작을 벌일 이유가 있었겠지만…… 지금에 와서는 이익은 커녕 해만 될 거다. 그런데도 여전히 동란은 계속되고 있고, 심지어 날이 갈수록 심해지는 걸 보면, 실을 잡고 있는 건 또 하나의 대국……."

"제국입니까?"

알렉시스도 펠프스도 얼굴을 찌푸렸다.

제국이 움직이고 있다는 것은 거의 확실하다.

하지만 제국이 뒤에서 조종하고 있다고 해도, 그 이유가 보이지 않았다.

왕국 동부는 애초에 제국과 맞닿아 있지 않았다. 그 사이에는 꽤 넓은 면적을 자랑하는 왕국 북부가 있다. 혼란을 일으켜서 약화시킨다 한들 왕국 동부를 손에 넣는 것은 쉽지 않을 것이다.

그런 장소를, 대체 왜…….

"왕국 북부에…… 아직 우리가 파악하지 못한 정보가 있을 것 같군."

"북부에는 그 분이 계시지요."

"그래, 플리트워 공작…… 왕제 레이먼드 전하가 계시지."

아벨과 일라리온이 연루되었던 검은 가루 사건에 관해서도 하인라인 후작가는 정확히 파악하고 있었다. 그 일에 플리트워 공작가가 관련되어 있었다는 사실도. 게다가 플리트워 공작가는 북부 제2 도시 칼라일을 영지로 거느리고 있는 대귀족이다.

심지어 왕제. 현 국왕 스태퍼드 4세의 동생.

알렉시스는 거기까지 말하고 펠프스를 보며 전했다.

"실력 좋은 몇몇을 칼라일에 심어두고 확인해 볼 필요가 있겠군."

"상대가 어떻게 나오는지 반응을 보겠다는 거군요."

일반적인 정보 수집이라면 이미 수많은 첩보 인력을 수년에 걸쳐 잠입시켜 두었다. 하지만 그것만으로는 부족할 때를 대비해, 일부러 더 눈에 띄는 강력한 전력을 도시에 투입해 상대가 어떻게 나오는지 파악한다……. 틈새를 찾기 위해 자주 쓰는 방법이었다.

하지만 매우 위험했다. 그래서 반드시 실력자여야만 했다.

"저희 '백의 여단'의 주력 멤버를 보내겠습니다."

"그래, 부탁해."

펠프스의 대답에 알렉시스는 고개를 끄덕이며 짧게 답했다.

◆

펠프스와 알렉시스가 이런저런 사안을 논의하고 있을 무렵, 료와 아벨은 마차 안에서 식후 커피를 마시며 휴식을 즐기고 있었다. 아크레에서 펠프스가 챙겨준 보급품 안에 로스팅된 코나 커피 원두가 들어 있었던 덕분이었다.

물론 료가 가져온 원두에는 아직 충분히 여유가 있었지만, 원두는 아무리 많아도 곤란하지 않았다. 짐을 옮겨주는 마차가 있는 한!

그것을 내다보고 챙겨준 펠프스의 평가가 료의 안에서 급상승하고 있었다.

그렇게 커피를 즐기고 있는데, 밖에서 누군가 소리치는 목소리가 들려왔다.

“마물이다!”

사절단 안에 그 목소리가 닿자마자 마차가 모였고, 방패를 든 기사단 일부가 보호하듯 마차를 에워쌌다.

그 바깥쪽에서 모험가와 나머지 기사들이 마물을 쓰러뜨려 나가는 식이었다.

‘드디어 마물 조우 이벤트! 룬으로 거처를 옮긴 이후엔, 생각해 보면 지금까지 이런 기회가 한 번도 없었어요. 나름 도로로 꽤 많이 이동했다고 생각하는데…… 하지만! 여기서 마침내!’

료는 그런 생각을 하고 있었다. 옆에 있던 아벨이 가늘게 뜬 눈으로 료를 보고 있었지만, 눈치채지 못했다.

참고로 료와 아벨은 마차 안에 앉은 채 창문으로 상황을 지켜보고 있었다.

“저는 구하러 가야 하지 않을까 생각했는데, 아벨이…….”

“누구한테 변명하는 거야! 방해되니까 가만히 있자고 말한 건 료잖아.”

그랬다. 두 사람은 어떻게 움직이라는 지시를 사전에 아무에게도 받지 못했다. 다만 다른 마차에 탄 문관들은 마차 안에서 얌전히 대기하고 있었기에 두 사람도 얌전히 있는 것이 좋지 않을까 판단한 것이다.

만약에 예상치 못한 일이 생겨서 기사단과 모험가들이 위험에 처한다면, 그때 도와주자. 그런 합의의 결과였다.

참고로 기사들의 수행원인 종사들은 활을 겨눈 채 마차 주변 방패 안쪽에서 대기하고 있었다. 과거에는 기사의 갑옷은 혼자서 입을 수 없었다. 그래서 반드시 종사가 따라다니며 갑옷을 입혀주고 말을 끌고 그밖의 이런저런 시중을 들어야 했다. 하지만 시대가 바뀌면서 현재의 갑옷은 기사 혼자서도 입을 수 있게 되었다. 그러나 전통의 일환으로 종사가 붙는다. 일종의 견습 기사 같은 포지션이다.

그 종사들은 기본적으로 전투에 직접 참여하지 않았다. 하지만 『파이』에서는 궁사로서 원거리 공격을 담당하는 경우도 있었다.

"왔다!"

오른편에서 마물이 다가왔다.

"늑대다!"

"워울프 무리다!"

워울프는 겉모습만 보면 아주 큰 늑대 형상을 한 마물이었다. 한 마리 한 마리로 보면 빠르긴 하지만 이 클래스의 모험가나 기사라면 뒤질 일은 없을 것이다. 하지만 무리로 움직이는 마물이었기에 대응하는 것이 쉽지 않았다.

아벨도 료도 그렇게 생각했지만…….

모험가 파티의 마법사들이 원거리 공격을 퍼부었다. 동시에 종사들도 활을 날렸다.

활로는 거의 쓰러뜨릴 수 없지만 그래도 상처를 입히는 것은 가능했다.

또한 C급 모험가의 공격 마법이라면 거의 확실하게 맞힐 수 있는 상대였다. 그리고 맞히면 쓰러뜨릴 수 있었다.

원거리 공격으로 어느 정도 수를 줄인 뒤에는 근접직 차례가 된다.

돌진해 온 워울프를 기사가 방패로 받아내거나 혹은 아래쪽에서 쳐올린다. 그렇게 움직임이 멈춘 틈에 모험가들이 창을 찔러 마무리한다.

기사단과 모험가들의 훌륭한 연계.

'기사단과 모험가 사이에서 다툼이 일어나는…… 그런 이세계물의 스테디셀러 전개를 상상했는데, 그런 일은 전혀 안 일어나네요. 하여간, 책이라는 건 과장이 너무 심하다니까요!'

모두 소설이다. 픽션이다.

다큐멘터리가 아니다.

기사단과 모험가들은 별다른 위험 없이 덮쳐온 워울프를 모두 토벌했다.

마지막으로 풍속성 마법사가 〈탐사〉로 주위를 탐색했고, 다른 마물이 덮쳐 오지 않는 것을 확인한 뒤 경계가 해제되었다.

모험가들의 파티 리더들과 기사들이 악수를 나누고 있었다.

모험가 측 리더와 기사단을 이끄는 중대장은 유독 돈독하게 악수를 나누고 있었다. 두 사람의 치밀한 협의가 이런 완승을 이끌어낸 셈이니 만족감도 남다를 수밖에 없었다.

"멋진 광경이네요."

동료애 넘치는 그런 광경을 보면서 료는 몇 번이고 고개를 끄덕였다.

"료 성격상 '기사와 모험가가 서로 다퉈서 난장판이 되는 걸 기대했다'라고 말할 줄 알았는데……."

"무, 무슨 소릴 하는 거죠? 그런 생각은 털끝만큼도 안 했어요."

당당하게 단언하는 료.

그것을 보는 아벨의 시선에는 의심이 가득했다.

모험가와 기사의 악수.

그 멋진 광경은 그 뒤로도 반복되었다.

매일 오전과 오후에 한 번씩.

그렇다. 다시 말해 정기적으로 마물의 습격이 발생했다는 뜻이었다.

◆

C급 모험가 쇼켄은 고민 중이었다.

그는 이 사절단 호위 모험가들의 리더였다.

33세로 이 중에서 가장 나이가 많았고, 모험가로서의 길고 풍부한 경험을 높이 사서 그랜드 마스터가 직접 리더로 임명한 것이다.

파티 넷, 총 20명으로 이루어진 호위 모험가들 자체는 아무 문제가 없었다. 파티끼리 싸움이 나거나 비협조적인 일도 전혀 없었다.

오히려 평소라면 함께할 일이 없는 왕국 기사단 단원들과도 호흡을 잘 맞추며 호위 임무를 수행하고 있었다.

그렇다면 무엇이 쇼켄을 괴롭히고 있는가.

그것은 마차 안에 있는 모험가 때문이었다.

한 명은 A급 모험가 아벨.

물론 그에게 인격적인 문제나 능력의 부족, 혹은 소통의 어려움이 있는 것은 전혀 아니었다.

A급다운 깊은 식견과 사람을 끌어당기는 카리스마, 그리고 타의 추종을 불허하는 검 실력을 갖고 있었다. 아침마다 숙소 안뜰에서 검을 휘두르는 모습이나 안면 있는 기사들과 가볍게 벌이는 모의전만 봐도 그 검의 기량이 얼마나 압도적인지 알 수 있었다.

또 한 명은 C급 모험가이자 마법사인 료.

C급이지만 아벨의 상대로서 선택된 만큼 인간적으로 아무런 문제가 없어 보였다.

겉으로 보기에는 열여섯이나 열일곱 살로 보이지만, 그것은 동방 계열의 외모 때문이라고 했다.

아크레의 숙소에서 열린 연회에서는 여성 모험가들에게 '귀엽다~'라는 말을 연신 들으며 귀여움을 받고 있었다.

그건 좀 부러웠다.

아벨이든 료든, 그들이 가진 모험가로서의 기량이나 성격적인 부분 때문에 고민하는 것은 아니었다.

고민하는 것은 그들의 위치였다.

그들이 이번 사절단에서 호위 임무에 관여하지 않는다는 것은 알고 있었다.

어디까지나 게스트로서 트와일라이트 랜드에 간다는 것도 알고 있었다.

그래서 마차에 타고 있다는 것도 알고 있었다.

그렇다면 호위 임무에 관해 그들, 특히 A급 모험가인 아벨의 의견을 듣고 싶은 상황이 발생할 경우 물어보러 가도 되는 것인가, 안 되는 것인가.

바로 그 부분이 고민이었다.

아크레의 다음 도시인 바든 브레인을 지나면서부터 매일같이 덮쳐오는 마물. 이에 관한 견해를 듣고 싶었다.

물론 쇼켄도 이미 예상은 하고 있었다. 하지만 그것만이 답이라고 단언할 수는 없었다.

자신이나 동료들이 깨닫지 못한 무언가, 혹은 뜻하지 않은 무언가가 있을지도 모른다. 달리 물어볼 사람이 없다면 포기했겠지만, 바로 저 마차 안에는 있었다.

아크레의 숙소에서 함께 술도 마시면서 안면도 어느 정도 익혔다.

묻고 싶다…….

바든 브레인을 떠난 지 6일째 되는 날 정오.

이날도 여느 때와 마찬가지로 오전의 마물 습격을 격퇴하고, 사절단 일행은 점심 휴식을 취하고 있었다.

바든 브레인 이후에도 밤에는 마을이나 소도시에 들어가서 묵고 있었다. 당연히 사절단 전원이 묵을 수 있는 숙소는 없었기에 일부는 야영을 해야 했지만.

하지만 적어도 식량 조달에는 문제가 없었고, 조리는 종사와 일부 문관, 모험가들이 분담하여 밤낮으로 모두 불만 없는 식사가 제공되고 있었다.

그렇게 점심 식사를 마친 후.

"실례합니다. 아벨 씨, 잠시 시간 좀 있으십니까?"

아벨과 료가 마차 밖에서 경치를 바라보며 식사를 마무리한 타이밍에, 모험가의 리더인 쇼켄이 말을 걸어왔다.

"쇼켄 씨. 마침 다 먹었으니 말하세요."

아벨은 그렇게 말하고는 옆에 앉으라며 땅을 톡톡 두드렸다.

반대편에서는 료가 식후 커피를 위해 얼음으로 만든 커피 밀로 원두를 갈고 있었다.

"실은, 연일 이어지는 마물들의 습격에 대해 상담을 좀 하고 싶습니다."

"네, 제가 도움이 된다면 얼마든지."

쇼켄은 아벨보다 나이가 많았지만, 누가 뭐래도 아벨은 A급 모험가였다. 공손한 어조가 되는 것은 당연했다.

아벨은 A급 모험가였지만, 그래도 쇼켄은 연상이었다. 공손한 어조가 되는 것은 당연했다.

쇼켄은 모험가들끼리 나눈 이야기를 간추려 설명했다.

너무 일정한 주기로 습격하다 보니, 누군가가 인위적으로 어떤 방법을 써서 마물을 조종하는 것이 아닌가. 그들의 표적이 사절단이라는 것은 분명한데, 사절단의 누구인지, 혹은 무엇이 표적인지는 아직 알 수 없다, 라는 내용이었다.

"네, 인위적인 건 저도 확실하다고 생각해요. 마물을 조종하는 도구 같은 게 있다는 말은 들어본 적이 없는데…… 연금 도구라면 있을 수 있나? 어때, 료?"

아벨은 옆에 있던 료를 향해 물어보았다.

료는 얼음으로 된 작은 책상을 만들어서 그 위에 커피 가루와 뜨거운 물이 담긴 프렌치 프레스, 그리고 얼음 모래시계를 놓고 시간이 지나기를 기다리고 있었다.

"예전에 비슷한 질문을 케네스에게 한 적이 있어요. 케네스가 말하길 왕국의 연금술로는 만들 수 없다고 하더라고요. 이유는 마물을 조종하는 마법이 너무 특수하기 때문이래요."

"마물을 조종하는 마법…… 역시 그런 게 있긴 있군요."

료의 대답에 쇼켄이 무심코 반응했다.

"암속성 마법의 일종이죠."

아벨이 대답하고는 설명을 덧붙였다.

"암속성 마법에는 정신에 간섭하는 마법이 있어요. 보통은 인간의 정신에 간섭하는 게 기본이지만, 일부 암속성 마법사는 마물의 정신에 간섭해 조종할 수 있다고 해요. 옛날에 책에서 읽은 적이 있어요. 케네스가 말한 것도 아마 그거였겠죠."

"그렇군요……."

"현재에는 암속성 마법을 다루는 마법사는 없다고 알려져 있습니다. 연금 도구로 발동시키려면, 발동하는 마법에 관한 깊은 지식을 가진 이가 제작에 협력해야만 합니다. 그러니까, 만들 수 없다는 거겠죠."

아벨은 그렇게 말했다.

'그래, 없다고 알려져 있을 뿐 실제로는 존재해.'

그 머릿속에는 과거 '숨겨진 신전'에서 마주했다가 결국 악마 레오놀에게 끌려갔던 암속성 신관이 떠올랐다.

"어쩌면, 이번 습격자 중에 그런 부류의 마법사가 섞여 있을지도 모릅니다. 만약 그런 놈이 있다면 마물을 부추기는 건 가능할 테니까."

"확실히……."

아벨의 말에 쇼켄이 크게 고개를 끄덕였다.

바로 그 타이밍에 료가 말을 걸었다.

"커피 다 내렸어요. 자, 쇼켄 씨도 드세요."

그렇게 말하고는 차갑지 않은 얼음 컵에 커피를 내려 쇼켄에게 건넸다.

"아, 감사합니다. 참 예쁜 잔이네요. 게다가 커피 향도 굉장히 좋습니다……. 설마 호위 의뢰 도중에 이런 커피를 마시게 될 줄이야.”

그렇게 말하며 한 모금 마시고는 눈을 부릅뜬다.

“정말 맛있군요! 이건 최상급품이죠?”

“아크레에 있을 때 영주관에서 받은 거예요. 맛있죠?”

쇼켄의 극찬에 료도 잔을 기울이며 대답했다.

두 사람 사이에서 고개를 끄덕이면서 말없이 커피를 계속 마시는 아벨.

맛있는 커피는 사람을 미소 짓게 만든다.

“후우. 맛있었다. 잘 마셨습니다.”

쇼켄은 그렇게 말하고 컵을 료에게 돌려주었다.

“그래서, 앞으로 일어날 일에 대해 말인데…….”

“네, 아벨 씨는 어떻게 생각하십니까? 머지않아 피로가 극에 달했을 때 본대가 덮칠 거다, 라는 게 호위들의 견해이긴 합니다만.”

“그건 틀림없겠죠. 지금 일정한 리듬으로 덮쳐오고 있지만 거기에 익숙해질 무렵…… ‘아, 또 이건가’ 하고 방심한 틈을 타 본대가 덮칠 겁니다. 혹은 그렇게 믿게 만들어놓고 타이밍을 늦춰서…… 언제 올지 모른 채로 계속 긴장하게 만들 가능성도 있고요. 어느 쪽을 상정해도 피로 누적은 더 빨라지겠네요. 귀찮게 됐네요.”

“그렇습니다. 곤란해졌어요…….”

그렇게 말하고는 아벨도 쇼켄도 입을 다문 채 깊은 생각에 잠겼다.

료는 자신의 관할이 아니었기에 끼어들지 않으려 했지만, 심각하게 고민하는 두 사람의 모습이 안쓰러워 결국 말을 보탰다.

"저기…… 수속성 마법 중에 딱 좋은 마법이 있어요."

"네?"

"정말?"

쇼켄도 아벨도 번쩍 고개를 들고 료를 바라보았다.

"〈드리즐링〉……은 역시 좀 그러니까 평범하게 〈수동 소나〉로 하죠. 반경 400미터 안에 마물이나 사람 집단이 들어오면 제가 감지할 수 있어요. 그때 평소와 다른 녀석이라면 모두에게 알려드릴게요."

"오! 그거 좋네요! 료 씨가 아무 말도 하지 않으면 평소와 같은 마물의 습격. 평소와 다른 게 오면 료 씨가 알려준다. 꼭 좀 부탁드립니다!"

평소와 같은 〈수동 소나〉다. 달라지는 것은 아무것도 없다.

만약 이것이 이슬비를 의미하는 〈드리즐링〉이었다면 전혀 다른 마법이 되겠지만…… 아직 이 자리에서 쓰기엔 여러모로 까다로운 점이 많다는 것을 깨닫고 포기한 것이다.

쇼켄이 자신의 파티로 돌아간 뒤, 아벨은 료에게 물었다.

"료, 아까 말한 〈드리즐링〉이라는 건 어떤 마법이야?"

아벨은 료가 말한 마법에 묘한 불길함을 느낀 모양이었다.

"아아…… 반경 400미터 이내에 마물이나 사람 집단이 들어오면 자동으로 얼어붙게 만드는 마법이에요. 근데 만약 들어온 게 아군이면 좀 곤란해질 것 같아서 평소의 〈수동 소나〉로 바꾼 거고요. 〈드리즐링〉은 좋은 마법이긴 한데 지속 시간이 짧단 말이죠. 좀 더 길게…… 기뢰처럼 사전에 미리 깔아둘 수 있으면 훨씬 더 쓰기 편할 텐데요. 좀 더 열심히 개량해 볼게요."

"응, 그 〈드리즐링〉이라는 거 위험하니까 절대 쓰지 마."

"쓰지 마? 절대 쓰지 마? 강력하게 주장한다는 건 써라! 라는 말의 반어법인가요?"

"아니야!"

그런 료의 가벼운 말은 평소와 다름없이 아벨을 불안하게 만들었다.

◆

아크레를 떠난 지 8일째 되는 날 오전.

사절단은 마침내 국경에 도달했다.

서류만 확인받고 나이트레이 왕국 측 국경 사무소를 나왔다. 그리고 100미터 앞에 있는 트와일라이트 랜드 측 국경 사무소에서 절차를 밟았다.

랜드 측에도 오늘 사절단이 도착한다는 사실이 전해졌는지 간단한 서류 확인만으로 통과 허가가 떨어졌다.

이리하여 왕도를 떠난 지 18일, 마침내 사절단은 트와일라이트 랜드로 들어가게 되었다.

"드디어 트와일라이트 랜드예요! 태양이 별일 없이 잘 떠 있네요."

료는 이름만 듣고 언제나 황혼의 모습을 하고 있을 거라 멋대로 확신하고 있었다.

하지만 이 『파이』라는 세계에서 트와일라이트=황혼이라는 도식은 성립하지 않았다. 그렇게 생각하자 료는 새삼 트와일라이트랜드라고 이름 붙인 인물이 누구인지 궁금해졌다.

“태양이 뜨는 건 당연하지……. 전설 속에 있는 상야(常夜)의 나라도 아니고…….”

“상야의 나라? 그런 게 있어요?”

이런 판타지가 있었다니! 아직도 료가 모르는 것이 잔뜩이었다.

료의 기세에 눌린 아벨이 대답해 주었다.

“으, 응…… 서방 연방의 전설이야. 그쪽에서 모험가를 했던 아서 벨라시스가 알려준 적이 있어.”

아서 벨라시스는 궁정 마법단 고문으로, 룬의 던전에서 아벨과 함께 데빌 무리를 상대한 적도 있는 인물이었다.

료도 개인적인 부탁을 한 적이 있었고, 적어도 모르는 사이는 아니었다.

“아서 씨가…… 다음에 만나면 꼭 물어봐야겠어요!”

료는 몇 번이고 고개를 끄덕이고는 마음속에 메모해 두었다.

이변은 그날 오후 일어났다.

료의 〈수동 소나〉가 지금까지의 마물 습격과는 다른 존재를 감지한 것이다.

“아벨, 지금까지와는 다른 큰 게 하나 오고 있어요.”

"역시나! 슬슬 올 때가 됐다고 생각했어. 좋아, 쇼켄 일행에게 연락하자."

"아니, 잠깐만요"

쇼켄 일행에게 이상을 알리려던 아벨을 료가 제지했다.

"왜?"

"이 반응, 익숙한 반응이에요. 아마도, 오는 건 와이번!"

"뭐……?"

료의 충격적인 말에 아벨은 말문이 막히고 말았다.

와이번은 한 마리를 사냥하는데 C급 모험가가 스무 명 넘게 필요할 정도로 성가신 마물이다. 게다가 그렇게까지 동원해도 인간 측에 피해가 나온다.

그런 마물이 사절단에 접근 중이라고 하면 상당한 피해가 미칠 텐데…….

"일단 땅에 떨어뜨릴 테니까 그 뒤에 사냥해 달라고 하죠."

"어……? 아, 아아, 그래, 그렇지……."

그래, 평범하게 사냥한다면 귀찮은 마물이지만, 료와 아벨은 론도 숲에서 귀환하는 길에 수십 마리를 잡은 경험이 있었다. 마법이 통하지 않는다고 알려진 와이번의 바람막을, 어째서인지 료의 얼음 창은 꿰뚫어서 격추시킬 수 있었다.

"쇼켄! 좌측에서 와이번이 옵니다!"

아벨은 마차 밖에 있는 쇼켄에게 큰 소리로 외쳤다.

"네? 와이번?"

와이번이라는 단어를 듣고도 쇼켄의 뇌가 인식하는 데까지는 시간이 필요했다. 그런 상태에서 일행의 좌측 하늘을 바라보았다.

그제서야 비로소 성가신 마물 와이번이라는 것을 인식했다.

“왜, 왜 이런 곳에…….”

물론 지금까지의 마물과 마찬가지로 인위적인 방법에 의한 것이었다.

마차 안에 있던 료도 다가오는 와이번을 눈으로 확인했다.

“갑니다! 〈아이시클 랜스 4〉.”

그 순간, 와이번의 상공에 투명하고 두꺼운 얼음 창 네 개가 생성되더니 와이번의 날개를 꿰뚫고 그대로 땅에 와이번의 몸을 고정시켰다.

“쇼켄, 떨어진 와이번을 창 부대로 찔러!”

“아, 예. 다들, 가자!”

아벨의 지시에 따라 쇼켄과 창을 가진 모험가들이 와이번에 접근해 그 머리를 찌르려고 했지만…… 쉽게 찌르지 못했다.

잠시 고전하는가 싶더니, 마침내 그중 하나가 눈에 박히며 뇌까지 닿는 치명상을 입히는 데 성공했고, 와이번은 움직임을 멈췄다.

조금은 애를 먹긴 했지만, 본래의 와이번 토벌에 비하면 희생자도 없었으니 대성공이라 할 수 있었다.

참고로 그동안 기사들은 마차 주위에서 그 모습을 지켜보고 있었다…… 아연실색한 얼굴로.

◆

“반응이 사라졌어…… 설마 쓰러졌나?”

“사절단, 상상 이상으로 제법이군. 하지만 와이번과 싸웠으면 무사하지는 않았겠지. 이 기회를 놓치지 말고 습격한다.”

검은 의복 무리 안에서 여성의 구령이 울렸다. 암살 교단 간부 나탈리아다.

따르는 것은 실력 있는 암살자 30명. 조건만 갖춰지면 기사 100명을 상대로도 완승할 수 있는 전력이었다.

그만큼 절대 실패할 수 없는 작전이라는 뜻이었다. 물론 나탈리아의 사전에 실패라는 말은 없었다.

“이 승리를 ‘흑’ 님께 바치겠다.”

나탈리아는 그렇게 중얼거렸다.

자신이 모시는 『흑』을 위해, 싸운다!

◆

사절단 일행은 잠시 행군을 멈춘 상태였다.

모험가들은 쓰러뜨린 와이번에서 마석을 꺼냈고, 문관들은 그 타이밍에 휴식을 취하고 있었다.

기사들과 교섭관 이그니스는 멀리서 와이번을 보고 있었다.

“호오, 와이번이라는 건 처음 봤는데 엄청 크군요. 저런 커다란 게 하늘을 날다니 자연은 굉장하네요.”

"동감이에요."

이그니스의 옆에는 어째서인지 수속성 마법사 료가 있었고, 동의한다는 얼굴로 고개를 끄덕였다.

조금 떨어진 장소에서는 아벨이 기사 잭과 스코티에게 질문 공세를 당하고 있었다.

"아벨, 도대체 무슨 일이 일어난 거야? 와이번이 왔나 싶었더니 갑자기 추락했어. 모험가들이 바로 쓰러뜨려서 다행이긴 한데 기사단 무리들은 전부 패닉에 빠졌다고. 확실하게 설명해 줘."

"아니, 설명하라고 해도……."

잭의 추궁에 횡설수설하면서도 어떻게든 둘러대는 아벨.

그 시선은 가끔씩 이 중에서 가장 높은 신분인 교섭관 이그니스의 옆자리, 그러니까 가장 안전한 장소로 빠르게 도망친 료에게 향했다.

물론 원망 어린 시선이.

자신만 안전한 영역으로 도망쳐버린 료가 원망스러웠지만, 그렇다고 해도 여기서 '료가 한 짓이다'라고는 말할 수 없었다.

말해 버리면 대혼란이 벌어질 것이고, 그런 정보를 은폐하는 것은 불가능했다. 머지않아 왕도의 귀족들에게도 들어갈 것이고, 귀족들까지 끼어들며 문제가 커질 것은 불 보듯 뻔했다.

그렇게 되면 어떻게 될까?

료가 순순히 귀족의 변덕을 받아줄 것 같지는 않았다. 상냥해 보이지만, 료를 화나게 했을 때의 무서움은 아벨이 가장 잘 알았다.

그래, 위트나쉬 때의 그 모습이…… 폭염의 마법사 오스카와 대치했던 그 모습이 뇌리에 강하게 박혀 있었다.

그렇다면 여기서는 자신이 방파제가 되어 지킬 수밖에 없었다.

그래, 아벨은 그렇게 생각했다.

아벨은 정말 좋은 녀석이었다.

어떻게 둘러대야 하나 아벨이 머리를 싸매고 있을 때였다. 사태는 그를 기다려 주지 않았다.

이그니스 옆에 있던 료가 갑자기 소리쳤다.

"북쪽에서 30명 규모의 인간이 다가옵니다! 거리 500미터!"

가장 먼저 반응한 것은 모험가와 기사였다.

"서둘러 마차에 올라타!"

반응이 굼뜬 문관들을 마차로 유도했다. 동시에 방패를 든 기사들이 마차 북쪽에 벽을 세우고, 종사들이 그 안에서 활을 겨눴다.

모험가들 역시 마법사와 신관들은 벽 뒤에서 포격을 준비하고, 검사와 창기사 같은 근접직은 방패벽의 양쪽 끝과 내부로 나뉘어 진형을 잡았다.

기사단과 모험가들이 인간 습격을 요격하기 위해 고안해낸 진형이었다.

거의 훈련하지 않았는데도 매끄럽게 완성된 것은 기사단과 모험가 양측의 기량도 물론이지만 평소 의사소통을 중시해 온 대장과 리더들의 노력 덕분이었다.

그것을 힐끔 바라보며 아벨이 료에게 달려갔다.

"인간의 습격이라고?"

"네, 마물이 아니에요. 습격이라고 단정할 수는 없지만, 이 타이밍이라면 가장 그럴 가능성이 높겠죠. 왠지 모르게 달리는 방식이 교단의 암살자 같다는 생각이 들어요."

"어떻게 그런 것까지 아는 거야……."

"저도 하루가 다르게 성장하고 있으니까요."

이전에는 〈수동 소나〉를 써도 거기까지는 알 수 없었지만, 수 속성 마법 자체에 대한 숙련도가 올라간 덕분인지 알 수 있는 것이 더욱 늘어났다.

역시 노력은 배신하지 않는다!

그리고 료는 마차에 들어가 창문으로 얼굴만 쏙 내밀었다.

"료…… 왜 마차 안으로 들어가?"

"네? 왜냐하면 저희는 게스트니까요……."

료가 소리친 것은 어디까지나, 평소와 다른 무언가가 오면 말해 주겠다고 쇼켄과 약속했기 때문이었다. 결코 그들의 영역을 침범할 생각은 없었다.

실제로 이 정도로 훌륭하게 연계되어 있는 집단 안에 아무런 사전 조율도 되지 않은 료 일행이 끼어들었다간…… 그것이 원인이 되어 움직임이 틀어질 가능성도 있었다.

"제 경우는 마차 안에서도 지원은 할 수 있으니까요. 아벨은 밖에 있으세요!"

"뭔가 엄청나게 불공평한 느낌이 들어……."

투덜거리면서도 아벨은 마차 밖에서 상황을 지켜보았다.

실제로 긴급하게 나서야 할 경우에도 검사 아벨은 밖에 있는 편이 움직이기 더 쉬웠다. 마차 안에서도 마법을 발동할 수 있는 마법사와는 전혀 달랐다.

직업 특성의 차이라는 것이다.

세상은 원래 불공평한 법이다…….

거리가 200미터쯤 남았을 때, 습격자들이 일제히 화살을 날렸다.

마차에 몇 대 박히긴 했지만 인적 피해는 없었다. 그 밖에도 기사들의 방패가 완벽하게 막아 대미지는 제로.

하지만 목적은 화살로 인한 대미지가 아니었다.

화살촉 부근에 달린 주먹 절반 크기의 덩어리에서 흰 연기가 강하게 뿜어져 나왔다. 그 흰 연기를 틈타 대상에게 접근해 쓰러뜨리는, 암살 교단의 특기 전술이었다.

그러나…….

"또 그건가요?"

료는 그렇게 중얼거리더니 마음속으로 주문을 외웠다.

'〈스콜〉〈빙결〉.'

주문을 다 외운 순간, 앞이 보이지 않을 정도로 엄청난 소나기가 일대를 덮치며 자욱했던 흰 연기를 씻어냈다. 동시에 흰 연기를 뿜어내던 화살촉은 모두 얼어붙어 더 이상 연기가 새어나오지 않았다.

샤피 때도 그렇고, 교단 마을에 쳐들어갔을 때도 그렇고, 료에게는 더없이 익숙한 전술이었다. 오히려 그것밖에 없는 거냐! 라고 소리치고 싶을 정도로…….

하지만 실제로 암살자의 특성을 감안하면 매우 효과적인 전술이라고 할 수 있었다. 게다가 어떤 상황에서도 사용할 수 있어 범용성이 높았다. 여러 가지 도구를 늘 휴대할 수 없는 이상, 이것만 갖고 있으면 대체로는 어떻게든 되고, 어디서든 쓸 수 있다…… 그렇기에 아주 훌륭한 도구라 할 수 있었다.

오히려 비로 씻어내는 료나 바람으로 한꺼번에 날려버리는 린 같은 일류급 마법사의 존재가 희귀한 것에 가까웠다.

〈스콜〉로 흰 연기가 씻겨 내려갔을 때, 이미 습격자들은 100미터 이내로 접근한 상태였다. 거기서 갑자기 흰 연기가 사라졌다. 혼란스러움을 느껴도 이상할 것이 없었다.

하지만 역시나 단련된 암살자들. 아주 잠깐 주춤하긴 했지만 그대로 돌격을 강행했다.

이미 되돌아갈 수 있는 거리가 아니라는 것을 순식간에 판단한 것이다.

정면에 있는 적을 쓰러뜨리고 승리를 쟁취하는 길 이외에는 없다!

거의 전원이 그렇게 판단했고, 지휘관인 나탈리아 역시 똑같이 판단했다.

딱 한 사람, 나탈리아의 뒤를 따라오던 여자 암살자만이 눈에 띄게 결의가 흐릿해진 모습이었다.

그 흐트러진 분위기를 나탈리아는 즉시 감지하고 채찍질을 가했다.

"로자리아, 이제 와서 되돌릴 수 없어요. 돌격합니다."

"네, 나탈리아 님."

대답한 뒤에도 로자리아라고 불린 여성은 여전히 불안한 얼굴이었다.

로자리아는 단련된 일류 암살자였다. 맨손으로 기사 두 사람을 상대해도 쓰러뜨릴 수 있을 정도로.

하지만 로자리아의 가장 큰 특기는 근접전 같은 것이 아니었다.

그녀야말로 암살 교단에서 딱 한 명뿐인, 암속성 마법을 다룰 수 있는 인물이었다.

『파이』에서는 선천적으로 다룰 수 있는 마법 속성이 정해져 있었다.

그중에서도 암속성 마법을 다룰 수 있는 인간은 거의 없었고, 심지어 암속성 마법은 '정립된' 주문도 존재하지 않았다. 그런 만큼 암속성 마법사로 인정받을 만한 자는 중앙 연방에는 거의 없었다.

주문도 없고, 주위에 스승이라 부를 만한 인물도 없이, 오직 시행착오를 계속 반복해야만 쓸 수 있는 마법…….

그런 의미에서, 와이번조차 조종할 수 있게 된 로자리아는 암속성 마법의 천재라고 해도 과언은 아니었다.

하지만 그런 그녀가 두려움을 느꼈다.

왜냐하면, 그녀가 사역한 와이번조차 아무런 저항도 하지 못한 채 쓰러졌기 때문이다. 왜, 어떻게, 누구에게 당했는지도 모른다.

와이번 토벌이라는 것은 1년에 몇 차례 행해지지만, 여전히 확립된 공략 방법은 없었다. 매번 많은 시간을 들이고 많은 희생을 치르며 가까스로 토벌하고 있었다.

그런데 이번에는 너무 빨리 쓰러졌다.

그것이 로자리아를 공포로 몰아넣은 것이다.

무언가 무시무시한 존재가 있다…… 그렇게 확신했다.

게다가 흰 연기에 숨은 것이라면 모를까, 완전히 정면에서 돌격하는 상황이 되었으니 다리가 굳어지는 것도 당연했다.

하지만 더는 되돌릴 수 없다. 쓰러뜨릴 수밖에 없다!

A급 모험가 아벨이라는 자가 엄청나게 성가실 것 같지만, 다른 모험가는 C급. 게다가 기사들도 최근 해이해졌다는 평이 자자한 왕국 기사단의 기사 20명.

암살자 30명이라면 충분히 쓰러뜨릴 수 있었다.

와이번 일은 억지로 머릿속 한구석에 밀어넣은 채, 로자리아는 그렇게 생각하며 스스로를 설득했다. 어차피 정면으로 달려들어 쓰러뜨리는 것 말고는 방법이 없다…… 마음속으로 그런 말을 몇 번이나 반복하면서.

일대를 뒤덮은 흰 연기가 사라지고 습격자들이 훤히 드러나자, 사절단의 원거리 공격이 개시되었다. 종사들의 활, 그리고 모험가인 마법사들의 공격 마법.

종사들의 화살은 모두 암살자들에 의해 잘려나갔다.

강궁을 쓰는 궁사나 엘프들의 활이었다면 죽거나, 혹은 죽진 않더라도 큰 상처를 입힐 수 있었을 것이다. 하지만 본직이 아닌 종사들의 활로는 거기까지는 미치지 못했다.

대미지를 준 것은 마법사들이 행한 공격 마법이었다.

공격 마법의 공격 속도는 종사들의 화살과는 차원이 다른 속도였다. 느린 화살 공격 다음으로 날아온 공격이었기에 고속의 공격 마법을 피하지 못한 습격자들이 적지 않았다.

30명의 습격자 중 즉사한 사람은 없었지만, 5명이 전투 불능의 상처를 입었고, 5명이 다리에 깊은 상처를 입어 더 이상 접근하지 못했다.

사절단은 원거리 공격만으로 적 전력의 3분의 1을 줄이는 데 성공했다. 예상을 훨씬 뛰어넘은 전과였다.

"이건 굉장하군……."

완전히 견학 태세로 돌아간 아벨은 그 일련의 흐름을 자세히 관찰할 수 있었다.

전장에서 활과 마법을 효과적으로 사용하는 법…… 그것은 아벨의 경험에서도 부족한 부분이었고, 아벨 자신도 그 사실을 자각하고 있었다.

"하긴 연기가 단번에 사라졌으니까…… 그러고 보니 여관에서 린도 똑같은 일을 했었지. 린도 그렇고 료도 그렇고 마법사는 참 똑똑하단 말야."

아벨은 두 사람이 연기를 걷어낸 실력을 떠올리며 순순히 감탄했다.

아벨이 그런 태평한 소리를 하고 있는 사이, 눈앞의 전투는 근접전으로 넘어가 있었다.

접근하는 사이에 3분의 1에 달하는 전력을 잃은 암살자 집단은, 그럼에도 여전히 일류 암살자라는 사실에는 변함이 없었다.

방패 바깥쪽으로 돌아 배후로 가려는 자.

기사의 방패를 피해 그 뒤에 있는 마법사와 신관을 노리려는 자.

전위를 단숨에 뛰어넘어 직접 마차를 노리려는 자.

여러 사람들이 있었지만…….

"바람이여 불어라 〈풍압〉."

아주 짧은 주문과 함께 나온 풍속성 마법 〈풍압〉. 효과는 단순히 바람이 부는 것뿐이다.

다만 C급 마법사의 〈풍압〉이 되면 제법 강한 바람이 된다. 심지어 풍속성 마법사 네 명 모두가 정면을 향해 바람을 날렸다.

암살자들 입장에서는 정면에서 강풍이 날아온 것이나 다름없었다.

태풍 속에서는 제대로 걷기 힘든 것처럼, 암살자들도 쓰러지지 않게 버티는 것이 고작이었다. 거기에 날아드는 모험가와 기사의 창. 무서울 정도로 효과적인 공격이 완성되었다.

〈풍압〉과 창의 연계에 의해 차례차례 쓰러지는 암살자들.

1분 남짓한 〈풍압〉이 지나간 후, 마침내 완전한 근접전이 시작되었다.

쇼켄이 이끄는 모험가 검사와 중대장 돈탄이 이끄는 검에 뛰어난 기사들이 암살자들에게 달려들었다.

상대는 모두 노련한 암살자. 당연하지만 이 상황에서는 사절단 측도 상처가 없을 수는 없었다.

하지만 검사와 기사는 상처를 입으면 후퇴하여 신관들에게 회복을 받고 다시 전선으로 나갈 수 있었다. 한편 암살자는 회복을 포션에 의지할 수밖에 없었다.

암살자들 전원이 쓰러지는 것은 시간문제였다.

하지만 단 한 명, 공격에 가담하지 않고 신중하게 사절단을 관찰하는 자가 있었다.

지휘관 나탈리아였다.

표적에게 딱 한 번의 공격만 맞추면 된다. 표적은 마법사…… 여성…… 머리는 갈색…… 신장은 작다…… 찾았다!

그 순간, 나탈리아의 표정이 희열로 일그러졌다.

손에 생성된 것은 극도로 가느다란 무언가. 고속으로 움직이면 눈으로 포착하기도 힘들 정도로 가느다란 돌의 창이었다.

나탈리아는 성공을 확신하고 돌창을 날렸다. 한때 자신들의 수령을 향해 날렸던 것처럼.

조금도 빗나가지 않고 표적인 마법사의 심장을 향해 파고들려는 그 순간.

쿠웅.

마치 보이지 않는 벽에 부딪힌 것처럼 돌창이 그대로 튕겨 나갔다.

"말도 안 돼!"
"하마터면 위험할 뻔했네."
나탈리아의 귓가에 남자의 목소리가 들렸다.
돌아보려 했지만 돌아볼 수 없었다.
어느새 몸 전체가 얼음에 덮여 있었기 때문이었다.
"저 가느다란 돌창은 본 적이 있어요. 하산을 죽인 건 당신이었군요……. 그래, 이름은 나탈리아."
들려온 목소리는 그렇게 말하며 나탈리아의 정면으로 이동했다.
"너는…… 그때 그…… 왜 여기에……."
나탈리아는 그 목소리의 주인을 본 적이 있었다.
과거 상인 게코의 곁에 있었고, 나아가 자신들의 마을을 겨우 한 명이서 습격했던 수속성 마법사…….
수령의 최후를 지켜본 남자.
왜 그런 자가 여기 있는 거지……?
사절단의 수행원 명단은 모두 기억하고 있었다. 모험가의 이름, 직업, 기사들 각각의 특징까지 모두 파악해 두었다.
또한 호위 이외에 두 명의 모험가가 있고, 그중 한 명은 A급 검사로 막강한 전투력을 갖고 있다는 것도 알고 있었다.
다른 한 명은 C급 모험가에 지나지 않았다. 료라는 이름도 알고 있었다.
설마…….
"네가…… 료."

하지만 나탈리아의 그 말은 말이 되어 나오지 못했다. 완전히 얼음이 되고 말았으니까.

"얼굴과 이름은 잘 확인해야죠."

료는 완성된 얼음 기둥을 가볍게 손으로 탁탁 치면서 그렇게 중얼거렸다.

"일단 하산의 원수는 갚았어요."

"역시 실패했나."

"암살 교단이라고 해도 어차피 인간. 이게 한계인 거겠지."

"콘트레라스 백작이 부른 왕국 사절단…… 중간에 제거할 수 있었다면 가장 확실했을 텐데 말입니다."

"뭐, 왕국 사절단이 트와일라이트 랜드에서 습격당했다는 기정사실은 만들어졌으니 충분하겠지."

그곳은 사절단 일행에게서 1킬로미터 가까이 떨어진 언덕 위.

그 거리에서 흘러가는 상황을 보고 있었다. 역시 1킬로미터 넘게 떨어져 있으면 료의 소나에도 걸리지 않는다.

다섯 명이 서 있었지만, 방금 대화한 네 명은 남성. 말없이 서 있는 한 명은 여성이었다.

마지막으로 말한 중년의 남성이 말이 없는 여성 쪽을 향해 말을 꺼냈다.

"일부러 재정자(裁定者)인 '다체스'를 이곳에 모신 것은 저 수속성 마법사를 보여드리기 위함이었습니다. 각각의 진영이 딱 한 번 재정자에게 부탁을 할 수 있습니다. 저희 진영의 희망은, 저 수속성 마법사를 제거하는 것입니다."

"'보튬(소원)'을 써서 저 마법사를 없애 달라고? 그것이 그대들의 청인가?"

"네."

"흠……."

다체스라고 불린 여성은 턱에 손을 대고 잠시 고민했다.

그리고 입을 열었다.

"좋다. 그 소원을 들어주마. 저 수속성 마법사는 내가 가져가도록 하지."

"가져간다고요?"

다체스의 말에 수상쩍은 얼굴로 되묻는 중년 남성.

"문제없지 않으냐? 저건 아주 흥미로운 수속성 마법사다."

"물론…… 문제는 없습니다."

다체스를 보며 중년 남성을 포함한 네 사람은 공손히 고개를 숙였다.

◆

암살자 30명 중 포로 6명+얼음 기둥 한 명.

포로가 된 것은 최초의 원거리 공격으로 다리에 깊은 상처를 입어 움직일 수 없게 된 5명과 투항한 여자 한 명. 얼음 기둥이 된 한 명은 물론 나탈리아였다.

"혼자 떨어진 곳에서 노리고 있었다니……."

얼음이 된 나탈리아를 료가 옮겨오자, 모험가의 리더역인 쇼켄이 감탄한 얼굴로 말했다.

"혼자만 떨어진 곳에 있어서 수상하다 싶었거든요. 이 여자는 암살 교단의 간부예요."

료의 말 한마디에 사절단 일행이 술렁였다.

"역시 이 자들은 암살 교단이었군……."

"어쩐지 강하더라니……."

"여간부……."

마지막 말을 내뱉은 모험가는 주위에 있던 여자 모험가들에게 눈총을 받았다.

그 한마디에 어떤 감정이 섞여 있었는지, 여성은 곧바로 알아차린다.

여자의 감을 얕보면 안 된다고!

'〈아이스 월 패키지〉.'

료는 포로 여섯 명을 한데 모아 〈아이스 월〉로 둘러쌌다.

상대는 암살자다. 자폭이라도 하면 위험했다.

"아벨, 일단 저 여섯 명은 얼음벽에 가둬뒀어요."

아벨에게 작은 소리로 속삭였다.

보고, 연락, 상담은 중요하니까.

"음, 알았어."

아벨은 고개를 끄덕이고는 교섭관 이그니스 쪽을 바라보았다.

"이 자들은 어떻게 할까요?"

이 자리에서 최고 권한자는 교섭관인 이그니스였다.

하지만 이그니스는 자신이 거친 일에 익숙하지 않은 데다, 이 습격자들에 관한 정보가 전무하다는 것도 알고 있었다.

"아벨 씨, 죄송하지만 저는 그들에 대한 지식이 전혀 없습니다. 만약 심문을 한다고 해도 판단을 내릴 수 없을 겁니다. 호위 전원이 승낙한다면 A급 모험가인 당신에게 맡기고 싶습니다만……."

"찬성입니다."

가장 먼저 찬성한 것은 모험가의 리더인 쇼켄.

"저도, 아벨 씨에게 맡기는 것이 적임이라고 생각합니다."

이어서 대답한 것은 기사단을 이끄는 중대장 돈탄.

그 뒤로 잭과 스코티도 고개를 끄덕였다.

이렇게 해서 핵심 멤버의 승인을 받아 아벨이 대표로 심문하게 되었다.

그리고 당연하다는 듯 료가 아벨 옆으로 다가섰다.

하지만 심문을 하기 전.

"료, 이 여간부의 이름은?"

작은 소리로 료에게 확인했다.

"나탈리아예요. 이전에 이 암살 교단을 이끌었던 수령이라 불리던 인물이 그렇게 불렀어요. 간부인 '흑'이라는 인물에게 넘어가서 수령을 죽인 것 같아요."

"진짜냐……."

그 말을 듣고 아벨은 작게 고개를 저었다.

몇 가지 정보를 교환한 후 아벨은 포로가 된 6명을 향해 돌아섰다.

"심문이라고는 하지만…… 너희들이 솔직하게 대답해 줄 거라고는 생각하지 않는다. 그러니 내가 일방적으로 말할 테니까 잠자코 들어라."

예상치 못한 말에 사절단 일행도 서로 시선을 주고받았지만, 도중에 끼어들지는 않았다.

확실히 상대는 암살자들이다. 질문해도 대답해 주리라는 보장은 없었다.

"일단, 너희들이 소위 암살 교단이라 불리는 자들이라는 것은 알고 있다."

우선 거기까지 말한다.

다섯 명의 표정은 변하지 않았다.

하지만 투항한 여자만은 아주 미세하게 표정이 흔들렸다.

"료, 저 여자만 한 번 더 얼음에 가둘 수 있을까?"

"네, 할 수 있어요."

작은 소리로 오가는 대화. 그리고 아무도 눈치채지 못한 사이, 여자 암살자는 홀로 별도의 〈아이스 월〉에 한 번 더 둘러싸였다.

심문이 진행되는 사이 여자 암살자에게서 정보가 새나갈 것 같다고 판단되면, 다섯 명이 목숨을 걸고서라도 입막음을 할 가능성이 있었기 때문이었다.

흔히 있는 전개다.

"다음으로, 이 얼음에 갇힌 여성이 간부인 나탈리아라는 것도 알고 있다."

이 말에는 남자 다섯도 무표정을 유지하지 못했다.

어째서 외부인인 심문자가 그런 사실을 알고 있는가. 확실히 A급 모험가라는 것은 들었지만, 그렇다 해도 교단 간부의 이름을 알고 있는 것은 누가 봐도 이상했다.

"그래, 왕국에 너희 마을이 있었지? 꽁꽁 얼어붙어서 멸망한 마을 말야. 거기서 너희 수령이 죽었을 텐데……."

조금 전보다 더, 여섯 명 전원의 얼굴이 굳어졌다.

"알고 있나? 그 수령을 죽인 사람이 바로 이 나탈리아다."

마침내 여섯 명이 눈을 부릅떴다.

무표정을 가장할 여유 따위는 이미 사라지고 없었다.

"거짓말하지 마라!"

이어서 남자 한 명이 소리쳤다.

"거짓말한 적 없어. '흑' 때문에 죽인 거다."

여섯 명의 안색이 순식간에 창백해졌다.

눈앞의 남자는『흑』님에 대해서도 알고 있다! 말도 안 돼! 그럴 리가 없어!

하지만, 현실로 일어나고 있었다.

그 사이에도 여자 암살자는 창백해진 것을 넘어 거의 울음을 터뜨리기 직전이었다.

"아, 그러고 보니 너희 가슴에 문신이 있지? 그 왜, 쌍두새를 검으로 찌르고 있는 거 말야."

여섯 명은 완전히 무너지기 직전이었다.

모든 것이 알려졌다. 자신들이 숨겨봤자 소용없다는 것을 깨달은 것이다.

"그 문신은 수령이 죽은 뒤에도 작동하나?"

"……뭐?"

그들은 눈앞의 A급 모험가인 아벨이 무슨 말을 하는지 이해하지 못했다.

"음? 그 문신 말야, 뜯어내려고 하면 돌창이 튀어나와서 심장을 찌르잖아? 그 기능은 지금도 유효한가 물은 거다."

"뭐야, 그 기능은……."

남자 중 한 명이 무심코 중얼거렸다.

아벨이 그 기능을 알고 있는 이유는 전 간부인 샤피가 말해 주었기 때문이고, 실제로 샤피의 가슴에서 뜯어낼 때 창이 생겨났기 때문이었다.

하지만 눈앞의 여섯 명은 그 광경을 본 적이 없는지 반응이 미미했다.

"몰랐나? 그 문신에는 그런 기능이 있어. 연금술로 심었다고 하던데…… 수령이 죽은 지금은 어떻게 됐을지 좀 궁금해서 물어봤어."

이는 어떤 의미에서는 결정타였다.

눈앞의 남자는 교단에 소속된 자신들보다 더 잘 알고 있었다. 자신들의 몸에 대해.

이유는 알 수 없었다.

하지만 점점 더 이해할 수 있었다. 도저히 이길 수 없는 상대라는 것을.

"그럼 이제 너희들의 목적 말인데……."

"아벨."

아벨의 말을 료가 옆에서 가로막았다.

그리고 귀에 입을 대고 평소 이상으로 작은 목소리로 말했다.

"그건 제가 알고 있어요. 그러니 여기서는 묻지 말아 주세요."

"흠……."

료는 사절단이 습격당한 이유의 일부를 알고 있었다. 그가 직접 나탈리아의 일격을 막았기 때문이다.

아군의 모든 공격을 방패막이로 삼으면서, 나탈리아의 돌창은 한 모험가의 심장을 정확히 겨냥하고 있었다. 즉, 그 인물을 죽이는 것이 목적…… 목적의 전부는 아닐지도 모르지만, 목적 중 하나. 그것도 중요한 목적 중 하나일 것이다.

그리고 그 일은 여기서는 공개하지 않는 편이 좋겠다고 판단했다.

왜냐하면 표적이 된 여성이 실제로 여기까지 와서도 아무 말도 하지 않고 있기 때문이었다. 밝히고 싶지 않은 이유가 있는 것이다.

그렇다면 나중에 료가 따로 물어보면 된다. 그리고 들은 내용을 아벨에게 전해 주면 된다.

굳이 모두에게 들려줄 필요는 없을 것이라고 판단했다.

"참, 너희 중에 암속성 마법사가 있지?"

그 말에 대한 여자 암살자의 반응은 격렬했다.

누가 봐도 평정을 유지하지 못하고 있었다.

"그렇군. 네가 암속성 마법사인가."

아벨은 확신을 갖고 여자 암살자에게 물었다.

여자 암살자는 힘없이 고개를 끄덕였다.

그 순간 남자 중 두 명의 손끝이 번쩍였다. 거기서 곧장, 무언가가 여자를 향해 날아갔다.

하지만…….

카앙, 캉.

남자들과 여자 사이에 쳐 두었던 〈아이스 월〉 덕분에 두 자루의 투척용 나이프가 튕겨 나갔다.

그 순간 아벨은 씨익 웃었다. 예상대로의 분열.

"무섭네~. 거기 여자, 너희 동료들은 망설임도 없이 널 죽이려고 하는데?"

여자 암살자는 동료로 추정되는 다섯 명의 남자들을 바라보았다.

눈을 부릅뜨고, 이를 악물고.

그 얼굴엔 분노와 공포와 분함이 뒤섞인…… 말로 형언하기 힘든 복잡한 표정이 떠올라 있었다.

그것을 보고 아벨은 확신했다. 표적이 된 여성은 이쪽에 붙게 되리라는 것을.

"좋아, 암속성 마법사. 이름이 뭐지?"

"……로자리아입니다."

로자리아가 암살 교단에서 떠나는 순간이었다.

당장의 심문이 끝나고, 사절단의 각 리더들이 앞으로에 대해 논의하는 동안 료는 한 여성에게 다가갔다.

마법사이자 여자, 머리는 갈색, 키가 작은 모험가였다. 나탈리아가 부하들을 희생하면서까지 노린 상대였다.

료가 다가오자 여자 쪽에서 먼저 고개를 숙였다.

"료 씨, 아까는 감사했습니다."

"아뇨. 뮤 씨, 였죠? 자기 편을 지키는 건 당연한 일이니까요."

아크레 때 있었던 연회를 통해 료는 호위 모험가 전원의 이름을 외워두고 있었다. 이번에 표적이 된 뮤의 파티는 왕도 소속 C급 파티 『발키리』였다.

"그래서…… 만약 가능하다면, 왜 표적이 되었는지 알려주셨으면 좋겠는데……."

그런 대화를 나누고 있는 사이, 뮤의 뒤로 그녀의 파티원들이 다가왔다.

"네……."

뮤는 고개를 숙이며 힐끔 뒤의 파티원을 바라보았다.

"여기서 말해도 괜찮아요?"

료는 다른 사람들에게 알려지길 원치 않는 사정이 있는 게 아닐까 생각했던 것이다.

하지만…….

"괜찮아요. 파티 동료는 모두 알고 있는 일이니까……."

뮤는 고개를 끄덕이고는 이야기를 시작했다.

"확신은 없지만, 여기서 제가 표적이 되었다면 그 이유는 저의 출신…… 그러니까 본가 쪽이 이유일 거라고 생각해요."

료는 말을 끊지 않고 조용히 경청했다.

뒤에 서 있던 뮤의 동료들이 뮤의 어깨에 살며시 손을 얹었다.

그런 사소한 행동 하나만으로도 파티원들의 사이가 돈독하다는 것을 알 수 있었다.

왠지 모르게 료는 마음이 따뜻해지는 것을 느꼈다.

"제 외할아버지 이름은 사일러스 테오 산타야나. 트와일라이트 랜드의 현 대공입니다."

……이 세계에는 왕자님이나 대공의 손자 같은 왕족들이 넘쳐나는 모양이었다.

◆

"제 어머니가 사일러스 할아버님의 따님인데, 트와일라이트 랜드는 직계 남자에게만 공위 승계권을 인정하고 있어요. 그래서 저에게 대공위의 승계권은 없습니다."

"하지만 뮤는 아버지가 왕국 후작이니까 그쪽 승계권은 있잖아."

말을 보충한 것은 뮤의 어깨에 손을 얹고 있던 파티 멤버 검사였다. 이름은 이모젠.

'아아…… 왕국 후작가의 딸이자 랜드 대공의 손자가 랜드 국내에서 살해당하면…… 확실히 임팩트는 있겠네요…….'

료는 그렇게 생각했지만, 역시 입 밖으로 내지는 않았다.

"일단 이번 호위에 뽑혔을 때, 저의 출신에 대해 그랜드 마스터와 이그니스 교섭관에게 사전에 미리 확인은 받았습니다. 하지만 그랜드 마스터는 오히려 그 부분이 리스크가 아닌 메리트가 될 수도 있으니까 잘해 보라고……."

뮤는 정직하게 위험 가능성을 보고했지만, 그럼에도 상층부에서는 허가가 떨어졌다.

"응, 대충 알았어요. 알려주셔서 감사해요."

그렇게 말한 료는 뮤 일행을 떠나 리더 회의 장소로 이동했다.

료가 리더 회의가 열리는 쪽으로 향하자, 마침 회의가 끝난 것인지 다들 해산한 상태였다.

"료!"

아벨이 료를 발견하고 불렀다.

"회의가 끝났군요. 일단 교단이 노린 이유를 확인하고 왔어요."

두 사람은 조금 떨어진 장소에서 정보를 교환했다.

료가 아벨에게 전한 것은 뮤의 출생.

아벨이 료에게 전한 것은 향후의 대응.

"국경을 넘은 상태라 암살자들은 랜드에 인도할 수밖에 없다는 것 같아."

"그렇습니까……. 그 암속성 마법사, 로자리아라고 했나요. 귀중한 인재이지만 어쩔 수 없죠."

"아, 응……."

료가 생각을 곁들여 자신의 의견을 말하자, 아벨이 묘하게 떨떠름한 표정을 지으며 동의했다.

"아벨, 왜 그래요?"

"아니, 료의 입에서 '귀중한 인재'라는 말이 나온 게 좀 의외라……."

"나 참, 아벨은 절 대체 뭘로 보는 거예요! 저도 왕국의 발전에 대해 생각하고 있다고요! 그녀가 있으면 엄청나게 희귀한 연금 도구를 만들 수 있잖아요? 지금의 저에게는 아직 무리라도 케네스에게 데려가면……."

"응, 그런 거구나. 지금 완전히 납득했어."

료의 기준은 멋있는가, 재밌는가, 그리고 연금술적으로 가치가 있느냐, 였던 것이다.

"뭐, 어쨌든 오늘 밤 우리가 묵는 카르낙이라는 도시에 연락을 취해서 그들을 호송할 인원을 부를 예정이라더라. 얼마나 걸릴지는 전혀 모르는 모양이지만."

"그렇군요. 외국이기도 하니까요. 왕국과는 절차도 제도도 다 다르겠죠. 하지만 금방 올 가능성도 있다면, 얼려둔 사람에게도 잠시 물어보고 싶은 게 있어요."

두 사람은 교섭관 이그니스의 허가를 받아 얼음 기둥이 된 여성 나탈리아에게 갔다.

"몇 번을 봐도…… 이 상태로 살아 있다는 게 믿기지 않는군."

아벨은 얼음에 갇힌 나탈리아를 보고 말했다.

"저도 산 채로 얼릴 수 있게 될 때까지 연습을 많이 했거든요.

론도 숲에 있던 수많은 마물들이 희생되었죠…….”

료는 감정을 실어 말하고 있지만, 아프지도 슬프지도 않다는 것을 아벨은 이미 알고 있었다.

그 결과, 아벨의 입에서 나온 말은…….

“흐음~.”

실로 가벼운 대답이었다.

그것을 조금은 원망스러운 눈으로 흘깃 본 료는 나탈리아의 얼음을 얼굴 부분만 녹였다.

“안녕하세요, 나탈리아. 대화를 좀 하고 싶은데요.”

“웃기지 마! 뒈져버려! 네놈…….”

곧바로 다시 얼음을 얼렸다.

료는 보란듯이 오른손을 들고 살짝 흔들었다. 그에 따라 얼음이 안에서 움직이는 것처럼 보였다…….

2분 정도 그런 상황이 이어진 뒤, 료는 다시 나탈리아의 얼굴 부분만 얼음을 녹였다.

“아름다운 여자가 그런 더러운 말을 뱉으면 아깝잖아요. 지금 온몸이 다 조였죠? 얼음으로 살짝 압박해 봤어요. 무서웠죠? 얼음이 된 상태니까 언제든지 압사시킬 수 있어요. 기억해 주세요.”

“너…….”

나탈리아의 얼굴은 공포와 증오로 물들어 있었다.

두려움은 자신의 생살여탈권을 빼앗긴 것, 증오는 멋대로 농락당한다는 것에서 오는 감정이었다.

"대단한 질문은 아니에요. 뮤를 노린 이유는 알고 있지만, 그 확인과 의뢰주에 관해서 물어볼 게 있어서요. 먼저, 뮤의 출신이 노린 이유 맞죠?"

"내가 그 질문에 대답할 거라고 생각하나?"

힘겨워 보이긴 하지만, 나탈리아는 최대한 비웃는 얼굴을 지어 보이며 료에게 대답했다.

"그러고 보니 전 딱히 암살 교단에 대해 원한은 없어요. 마을 전체를 얼려버린 것도, 당신들이 윌리 전하를 납치했기 때문이고요. 하지만 자꾸 이렇게 고집을 부리면, 이번에는 '흑'을 죽이러 갈지도 모르는데요?"

료는 웃는 얼굴로 고했다.

그 말에 나탈리아는 할 말을 잃었다.

1분 후, 나탈리아가 간신히 입을 열었다.

"그런 일이, 가능할 리가……."

"시험해 볼까요? 제 힘은 알고 있죠?"

나탈리아는 알고 있었다. 눈앞에 있는 것은 진정한 괴물이라는 것을.

홀로 마을을 궤멸시키고, 마을 전체를 완전히 얼려버리고, 그 수령과도 호각으로 싸웠다.

『흑』 님은 존경하고 있지만, 개인 전투 능력에 관해서는 그 수령에 미치지 못한다는 것은 부정할 수 없었다…….

물론 그것은 『흑』 님 뿐만이 아니라 간부 전원이 마찬가지…… 즉 눈앞의 괴물을 이길 수 있는 사람은 현재의 암살 교단에는 없다는 뜻이었다.

그런 생각에 망설이는 나탈리아에게 료는 결정적인 한마디를 던졌다.

"저는 '흑'이나 앞으로의 교단이 어떻게 되든 관심 없어요. 공격해 오지만 않는다면 이쪽에서 먼저 공격하지 않겠다고 약속할게요. 단 그건 당신이 질문에 대답해 준다는 게 조건이에요. 즉 나탈리아, 당신은 대답만으로 '흑'과 교단을 구할 수 있는 거죠. 이런 기회는 앞으로 두 번 다시 오지 않을 거예요."

스스로의 무력을 배경으로 한 위협.

국가 간의 협상에서도 흔히 쓰이는 수법이지만, 개인 간의 협상에서도 유효했다.

경찰 같은 거대한 중재력이 없는 세계에서는.

"알았어……. 전부는 아니지만 최대한 대답할게. 하지만 한 번 더 약속해. 내가 대답하면 '흑' 님과 교단에는 손을 대지 않겠다고."

"그쪽이 먼저 공격해 오지 않는 한, '흑'과 교단에 손대지 않겠다고 맹세해요."

료는 약속했다.

윤리적으로 암살자나 테러리스트 같은 존재와 하는 협상이나 약속은 받아들일 수 없다, 라고 생각하는 사람들도 있다는 것을 알고 있었다.

하지만 료는 그에 관한 부분은 조금도 고려하지 않는 인간이었다. 협상을 통해 얻을 수 있는 정보가 있다면 암살자와도 협상한다.

그렇게 료 일행은 몇 가지 정보를 입수할 수 있었다.

사절단 습격을 의뢰한 것은 트와일라이트 랜드의 반란 분자라고 한다. 다만 시민 쪽이 아니라 랜드 귀족.

랜드 국내에서 **인간에 의한** 습격을 벌이는 것.

뮤를 죽이는 것.

교섭관과 문관들은 놔둬도 상관없지만, 기사단과 모험가는 궤멸시킬 것.

습격은 랜드에 들어간 후 사흘 이내에 실시할 것.

나탈리아가 알고 있는 것은 그뿐이었다.

"응, 충분한 정보를 얻을 수 있었어요."

"약속은……."

"물론 지킬 거예요. '흑'과 교단에는 손을 대지 않겠습니다."

료가 재차 약속하자 나탈리아는 안도한 표정을 지었다.

실제로 료는 신생 암살 교단에 아무런 관심이 없었다.

료와는 관계없는 곳에서 알아서 행복하게 살면 그만이다…… 딱 그 정도의 마음이었다. 그러니 나탈리아와의 약속을 어길 마음도 없었다.

뒤에서 계속 듣고 있던 아벨은 여러 의미로 다른 생각을 갖고 있을지도 모르지만…… 지금으로서는 침묵하고 있었기에 신경 쓰지 않기로 했다.

료는 다시 한번 나탈리아를 완전한 얼음으로 만든 다음 뒤를 돌아보았다.

"그렇다네요, 아벨."

"음…… 뭐, 앞으로의 암살 교단 문제는, 일단 지금으로서는 괜찮아. 내가 걱정하는 건 랜드의 반란 분자 쪽이야."

두 사람은 걸으면서 이야기를 나누었다.

"뭐, 신경이 쓰이긴 하네요. 그렇다고는 해도 정보가 너무 적어서 당장 판단하기는 어렵다는 게 솔직한 감상이에요."

"그렇지. ……이그니스 교섭관은 뮤의 출신도 알고 있었지? 그렇다면 지금의 이야기를 포함해서 그에게만은 보고해 둘까."

◆

사절단은 카르낙에 도착했다.

카르낙은 트와일라이트 랜드 안에서도 왕국 방면 도시로는 최대 규모이자 왕국과의 무역 중심 도시였다. 그렇기에 감사하게도 사절단 모두가 제대로 된 숙소에서 머무를 수 있었다.

포로가 된 자들은…… 확실히 이쪽으로 돌아선 로자리아는 감시가 있다고는 해도 방에 묵게 되었다. 나머지는 얼음에 갇힌 채 숙소 안뜰에 두었다. 물론 나탈리아도.

카르낙에 도착한 그날 밤, 료는 오랜 꿈 중 하나를 이룰 수 있었다.

사절단에게 준비된 것은 질 좋은 숙소. 그 침대에서 료는 크게 외쳤다.

"게 누구냐!"

그래, 사극 같은 곳에서 높으신 분이 한밤중 침소에 숨어든 닌자를 향해 외치는, 바로 그 대사였다. 줄곧 꿈꿔왔던 그 대사를 할 수 있었다……. 무척 기뻤지만, 이 자리에서는 그런 감정을 표정에 내비치지 않았다. 진지한 상황이었기 때문이다.

아무에게 들키지 않고 몰래 들어온 이…… 그 정체는, 아군이 보낸 편지를 전하러 온 심부름꾼이었다.

"펠프스 A 하인라인의 서신을 가져왔습니다."

"수고했네. 이리 주게."

료가 말하자, 닌자 비슷한 사내가 그에게 다가가 편지를 건네주었다. 그리고는 소리없이 방을 빠져나갔다.

전달받은 편지에는 펠프스와 부친인 알렉시스 사이에 오간 정보가 적혀 있었다.

◆

"어젯밤, 이런 서간이 왔소."

다음 날 아침, 료는 한껏 연기에 몰입한 채 아벨에게 편지를 건넸다.

"서간이 뭔데……."

료는 아벨의 의문을 무시했다.

아벨이 편지를 읽었다.

"내전이 일어날 가능성이 높다고? 정부 측 콘트레라스 백작,

반정부 측 에스피엘 후작이 각각의 중심……. 하지만 정부 본체는 내전의 조짐을 인지하지 못하고 있다? 귀족들만 따로 움직이고 있다고? 왕국 사절단을 불러들인 건 콘트레라스 백작? 뭐야, 이건…….”

“일종의 쿠데타, 혹은 전쟁놀이일지도 몰라요.”

상황을 파악하지 못한 아벨의 모습에, 여전히 연기에 심취한 료가 사악한 표정과 미소를 지으며 떠오른 것을 적당히 말한다.

“쿠데……? 뭐, 우리가 할 수 있는 건 조심하는 것 말고는 없지. 이건 또 누가 알고 있어?”

“아직 아무도 몰라요. 어젯밤 늦게 도착한 거라 아직 아벨뿐이에요.”

“알았어. 그럼 보여주러 가자.”

이후 회의가 열렸고, 최종적으로 이 정보는 사절단 전원이 공유하게 되었다.

그날 밤 숙소 식당.

“아벨이 반정부 쪽이라면 어디부터 공격할 건가요?”

“……뭐?”

눈앞에서 생선구이를 먹고 있던 수속성 마법사에게서, 그런 갑작스러운 질문을 받은 검사 아벨.

잠시 생각하다가, 이 트와일라이트 랜드에서 일어날 수도 있다는 내전에 관한 화제라는 것을 깨달았다.

깨달았지만…….

"우리가 그걸 고민해도 의미 없잖아?"

아벨이 어깨를 으쓱이며 대답했다.

"하지만 우리 사절단은 정부 측의 콘트 어쩌구 백작의 책략에 의해 초대받은 거잖아요? 확실하게 내전에 휘말릴 거예요."

"책략…… 뭐, 가능성은 있겠지. 확실히 우리들은 장기말로 쓰인 걸지도 몰라."

"네, 분명 그런 거라고요!"

료가 얼굴을 찌푸리며 단언했다. 그리고 말을 이었다.

"반란 측인 에스 어쩌구 후작이 치려는 곳에 우리가 있게 되면, 저희가 수비 측의 방패로 이용당할 가능성도 있어요!"

"아아…… 그렇게 될 수도 있겠네."

외교 사절을 정면에서 공격하는 것은 쉽지 않았다. 잘못 건드리면 사절을 보낸 나라를 적으로 돌릴 수도 있기 때문이었다.

그런 이유로, 수비 측은 외교 사절을 방패로 쓰려 할지도 모른다…….

"정말, 귀찮은 상황 한복판에 떨어져 버렸네."

"네, 정말 동감이에요."

아벨이 작게 고개를 저었고, 료도 따라서 고개를 저었다.

테베에서

이틀 뒤 포로를 인도한 사절단은 카르낙을 떠났다.

그리고 카르낙을 출발한 지 닷새째, 마침내 트와일라이트 랜드의 수도 테베에 도착. 문을 지나 수도 안으로 들어서자, 대로 양옆에 수도에 사는 백성들이 죽 늘어서 있었다.

왕국 사절단을 환영하기 위한 것이었다.

작은 랜드 국기와 왕국 국기 판을 양손에 들고 즐거운 얼굴로 흔들고 있었다.

"대단한 광경이네요……."

"그러게."

료의 감상과 아벨의 감상은 같았지만, 아마도 내용물은 전혀 다를 것이다.

료의 경우는 '설마 지구에서 흔히 보던 광경을 여기서 보게 될 줄이야'였다.

아벨의 경우는 '다른 나라의 사절단을 이 정도로 성대하게 맞이해 주다니'였다.

단지 어느 쪽이든, 환영받아서 나쁠 것은 없었다…….

도착하자마자 대공과의 알현이 진행되었다. 사절단의 대표인 교섭관 이그니스를 필두로 문관과 아벨과 료가 참여할 예정이었다.

"저, 저는 모험가니까 굳이 나갈 필요는 없지 않을까요……."

"억지 부리지 마! 오는 길 내내 마차를 태워서 이동시킨 건 바로 이런 일을 하라고 해 준 거야. 일부러 왕국이 의례용 복장까지 맞춰줬는데 안 나간다는 선택지는 없어!"

"윽……."

정론에 정론을 거듭하는 아벨.

단 한마디도 반박하지 못하는 료.

당연하지만 료도 알현식에 참여하게 되었다.

하지만 알현 자체는 별 탈 없이 끝났다.

사절단 측의 모든 대답은 전부 이그니스가 했기 때문에 아벨도 료도 한쪽 무릎을 꿇고 대공의 말을 듣기만 했다.

료의 감상은, '뮤의 외할아버지라고 들었는데, 별로 닮진 않았네'였다.

이후 사절단 일행은 성의 영빈관으로 들어갔다. 그곳이 랜드에 있는 동안 일행에게 배정된 숙소였다.

"환영회 같은 게 있을 줄 알았는데 없네요."

"나흘 뒤 성 주최 만찬회가 있잖아. 문관이랑 나랑 료는 강제 참가야."

"또, 강제……."

"그게 일이니까."

료가 한숨을 쉬었고 아벨이 정론을 뱉었다.

기운을 잃어버린 료. 하지만 2시간 후에는 금세 기운을 되찾았다.

그 이유는…….

"아벨, 정말 멋진 대욕탕이었죠! 대욕탕을 놔두다니 랜드 사람들도 뭘 좀 아네요."

"료는 정말 목욕을 좋아하는구나……."

영빈관에는 대욕탕이 있었던 것이다!

"당연하죠! 사람은 목욕탕에서 태어나 목욕탕에서 죽을 운명이라고요!"

"그럴 리가……."

마치 인간의 길은 전부 목욕으로 통한다, 라고 말하고 싶은 듯 료의 기세는 당당했다.

"적어도 제 묘비명은 목욕탕에 살고 목욕탕에 죽는다고 새겨달라고 할 생각이에요."

"그, 그러냐……."

어디서 솟아나는지 알 수 없는 료의 목욕을 향한 집념.

그 열정을 이해할 수 없는 아벨. 하지만 뭐, 기운을 차렸으면 됐지, 그렇게 생각하며 쓴웃음과 함께 고개를 저었다…….

◆

그곳은 '서재'라고 불렸다.

이 건물의 주인, 오직 한 사람만을 위한 도서관.

방대한 양의 책이 광활한 공간을 가득 채우고 있었고, 주인은 오늘도 그 중 한 권을 탐독하고 있었다.

그곳에 집사 한 명이 들어와 공손히 고개를 숙였다.

"아, 드라브, 벌써 시간이 그렇게 됐나?"

"네, 주인님. 보고관이 왔습니다."

"그렇군. 들여보내."

주인은 고개를 한번 끄덕이고는 보고관을 들이는 것을 허락했다.

"보고는 두 가지가 있습니다. 첫 번째, 왕국에서 사절단이 도착했습니다. 두 번째, 예정된 '시빌워' 개시는 6일 후, 성 만찬회 이틀 뒤로 확정되었습니다."

"두 번째."

"네. 전장은 수도 테베 전역. 공격 측 에스피엘 후작 비센테 님, 수비 측 콘트레라스 백작 산달리오 님. 각 진영에 수십 명의 귀족이 가담했습니다."

"총합 백 이상의 귀족들?"

"네."

주인의 확인에 보고관은 고개를 끄덕였다.

"벌써 지겨워진 건가……. 그렇다고 해도 그걸 비난해 봤자 의미는 없겠지."

주인의 중얼거림에도 보고관은 표정 하나 바꾸지 않고 대꾸도 하지 않았다. 자신이 대답할 위치가 아니라는 것을 알고 있기 때문이었다.

"알았다, 보고하느라 수고했다."

주인이 그렇게 말하자, 보고관은 인사하고 나가려고 했다.

"아아, 잠깐만."

드물게도 거기서 주인이 다시 불렀다. 곧바로 멈춰서서 주인을 향하는 보고관.

"첫 번째 보고, 왕국의 사절단이었지?"

"네."

"사절단 멤버에 대한 자세한 정보를 듣고 싶군. 급하진 않으니 나중에 문서로 해서 전해 줘."

"알겠습니다."

◆

사절단 일행이 테베에 도착한 다음 날. 마침내 양국 간의 협상이 개시되었다.

교섭관 이그니스와 문관들은 영빈관과 인접한 교류원에서 다양한 회의를 동시다발적으로 진행해 나갔다.

그러는 동안 기사단과 모험가들은 특별이 할 일이 없었다. 오고 가는 여정이 곧 그들의 본 무대였기 때문이다.

하지만 아벨과 료는 그 모험가 안에 속해 있지 않았다. 두 사람은 트와일라이트 랜드 모험가 길드 본부에 초청받아 여러 회의에 참석하거나, 때로는 모의전을 관전하는 등 다양한 역할을 맞게 되었다.

현재 트와일라이트 랜드에는 현역 A급 이상의 모험가는 존재하지 않았다. 그렇기 때문에 왕국의 A급 모험가인 아벨에게 기대하는 바가 컸다.

료?

료는 C급이며 어디까지나 아벨의 동행이었지만…… 아벨이 료를 자유롭게 풀어줄 리가 없었다. 아벨의 들러리 역할…….

"이 얼마나 불행한 일인지……."

료의 중얼거림은, 그 누구에게도 닿지 않았다.

두 사람의 일은 처음에는 트와일라이트 랜드 모험가 길드 본부에서의 회합 참석. 회합이라고는 하지만 그것은 처음뿐이었고, 질의응답을 포함해 대부분은 병설된 훈련장에서 실전 형식으로 진행되었다.

즉, 모의전이다.

처음에는 아벨도 제대로 회의실 같은 장소에서 강의 같은 것을 했었다. 하지만 어느새 참석자 간의 토론이 과열되더니, 급기야 멱살잡이 직전까지 가버렸고…… 보다못한 아벨이 큰 소리로 외쳐 훈련장으로 이동한 것이다.

"결국 다들 모험가네요. 머리로 생각하는 것보다 몸을 움직이는 편이 더 편한……."

"……부정하진 않을게."

료의 감상을 드물게 순순히 받아들이는 아벨.

실제로 훈련장으로 이동한 뒤에야 참석자들도 훨씬 더 생기가 돌았으니 말이다.

한편 료는 료대로 마법사인 모험가들에게 질문 공세를 받았다. 룬 소속이기도 해서, 룬 모험가 길드에서 행해진다는 초보자 강좌에 관해서도 질문을 잔뜩 받았다.

그런 질문에 자신만만하게 대답하는 료. 어쨌든 자신이 몸소 겪은 일이다. 자신감이 생기는 것도 당연했다. 결코 아벨에게 끌려다니는 들러리 역할만 있는 것은 아니었다.

◆

"후우, 처음에는 어떻게 되나 걱정했는데, 어떻게든 잘 넘겼네요."

"그렇게 말할 정도로 힘들지는 않았잖아?"

모험가 길드 본부에서의 회합을 마치고 숙소인 영빈관으로 돌아가는 료와 아벨. 그 마차 안에서 오가는 대화였다.

"회의실에서 갑자기 몸싸움이 벌어질 뻔해서 고생했잖아요."

"뭐, 그럴 뻔하긴 했지만 실제로 싸우지는 않았으니까. 게다가 모험가라면 그 정도는 평범한 거야."

"그, 그런가요?"

누구보다 얌전한 료로서는 이해할 수 없었지만, 모험가는 대체로 거친 모양이다.

"료, 지금 본인이 얌전하다고 생각했지?"

"네? 그런데요, 무슨 문제라도?"
"료는 얌전하지 않아."
"네? 저는 제가 얌전하다고 생각하니까 얌전한 게 맞아요."
료는 아벨의 말도 안 되는 주장을 이해할 수 없었기에 정면으로 반박했다.
"싸울 때 웃고 있잖아. 특히 강한 상대와 싸울 때 더더욱. 얌전한 애들은 그런 얼굴 안 해."
"말도 안 돼!"
아벨의 지적에 경악하는 료.
경악한 이유는 싸울 때 웃는다는 점을 지적받았기 때문일까, 얌전한 사람은 그렇지 않다는 점 때문일까…… 아마 둘 다겠지.

그런 두 사람이 탄 마차가 성 정문 근처에 다다랐을 때…….
"뭔가 정문 앞이 소란스러운 것 같네요."
"응?"
료가 말하고 아벨이 고개를 갸우뚱했다.
고개를 갸우뚱한 아벨이 마차 창문으로 고개를 내밀어 앞쪽을 살폈다.
"진짜 뭔가 소란스럽네. 그런데 성 정문 앞인데? 보통 수비대 같은 사람들이 나와서 바로 정리하지 않나?"
"상대가 아벨 같은 극악무도하고 잔인한 검사라면 몰라도, 일반인을 그렇게까지 무리하게 제압하면 수비대 사람들도 양심의 가책을 느낄 테니까요."

"응, 나한테 하는 말에 료도 양심의 가책을 좀 느꼈으면 좋겠네."

두 사람이 탄 마차가 정문에 다다랐을 때 소란 안에서 한 외침이 들려왔다.

"왔다! 저 마차다!"

그 목소리는 료와 아벨에게도 분명하게 들렸다.

"목표가 이 마차였던 모양이에요."

"그렇군."

"아벨, 어쩔까요? 〈아이시클 랜스〉를 한꺼번에 날려서 전멸시킬까요?"

"아니, 그러지 마."

료의 제안을 곧장 거절하는 아벨.

"무슨 이유로 우리를 찾고 있었는지 묻고 싶어. 적이라고 단정된 것도 아니니까."

"순진하군요, 아벨! 선수 필승이라는 말이 있어요. 한번 선수를 빼앗기면 계속 거기에 끌려간다고요."

"무슨 말을 하는지는 알겠지만…… 저 사람들이 아까 료가 말했던 일반인이라면 어쩔 건데?"

"모든 죄를 아벨에게 뒤집어씌우면 돼요. 제게 맡겨주세요!"

"응, 절대로 안 맡겨."

두 사람의 대화는 결렬되었다.

"멈춰줘."

아벨이 마부에게 그렇게 말하자 마차가 멈췄다.

곧 아벨은 마차에서 내렸다. 거기로 달려오는 소란을 일으킨

무리. 선두에 있던 것은 검사로 보이는 남성으로, 아벨 같은 운동 선수 체형에 검사치고는 날씬한 부류였다. 하지만 장발을 뒤로 묶고 수염도 덥수룩해서 거친 느낌이 들기도 했다.

"모험가?"

마차에 앉아 있던 료가 창문으로 얼굴만 내밀고 중얼거렸다.

그랬다. 달려온 자들은 모험가로 보였다. 인원은 다섯 명. 검사, 척후, 방패기사, 마법사, 신관으로 보이는 구성. 이것이 파티라면 매우 균형 잡힌 파티라 할 수 있었다.

"무슨 용건입니까?"

마차에서 내린 아벨이 달려온 무리에게 물었다.

"당신이 아벨 씨입니까?"

"네, 그런데요?"

"부탁이 있습니다. 저와 모의전을 해 주셨으면 합니다."

"……네?"

료와 아벨, 그리고 한바탕 소란을 벌였던 일행 다섯 명은 정문 앞 광장으로 이동해 이야기를 나누게 되었다.

광장 한켠에는 석조 테이블과 그것을 둘러싼 석조 의자가 있었다. 일곱 명은 그곳에 각각 앉았다.

당연하다는 듯이 료가 커피를 내리기 시작했다.

그것을 곁눈질로 확인한 아벨은 살짝 의문을 느꼈다. 도구 세트는 그나마 알겠다. 료의 수속성 마법으로 생성한 것이겠지. 그렇다면 저 원두는 도대체 어디에서 나온 거지?

"이럴 때를 대비해서 가방에 로스팅된 원두를 늘 넣고 다니거든요."

물어보지도 않았는데 알아서 설명해 주는 료. 소란을 벌이던 일행 중 검사 이외의 네 사람의 시선이 커피를 내리는 료의 손길에 못 박혔다.

그러는 사이 검사와 아벨의 대화가 시작되었다.

"저희는 테베 본부 소속 B급 파티 '오련산'. 전 리더이자 검사인 세페리노입니다."

검사 세페리노는 그렇게 운을 떼고는 설명을 이어갔다.

수도 테베에서도 B급 파티는 두 팀밖에 없었기에 원래는 오늘 모임에 참석할 예정이었다고 한다. 하지만 그저께 대공의 직접 지명 의뢰가 들어오는 바람에 그쪽을 우선시할 수밖에 없었고, 겨우 지금 막 테베로 돌아왔다고.

서둘러 길드 본부로 향했지만, 길이 엇갈려 두 마차는 이미 떠난 뒤였다. 낮에 모의전을 치렀다는 소식을 들었는데, 자신도 한 수 가르침을 받을 수 없을까 해서 길드 본부에서 달려왔다고 한다.

"그렇군."

아벨이 고개를 끄덕였다.

"자, 우선은 커피라도 마시고…… 벌써 얘기가 다 끝났나요?"

료는 그렇게 말하면서도 일곱 개의 잔에 커피를 따라 모두에게 나눠주었다.

"아뇨, 마시겠습니다."

검사 세페리노는 그렇게 말하고 입에 머금었다. 다른 파티원도 커피를 마셨다.

"호오……."

"굉장하다."

"맛있어……."

만족이 묻어나는 감탄이 무심코 새어 나온다.

그 말을 듣고 뿌듯한 얼굴로 고개를 끄덕이는 료.

"료가 내려주는 커피는 늘 맛있어."

"그렇죠, 그렇죠."

아벨의 칭찬에 만족한 얼굴로 고개를 끄덕이는 료.

그런 한가로운 시간이 흐르고…….

"나라도 괜찮다면 언제든지 모의전 상대를 해 줄게."

"오오, 감사합니다!"

아벨이 선언했고, 검사 세페리노가 감사를 전했다.

이리하여 성 정문 앞 광장에서 A급 대 B급 검사의 모의전이 펼쳐지게 되었다.

아벨의 검은 평소와 같은 붉게 빛나는 마검. 한편 세페리노의 검은 가늘고 길며 곡선이 들어간 외날 검이었다.

"일본도?"

두 사람에게서 한발 물러나 다른 『오련산』 네 사람과 함께 지켜보던 료가 무심코 중얼거렸다.

료의 무라사메도 일본도의 형상을 띠고 있었다. 가장 아름다운 일본도라고도 불리는 미카즈키 무네치카*처럼 자루 부분이 크게 휘어져 있고 등이나 칼끝에는 휘어짐이 없는 형태였다.

하지만 세페리노가 든 검은 미츠요작**이라 불리는 오텐다 미츠요나 소하야노츠루기 같이 자루부터 칼끝까지 거의 고르게 휘어진 형태…….

물론 어느 쪽이 좋고 나쁘다고 할 수는 없었다.

“둘 다 아름다우니까요.”

료는 혼자 그렇게 생각하며 고개를 끄덕였다.

“세페리노의 검은 대대로 집안에서 전해 내려오는 검입니다. 저 사람은, 겉보기와는 달리 왕국에서 이주해 온 기사 가문 출신이거든요.”

그런 설명을 덧붙여준 것은『오련산』의 여자 마법사 일라나였다.

참고로『오련산』의 다섯 명은 전원이 25살. 그중에서 검사 세페리노와 마법사 일라나가 소꿉친구 사이라서 세페리노에 관해 잘 알고 있는 모양이었다.

“부모님은 그가 성인이 되기 직전에 돌아가셔서…… 남겨진 유품이 저 검이었어요. 그래서 무척 아끼고 있죠.”

“그렇군요.”

일라나의 설명에 고개를 끄덕이는 료.

멀리서 봐도 꽤 좋은 도(刀)로 보였다. 물론 정말 도인지 아닌지는 모르겠지만.

---

*三日月宗近, 헤이안 말기 명장 산조 무네치카의 작품으로, 초승달(三日月) 같은 무늬를 닮았다고 하여 붙여진 이름

**헤이안~가마쿠라 시대에 활약한 명공 미츠요의 작품을 일컫는 말

아벨과 세페리노의 칼싸움은 시작부터 화려했다.

목숨을 건 진검 승부가 아닌 모의전이라는 것도 주된 이유였다. 하지만 당연히 모의전이라고 해도 운이 나쁘면 목숨을 잃는 경우가 있었다. 부상을 입는 일도 흔했고, 팔이나 다리는 몰라도 손가락 한두 개 정도는 잘려서 날아가는 일도 왕왕 있다…….

챙, 챙, 채앵…….

연속해서 울리는 금속음.

'한 수 지도를 부탁한다'고 말했던 세페리노였지만, 아벨이 일방적으로 지도하는 모의전이 되지는 않았다. 공수 전환이 거센, 거의 대등한 검사 간의 싸움이라 할 만한 흐름이 이어졌다.

"세페리노라고 했나? 강하군."

"아뇨. 아벨 씨, 아직 힘을 남겨두고 계시죠?"

모의전에서만 가능한 전투 중 대화. 실제로는 검을 맞대면서 더 능숙한 쪽이 지도를 하는 경우가 많지만…….

"내가 알려줄 부분은 거의 없겠는데."

아벨은 솔직하게 말했다. 실제로도 세페리노의 검에는 빈틈이 없었다.

공격도 방어도 상당히 수준이 높았고, 공수 전환도 놀라울 정도로 매끄러웠다.

"검에 고민이 있어서가 아니라, 단순히 힘을 시험해 보고 싶었던 건가. 혹은…… 운 좋으면 날 쓰러뜨릴 수도 있을 거라 생각했나?"

"바라는 일이긴 합니다만, 쓰러져 주실 겁니까?"

"실력으로 쓰러뜨려 보든가!"

세페리노가 씨익 웃으며 말했고, 아벨도 같은 미소로 맞받아치며 대답했다.

"세페리노, 즐거워 보여……."

"아벨도 재미있어 보이네요."

일라나와 료가 검격을 보면서 감상을 중얼거렸다. 다른『오렌산』세 사람도 고개를 끄덕이는 것을 보면 세페리노도 정말 기쁜 모양이었다.

서로 기어를 더욱 끌어올렸다.

내려베기 공격을 검의 각도를 비틀어 흘려보낸다.

흘려보낸 다음 사선베기. 그것을 상대가 백스텝으로 피한다.

그 백스텝에 한 걸음 더 파고들어 추격.

추격을 유도한 뒤, 백스텝에서 예비 동작 없이 상반신을 기울여 반대로 간격을 더 좁힌다.

단번에 공격 거리가 훅 줄어들면서 초근접전으로 옮겨간다.

검보다 주먹이 닿을 거리다.

두 사람 다 검을 오른손에 든 채, 빈 왼손으로…….

"리버 블로!"

"동시에!"

료와 일라나가 외쳤다.

서로의 왼쪽 주먹이 상대의 오른쪽 옆구리 레버…… 즉 간을 쳤다. 이곳은 근육이 거의 없는 곳으로 인간의 급소 중 하나였다.

프로 복서가 완벽하게 성공하면 이 한방에 움직임을 멈출 수 있었다. 다른 보디 공격과는 즉효성 자체가 다른 공격!

물론 검사 두 명이 그에 관한 것을 이해하고 있는지는 알 수 없다. 하지만 검에서 주먹으로의 전환이 이렇게 매끄러운 것을 보면 맨주먹으로 싸워본 경험도 있는 것이 분명하다.

이런 부분이 역시 모험가답다며 료는 감탄했다. 수많은 수라장을 겪어온 덕분에 그만큼 쓸 수 있는 공격도 많은 것이다.

하지만 같은 레버 블로로 보였는데 약간의 차이가 있었던 모양이다. 아벨은 백스텝을 해서 거리를 벌렸지만, 세페리노의 다리는 움직이지 않았다.

아벨의 레버 블로가 더 효과적으로 먹힌 것이다…….

검이 세페리노의 목 언저리에 닿았고…… 모의전은 갑작스럽게 종료되었다.

그대로 힘이 빠져 무릎 꿇고 쓰러진 검사 세페리노. 그에게 여러 번 〈힐〉을 걸어 회복을 시켜주는『오련산』의 여신관 니에베스.

료는 아벨에게 특제 포션을 건네주며 물었다.

“상대 검사분, 세페리노 씨였나요? 강하네요.”

“그래, 마지막에는 나도 진심을 내버렸어.”

포션을 다 마신 뒤 대답하는 아벨. 하지만 겉으로 보기에 큰 상처는 없었다.

잠시 후, 몸을 회복한 검사 세페리노가 아벨에게 찾아와 고개를 숙였다.

“여러 가지로 공부가 됐습니다. 감사합니다.”

"아니, 넌 강해. 마지막에는 나도 진심으로 해 버렸어, 미안해."

아벨이 그렇게 말하자 세페리노는 수줍은 얼굴로 웃었다. 대미지를 입은 것에 화를 낼 법도 한데, 아벨 정도의 대가가 진심을 냈다고 하니 오히려 기쁘다는 얼굴이었다.

그리고 세페리노는 잠시 망설인 끝에, 말하기 어려운 표정으로 입을 열었다.

"또 내일이나…… 아니, 바쁘다는 건 잘 알고 있습니다. 무리라면 모레나 그다음 날이라도 좋으니까, 모의전을 해 주실 수 없을까요……."

"아……."

뺨을 긁적이며 쉽게 대답하지 못하는 아벨.

그런 부탁을 할 거라는 것은 이미 예상하고 있었을 것이다. 그리고 머릿속으로는 내일 이후의 예정도 떠올랐겠지. 이번 사절단의 핵심 중 하나인 A급 모험가는 사전부터 거의 매일 일정이 잡혀 있어 꽤 바빴다.

그때 옆에서 지원 사격이 날아들었다.

"세페리노는 이 나라 모험가 중에는 가장 강해요. 그래서 전력으로 싸울 만한 모의전 상대가 없어요."

그렇게 말한 사람은『오련산』의 마법사 일라나. 다른 세 사람도 고개를 끄덕이며 수긍했다.

잠시 고민한 끝에 아벨이 내놓은 대답은…….

"아마, 내일 이후에도 돌아오는 건 이 시간이 될 거라 생각하지만…… 그래도 괜찮다면……."

"물론입니다!"

세페리노는 주저 없이 고개를 끄덕였다.

◆

"아벨은 후배에게 부탁받으면 거절하지 못하는 성격이죠?"

"……인정하지."

『오련산』과 이별하고 겨우 성 내 영빈관으로 돌아온 료와 아벨. 목욕을 하고 밥을 먹으면서 조금 전 있었던 모의전에 대해 이야기를 나누었다.

"의욕도 있고 노력도 하는 애가 도와달라고 하면 거절할 수가 없더라고. 료도 그런 타입이잖아?"

"……인정해요."

두 사람은 비슷한 동지였다.

"하지만 사기꾼들은 그런 선의의 마음을 파고드는 법이죠."

"사기꾼?"

"조심하세요. 그런 사람들은 동료 행세를 하며 다가올 테니까요!"

"나한테 뭘 속여서 뺏어간다는 거야? 밥을 사달라거나 단 게 먹고 싶다거나, 뭐 그런 건가? 그런 말이라면 자주 듣는데."

"그, 그렇게 티 나는 말은, 안 하지 않을까요……."

아벨의 추궁하는 듯한 말에 횡설수설하는 료. 하지만 반격은 해야 한다!

"물론 선의는 훌륭하죠. 선의로 주위 사람들에게 밥을 사주는 건 좋은 일이라고 생각해요."

"그건 호위 일을 열심히 해 준 쇼켄이나 다른 모험가, 아니면 잭이나 스코티 같은 기사단 녀석들을 말하는 거지?"

"확실히 그들도 열심히 노력했어요. 하지만 더 가까이에서, 언제나 노력하고 있는 마법사가 있지 않나요!"

"……어디에?"

일부러 보란듯이 주위를 둘러보는 아벨.

"여기 있잖아요!"

분개하여 손을 들어 자신을 가리키는 료.

"음……."

"알고 있었나요? 아벨. 저도 아벨 후배거든요? 자, 후배를 위해 통 크게 쏴주시죠!"

"부자 후배에게 사줄 필요성은 못 느끼겠는데……."

"부, 부자니 뭐니 그런 건 상관없어요."

료의 성화에 져준 것인지, 아벨은 결국 고개를 끄덕이며 말을 이었다.

"알았어, 한턱낼게."

"오오!"

"이 영빈관 식사 중 원하는 걸 마음껏 먹도록 해. 값은 모두 내가 치르지."

"……여기 식사는 원래 무료예요."

"들켰나?"

얼굴을 찌푸리는 료, 장난에 성공한 표정을 지은 아벨.

두 사람의 사이가 좋다는 것만은 확실하게 증명된 것 같다…….

◆

다음 날, 료와 아벨의 일은 대공 기사단에서의 강연이었다.

하지만 역시 도중부터는 모의전이 중심이 되었다. 본질적으로 모험가든 기사단이든, 앉아서 하는 공부보다는 몸을 움직이는 쪽이 더 성미에 맞는 집단이기 때문일까.

그날 저녁, 전날과 마찬가지로 성 앞 광장에서 아벨과 검사 세페리노의 모의전이 열렸다.

그동안 료는 무엇을 하고 있었는가?

두 사람이 모의전을 하는 바로 옆에서, 세페리노의 파티『오련산』의 나머지 멤버 4명과 다과회를 열고 있었다.

료가 커피를 내리고, 네 사람과 정보 교환이라는 이름의 잡담을 나누는 시간이었다.

네 사람의 이름은 풍속성 마법사 일라나, 신관 니에베스, 척후 프리모, 방패기사 레온시오. 일라나와 니에베스가 여성이고 나머지가 남성. 전원 25살.

네 사람의 자기소개나 파티의 성립 과정, 그동안 맡아왔던 큰 의뢰 이야기부터 시작해서 이 나라 사정에 대한 이야기로 화제가 옮겨갔다.

"귀족을 만난 적이 없다고요?"

"네, 물론 귀족은 존재해요. 인원도 제법 많아서 B급이 되면 귀족 가문의 지명 의뢰도 꽤 많아지고요. 하지만 귀족 본인은 물론 그 가족도 만난 적이 없어요. 창구 역할을 맡는 건 집사나 가령들이죠. 물론 그렇게 해도 아무 문제는 없지만……."

"저희들뿐만 아니라 모험가 파티 전원이 마찬가지예요. 그중 누구도 귀족을 만난 적은 단 한 번도 없어요."

고개를 갸우뚱하며 묻는 료의 물음에 마법사 일라나도 신관 니에베스도 미간을 살짝 찌푸리며 설명했다. 이상하지 않느냐는 뜻을 담아서.

참고로 방패기사인 레온시오는 말없이 몇 번이고 고개만 끄덕였다. 『붉은 검』의 워렌도 그렇고, 역시 방패기사 중에는 과묵한 사람이 많은 것일지도 모른다.

"랜드에서는 그런 느낌인데, 모험가의 나라라고도 불리는 왕국에서는 어떤가요?"

유일하게 입을 연 남성, 척후 프리모가 물었다.

"음…… 왕국에서는 그 정도까지는 아니에요. 아, 그렇지. 룬에서는 후작 가문의 후계자인 아드님이 B급 모험가를 하고 있기도 해서, 귀족과의 거리는 아마 그렇게 멀지 않을 거예요."

"후작가의 후계자!"

"굉장하다!"

"역시 모험가의 나라군요."

료가 펠프스의 얼굴을 떠올리며 대답하자, 일라나도 니에베스도 프리모도 하나같이 크게 놀란 반응을 보였다. 방패기사 레온시오는 이번에도 말이 없었지만, 눈을 크게 뜨고 입도 ㅇ자로 벌어져 있는 것을 보니 놀란 것은 확실한 것 같았다.

"트와일라이트 랜드에서는 귀족이 수면 위로 나오는 일은 전혀 없나요? 예를 들면 정부의 일을 하고 있다거나, 대신을 하고 있다거나 하는 경우는요?"

"맞아요, 다른 나라에서는 귀족이 대신을 하는 경우가 많죠. 하지만 랜드는 전혀 달라요."

"귀족들은 중앙 정부의 직책을 맡지 않으니까요."

"뭐, 유일한 예외라면 대공 정도일까요?"

료의 물음에 세 사람이 이구동성으로 대답했다. 마지막의 대공은 트와일라이트 랜드의 군주이니 확실히 국민 앞에 자주 나타날 것이고, 동시에 중앙 정부의 수장이기도 했다. 예외라는 것도 수긍은 갔다.

"귀족들은 평소에 뭘 하고 지내는 걸까요?"

"나라 곳곳에 영지가 있으니까 거기에 있지 않을까요……?"

"다들 이 수도 테베에도 저택을 가지고 있어요. 하나같이, 정말, 무지막지하게 크죠."

"우리들 서민과의 격차가 엄청나죠……."

료의 소박한 의문에 세 사람이 차례로 답했고, 마지막에는 네 사람 모두 고개를 끄덕였다.

트와일라이트 랜드에서는 귀족과 귀족이 아닌 자와의 차이가 엄청나게 큰 모양이었다.

"귀족은 고정인가요?"

"응? 무슨 말이죠?"

료의 의문에 마법사 일라나가 고개를 갸우뚱하며 되물었다.

"공적을 세워 일반인이 귀족이 되는 일은……."

"없어요."

"건국 이래 단 한 번도 없었어요."

"그런 나라였군요."

귀족과 그 이외의 신분이 명확하게 나뉘어 있었다. 그것도 태어날 때부터 쭉…….

"만날 일이 아예 없는 건 아니죠?"

"네. 영지 사람이나 저택에 고용되어 있는 사람은 만날 수 있어요."

"엄청 예쁘다거나 멋있다는 말은 들었어요."

"우리 서민과는 다른 생물일지도 몰라요."

세 사람은 커다란 한숨을 내쉬었다. 오직 한 사람, 방패기사 레온시오만이 미소 띤 얼굴로 말없이 고개를 젓고 있었다. 어쩌면 그가 평소 세 사람의 이런 푸념을 들어주는 역할일지도 모른다.

다섯 명이 그런 대화를 나누는 사이, 오늘도 모의전이 무사히 종료되었다. 검사 세페리노가 어제와 마찬가지로 무릎을 꿇고 있었다.

그것을 보고 황급히 달려가는 신관 니에베스.

서 있는 아벨을 보고 평범하게 다가가는 료.

"전혀 못 봤지만, 문제없는 것 같네요."

"왜 못 본 거야……."
"여러모로 할 일이 있어서요."
"수다밖에 안 떨었잖아."
"정보 교환이에요."
아벨의 비난 어린 지적에 어깨를 으쓱이며 받아치는 료.
그런 두 사람에게 회복을 마친 검사 세페리노가 다가왔다.
"왜 어제보다 차이가 더 벌어진 겁니까……."
"그렇게까지 달라지진 않았는데?"
"아뇨, 아벨 씨는 어제보다 오늘 확실히 더 여유가 있었습니다."
"아…… 그건 세페리노의 검선을 어느 정도 파악한 덕분에 미리 공격을 읽는 게 좀 쉬워져서…… 그런가?"
"말도 안 돼……."
아벨의 설명에 어깨를 축 늘어뜨리는 세페리노.
하지만 이내 고개를 들었다.
"그래도! 걸음을 멈출 이유는 되지 않지. 내일도 잘 부탁합니다!"
"아, 응. 또 보자."

◆

"아벨의 약점은 사람이 너무 좋다는 거예요."
"무슨 말이야?"
"내일도 부탁한다는 말을 거절하지 못했잖아요."
"아아…… 하지만 아마 그 모의전, 내 쪽에 메리트가 더 많을걸."

"그런가요?"

아벨이 뭔가를 생각하며 대답하고, 료가 놀랐다.

"세페리노의 검, 재미있거든. 받아내다 보면 여러모로 발견하는 게 많아. 그게 날 성장시켜주고 있지."

아벨이 웃으며 말했다.

『오련산』과 헤어져 성 내 영빈관으로 돌아온 료와 아벨은 어제와 마찬가지로 목욕을 하고 밥을 먹으며 대화를 나누었다.

"뭐, 아벨이 뭔가를 얻을 수 있다면 그보다 더 좋은 일은 없죠."

"그렇지?"

"하지만, 내일은 상관없지만 모레는 모의전을 할 수 없어요."

"아…… 모레는 만찬회인가. 저녁부터였지."

"맞아요. 제대로 전해 두지 않으면, 그들은 어둡고 추운 날씨에 오지 않는 아벨을 원망하며 늦은 밤까지 계속 기다릴지도 몰라요."

"아니, 그럴 일은 없어……."

료가 그린 성의없는 미래 예상도를 아벨은 고개를 저으며 부정했다.

"그리고 밤 늦은 시간까지 광장을 배회하는 모험가들을 성 수비대가 실력으로 제압하겠죠. 거기서 벌어지는 수비대 대 모험가의 내전. 그것이 계기가 되어 귀족들 간의 대규모 내전이 발발하는 거예요."

"……."

"즉, 모든 것은 아벨의 탓……."

"응, 늘 생각하는 건데. 료의 그 망상력…… 아니, 상상력을 뭔가 건설적인 일에 쓸 수는 없는 걸까."

"슬픔에 잠긴 전세계 사람들의 마음에 웃음과 행복을 전하고 있죠."

"응. 무슨 말인지 전혀 모르겠어."

마법사의 장대한 포부가 담긴 시도는 현실주의 검사에게는 이해받지 못했다.

각박한 세상이다.

그리고 그 다음 날 저녁에도 아벨과 세페리노는 모의전을 벌였다.

그것을 마친 뒤, 아벨은 잊지 않고 말을 전했다. 만찬회가 있어서 내일은 어렵다고. 그때 세페리노가 아주 슬픈 표정을 지은 것이 효과가 있었는지, 아벨은 모레라면 다시 할 수 있다는 말도 덧붙였다.

순식간에 환해지는 세페리노의 표정. 그 모습을 보고 미소 짓는『오련산』의 다른 멤버들.

그들은 자신들의 연락처를 아벨에게 남겨주고 돌아갔다.

◆

왕국 사절단을 환영하기 위해 열린 만찬회에서는 랜드의 정부 고관들과 귀족들도 참석했다.

그랬다. 모험가 앞에서는 결코 모습을 드러내지 않는다고 알려진 귀족들이, 다수 참석한 것이다. 료와 같은 평범한 서민이 보기에도 한눈에 알 수 있을 정도로 귀족들이 눈에 많이 띄었다. 다른 중앙 정부 고관들과는 입고 있는 옷부터가 완전히 달랐다.

"아벨, 누가 귀족인지 한눈에 알아볼 수 있어요."

"그렇지. 뭐, 귀족의 옷 때문이라기보단 정부 고관들의 옷이 수수한 느낌이네……."

료와 아벨은 속삭이는 듯한 작은 목소리로 대화를 나눴다.

그랬다. 정부 고관들의 옷은 아주 차분했다. 차분하다고 해야 할까, 소박하다고 해야 할까. 대부분 단색의 옷들뿐이었다.

반면 귀족들의 옷은 형형색색. 여자는 드레스, 남자는 푸르푸앵(Pourpoint)인지 뭔지 료는 전혀 알 수 없었지만, 어쨌든 바지 같은 옷을 입고 있었다. 하나같이 빛을 받아 반짝거렸고 보석도 주렁주렁 달고 있었다.

"혹시 왕국의 만찬회에서도 귀족들은 저런 느낌인가요?"

"여자들은 그렇지. 남자는…… 뭐, 제각각이야."

료의 물음에 쓴웃음을 지으며 대답하는 아벨.

아벨은 제2 왕자라더니 어쩐지 이런 파티에는 익숙하지 않은 것 같았다. 그렇긴 하지만, 어떤 상황에서도 빈틈없이 잘 처신했고, 문제를 매끄럽게 해결하는 능력만큼은 탁월했다.

잠시 후 정부 고관들이 아벨에게 다가와 이야기를 시작했다.

이번 만찬회는 입식 형식. 즉, 정해진 자리에 앉아 있는 것이 아니라 여러 사람과 뒤섞여 어울리는 형태였다.

아벨은 물론이고 교섭관 이그니스를 필두로 한 사절단 문관들도 여러 곳에서 랜드 사람들과 환담을 나누고 있었다. 그들에게는 이 만찬회 역시 업무의 연장선이었다.

아벨도 일의 일환이라고 생각하는 것인지 미소 띤 얼굴로 담소를 이어갔다.

"아벨, 화이팅이에요!"

료는 그렇게 중얼거리고는 어느 지점으로 장소를 옮겨 그곳에 자리를 잡았다.

그곳은 바로 음식이 늘어선 테이블 앞.

아벨을 제물로 바치고 자신은 식사를 즐기기로 한 것이다.

평소의 료는 결코 대식가가 아니었기 때문에 바쁠 때…… 이를테면 마법이나 연금술에 집중하고 있을 때는 말린 고기로만 식사를 때우는 경우가 대부분이었다. 하지만 참가자의 대부분이 대화에만 흥미를 느끼고 있는 와중 눈앞에 이토록 맛있어 보이는 음식이 진열되어 있다면. 게다가 그것들이 먹히기만을 기다리고 있는 상황이라면…… 마음껏 먹는다.

그래, 그것은 결코 탐욕에서 오는 것이 아니라, 쓸쓸하게 방치당한 음식들을 구하겠다는 의분에서 비롯된 행동이다!

물론 만찬회가 열리는 장소였기에 식사는 품위 있게 하는 것이 중요했다. 심지어 입식으로.

하지만 료는 **품위 있는 대식**이라는, 양립하기 지극히 어려운 그 두 가지 요소를 절묘하게 양립시키며 눈앞의 음식을 차례차례 비워 나갔다.

먹는 순간 크게 입을 벌려서 음식이 입술에 닿지 않게 한다. 기본적으로는 그것만으로도 품위가 크게 떨어지지는 않는다. 여기에 더해 등을 펴고 점잖은 얼굴로 먹으면 문제없다!

그 광경에 정부 고관은 물론 랜드 귀족들도 멀찍이서 지켜보기만 할 뿐 선뜻 다가가지 못했다. 그리고 료는 계속 먹었다……. 그런 풍경이 한동안 이어졌다.

"왕국에서 오신 모험가분은 정말 식성이 좋으시군요."

그런 료에게 기분 좋은 얼굴로 말을 걸어온 여성이 있었다.

료는 고개를 돌렸다.

그 여성은, 그야말로 절세 미녀…….

안 그래도 랜드 귀족 중에는 미남 미녀가 많다는 생각을 하고 있었는데, 눈앞의 여성은 그중에서도 압도적으로 뛰어난 외모를 갖고 있었다.

그랬다. 절세 미녀. 어휘력이 빈약한 료에겐 그 말밖에 떠오르지 않았다.

료가 지금까지 절세 미녀라고 생각했던 것은 딱 두 명. 세라와 엘리자베스…… 둘 다 공교롭게도 엘프였다.

하지만 눈앞의 여성은 엘프가 아니다.

그리고 앞서 언급한 두 사람과도 분위기가 달랐다.

세라가 '늠름한 아름다움'이라면 엘리자베스는 '가련한 아름다움'이었다. 눈앞의 여성은 '요염한 아름다움'이라는 표현을 쓰면 딱 들어맞을 것 같았다.

료는 대답을 하려다가, 입 안에 음식이 들어 있는 것을 깨달았다.

"이런, 급하게 드실 필요 없어요. 맛있게 먹는 모습에 저도 모르게 말을 걸어버린 것뿐이니까요."

여자는 빙긋 미소 지은 얼굴로 료의 모습을 바라보았다.

"송구합니다."

입 안의 음식을 다 삼킨 료는 그제야 입을 열 수 있었다.

겉보기에는 20대 중반으로 보이는 그 미녀는 턱에 살짝 손을 대고 무언가를 고민하는가 싶더니 입을 열었다.

"마법사 료 님이시죠? 저는 아그네스라고 합니다."

"아그네스 님. 전 왕국의 모험가 료입니다."

어쩐지 고위 귀족이 아닐까 생각했지만, 왼손에 접시, 오른손에 포크를 들고 있어서 무릎을 꿇는 인사는 할 수 없었다.

그래서 고개만 숙였다.

"료 님은 파스타 계열을 좋아하시나요?"

아그네스는 료의 접시에 가득 올려져 있는 파스타와, 때마침 료의 눈앞에 놓여 있는 여러 개의 커다란 파스타 접시를 보고 보고 그렇게 물었다.

"아…… 파스타도 좋아합니다."

딱히 파스타만 먹은 것은 아니고, 차례차례 먹어나가다 보니 현재는 파스타 접시가 료의 앞에 놓여 있었을 뿐이다.

그러나 그 우연이 료에게 행운을 가져다주었다.

"그렇다면 꼭 저희 저택에 초대하고 싶네요. 라면의 감상을 듣고 싶거든요."

"지금, 뭐라고……."

◆

이후 만찬회는 무사히 종료되었지만, 료는 자신이 어떻게 영빈관까지 돌아왔는지 기억이 나지 않았다. 뭐, 당연히 아벨이 데리고 돌아왔겠지만.

정신을 차린 것은 목욕을 마치고 난 뒤였다.

"아벨, 만찬회에서 놀라운 일이 있었어요!"

"그런 것 같더라. 뭘 물어도 계속 건성으로 대답한 걸 보면."

그런 두 사람이 목욕을 마치고 식당에 가자, 문관을 중심으로 한 사절단 일행이 모여 무언가를 보고 있었다.

"다들 모여서 뭔가 보고 있네요."

"그러게, 교섭 일정표 같은 거 아닐까?"

료의 의문에 아벨은 가볍게 대답했다.

애초에 두 사람과는 관련이 없는 일이었다. 왜냐하면 두 사람의 내일 이후 일정은 이미 정해져 있었고, 꽤 빡빡한 일정이라는 것도 알고 있었기 때문이다.

하지만…….

모여 있던 문관 중 한 명이 료가 식당에 들어온 것을 발견하고 이름을 불렀다.

"료 씨!"

그 순간 문관들의 눈이 일제히 료에게 꽂혔다.

"어? 저요?"

료가 저도 모르게 소리를 냈다.

"료 씨 앞으로 초대장이 도착했습니다. 저쪽에 계신 사자분이 가지고 오셨습니다."

그렇게 말한 문관이 방 한켠에 서 있는 집사 같은 남자를 가리켰다.

집사 같은 남성은 공손히 고개를 숙였다.

그리고 문관들이 모여 있던 자리로 가더니, 그들이 모여 있던 이유인 봉투를 집어들고는 료에게 가져다주었다.

"료 님, 저희 주인이신 아르바 공작님께서 보내신 초대장을 가져왔습니다."

그 말에 문관들이 다시금 술렁였다.

하지만 료의 반응은 둔했다.

"아르바 공작?"

지인 중에 그런 사람이 있었나…… 아무리 생각해도, 없다.

"네. 아그네스 님이 료 님께 라면을 대접하고 싶다고 하셨습니다."

"아! 아그네스 님! 무례를 용서해 주시길. 부끄럽게도 무지하여서, 아그네스 님이 아르바 공작님이신 줄은 미처 몰랐습니다. 초대 감사히 받겠습니다. 잘 부탁드립니다."

그렇게 말하며 료는 봉투를 받아들었다.

초대 날짜는 알 수 없었지만 만사를 제쳐두고라도 가야 하는 초대였다. 누가 뭐래도 라면이니까! 『파이』에 온 뒤로는 당연하지만 한 번도 먹어보지 못했다. 애초에 라면의 '라'자도 본 적이 없었다.

게다가 공작에게서 온 초대라면 다른 일정도 어느 정도 조정해 줄 것 같으니까…… 지금 수락해 두는 편이 좋겠지.

"그거 다행이군요. 아그네스 님께 전해 두겠습니다."

그렇게 말한 집사 같은 남자는 다시 공손하게 고개를 숙이더니, 아주 우아한 걸음으로 식당을 빠져나갔다.

이후 료는 문관들에게 둘러싸였다.

"료 씨. 어떻게 아르바 공과 아는 사이가 되신 겁니까?"

"애초에 언제부터 아는 사이셨습니까?"

"아르바 공작이라고 하면 랜드에서도 1, 2위를 다투는 권세. 그 재력은 군주인 대공가뿐만 아니라 중앙 정부마저 크게 능가한다고 하던데……."

"아주 아름다운 여성이라고 들었지만, 나이는 90세가 넘었다는 소문이……."

"……절세 마녀."

마지막 대사만, 료였다.

"마녀라니…… 여자 마법사를 말씀하시는 겁니까? 료 씨, 잘 아시는군요. 아르바 공은 강력한 마법사입니다."

"확실히 수속성…… 아, 료 씨도 물이었죠? 과연, 그래서였군!"

무엇이 그래서인지 료는 이해하지 못했지만…….

문관들은 료가 모험가 중에는 드문 수속성 마법사이고, 아르바 공 역시 강력한 수속성 마법사라는 점에서 접점이 있었을 것이라고 멋대로 해석했다.

료가 만찬회에서 정신없이 먹고 있다가 알게 된 사이라고는 꿈에도 생각하지 못한 것이다.

하지만 한 명, 사실을 알고 있는 사람이 이 자리에는 있었다.

"내빈 역할을 나한테 떠맡기고, 혼자만 맛있는 요리를 먹고 있었으면서……."

사실을 아는 자, A급 모험가 아벨의 푸념은 그 누구의 귀에도 닿지 못했다.

시빌워

다음 날, 두 사람은 별 탈 없이 일을 소화했고, 저녁에는 약속대로 아벨이 『오련산』의 세페리노와 모의전을 벌였다.

그리고 다음 날. 운명의 날이다.

료는 그날 아침부터 들떠 있었다.

"큭큭큭, 드디어 오늘! 마침내 제 야망이 이루어지는 날이에요!"

"무슨 야망까지야……."

아침을 먹고 있는 아벨 옆에서 료가 마신 것은 커피뿐. '아침은 든든하게 먹어야 한다!'라는 말을 거의 입버릇처럼 달고 사는 료가 아침을 거르는 것은 매우 드문 일이었다.

"라면이요! 드디어, 그 라면을 먹을 수 있는 거예요! 어언 수십 년…… 이날만을 얼마나 기다려 왔던가."

"수십 년이라니……. 그, 라면인지 뭔지 하는 음식이 료가 상상하는 라면이랑 똑같은 거라면 좋겠네."

아벨은 빈정댄 것도, 딱히 무언가를 의도하고 말한 것도 아니었다. 그저 생각난 것을 그대로 말했을 뿐이었다. 하지만…….

그 말이 료에게 미친 파장은 실로 강렬했다.

료는 들뜬 상태 그대로 굳어버렸고, 표정도 얼어붙었다……. 잠시 후, 끼긱거리는 소리가 날 것 같은 움직임으로 목만 움직여 아벨 쪽을 바라본다.

"그 라면이 아닐 가능성……?"

"아니, 가능성 말야. 어디까지나 가능성."

료의 급작스러운 변화에 두려움을 느낀 아벨은 필사적으로 달래려 애썼다.

"만약 그렇게 된다면…… 죄송해요. 랜드 전역을 얼려버리는 수밖에는……."

"바보야, 절대, 하지 마!"

사력을 다해 협상을 이어가고 있는 문관들을 위해서라도, 아벨은 료가 원하는 라면이 나오기를 간절히 기도했다.

◆

오전, 아벨은 랜드 귀족들의 기사단 모의전을 참관했다.

모의전 참관 자체는 특별히 아첨할 필요도 없기 때문에 별로 불편하지는 않았지만…… 문제는 **귀족들의 기사단**이라는 점이었다.

왕국 출발 전부터 잡혀 있던 일정이었기에, 처음 들었을 땐 단순히 귀족을 상대해야 하니 귀찮겠다는 생각 정도만 품고 있었다. 하지만 랜드 내전의 가능성을 듣고, 그 중심이 랜드의 귀족들이며, 게다가 모험가들은 어느 누구도 귀족을 만난 적이 없다는 사실까지 듣고 나자 조금 호기심이 생긴 것은 사실이었다.

문관들의 협상이 시작되고, 아벨이 마차를 타고 모의전 장소로 향하고, 료가 아르바 공작에서 마중 나온 마차를 타고 영빈관을 떠난 뒤, 성 내로 들어가는 모험가들이 있었다.

안내받은 곳은 대공의 응접실. 안내받은 사람은 뮤와 그 파티, 총 5명.

이번 사절단 호위 모험가들은 근접 전투에 특화된 기사단과의 조합을 고려해 마법직이 많은 C급 파티가 주로 선발되었다.

마법은 남성보다 여성이 더 친화성이 높다고 알려져 있었기에, 모험가 집단만 놓고 본다면 남성 마법사보다 여성 마법사가 더 많았다.

그리고 뮤가 소속된 파티 『발키리』는 세 명이 마법사, 심지어 다섯 명 전원이 모두 여성으로 이루어진 보기 드문 파티였다. 그래서일까, 파티의 사이는 매우 돈독했고 기본적으로 어디를 가든 늘 함께했다.

뮤가 할아버지인 랜드 대공의 부름을 받은 이때에도 당연하다는 듯 뒤에서 함께 따라갔다. 물론 뮤를 통해 대공 측의 허가는 받아두었다.

다섯 명이 안으로 들어서자, 이미 트와일라이트 랜드의 대공인 사일러스 테오 산타야나가 기다리고 있었다.

"할아버님……."

"오오…… 뮤야, 오랜만이구나."

그곳에는 한 나라를 다스리는 군주가 아닌, 그저 손녀를 만나 기뻐하는 할아버지의 얼굴이 있었다.

◆

아벨이 초대받은 모의전장은 수도 테베의 교외에 있었고, 도착했을 때는 이미 네 개의 기사단이 정렬을 마친 상태였다.

"아벨 공, 와주셔서 감사합니다."

말쑥하게 차려입은 네 명의 젊은 남자들이 마차에서 내려선 아벨을 맞이했다.

"이번 모의전을 주관하게 된 리조 백작 로베르토입니다."

"왕국 A급 모험가 아벨입니다."

통성명을 주고받으며 악수를 나눴다.

다른 세 명도 자작, 자작, 남작으로 모두 귀족. 그들이 이번 모의전을 치르는 네 기사단의 주인인 셈이었다.

'젊은 귀족들의 모임인가. 각각 40명 규모의 기사단…… 남작조차 40명 규모의 전력을 거느리고 있다는 건 의외네. 우리 쪽의 케네스는 아마 한 명도 없지 않을까? 혈기 왕성한 젊은 집단일지도 모르겠군.'

아벨은 기사단들을 보면서 그런 감상을 품었다.

"그럼 아벨 공, 저쪽 관람석으로 이동하시죠. 모의전 이후 감상이나 눈에 띄는 점을 지적해 주시면 감사하겠습니다."

"알겠습니다."

리조 백작 로베르토의 안내에 따라 아벨은 관람석으로 이동하게 되었다.

◆

아르바 공작저.

문을 들어선 순간, 료는 저택이라기보단 교외에 있는 국립 대학 같다고 생각했다. 료 자신은 도쿄의 사립 대학에 다녔지만, 광대한 부지로 자리를 옮긴 현지 국립 대학이 딱 이런 느낌이었다.

물론 아르바 공작의 저택에는 5층짜리 건물은 없었지만…….

고풍스러운 건물이 여러 채 늘어서 있었다. 도서관으로 보이는 건물, 콘서트홀처럼 보이는 건물, 천문대로 보이는 건물 등…….

왜 천문대로 보이는 건물이 있는지는 모르겠지만.

그리고 마차는 유난히 호화로운 건물 앞에 멈춰섰다.

료가 마차에서 내려서자, 레드카펫이 깔려 있고 그 양옆으로 집사와 시녀들이 쭉 늘어서 있었다.

"어서 오십시오."

조금의 오차도 없이 완벽하게 맞춰진 환대의 목소리.

료는 압도당했다.

이것만 봐도 아르바 공작의 권세를 짐작할 수 있었다.

부하들이 성의 없는 태도로 임하고 있으면, 어쩔 수 없이 위에 선 인간도 별 볼 일 없을 것이라 여겨진다.

그렇다면 그 반대도 성립되는 법.

부하들의 움직임이 완벽할 정도로 일사불란하다면, 그 위에 선 인간 역시 굉장하다는 판단이 드는 것은 당연한 일 아닐까.

이곳에 있는 집사와 시녀들은 자신들 개개인의 행동이 곧 아르바 공작을 판단하는 근거가 된다는 것을 자각하고 있었다. 평소에도 몸가짐 하나하나에 책임을 지도록 단련되어 있는 것이다.

그것이 바로 프로페셔널.

물론 위에 있는 사람은 그런 전문 인력이 유출되는 것을 막기 위해 높은 급여와 좋은 대우 등을 제공한다.

그럴 만한 '돈'이 있고, 그런 부분에 '돈'을 쓰는 것의 의미를 이해하고 있기 때문에, 프로페셔널한 인재가 머무르는 것이다.

부하가 프로페셔널하다는 것은…… 그 프로페셔널한 부하들을 잘 이어주기 위해 위에 있는 사람도 프로페셔널해야 한다는 뜻이었다.

아르바 공작은 위에 있는 사람으로서 프로페셔널하다는 것이, 바로 이 자리를 통해 증명된 것이다.

잠깐 본 집사와 시녀의 모습만으로도 그 사실이 고스란히 드러났다.

료는 많은 생각이 들었다.

료가 지나온 곳은 꽤 넓은 식당이었다.

베르사유 궁전이나 아카사카 영빈관 사진에서 본 적이 있다……. 다만 크기가 심상치 않았다. 가로, 세로, 높이, 그 모든 것을 전부 확대해 놓은 크기였다.

중앙에는 거대하고 긴 책상이 놓여 있다. 아마 식당 테이블이겠지만…… 이것도 거대했다.

그리고 그 안쪽, 방 안쪽에 누군가가 있는 것처럼 보였다.

그랬다, 누군가가 **있는 것처럼** 보일 정도로 방이 넓었다.

료는 거기서 이런 생각에 이르렀다.

'체육관보다 넓어…….'

체육관보다 넓은 식당…… 그 필요성을 따져본들 무의미한 고민에 지나지 않았다.

료는 집사의 안내를 받아 그 방 안쪽으로 걸어갔다. 그러자 안쪽에 있던 사람도 이쪽으로 걸어왔다.

"료 님, 어서 오세요."

만찬회에서 만난 요염한 미녀, 아르바 공작 아그네스였다.

"공작 각하, 귀한 자리에 초대해 주셔서……."

"아, 됐어요. 그런 딱딱한 인사는 필요 없답니다. 편하게 아그네스라고 불러주세요. 같은 수속성 마법사니까요."

그렇게 말한 아그네스는 미소와 조소의 중간 어디쯤에 있을 것 같은, 무서울 만큼 요염한 미소를 지어 보였다.

료조차도 순간적으로 그 미소에 넋을 잃었을 정도였다.

"아, 네, 아그네스 님."

가까스로 이성을 붙잡을 수 있었던 것은 료가 탄탄한 이성을 가지고 있었기 때문만은 아니다. 식당까지 흘러들어온 향기 때문이었다.

이건, 너무나도 그리운…….

"아, 여기까지 향이 나네요. 복잡한 얘기는 뒤로하고, 일단 먹을까요? 자, 이쪽으로 오세요."

아그네스는 그렇게 말하더니 료에게 자리를 권하고, 자신도 그 옆에 앉았다.

두 사람이 앉음과 동시에 문이 열리고, 트레이가 들어왔다.

료 옆에 다가오자 덮개가 벗겨지고, 마침내 그 모습이 드러났다.

그것은…….

"오오……."

그것은 료가 원했던 이미지와 조금도 다르지 않은, 틀림없는 돈코츠 라면이었다.

그리고 집사가 정중한 움직임으로 돈코츠 라면을 두 사람 앞에 놔주었다.

그때가 되어서야, 료는 비로소 깨달았다. 라면이 놓인 곳 바로 옆에 이미 세팅된 무언가가 있다는 것을.

"포크와 젓가락과 숟가락……."

그래, 설마하던 젓가락.

론도 숲을 나온 이후로 왕국이든 랜드든 그 어디서도 한 번도 본 적이 없었던 젓가락.

"라면을 먹으려면 포크도 좋지만, 정석으로는 거기 있는 '젓가락'이라는 걸 사용한다고 하더군요. 원래는 동방의 식기랍니다. 하지만 처음이라면 사용하기 어려우실 테니 포크도 준비해 두었습니다."

"오오……."

이 『파이』에서도, 동방에는 젓가락으로 먹는 문화권이 있다는 사실을…… 료는 이날 처음 알았다.

"자, 따뜻할 때 드세요."

"네. 잘 먹겠습니다."
료는 저도 모르게 손을 모아 인사했다.
아그네스는 그 모습을 보고 놀랐지만, 이미 의식이 모조리 라면에 쏠려버린 료의 눈에는 아무것도 들어오지 않았다.

료의 오른손에는 젓가락 왼손에는 숟가락. 이미 완벽하게 짜여진 진형.
일단 국물부터.
숟가락으로 국물을 떠서 입에 넣었다.
"맛있어……."
저도 모르게 그런 말이 새어 나왔다.
그 모습을 힐끔 바라보고 만족스러운 표정을 지은 아그네스도 숟가락으로 국물을 떠서 마셨다.
료는 국물을 두 입 더 마시고 드디어 면을 마주했다.
그 면은 소위 중태면이라 불리는 타입이었다.
료는 '돈코츠 라면은 가는 면이 정의다!'라는 교리 따위는 갖고 있지 않았다.
맛만 있으면 그만이다.
음식은 맛이 전부이며, 맛있으면 그것은 정의다.
극태면을 쓴 돈코츠 라면도 맛있으면, 그것은 정의다!
과연 눈앞에 있는 돈코츠 라면은…… 면과 스프의 조화는 어떨지…….
호로록.

우선 한 입.

한 입 더.

또 한 입 더…….

그 후로는 더 이상 멈추지 않았다.

료는 결코 빨리 먹는 편이 아니다.

많이 먹는 것도 때와 경우에 따라 달라진다.

그리고 지저분하게 먹는 것을 무엇보다 싫어한다.

이때의 료는 '우아하게 빨리 먹기'라는, 거의 기적과도 같은 기술을 선보였다.

이유는 단 하나.

라면이 맛있었으니까.

규슈 출신인 료는 돈코츠 라면에 관해서는 상당히 까다로웠다.

그런 료지만…… 눈앞의 라면은, 순수하게 맛있다!

료는 눈 깜짝할 새에 한 그릇을 깨끗하게 비웠다.

"후우~."

만족스러운 한숨을 내쉬는 료를 본 아그네스는, 미소 띤 얼굴로 무시무시한 한마디를 내뱉었다.

"한 그릇 더 드시겠어요?"

"네, 부탁드립니다!"

두말없이 승낙한다는 것은 바로 이 말이었다.

완전히 조건 반사로 대답한 료를 보며 아그네스는 흐뭇한 얼굴로 미소 지었다. 그리고 자신도 계속 먹었다.

아주 조금 시간이 비어버린 료.

문득 옆에서 먹고 있는 아그네스를 바라보았다.

고개를 살짝 옆으로 기울이고, 흘러내리는 머리카락을 귀 뒤에 걸며 라면을 먹는 미녀.

아름다운 하나의 영상 작품을 만들 수 있을 것 같은 풍경이, 그곳에 있었다.

료는 행복했다.

◆

행복한 한때는, 갑자기 부서졌다.

복도에서 요란한 소리가 들리더니 대공 응접실 문이 벌컥 열리며 무장한 군인들이 우르르 들이닥쳤다. 언뜻 봐도 성의 위병이 아니라는 것을 알 수 있었다. 하지만 무뢰배나 모험가 종류도 아니었다.

통일된 무장과 흐트러짐 없는 움직임이 바로 그 증거였다.

그것을 확인하자마자 『발키리』 5명은 번개처럼 반응했다.

이 자리에서 가장 중요한 인물인 대공 사일러스 앞에 서서 목숨을 바쳐 지킬 태세를 취했다.

역시 C급 모험가라 할 수 있는 반응이었다.

“이게 무슨 짓이냐!”

사일러스는 들어온 병사들을 향해, 아니, 그 중심에 있는 인물을 향해 언성을 높였다.

“다시 한 번 묻겠다. 이게 무슨 짓이냐, 매기저 백작.”

매기저 백작은 표정 하나 바꾸지 않고 대답했다.

"사일러스 테오 산타야나, 당신을 국가반역죄 혐의로 구속하겠습니다."

"그게 무슨……."

사일러스는 눈을 크게 뜨고 중얼거렸다.

"국가의 보물을 방문 중인 사절단을 통해 나이트레이 왕국에 팔아넘기려 하고, 거기서 그치지 않고 나라 자체를 팔아넘기려 한 정황, 이미 모두 파악이 끝났습니다. 그 만행은 매국노라고 불러도 모자람이 없습니다. 지금 이 순간부로 당신이 가진 대공으로서의 모든 특권은 동결됩니다. 순순히 심판을 받을 것을 권합니다."

"무슨 말도 안 되는…… 왜 이런 짓을 벌이는 거냐! 그럴 필요 없다. '당신들'이 원한다면 나는 언제든지 대공의 지위를 내려놓을 용의가 있다. 그건 알고 있을 텐데!"

대공 사일러스의 말에 놀란 것은 매기저 백작이 아니었다. 뮤를 비롯한 발키리 멤버들이었다.

하지만 그들도 끼어들지는 않았다. 그녀들이 참견할 문제가 아니라는 것을 알고 있었기 때문이다.

그리고…….

"그게 곤란하거든요, 사일러스."

목소리는 문 바깥, 복도에서 들려왔다.

그리고 목소리의 주인이 모습을 드러냈다.

"역시 그대였군요, 에스피엘 후작. 대체 왜입니까. 이런 짓을 할 필요는 없습니다. 그건 '당신들'이 가장 잘 알고 있을 텐데요!"

그러나 에스피엘 후작이라 불린 그 남자는 그 물음에는 대답하지 않고『발키리』멤버들에게 말을 걸었다.

"왕국의 모험가분들, 저희는 이미 사절단 스무 명의 신병도 구속해 두었습니다. 저항하지 않는 편이 좋을 겁니다."

그 말에 다섯 명은 서로 시선을 주고받았다. 마지막으로 뮤가 사일러스에게 시선으로 물었다.

"그래, 아마 사실일 거다. 그들을 거스르는 것은 무의미해. 그들이야말로 이 나라의 진정한 지배자니까."

"할아버님?"

"미안하구나, 뮤, 너희들을 휘말리게 했어……."

트와일라이트 랜드 대공 사일러스 테오 산타야나는 어깨를 푹 떨구며, 저항하지 않겠다는 뜻을 내비쳤다.

◆

모의전장.

모의전은 아벨의 눈으로 보기엔 솔직히, 아무 진지함 없는 분위기로 진행되고 있었다.

'이런 걸 보여주고 감상을 요구해도…… 난감한데.'

속으로는 깊은 한숨을 쉬면서도 그것을 표정으로 드러내지는 않았다. 초대받은 게스트인 이상 그것이 예의였기 때문이었다.

곤란해하는 사이에 멀리서 파발마가 도착했고, 리조 백작 로베르토가 조금 떨어진 곳에서 보고를 듣기 시작했다.

보고를 다 듣고 나자 로베르토가 관람석에 있던 병사에게 고개를 끄덕였다. 다음 순간 나팔이 울리고 병사의 목소리가 모의전장에 울려 퍼졌다.

"모의전 종료."

놀란 것은 아벨이었다.

'여기서 끝낸다고? 왜 하필 이런 타이밍에…… 감상은 대체 뭐라고 하지.'

마음속에서 아벨의 얼굴이 씁쓸하게 일그러졌다.

그런 아벨의 마음도 모른 채, 로베르토가 말을 건넸다.

"그럼 아벨 공, 아래로 내려가시죠."

로베르토를 선두로 아벨, 그리고 나머지 세 명의 귀족이 모의전장으로 내려갔다.

그러는 사이에도 아벨은 필사적으로 머리를 굴려 고민했다. 모의전에 대한 소감을.

그래서 그런 것은 아니겠지만, 로베르토를 그대로 따라가다 보니 어느새 네 기사단의 정중앙까지 나와 있었다.

"음?"

거기서, 그제서야 이변을 깨달았다.

때마침 자신은 기사단에게 포위당한 위치에 있었고, 기사들은 발검은 하지 않았지만 전원이 칼자루에 손을 얹고 있었다.

"자, 아벨 공, 갑작스럽게 말씀드려 죄송하지만, 저항하지 말고 이대로 항복해 주셨으면 합니다."

리조 백작 로베르토의 목소리에는 지금까지와는 달리 희미한 조롱의 기색이 담겨 있었다.

"리조 백작님, 무슨 말씀인지 모르겠습니다만."

아벨은 평정을 가장하면서 주위를 살폈다. 이미 포위를 당해버려 상처 없이 돌파할 만한 곳은 없었다.

"그럼 무슨 말인지 알아듣게 설명해 드리겠습니다. 조금 전 대공 사일러스가 국가 반역죄로 체포되었습니다. 나라의 보물을 나이트레이 왕국에 팔고, 나아가 나라 자체를 팔려고 했다는 증거가 나왔습니다. 사절단의 짐에서 그 보물이 발견되었다고 합니다."

아벨은 얼굴을 찌푸렸다. 물론 짜여진 각본이라는 것은 굳이 생각하지 않아도 알 수 있었다.

문제는 사절단의 안위였다. 펠프스에게 들었던 내전 이야기가 이것이라는 것은 바로 이해할 수 있었다.

하지만 이 내전이 현재 어느 정도의 규모인지는 알 수 없었다.

그렇다면 사절단 일행이 어떻게든 수도를 벗어난다고 해도, 왕국 국경까지 무사히 도달할 수 있을까?

정보를 빼내야 했다.

불행 중 다행히도, 리조 백작 로베르토는 그 후에도 한동안 설명을 이어갔다.

"그쪽 사절단의 문관들은 모두 구속했습니다. 또한 영빈관의 기사단과 모험가들도 저항하지 않고 저희의 말에 따랐습니다."

'문관들을 인질로 잡았으면 당연히 그렇게 되겠지!'

아벨은 속으로 분통을 터뜨리며 그렇게 외쳤지만, 겉으로는 아무런 내색을 하지 않았다.

"그렇군요. 분명 오늘은 대공의 저택에 방문한 모험가가 있었을 텐데요. 그녀들은 어떻게 됐습니까?"

"아, 대공의 손녀 일행 말입니까? 그녀들은 대공의 배신을 증언할 증인입니다. 그녀들을 통해 보물을 팔아넘겼을 테니까요. 그러니 그녀들은 사형 선고를 받게 될 겁니다."

이때 로베르토의 말에는 확실한 조롱이 섞여 있었다.

"어쩌면, 본보기로 사절단 분들도……."

그 순간 로베르토의 목이 날아갔다.

아벨이 검을 뽑자마자 순식간에 로베르토에게 다가가 목을 벤 것이다.

이어서 그대로 정면의 기사들에게 달려들었다.

너무나도 빠른 속도에 경계하고 있던 기사들조차 반응이 늦었다.

그 틈에 기사들 사이를 파고들어 갑옷과 투구 틈새로 칼을 찔러넣어 쓰러뜨려 나갔다. 조금의 지체없이, 단 1초도 멈추지 않고, 끊임없이 몸을 움직이며 계속 쓰러뜨렸다.

스무 명 가까이 쓰러뜨리고 나자, 마침내 기사들도 반격 태세를 갖췄다.

하지만 기묘했던 점은, 누구 하나 목소리를 내지 않고 입을 다물고 있었다는 것이다.

"아까 모의전에서는 평범하게 목소리를 내지 않았나?"

아벨은 그렇게 중얼거리면서도 계속 움직였다.

일격에 치명상을 입히기는 어려워졌지만, 그래도 갑옷 틈새로 공격을 가했다.

갑옷의 틈새라는 것은 기본적으로 관절에 해당했기에, 단단한 뼈는 없고 그 대신 힘줄이 있었다. 힘줄을 끊으면 동물은 움직일 수 없게 된다.

아벨의 노림수는 그것이었다.

물론 일반적인 검사라면 이런 짓은 불가능했다.

하지만 아벨은 천재 검사.

조금씩이라도 전과를 쌓아나갔다.

쌓아나가고 있었는데…….

발밑에서의 공격은 상정하지 못했다.

쓰러뜨린 상대의 공격은 상정하지 못했다.

심지어 목이 잘려나간 상대가 공격할 거라는 생각은…… 할 수 있을 리가 없었다.

"젠장!"

목이 잘린 채 땅에 쓰러져 있던 리조 백작 로베르토가, 손에 든 검을 아벨의 왼다리 허벅지 뒤…… 근육에서 햄스트링이라고 말하는 부분을 깊게 그어버렸다.

한순간에 움직일 수 없게 된 아벨.

기동력을 잃으면 아무리 아벨이라고 해도 백 명이 넘는 기사를 상대하는 것은 불가능하다.

몇 군데를 찔리고, 검을 빼앗기고, 땅에 짓눌렸다.

"대체 무슨 일이……."

아벨의 말에 반응한 것은 아니겠지만, 로베르토의 시체가 일어나더니, 바닥에 있는 목을 주워 원래 있던 자리에 올려놓았다.

"설마 목을 벨 줄이야…… 감히 인간 따위가!"

조금 전까지 보인 여유에 찬, 혹은 조롱을 머금은 듯한 말투는 이미 사라지고 없었다. 오직 자신의 목을 베어버린 눈앞의 검사에 대한 증오만이 남아 있을 뿐이었다.

"그렇군, 넌 뱀파이어인가."

아벨은 순식간에 한 가지의 답을 도출해냈다.

아벨의 애검은 마검이다.

마검으로 목을 베어도 쓰러뜨릴 수 없는 존재는 그리 많지 않았다. 게다가 사람과 똑같은 외모라면 거의 뱀파이어에 한정된다.

"그래, 우리는 뱀파이어다."

"우리……."

리조 백작 로베르토를 포함한 4명의 귀족…… 그들은 모두 뱀파이어였다.

◆

아르바 공작저 식당.

그곳에는 한 판의 싸움을 마치고 만족스러운 표정으로 커피를 마시는 수속성 마법사가 있었다.

하지만 료에게는 커다란 의문이 남아 있었다.

바로 라면의 면이다.

수많은 이세계 환생물 이야기에서도 라면의 재현은 거의 나오지 않았다. 그 이유는 오직 라면의 면 때문이었다.

라면의 면을 재현하기 어려운 이유는 바로 '간수'에 있었다. 라면의 면발은 밀가루에 간수를 섞어야 비로소 완성된다. 그것이 바로 우동이나 소바 등과 결이 달라지는 이유였다.

이 간수는 합성 화학품이다. 그것을 이세계에서 조달하기란 하늘의 별따기나 다름없었다.

그런 이유 때문에 이세계에서는 카레는 나오지만 라면은…… 료가 아는 한은 나오지 않는다……고 생각한다…… 아마…… 어쩌면……. 아니, 거의 나오지 않는다, 라고 해 두자…….

하지만, 이번에는 현실로 눈앞에 나와 있었다.

그것이 수수께끼였다.

"료 님, 무슨 생각을 하시나요?"

료가 그런 생각에 잠겨 있는데, 옆에서 누군가가 말을 걸어왔다.

함께 커피를 즐기던 아르바 공작 아그네스다.

"아, 아니요, 이 라면은 대체 어느 분이 만드신 건가 해서……."

솔직하게 의문을 던져보기로 했다.

"후후후, 궁금하신가요? 그건 진조 님께서 친히 레시피를 만드신 요리랍니다."

아그네스는 질문받은 것이 무척 기뻤는지, 그 어느 때보다 즐거운 얼굴로 알려주었다.

"그 진조 님이라는 분은 천재시군요!"

"알아보시는군요! 역시 료 님, 요리 하나로 진조 님의 위대함을 깨달으시다니."

진조 님의 칭찬을 듣자 아그네스는 진심으로 기뻐했다.

감정에 둔한 료라도 알 수 있었다. 아그네스가 진조 님이라는 사람에게 호감을 품고 있다는 것을.

비록 그 대상이 자신이 아니라고 해도, 아름다운 외모를 가진 여성이 누군가를 사랑하며 즐거워하는 모습을 보면 보는 측도 괜스레 기분이 좋아지기 마련이다.

물론 경우에 따라서는 질투하는 경우도 있겠지만…….

두 사람이 그런 대화를 나누고 있는데, 집사가 작은 쪽지 하나를 아그네스 쪽으로 가져왔다.

아그네스는 그것을 한 번 읽고 아주 조금, 정말 아주 조금 표정이 어두워졌다. 하지만 이내 원래의 얼굴로 돌아오더니 직접 그 종이를 벽난로에 던져 태웠다.

그리고 이렇게 운을 뗐다.

"료 님, 실은 부탁이 있습니다."

"네, 뭔가요?"

이 정도의 라면을 대접받았으니 료로서도 가능한 한 바람을 들어주고 싶은 마음이었다.

"잠시만 이 저택에 머물러 주세요."

"……네?"

료는 고개를 갸우뚱하며 되물었다.

"무슨 뜻인가요?"

순수한 의문에서 튀어나온 물음이었는데, 물어본 순간 머릿속에 번개처럼 대답이 스쳤다.

그 근저에는, '트와일라이트 랜드의 분위기가 수상해지고 있다'라고 했던 펠프스의 말이 있었고, 내전이 일어날 가능성을 짐작할 만한 정보가 있었고, 그리고 오늘, 지금 이 타이밍에 료, 아벨, 그 외 모두가 뿔뿔이 흩어져 있다는 상황이 있었다…….

그 밖에도 무의식적으로 인식하고 있던 수많은 정보들을 뇌가 멋대로 분석한 것일까…….

"오늘 일어났군요, 내전이. 아니, 쿠데타라고 해야 할까요……."

쿠데타라는 단어는 본래 프랑스어다. 아마 아그네스에게는 그 의미가 바로 전해지진 않았을 것이다.

하지만 료가 무언가 눈치챘다는 것을 이해하고는, 쓸쓸한 표정으로 전한다.

"밖으로 나가지만 않으면 료 님의 완전한 안전을 보장하겠습니다. 일이 끝나면 풀어드리겠다고 맹세해요. 하지만 어떻게 해서든 나가겠다면……."

"나가겠다면?"

"어쩔 수 없죠."

아그네스는 그렇게 말하고는 손가락을 딱하고 튕겼다.

그 순간, 료에게 위화감이 엄습했다.

위화감……이지만, 과거에 경험한 기억이 있는 위화감.

그래, 처음은 애꾸눈 어쌔신 호크, 다음은 베히모스인 베히, 그리고 암살자 '하산'의 마을…….

"설마 마법 무효화?"

료의 그 중얼거림에 아그네스는 겉으로 드러날 정도로 놀란 기색을 보였다.

"……놀랐습니다. 어떻게 알았는지 궁금하네요……."

"놀란 건 제 쪽이에요. 이건 연금술이군요……."

'설마 하산 외에도 마법 무효 공간을 연금술로 만들어낼 수 있는 자가 있었다니.'

"이 기술에는 엄청 관심이 있어요. 이런 상황만 아니라면 꼭 마법식을 보고 싶은데……."

"안타깝게도 이 마법식은 외부에서는 볼 수 없습니다……. 진조 님이 딱 하나, 저를 위해 만들어주신 특제거든요."

"역시 진조 님은 천재인가……."

라면을 만들고, 마법 무효 공간을 만든다.

실로 엄청난 재능이었다.

"이걸로 아셨겠지요? 확실히 료 님은 보기 드문 수준의 마법사입니다. 중앙 연방에서는 반드시 주문을 외워서 발동해야 한다고 백 년 전부터 전해지고 있는데, 료 님은 거기에 해당되지 않죠. 하지만 이 마법 무효 공간에서는……."

"아그네스 님. 제가 마법을 생성하는 모습을 어디서 보셨나요?"

아그네스는 깊은 한숨을 쉬고는 고개를 들어 대답했다.

"숨겨도 어쩔 수 없겠죠. 암살 교단의 자객을 쓰러뜨릴 때 봤어요."

"그렇군요……."

그때 적어도 반경 500미터 안에는 수상한 기척이 없었다. 그것보다 더 바깥에 있었거나, 혹은 눈치채지 못하는 방법으로 본 거겠지.

그리고 아까 아그네스의 말이 마음에 걸렸다.

'반드시 주문을 외워서 발동해야 한다고 백 년 전부터 전해지고 있다…… 확실히 맞는 말이긴…… 예전에, 비슷한 말을 어디선가 들은 적이 있어…….'

기억 속 실마리를 더듬다가, 료는 정답에 도달했다.

"하스킬 백작 칼리니코스."

그 말에 아그네스는 확실하게 반응했다.

그것이 마지막 퍼즐 조각이었다.

"아그네스 님…… 여기가 바로 뱀파이어의 나라군요."

역시 뱀파이어의 나라라는 지적은 아그네스도 예상 밖이었을 것이다.

"어째서……."

"여러 가지 정보를 종합적으로 고려해 판단한 결과예요. 아그네스 님의 그 아름다움도 판단 근거 중 하나였고요."

90살이 넘었음에도 이 아름다움을 유지하고 있다면 적어도 인간은 아니다…… 아마도. 물론 그것은 료의 독단과 편견이지만.

"일단 오해가 없도록 미리 말해 두자면, 하스킬 백작 칼리니코스는 동료를 팔지는 않았어요."

"그렇군요. 료 님은 칼리니코스가 소멸된 현장에 계셨군요."

딱히 그 말에는 비난이나 질책하는 감정은 담겨 있지 않았다.

그저 단순한 확인이었다.

"네. 마지막은 서방 교회 성직자의 손에……."

"네, 대주교 그레이엄."

그 말에는 아주 미세한 감정의 동요가 엿보였다.

"뭐, 좋아요. 료 님이 이 나라의 비밀을 알아차린 것은 예상 밖이었지만, 어쩔 수 없죠. 하지만 그런 만큼 더더욱…… 여기서 나가시면 곤란합니다."

"어떻게 해서든 나가겠다면?"

"죽으셔야 합니다."

그렇게 말하는 아그네스의 표정은 진심으로 슬퍼 보였다.

"저 역시 본의는 아니지만, 부여받은 역할 정도는 해내야 하니까요……."

"제가 머물고 있는 동안 사절단 동료의 무사까지 보장되는 건 아니겠죠? 대공과 함께 처형당할 미래가 보이는데요."

"솔직히 말하면, 아마 그렇게 될 겁니다."

아그네스는 료가 머물러 주길 바란다고 하면서도 거짓말을 하지는 않았다. 거짓말을 해서 붙잡아둔다고 해도, 그 후 진실을 알게 된다면 관련된 이들 전원이 끔찍한 보복을 당할 것 같다는 예감이 들었기 때문이었다.

"그럼 나갈 수밖에 없겠네요."

"이렇게 부탁해도요?"

"네, 아무리 부탁하셔도."

료의 그 말을 듣고 아그네스는 작게 고개를 저었다.

그 순간, 식당 벽이 창문을 포함해 모두 돌벽으로 바뀌었다.

그리고 문에서 한 남자가 모습을 드러냈다.

"유감스럽지만 료 님은 힘으로라도 여기 머물러 주셔야겠습니다……. 경우에 따라서는 죽게 될지도 몰라요……."

"어쩔 수 없죠."

"마법은 사용할 수 없으실 텐데요? 료 님이 설령 검을 쓰실 줄 안다고 해도…… 속도도 힘도 웃도는 저희 뱀파이어를 상대로 어떻게 싸우시려고요? 아니, 무슨 말을 해도 소용없겠죠. 적어도…… 빨리 끝내드리겠습니다. 그는……."

그러자 아그네스는 문에서 나타난 남성을 가리키며 말했다.

"그는 뱀파이어 중에서도 손꼽히는 검사인 그리핀 경입니다. 료 님에게는 일말의 승산도 없습니다."

"그럴지도 모르죠. 하지만…… 사람에게는 도망쳐서는 안되는 싸움이라는 게 있어요. 저에게는 바로 지금이 그런 싸움입니다."

료 역시 알고 있었다.

승산이 없는 싸움이라는 것을.

그래도 싸울 수밖에 없었다……. 어쩐지 아벨 일행이 기다리고 있을 것 같다는 생각이 들었기 때문이다.

료는 평소와 같이 무라사메를 쥐고 칼날을 만들었다.
그것을 보고 아그네스는 숨을 삼켰다.
하지만 눈앞의 검사 그리핀 경은 조금도 흔들리지 않았다.
료와 그리핀 경, 서로가 조금씩 다가갔다.
조금씩 간격을 줄이다가…… 먼저 나선 것은 그리핀 경이었다.
사선베기로 내리친 공격은, 두려울 정도로 빠른 속도였다.
무라사메로 받아내지 않고 몸을 움직여 피한 뒤, 피하면서 무라사메를 옆으로 휘두르는 료.
경이로운 속도로 뒤로 물러나며 피하는 그리핀 경.
단 한 번의 공격이 오고 갔을 뿐이지만, 심상치 않은 공방이라는 사실은 아그네스도 알 수 있었다.

아르바 공작 아그네스는 랜드에서 가장 유명하고 가장 강력한 마법사 중 한 명으로 알려져 있었다.
그와 동시에 검에 있어서도 최상급의 강함을 자랑했다.
그 때문에 마법 무효화를 한 상태에서 검으로 료와 대치해도 상관은 없었겠지만, 혹시 모를 일을 대비한 것이다.
'수속성 마법사로서 비정상적이라 할 수 있는 료가, 검에 있어서도 비정상적일 가능성'을 말이다.
그래서 뱀파이어 중에서도 손에 꼽는 검사 그리핀 경을 불렀다.
아마도 료는 동료들에게 간다고 말할 것이다. 그것을 상정하면서도, 그렇게 되지 않기를 바랐지만…… 유감스럽게도 그렇게 되어 버렸다…….

이대로 죽여야 한다면, 적어도 큰 고통 없이 보내주고 싶었다…….

아그네스는 료가 마음에 들었다.

처음에는 강력한 물 마법사로서 관심을 가졌고, 오늘은 행동과 말투를 포함해 모든 것이 다 마음에 들었다.

물론 이성으로서 의식했다는 뜻은 아니다. 뱀파이어로서, 인간들 중에서는 꽤 좋은 부류라고 생각했다는 뜻이다. 사람이 개나 고양이를 좋아하는 감각과 비슷하다고 생각하면 이해하기 쉬울까.

그럼에도, 마음에 들었다.

그 마음에 드는 것을 손에서 놔야만 한다……. 분한 마음과, 슬픈 마음과, 그리고 고통 없이 보내주고 싶다는 마음.

그것들이 한데 뒤섞인 상태에서 두 사람의 칼싸움을 보기 시작했지만…….

첫 번째 일격에서 자신의 예측이 크게 빗나갔음을 깨달았다.

'료는 검에 있어서도 비정상'이 아니라…… '료는 검에 있어서도 엄청나게 비정상'이었다.

'저 검은 요정왕의 검…… 로브가 요정왕의 로브라는 건 알고 있었지만, 설마 검도 그랬을 줄은. 즉, 물의 요정왕이 료의 검술을 단련해 줬다는 건가……? 그런 마법사가 존재하다니…….'

아그네스는 작게 고개를 저으며 두 사람의 칼싸움을 계속 바라보았다.

'이대로는 위험해…….'

그리핀 경의 사선베기 일격을 피한 순간, 료는 그렇게 생각했다.

확실히 아그네스의 말대로 속도나 힘에 있어서 상대가 압도적으로 위였다.

그렇다면 용사 로먼을 상대로 한 아벨이나 휴 같이 기술로 앞서고 있느냐 하면…… 아마 그렇지도 않을 것이다.

속도와 힘뿐인 상대가 아니었다.

'다시 말해, 이길 수 있는 요소가 없어.'

'풍장'을 두른 세라에 필적하는 높은 벽이 느껴졌다…….

그리고 풍장을 두른 세라에게, 료는 이길 수 없었다.

타개책을 조금도 떠올리지 못한 채로 검격이 이어졌다.

세 사람 중 가장 놀란 사람은 그리핀 경이었을 것이다.

어제 그 '다체스(여공작)'에게 검으로 인간 마법사를 상대해 달라는 말을 들었다.

그 시점에서 우선 이해가 가지 않았다.

상대는 인간이고, 심지어 마법사다.

뱀파이어가 제대로 상대할 필요조차 없을 정도로 나약한 존재였다.

물론 학습 능력이나 근면성, 혹은 창조성 등의 방면에 관해서는 제법 봐줄 만한 인간들이 있기는 했다.

그 부분은 인정한다.

하지만 전투 행위에 있어서는 검이든 마법이든 상대가 되지 않았다.

물론 랜드에서도 정점이라고 해도 과언이 아닌 아르바 공작의 의뢰라면, 아무리 무의미하게 느껴지는 일이라도 거절한다는 선택지는 있을 수 없었다.

게다가 들어보니 저택의 마법 무효화를 가동한 상태에서 하는 칼싸움이라고 했다.

정말로 순수한 검의 싸움.

하라고 하니 하겠지만, 아마 서너 합도 못 버틸 것이다. 소문으로 들었던 인간 용사나, 랜드를 방문했던 A급 모험가 검사조차 10합을 버티면 잘 버틴 편이었다.

그리핀 경은 아르바 공작에게 솔직하게 그렇게 전했다.

그때 아르바 공작은 웃으며 이렇게 말했다.

"응, 나도 그렇게 생각해. 그렇게 생각하지만…… 뭐가 있을지 모르는…… 그런 상대야."

그 아르바 공작이 그렇게까지 말할 정도의 인간 마법사…… 그 말을 듣고 나서야 겨우 그리핀 경은 상대에게 흥미를 가질 수 있었다.

그리고 오늘.

이미 스무 합을 넘어선 칼싸움이 계속되고 있었다.

속도도 힘도 자신이 위. 기술에 있어서는 우열을 가리기 어렵다.

하지만 눈앞의 방어를 뚫을 수가 없었다.

'이 녀석, 정말 마법사가 맞는 건가……?'

순수한 검사 이상으로 까다로운 상대.

질 것이라고는 생각하지 않았다.

하지만 쉽게 결판이 날 것 같지도 않았다.

끝이 보이지 않는 싸움이, 언제 끝날지 알 수 없는 싸움이 계속 되었다.

◆

왼쪽 다리를 깊게 베이고, 그 밖에도 몇 군데를 검에 베인 상태에서 아벨은 땅에 짓눌려 있었다.

피를 꽤 흘리긴 했지만 아직 의식은 선명했다.

"설마, 뱀파이어가 네 명이나 있었을 줄은……."

아벨은 리조 백작 로베르토를 노려보며 말했다.

"인간치고는 훌륭한 실력이었다. 과연 A급 모험가라고 해야 하나. 하지만 그래봤자 인간. 이길 수 없는 싸움에 도전하다니 실로 어리석군."

"사람에게는 도망쳐서는 안 되는 싸움이라는 게 있는 법이니까. 뱀파이어는 그걸 이해하지 못하겠지."

로베르토의 말에 아벨은 씨익 웃으며 대답했다.

"이 상황에서도 그런 헛소리를 지껄이는 건가? 좋다. 네놈의 목은 여기서 베겠다. 공개 처형에 쓸 만한 녀석들은 그밖에도 널렸으니까."

그 말이 끝나자, 아벨을 누르고 있는 병사들이 아벨의 상반신을 세워 목을 자르기 쉬운 자세로 만들었다.

그리고 로베르토가 검을 들어올렸다.

"정말로, 그 남자를 죽일 건가?"

그 목소리는, 실로 가볍게 날아왔다.

로베르토를 포함한 네 뱀파이어의 얼굴이 굳었다.

네 명이 일제히 문 쪽을 돌아보았다.

한 젊은 남자가 모의전장 안으로 들어오고 있었다.

빠르지도 않고 느리지도 않은, 이 속도로 걷는 것이 마치 정답이라는 듯…… 긴 세월에 거쳐 다듬어진 세련된 움직임.

그저 걷고 있을 뿐인데도, 그 사람이 마치 이 세상의 모든 정답을 주관하는 것처럼 느껴질 정도의 압도적인 존재감.

"지, 진조 님……."

로베르토는 마른 침을 삼키며 겨우 그 말만을 내뱉었다.

"왜, 여기에……."

"나는 방관자이자 관찰자. 그러니 어디에나 나타날 수 있다만?"

진조라 불린 인물은 아벨 일행의 곁까지 다가오더니 확인하듯 아벨을 쳐다보았다.

"흠…… 그래서 로베르토, 다시 한번 묻겠는데, 정말 이 남자를 죽일 건가?"

"아, 아무리 진조 님이라고 해도, 나라의 정사에는 간섭하실 수 없다고……."

로베르토는 누가 봐도 긴장했지만, 자신의 직분을 침범당하고 싶지 않은 것인지 허세를 부리는 것처럼 보였다.

"물론이지. 정해진 약정대로 나라의 정사에 참견할 마음은 없어."

진조가 그렇게 말하자 로베르토는 눈에 띄게 안심한 얼굴로 가볍게 숨을 내쉬었다.

그리고, 다시 한 번 등을 꼿꼿하게 세운 뒤 확실하게 선언했다.

"그럼, 죽이겠습니다."

"그래……."

진조는 작게 대답하고는 아벨을 향해 말을 이었다.

"모험가 아벨, 리조 백작은 이렇게 말하고 있습니다만…… 그걸로 괜찮겠습니까?"

진조는 아벨의 신분을 알고 있는 듯했다. 여기서 신분을 밝히고 외교 교섭을 하지 않아도 되느냐고 묻는 것이었다.

"나는 A급 모험가 아벨. 단지 그뿐이다."

"그렇군요……."

아주 작은 한숨을 내쉬며, 진조는 그렇게 말했다.

로베르토가 다시 검을 치켜드는 타이밍에 맞춰, 진조는 아벨의 곁을 떠나려 했다.

그때, 진조의 귀에 아벨의 중얼거림이 들려왔다.

"젠장, 이런 절체절명의 순간 쓰는 말이겠지. 세계의 관절이 어긋나 버렸다는 말은."

진조의 반응은 신속했다.

"멈춰라, 로베르토!"

채앵.

믿을 수 없는 속도로 검을 뽑아 들어 로베르토가 내리친 검을 막아내는 진조.

"무, 무슨 짓을!"

"기다려라, 로베르토."

로베르토의 검을 받아든 상태로, 진조는 다시 한번 그렇게 말했다.

로베르토만큼 놀란 사람이 한 명 더 있었다. 죽음을 각오했는데, 검이 도중에 멈추며 목숨을 부지하게 된 아벨이다. 눈을 뜨자, 자신의 앞에 몸을 집어넣어 로베르토의 검을 막아낸 진조가 있었다.

그 행동에 놀란 로베르토와 다른 뱀파이어들.

"진조 님?"

"잠깐, 이자에게 묻고 싶은 것이 생겼다."

진조는 그렇게 말하고는 아벨을 향해 물었다.

"모험가 아벨, 방금 전에 뭐라고 했지?"

"……뭐?"

아벨은 진조가 무엇을 물어본 것인지 이해할 수 없었다. 그래서 다시 물어본 것뿐이었지만…….

"네놈! 진조 님이 묻고 계시지 않느냐. 대답하지 않으면……."

"됐다, 로베르토. 모험가 아벨이여, 방금 전에 뭐라고 말했지?"

아벨은 자신이 했던 말을 떠올리며 대답했다.

"아까는…… 젠장, 이런 절체절명의 순간 쓰는 말이겠지……?"

"음, 그다음."

"아아…… 세계의 관절이 어긋나 버렸다."

"아아, 이 얼마나 저주스러운 운명인가. 그것을 바로잡기 위해 태어났다니!"

아벨의 말에 진조가 이어서 말했다.

"왜, 그다음을 알고 있는 거야……."

경악한 것은 아벨이었다. 이런 **이상한 말**을 료 외의 다른 사람이 입에 담을 거라고는 꿈에도 생각하지 못했기 때문이었다.

"모험가 아벨이여, 어째서 지금 그 말을 알고 있는 거지?"

"나는…… 친구가 알려줬어. 지금 랜드에 같이 와 있는 료라는 모험가야."

그 말을 들은 진조는 눈을 동그랗게 뜨며 크게 놀랐다.

"여기 있는 건가! 그거 정말 좋군!"

몇 번이고 고개를 끄덕이는 진조.

그리고 뒤에 있는 리조 백작 로베르토 일행에게 이렇게 말했다.

"로베르토, 이 자를 죽이는 것을 금한다."

"죄, 죄송하지만, 아무리 진조 님의 말씀이라고 해도……."

"로베르토, 내가 두 번 말하게 만들 셈인가?"

특별히 감정이 실려 있었던 것도 아니다.

그저, 말했을 뿐이다.

말했을 뿐인데…… 진조의 말을 들은 순간 로베르토와 다른 뱀파이어들의 상태가 눈에 띄게 이상해졌다.

이가 덜덜 떨리고, 식은땀이 비 오듯이 흐르고, 마침내 들고 있던 검마저 떨어뜨렸다.

"저, 정말 죄송……합니다……."

간신히 그 말을 뱉은 로베르토를 포함해, 뱀파이어 네 명 모두가 그 자리에 한쪽 무릎을 꿇고 앉아 고개를 숙였다.

한쪽 무릎을 꿇고 고개를 숙인 네 명의 귀족과 무표정한 얼굴로 꼿꼿이 멈춰선 채 계속 서 있는 기사단원. 그 대비가 유난히 두드러졌다.

진조는 기사 중 한 명에게 다가가 고했다.

"포션을 건네줘라."

그 말을 들은 기사는 무표정한 얼굴 그대로 품에서 포션을 꺼내 진조에게 건넸다. 그것을 받아든 진조는 부상을 입어 아직 일어서지 못한 아벨에게 포션을 건네주었다.

"우선 마셔라."

아벨이 포션을 마시고 회복하는 동안, 진조는 턱에 손을 대고 잠시 생각에 잠겨 있었다.

얼마 후 생각이 정리된 것일까. 회복을 마친 아벨을 향해 입을 열었다.

"자, 아벨, 지금 무슨 일이 일어나고 있는지, 어디까지 파악하고 있지?"

"내전이 일어날 거라는 말은 들었다. 언제인지는 몰랐지만, 오늘이 아마 그날인 거겠지."

"정답이다. 역시 왕국…… 하인라인 후작가의 첩보망답군."

고개를 끄덕이며 흘러나온 진조의 말에 아벨은 내심 놀랐다. 확실히 펠프스 A 하인라인에게서 들은 정보였기 때문이다.

"혹시 누가 주모자인지도 아는가?"

"정부 측 콘트레라스 백작, 반정부 측 에스피엘 후작이 각각의 중심. 하지만 정부 본체는 내전의 징후를 알아차리지 못했고, 귀족들만 움직임을 보였다. 왕국 사절단을 끌어들인 것은 콘트레라스 백작……. 이게 우리가 알고 있는 정보다."

아벨은 가진 모든 정보를 공개했다.

솔직히 말해 눈앞의 '진조'라 불리는 인물이 아군인지 아닌지는 알 수 없었다. 하지만 적어도 죽을 뻔한 자신을 구해준 것은 사실이었고, 어쩐지 료에게 관심을 보이는 것 같기도 했다.

거기서 아벨은 생각난 것이 있었다.

"그러고 보니, 그 정보를 들었을 때 료가 이렇게 말했어. 쿠데타나 전쟁놀이일지도 모른다고."

"아주 마음에 들어, 그 료라는 자. 더더욱 흥미가 생겼다."

아벨의 보충에 진조는 기쁜 얼굴로 고개를 끄덕였다.

"그렇다고는 해도…… 여러모로 상황이 복잡한 건 확실하지."

표정을 굳힌 진조는 그렇게 중얼거리더니, 여전히 한쪽 무릎을 꿇고 고개를 숙이고 있는 리조 백작 로베르토 쪽을 바라보며 물었다.

"로베르토, 공격 측 비센테는 대공의 신병을 확보함과 동시에 왕국 사절단도 붙잡았을 터. 맞나?"

"네, 진조 님, 말씀하신 대로입니다."

진조의 물음에, 여전히 땀을 멈추지 않고 흘리며 대답하는 로베르토.

"즉 현재로서 왕국 사절단은 전원 에스피엘 후작 비센테의 수

중에 있다는 뜻이다."

진조는 아벨 쪽을 향해 말했다. 현 상황을 알려줄 필요가 있기 때문이었다.

"조만간 비센테는 사일러스…… 대공을 처형하겠지. 랜드에 대한 배신, 매국노라는 죄목으로 처형하는 이상 그 원인이 된 손녀 뮤를 포함한 사절단 전원도 처형당한다고 봐야할 거다."

"그게 무슨……."

진조의 말에 눈이 휘둥그레지는 아벨.

"왜지? 왜 그렇게까지 하는데? 사절단은 상관없잖아!"

"게임이니까."

"뭐?"

"이 일련의 내전은 료가 지적한 대로 전쟁놀이, 쿠데타놀이, 게임이다. 랜드 귀족들에게는. 그리고 그 승리 조건 중 하나로 사절단의 처형도 들어가 있는 거겠지."

"웃기지 마……."

진조의 설명에 아벨이 몸을 떨었다.

그것은 두려움 때문이 아니다.

분노 때문이다.

"그런 이유로…… 사람의 목숨을 끊는다는 거냐……."

"맞아. 그런 이유로 사람의 목숨을 끊지."

"왜지?"

"뱀파이어니까."

그런 진조의 얼굴에는 어떠한 감정도 떠오르지 않았다.

완전한 무표정.

1분 정도 지났을까.

그 누구도 말하지 않고, 그 누구도 움직이지 않았다.

그 와중에 작은, 정말 작은 소리가 들려왔다.

그것이 아벨이 이를 악무는 소리라는 것을 진조는 깨달았다.

"인정 못 해."

아벨 입에서 새어 나왔다.

"나는, 인정할 수 없어."

다시 한번, 아벨의 입에서 말이 새어 나왔다.

"어떻게 하면 되지? 어떻게 하면 살릴 수 있어?"

아벨은 진조에게 물었다. 그 표정은 분노로 가득 차 있었다.

"그들은 뱀파이어다. 애초에 인간을 동등한 존재나 교섭 상대로 간주하지 않지."

"뭐라고?"

"사람도 닭을 협상 상대로 보지는 않겠지? 그런 닭들이 우리에게는 나라가 있다, 거기와 조약을 맺으라고 해도 맺지 않을 것이고?"

"……."

"왜냐하면 닭들은 인간의 입장에서는 단순한 식재료에 지나지 않기 때문이다. 대등한 상대가 아니야."

무표정한 얼굴로 설명하는 진조.

분노한 표정으로 말을 듣는 아벨.

그리고 진조는 물었다.

"그럼, 어떻게 해야 하지? 닭들은 어떻게 해야 할까?"

"……힘을 보이면 돼."

"그래! 그것밖에 없다!"

아벨의 대답에, 눈을 크게 부릅뜨며 단번에 표정을 바꾸는 진조. 광기와 환희와 광희가 뒤섞인 표정.

"힘없는 자의 말 따위는 아무도 듣지 않는다. 비도덕적인가? 비윤리적인가? 비인도적인가? 그렇지, 그 말이 맞다. 그래서 뭐 어떻다는 거지? 살아있는 모든 것들의 섭리는 동일하다. 약육강식. 오직 인간만이 그 섭리에서 벗어나고 싶어 하지만, 그건 세계의 이치에 대한 오만이다. 오만에 이른 자들은 반드시 멸망하지. 인간이 멸망하는 것은 우리 뱀파이어 때문이 아니다. 스스로의 오만 때문이다. 심지어 자각하지 못하는 오만 때문에 멸망할 거다. 구제할 길이 없지."

진조의 입에서 거침없이 쏟아지는 질풍노도의 논리.

아벨은 여전히 분노한 얼굴로 듣고 있었지만, 한쪽 무릎을 꿇고 있는 로베르토를 포함한 4명의 뱀파이어들은 본능적으로 손을 들어 머리를 감싸고 있었다…….

"닭들도 살고 싶다고? 그렇다면 방법은 하나다. 강해져라, 힘을 보여라. 손을 대면 자신이 죽는다는 것을 상대에게 알려주면 된다. 하지만 닭인 채로는 힘을 보여줄 수 없지."

진조는 몇 번이고 고개를 저었다. 그리고 조금 누그러진 어조로 말을 이었다.

"닭이 아니라 봉황, 아니 그리핀인가? 그리핀이 되면 어떨까? 그리핀에게 손을 대려고 할까? 그리핀이 협상을 원하면 어떨까? 상대를 해 주겠지? 왜냐하면 그리핀은 강하기 때문이다. 이유는 단지 그뿐이야."

진조는 그렇게 말하며 웃었다. 웃으며 말을 이었다.

"강하지 않으면 상대조차 되지 않는다. 어느 시대에도 변하지 않는 진실이잖아?"

진조의 말에 아벨은 고개를 크게 끄덕였다.

"좋아. 힘을 보여주고, 동료를 되찾겠다."

아벨은 분명하게 말했다.

이에 진조는 네 명의 뱀파이어를 향해 말했다.

"에스피엘 후작 비센테, 콘트레라스 백작 산달리오, 두 사람에게 전해라. 지금부터 나이트레이 왕국 아벨을 리더로 한 자들이 제3 세력으로 참전한다고."

◆

아벨은 진조의 마차를 타고 있었다.

"자, 이제 선전포고는 했지만…… 아벨 혼자서는 아무래도 이기기 어렵겠지."

"당신은? 도와줄 건가?"

"아니, 나는…… 안내인이다. 룰을 모르는 아벨과 그 진영에 설명을 해 주는 담당이지. 전력으로는 가담하지 않을 거야."

진조는 거기까지 말하고 웃으며 말을 이었다.

"애초에 내가 도와서 이긴다고 해도, 인간이 힘을 보여준 것은 아니지 않나?"

"그 말은, 당신도 뱀파이어라는 뜻이군."

"맞아, 뱀파이어다. 어렴풋이 눈치챘겠지만 이 랜드의 귀족들은 전원이 뱀파이어다. 대공의 일족을 제외하고는."

"그럴 것 같다는 생각은 하고 있었어."

그런 이야기를 하고 있는 사이, 마차는 큰 문을 지나 마당으로 들어가더니 멈춰 섰다.

"참전을 하더라도 준비는 필요하겠지. 그러기 위한 도구를 가져갈 거다."

진조는 그렇게 말하고는 마차에서 내렸다. 거기에는 어느새 한 명의 집사가 서 있었다.

"드라브, 그 '시빌워'에서 왕국 사절단의 참전을 보조하기로 했다. 검에 장착할 스턴링을 있는 대로 다 가져와."

"알겠습니다."

집사는 그렇게 말하고는 저택 안으로 돌아갔다.

"검에 장착한다고?"

진조의 목소리가 들렸는지, 아벨도 마차에서 내리며 물었다.

"뱀파이어니까 평범한 검으로는 죽지 않아. 뭐, 정말로 죽어버리면…… 소멸하면 곤란하지만. 그래서 목을 베거나 심장을 꿰뚫으면 마비 상태가 되는 연금 도구가 있다. 이번과 같은 게임이나 뱀파이어 간의 모의전에서 검에 장착해 사용하지. 반지 같은 걸 검 손잡이 부근에 달아두기만 하면 돼. 검을 휘두르는 데 방해되진 않을 거다. 그건 그렇고…….”

진조는 아벨의 검을 뚫어지게 쳐다보며 말을 이었다.

“아벨의 검은 흥미롭군.”

“그래, 마검이다.”

“아니, 응, 마검은 마검이지만…… 그런 의미가 아니라…….”

그 뒤를 이은 말은 작아서 아벨의 귀에도 닿지 않았다.

“리처드가 만들었을 법한 검이구나.”

◆

두 사람은 저택의 사람들이 짐을 싣는 모습을 보고 있었다.

아벨의 시선이 마차의 문장에 머물렀다. 휘어진 두 자루의 검이 교차하고, 그 위에 파란 불꽃의 구슬이 그려져 있었다.

여기에 오기까지 기사단 같은 무리나 수비대 같은 자들과 여러 번 스쳐지나갔는데, 그 모든 것들이 이 문장을 보는 순간 직립 부동 자세로 경례를 하고 있었다…….

“이름이 진조 님이라고 했지?”

“음?”

“당신은 어떤 직급이야?”

“직급?”

아벨의 물음이 무슨 의미인지 모르는 것인지, 진조는 고개를 갸우뚱하며 되물었다.

"길에서 기사단이나 수비대 같은 사람들과 마주쳤는데 모두 경례하면서 배웅했어. 애초에 리조 백작 일행도 당신에게는 거역하지 못했지. 평범한 존재는 아닌 거지?"

"아, 그런 말이군."

그제야 이해가 갔는지 진조는 고개를 몇 번 끄덕이고 답을 들려주었다.

"나는 공적인 지위는 아무것도 갖고 있지 않다. 귀족……과 비슷하기는 하지만 실은 작위도 갖고 있지 않고."

그렇게 말하며 진조는 웃었다.

물론 아벨은 무슨 뜻인지 알지 못했다. 공적 지위도 없고 작위도 없는데 이렇게나 경의를 표하는…… 아니, 이런 두려움의 대상이 된다고?

"그래, 그건 내 뱀파이어라는 종족 안에서의 지위 때문이야."

진조는 웃으며 고개를 끄덕였다.

"뱀파이어인데 왜 나를 돕는 거지?"

"가장 큰 이유는, 물론 료 때문이다."

"아아……."

"괜찮아, 잡아먹으려는 건 아니야. 잠깐 대화를 나누고 싶을 뿐이지."

"그 부분은 별로 걱정 안 해."

아벨은 떠오른 생각을 솔직하게 말했다.

느낌이지만 눈앞의 진조와 료는 대화가 잘 통할 것 같은 느낌이 들었기 때문이다. 비슷한 인종이라고 할까. 물론 진조는 뱀파이어고 료는 인간이지만…….

"그리고 또 하나, 너다, 아벨."

"나?"

"너는 왕국의 제2 왕자 알버트지?"

너무 아무렇지도 않게, 당연하다는 듯이 흘러나온 말이라 그런 것일까. 그 말은 아벨의 귀에 아무런 저항 없이 들어왔다.

아벨도 자신의 정체를 알고 있으리라는 것은 짐작하고 있었다.

"그것에 대해서는 대답을 거부하지."

"물론 그래도 상관없어."

아벨이 대답을 거부하자 진조도 고개를 끄덕였다.

대답이 굳이 필요 없는 질문도…… 세상에서는 종종 있는 법이다.

"한 가지 확인해 두고 싶은 게 있어."

"음?"

"이 나라엔…… 얼마나 많은 뱀파이어가 있는 거지?"

"그건…… 역시 대답할 수 없군. 사실 그리 많지는 않아. 무엇을 위해서 확인하려는 거지?"

"앞으로 베는 녀석들 중 인간이 얼마나 섞여 있는지 파악해 두려고."

"아아……."

아벨의 말에 고개를 끄덕이는 진조.

"귀족은 전원이 뱀파이어다."

"아까 그렇게 말했었지."

"다만 귀족을 모시는 자 중에도 뱀파이어는 있다. 혹은 귀족의 작위를 가진 채로 모시는 자도 있지. 여기 있는 내 집사 드라브, 그도 어엿한 뱀파이어고, 심지어 남작 작위를 가진 귀족이다."

진조가 짐 운반을 지시하고 있는 집사를 가리켰다.

"남작이 집사를?"

"그가 꼭 하고 싶다고 하기에. 여러 복잡한 사연이 좀 있다."

아벨이 고개를 갸우뚱했고, 진조가 쓴웃음을 지었다.

도구를 마차에 싣고난 뒤 아벨과 진조는 출발했다.

"아까도 말했듯이 아벨 혼자로는 이길 수 없다. 동료가 필요해."

"그건 실력 있는 동료를 말하는 거겠지?"

"당연하지. 힘을 보여줘야 하니까."

"도와줄 것 같은 모험가는 있어. 있지만…… 그들은 이 나라의 백성이야. 대귀족에게 맞섰다가 앞으로 불이익을 당할지도 몰라."

아벨이 얼굴을 찌푸리며 말했다.

중앙 정부나 국주인 대공마저 붙잡아간 귀족들이 상대였다. 자신을 도와달라고 말하기엔 솔직히 마음이 내키지 않았다.

"흠. 뭐, 그 부분은 괜찮다. 불이익을 받지 않게 하겠다고, 내가 보증하지."

"……당신, 정말 정체가 뭐야? 뱀파이어라는 종족 안에서 단순히 지위만 가졌다고 그런 일이 가능할 것 같지는 않은데."

"그래…… 굳이 말하자면 사립 도서관 관장, 정도려나?"

"무슨 뜻인지 모르겠어."
진조의 대답에 작게 고개를 젓는 아벨.
어쩐지 어딘가의 수속성 마법사와 비슷한 분위기가 느껴졌다…….

모험가 길드 앞에 다다랐을 때 아벨이 외쳤다.
"멈춰줘!"
마차가 멈추고, 아벨은 문을 열고 밖으로 나갔다. 거기에는 아는 얼굴이…….
"아벨 씨?"
놀란 얼굴로 물어온 것은 파티 『오련산』의 리더 검사 세페리노.
"지금 너희 집에 가려던 참이었어."
"저희 집에?"
"부탁이 있어."
"좋습니다."
"아니, 아직 아무 말도 안 했잖아."
아벨이 아직 내용을 말하지 않았음에도 선뜻 승낙하는 세페리노. 그 반응에 아벨도 어이가 없었다.
"성 주위의 분위기가 삼엄했습니다. 귀족들 사이에서 무슨 일이 일어났다는 것 정도는 저희 같은 모험가라도 느낄 수 있었어요. 그런 와중에 아벨 씨가 굳이 저희 집에 찾아오려고 하셨고, 게다가 입이 떡 벌어질 정도로 으리으리한…… 즉 귀족의 마차에서 급히 내려와 부탁이 있다고 하신다면…… 평범한 부탁은 아니겠지요. 사절단이 말려든 일이라고 생각했습니다. 그래서 수락한 겁니다."

아무 생각 없이 한 말은 아닌 것 같았다. 사실 꽤 많은 생각을 하고 있었다.

"그래, 고마워. 하지만 세페리노, 네 말대로 랜드의 귀족들이 얽힌 문제야. 그것도 후작이나 백작 같은 고위 귀족들이지. 나에게 도움을 줬다는 이유로 그들의 미움을 살 가능성도……."

"그렇게 되면 왕국으로 이주하죠, 뭐."

"이봐……."

고민할 새도 없이 말하는 세페리노에게 또다시 황당함을 드러내는 아벨.

하지만 세페리노의 그런 대답에도 다른 네 명의『오련산』멤버들은 쓴웃음만 지을 뿐이었다. 아무도 말리지 않았다.

"파티 멤버들이 말리는 게 보통 아닌가?"

"이렇게 보여도 세페리노는 리더니까요."

아벨이 어이없다는 얼굴로 말했고, 마법사 일라나가 웃으며 대답했다.

그래도 아벨은 망설였다.

"아벨, 한번 결단을 내리면 밀고 나가야 한다."

그것은 마차에서 내리던 진조에게서 나온 말.

하지만 아벨의 귀에는 순간 료의 말처럼 들렸다.

"그렇지…… 맞아. 세페리노, 사절단이, 내 동료들이 붙잡혔어. 그들을 구하고 싶어. 게다가 협상은 통하지 않으니 실력 행사가 될 거야. 그걸 도와줬으면 해."

"알겠습니다."

아벨의 말에 세페리노는 다시 한번 즉답했다. 나머지 파티원 네 명도 고개를 끄덕였다.

"확실히 아벨이 도움을 청한 사람답게 강해 보이는군. 하지만 아직 부족해."

"얼마나 더 필요하지?"

진조의 말에 아벨이 물었다.

"어디를 공격하든 기본적으로는 건물 안에서 하는 실내전이 되겠지. 그러니 그 돌격 부대는 아벨을 포함한 여섯 명이면 충분할 거다. 하지만 제압할 장소 확보나 구출한 자들의 보호, 협력해서 끝까지 지켜내기 위해서는…… B급 모험가라면 10명, C급 모험가라면 20명."

"알겠습니다. 길드에서 모아오겠습니다."

진조의 설명에 또다시 즉답하는 세페리노.

그 말에는 역시나 진조도 놀랐다.

"그렇게 바로 모을 수 있는 건가?"

"맡겨주세요. 이래 봬도 길드 본부에서는 제법 얼굴이 알려져 있으니까요. 모아올 테니 먼저 가 계시죠."

"알았다. 이 문제가 끝난 후 너희를 포함해 모험가들에게는 불이익이 가지 않을 것임을 내가 보증하마. 아, 참."

진조는 그렇게 말하고는 오른손 중지에 낀 반지를 빼서 세페리노에게 건네주었다.

"이 반지를 길드 마스터 칸델라스에게 보여주도록 해. 그녀와는 오래전부터 알고 지낸 사이니까. 내 말이 확실하다는 걸 증명해 줄 거다."

"길드 마스터라면…… 70살이 훌쩍 넘었는데……."

세페리노는 그렇게 말하며 진조의 얼굴을 뚫어지게 바라보았다. 아무리 봐도 20대로 보이는 얼굴…….

"나는 동안이거든."

진조는 웃으면서 그렇게 말했다.

◆

모험가 길드 앞.

"'오련산'이 모험가를 모아오기 전까지 작전을 세워 두는 게 좋겠지. 하지만 솔직히 모르는 게 너무 많아. 우선 귀족들…… 에스피엘 후작도 콘트레라스 백작도, 대체 목적이 뭐야?"

"놀이."

"아, 그랬지 참……."

간결한 진조의 대답에 맥빠진 얼굴로 고개를 흔드는 아벨.

"놀이…… 게임이라고 한다면 승리 조건이 있겠지. 뭔가 달성하면 이기고, 다른 한쪽이 그걸 무너뜨리면 지는, 그런 조건."

"있겠지. 하지만 그건 나도 모른다."

진조는 고개를 갸우뚱하며 대답했다.

"다만 추측해 보자면, 비센테…… 즉 공격 측인 에스피엘 후작의 승리 조건은 대공 사일러스의 신병 확보와 처형일 거다. 부속 조건으로서 왕국 사절단의 신병 확보도 있겠지."

"젠장!"

진조의 대답에 아벨이 욕설을 내뱉었다. 하지만 곧 평정을 되찾았다.

"공격 측은 알았어. 하지만 보이지 않는 건 수비 측, 즉 콘트레라스 백작이야. 그들은 뭐가 목적인 거지? 뭘 하려는 거야?"

"글쎄…… 거기는 확실히 모르겠군."

진조는 어깨를 으쓱했다. 그러면서도 말을 이었다.

"그렇다 해도, 이러한 게임에서는 절대로 빼놓을 수 없는 승리 조건, 혹은 패배 조건이라는 것이 있지."

"그게 뭔데?"

"대장의 목, 그리고 본거지의 탈취."

"그렇군……."

진조의 대답에 무겁게 고개를 끄덕이는 아벨.

확실히 그것이 가장 알기 쉬웠다.

각각의 중심 인물이 정해져 있다는 것은, 다시 말해 그 두 사람이 각각의 세력의 대장이라는 뜻이었다. 그들의 목을 따면 그 세력은 패배하게 된다.

또 하나의 조건인 본거지는, 함락되는 순간 곧바로 승리가 되지는 않을지도 모른다. 하지만 플레이어는 대귀족. 어느 나라에서나 귀족이라 불리는 자들에게 체면은 중요했다. 그런 그들의 본거지를 함락시킨다면…… 패배 조건에 들어가지 않았다고 해도 큰 타격을 입힐 수 있을 것이다.

이쪽의 힘을 보여준다는 의미에서는 효과적이었다.

"대장의 목은 쉽지 않겠지. 하지만 다른 하나인 본거지 쪽이라면 가능할지도 모른다. 아벨의 가장 큰 목적과도 어긋나고."

"그래…… 확실히 내 첫 번째 목적은 동료의 구출이지. 즉, 성."

"당연히 에스피엘 후작 비센테도 그 부분은 이해하고 있을 거다. 그러니 참전이 전해지는 순간 성의 수비를 가장 먼저 강화하겠지. 하지만 자원은 한정적이다. 전력은 여기저기서 무한하게 솟아나는 것이 아니야. 어딘가가 견고해지면 다른 어딘가는 허술해져. 전쟁이란, 상대의 전력을 우리가 노린 곳에 모이게 해서 진정한 노림수를 허술하게 만드는 것. 바로 그게 포인트다."

"뭐랄까…… 그 말, 엄청나게 료가 할 법한 말이야."

"하하하, 그래. 료와는 대화가 잘 통할 것 같군."

아벨의 소감에 웃는 진조. 여기에 없어도 료는 주인공인 모양이었다.

"그렇게 되면 제일 먼저 적의 본진을 쳐야겠네. 초반, 상대가 갈피를 잡지 못하는 단계에서 치면 성공률은 더 올라갈 거고. 그래서 **어느 쪽** 본진을 치면 돼?"

"산달리오."

"수비 측 콘트레라스 백작인가. 왜지?"

"이 수도에 있는 저택을 비교했을 경우, 콘트레라스 백작의 저택 쪽이 무너뜨리기 더 쉽다. 그리고 모험가 길드에서도 가깝고."

진조의 머릿속에는 두 저택의 구조가 거의 정확하게 그려져 있었고, 비교한 후 결론까지 나와 있었다.

"좋아. 그럼 저택을 먼저 함락시키고…… 어떻게?"

"불태우면 되지 않을까?"

"잠깐……."

진조의 과격한 대답에 아연실색하는 아벨.

하지만 계속되는 진조의 말로 마침내 전체 구도를 이해할 수 있었다.

"그 일로 체면은 완전히 구겨지겠지. 그렇게 되면 다른 한쪽인 비센테는 어떻게 나올까?"

"자신의 저택이 함락당하지 않도록…… 저택에 전력을 모으겠지."

"그래, 어디에서?"

"점령 중인 성에서, 데려오겠지."

거기서 두 사람은 동시에 고개를 끄덕였다.

전력이 줄어든 그 타이밍에 성을 공격한다.

전략은 정해졌다.

◆

"이봐, 아벨, 정말 그 작전으로 할 건가?"

진조는 내키지 않는 눈치였다.

"그래, 할 거야. 무엇보다 시간이 없어. 당신에게 폐를 끼치는 건 미안하지만…… 동료들이 처형이라도 당하면 료가 가만히 있지 않을 거야. 당신은 대화조차 나눌 수 없겠지. 그럼 곤란하지 않을까?"

"가벼운 협박처럼 들리는군……."

"미안해."

작게 고개를 저으며 중얼거리는 진조, 어깨를 으쓱이는 아벨.

"아무리 생각해도 혼날 것 같은데……."

진조가 투덜대는 사이에도 준비는 착착 진행되었다. 아벨의 귀에는 진조의 투덜거림이 들렸지만, 완전히 무시했다.

그리고 진조는 마음속으로 각오를 마쳤다.

"마차는 아벨에게 강제로 빼앗긴 걸로 하지. 그래, 그렇게 하자."

"역시…… 료와 닮았어."

아벨의 중얼거림은 그 누구에게도 닿지 않았다.

길드에서 그리 멀지 않은 곳에 자리한 콘트레라스 백작의 저택.

삼엄한 경비가 깔려 있는 그 정문에 마차 한 대가 도착했다.

"멈춰라!"

완전무장한 기사가 외쳤다.

"오늘은 그 누구도 안에 들일 수 없다!"

기사가 쏘아붙였다.

하지만 그 말을 받아친 것은 마부석에 앉은 남자였다.

"누구의 마차에 대고 그런 소릴 하는 건지, 알고 있는 건가?"

마부석의 남자는 결코 언성을 높이지 않았다. 하지만 듣는 이의 마음에, 그 내포된 분노가 직접 박혀들었다…… 범상치 않은 울림으로.

그 말에, 소리친 기사뿐만 아니라 경비를 서고 있는 모든 사람들의 시선이 일제히 마차에 새겨진 문장으로 쏠렸다.

휘어진 두 자루의 검이 교차하고, 푸른 불꽃이 떠올라 있는…….

그것을 인식한 순간, 전원이 직립 부동 자세를 취했다.

일반인은 거의 모르는 문장. 하지만 반대로, 랜드 귀족과 그것을 섬기는 자들은 모두가 아는 문장. 더구나 그 문장이 상징하는 것은 두려움. 바닥을 알 수 없는 두려움.

"실례했습니다……."

직립 부동 자세로, 사실상 목소리를 내는 것조차 어려운 상태에서 간신히 쥐어 짜낸 목소리…….

그와 동시에, 문이 열렸다.

마차는 곧장 안으로 들어갔다.

넓은 정원 안…… 마차가 보이지 않을 때까지, 경비원들은 누구 하나 움직이지 못했다.

현관 앞 마차 공간에 주저 없이 멈춰선 마차.

그것을 보고 저택 안쪽에서 하인들이 허둥지둥 달려 나왔다.

하지만…….

마부석에서 뛰어내린 아벨이 스치듯 지나가며 하인들을 차례차례 기절시켰다. 그 움직임은 전원이 인간이라는 것을 확인한 뒤에 나온 행동이었다.

"3층까지 뛰어간다!"

"알겠습니다!"

아벨의 뒤를 따라가는 것은『오련산』의 검사 세페리노. 조금 늦게『오련산』의 다른 멤버가 뒤를 이었다.

거점 확보용으로『오련산』이 수배한 모험가들은 아직 이곳에 도착하지 않았다. 우선은 이 여섯 명으로 제압한다.

힘을 보여주는 것이다.

정문 안쪽에 있는 큰 계단을 뛰어 올라갔다.

아벨은 아래로 황급히 내려오는 기사들을 단 한 번의 공격만으로 쓰러뜨렸다. 마찬가지로 세페리노도 거의 검을 맞대지 않고 쓰러뜨렸다.

제압은 시간 싸움. 정문을 포함한 외곽을 경비하는 자들이 눈치채기 전에 최상층을 장악해야 했다.

2층에 도달.

그곳에는 10명의 기사가 수비 대형을 갖추고 있었다.

"니에베스! 일라나!"

세페리노가 외쳤다. 말한 것은 그뿐이었다. 하지만 두 사람 다 곧바로 이해했다.

"위대한 그 빛을 밝혀주소서 〈플래시〉."

신관 니에베스가 외치자 강렬한 빛이 일대를 휩쓸었다. 기사들의 시야가 멀어 아무것도 보이지 않게 되었다.

"모든 것을 압도하는 바람이여 어리석은 자들을 무릎 꿇려라 〈

에어 버스터〉."

풍속성 마법사 일라나가 주문을 외치자 위쪽에서 강렬한 바람 덩어리가 날아와 기사들을 덮쳤다.

눈이 보이지 않게 된 순간 위쪽에서 기습적으로 날아온 충격…… 기세 좋게 땅에 머리를 부딪친 기사들은 그대로 의식을 잃었다.

"멋지네."

칭찬하는 아벨.

"아…… 아벨 씨, 눈은 보이십니까?"

"그래, 괜찮아. 시야를 방해하는 마법은 우리쪽 신관도 자주 쓰니까. 주문을 외웠거든."

신관 니에베스의 시야 방해 마법을 사전에 전하지 못한 탓에 아벨의 상태를 걱정하는 세페리노.

하지만 아벨이 이끄는『붉은 검』의 리햐도 자주 쓰는 마법이었다. 상급 광속성 마법사가 아니면 쓸 수 없는 마법이지만, 이번처럼 잘만 쓰면 단번에 승부를 가를 수 있었다.

그대로 계단을 타고 3층까지 올라가는 일행.

"방은 오른쪽 맨 끝!"

아벨이 외치고 일행이 고개를 끄덕였다. 사전에 정보는 공유해 두었다.

그리고 예상했던 대로, 목적했던 방으로 이어지는 복도에는 적이 버티고 서 있었다.

"아벨 씨, 가주세요!"

"그래, 부탁할게!"

달리는 속도를 늦추지 않은 채 적을 향해 달려가는 아벨.

이 단계까지 오면 지키는 이들은 기사로 한정되지 않는다. 인원은 적지만 마법사도 등장한다. 다시 말해, 아벨을 향해 마법이 날아왔다.

하지만…….

"검기: 절영."

마법을 포함한 모든 원거리 공격을 회피하는 검기.

속도를 줄이지 않은 채 공격을 피하고, 기사가 찌르는 검도 피하며 아벨은 정면의 문으로 뛰어들었다.

등 뒤로『오련산』들과 기사들과의 싸움 소리가 들려왔지만, 그것은 더는 신경 쓰지 않았다.

왜냐하면, 방안에 남자가 있었기 때문이다.

"천한 놈이!"

남자는 못마땅한 얼굴로 그렇게 내뱉더니 검을 뽑아 들고 아벨에게 부딪쳤다.

칼로 받아내지 않고 피했다. 그 검은 겉으로 보기에도 무겁고 빨랐다. 아벨의 기술이라 해도 쉽게 흘려보내지는 못할 것이다. 백스텝하여 거리를 벌렸다.

"뱀파이어인가."

그래, 마침내 뱀파이어가 나온 것이다. 그렇다면 눈앞의 남자는 목적했던 인물일 가능성이 높았다.

"고귀한 자들의 싸움에 끼어드는 것만으로도 역겹거늘…… 게

다가 그게 인간이라니? 천한 놈이!"

"아까부터 천하다는 말밖에 못하네. 어휘력이 너무 빈약한 거 아냐? 오래 살아도 성장하지 못한다면 장수하는 게 다 무슨 소용이야."

"네놈……."

아벨의 도발에 화가 머리 끝까지 치밀어 이성을 잃는 남자.

아벨은 알고 있었다. 싸우는 상대의 냉정함을 빼앗는 것이 얼마나 중요한지를. 냉정함을 빼앗기면 상대가 먼저 공격해 온다. 게다가 대체로 분노에 몸을 맡긴 첫 공격은…….

남자가 검을 내리쳤다.

아벨은 한 걸음 나아가, 검을 찌르듯 내밀어 기세가 실리기 직전 지점에서 받아쳤다. 그대로 검의 각도를 바꿔 후방으로 흘려보낸 뒤…… 무방비가 된 목을 옆에서 베어버렸다.

단 일격.

뱀파이어를 상대로, 단 일격만에 승부를 결정지었다.

깊게 심호흡을 하며 끓어오른 정신을 가라앉히는 아벨.

동시에 문 밖의 소리가 사라졌다는 것도 알아차렸다.

문이 열리고 『오련산』의 다섯 명과 또 한 사람이 들어왔다.

"호오…… 깨끗하게 잘렸군. 역시 A급 검사."

『오련산』과 함께 들어온 것은 진조였다.

"다른 모험가들은 저택을 태울 준비에 들어갔다."

진조는 가벼운 어투로 보고했다. 아니, 오히려 좀 즐기는 것처럼 보이기도 했다.

"다른…… 저택 경비 무리들은?"

"깔끔하게 제압해서 저택이 불에 타 무너져도 안전한 장소에 모아뒀다. 걱정할 필요 없어."

"무시무시한 속도네……."

아벨이 작게 고개를 저으며 말했다.

진조는 바닥으로 잘려나간 목을 주워들었다. 그리고 무릎을 꿇은 채 움직이지 않는 뱀파이어의 몸통 위에 올려두었다.

"이봐……."

"스턴링이 달린 검으로 목을 베었으니 붙여놔도 한동안은 움직일 수 없을 거다. 아직 기절해 있지만, 곧 눈을 뜰 테니까 그때 심문을 하도록 해."

"심문? 뭘?"

아벨이 물었다.

"음? 아, 혹시 지금 쓰러뜨린 이가 산달리오라고 생각했나?"

"……그렇게 묻는다는 건, 아니라는 거군."

"그래, 아니야. 콘트레라스 백작 산달리오의 집사장이다. 산달리오가 없을 땐 이 저택의 모든 것을 도맡아 운영하고 있으니 산달리오가 왜 없는지도 알고 있겠지. 거기는 솔직히 나도 궁금해. 이 게임이 시작된 이후로 계속 모습이 안 보였거든."

"……몇 번을 생각해도, 이걸 '게임'이라고 부르는 게 이해가 안 가."

"어쩔 수 없지. 사람과 뱀파이어는 사는 길이가 달라. 단지 그것만으로도 세계의 모든 것들이 다른 양상을 띠게 되는 법이니까."

"그런 건가."

진조의 말에 고개를 갸우뚱하면서도 받아들이려 노력하는 아벨. 부정해 봤자 의미는 없었다. 인간이 이해하고 있는 사실만이 이 세계의 진실이 아니라는 것 정도는 알고 있으니까…….

"호레이쇼, 이 천지간에는 인간의 학문으로는 꿈조차 꿀 수 없는 일들이 정말 많다네!"

갑자기 무대 배우처럼 한 구절을 읊조리는 진조.

"그건 뭐야."

당연히 이해할 수 없는 아벨.

"셰익스피어다. 그래, 나중에 료에게 물어보도록 해."

진조는 자세한 설명은 하지 않은 채 장난스러운 미소만 지을 뿐이었다.

그때 콘트레라스 백작 산달리오의 집사장이 눈을 떴다.

"이제야 눈을 떴군."

아벨이 그렇게 말하자 집사장은 아벨을 노려보았다.

"콘트레라스 백작 본인인 줄 알았더니, 평범한 집사장이었을 줄이야."

"백작님께서 고작 인간 따위를 상대하실 리가 없지 않느냐!"

어이없다는 얼굴로 나온 아벨의 말에 당장이라도 달려들 기세로 대답하는 집사장.

"그래서, 그 백작님은 도대체 어디서 뭘 하고 있는 거지?"
"내가 대답할 거라 생각하나?"
아벨의 물음을 코웃음을 치며 그렇게 말하는 집사장.
하지만 그곳에 떨어진 목소리를 듣는 순간 표정이 순식간에 굳어버렸다.
"집사장 시리노, 아니, 포르셀 남작 시리노라고 해야 하나. 나도 산달리오가 어디서 뭘 하고 있는지 알고 싶다만?"
"아……."
경악으로 말이 나오질 않는다. 당연히 그가 누구인지는 알고 있었다.
"진조 님…… 왜, 여기에……."
"응, 조금 흥미가 생겼거든. 그래서 시리노, 산달리오가 뭘 하고 있는지 알려줄 수 있을까?"
"그, 그것은……."
순식간에 집사장 시리노의 얼굴이 땀으로 젖어들었다.
목을 베어 버렸는데 어째서 땀이 흐르는 것일까. 아벨이 속으로 상황에 어울리지 않는 생각을 하고 있었다는 것은 비밀이다.
"설마, 내 질문에 대답하지 않을 셈……."
"무, 무무무무무물론 대답해 드겠습니다! 저희 주인님께서는 역전의 수를 쓰기 위한 준비를……."
기세 좋게 입을 열었지만 뒤로 갈수록 목소리가 점점 기어들어가는 집사장 시리노.
진조의 물음에 답하지 않는다는 선택지는 없었다. 없지만, 이

자리에서 대답하면 자신의 진영이 하려는 일을 방해하게 될지도 모른다고 생각한 것이다.

하지만 고민은 잠시였다.

저울 위에 올린 것은 주인인 콘트레라스 백작과 눈앞의 진조…….

“콘트레라스 백작은 ‘보툼(소원)’을 써서, 포로로 붙잡힌 암속성 마법사의 신병을 손에 넣었습니다. 그 마법사를 사용해, 마물을 통한 성의 습격 준비를 하고 있습니다.”

“그게 무슨…….”

호칭이 ‘주인님’에서 ‘콘트레라스 백작’으로 바뀌었다……. 어떤 의미로는 주인을 갈아탄 집사장 시리노가 털어놓은 말에 놀라는 아벨.

조금 떨어진 장소에서 듣고 있던 『오련산』의 5명도 얼굴을 마주보고 고개를 젓고 있었다.

다만 한 사람, 진조만이 조금 다른 태도를 보였다.

“재밌는 수이긴 하지만…… 그건 악수로군.”

그는 쓴웃음을 지으며 고개를 작게 저었다.

◆

“콘트레라스 백작 저택이 불길에 휩싸였다고? 그게 무슨 소리냐. 대체 어찌 된 일이지?”

이곳은 대공 응접실 앞 복도.

보고를 받은 에스피엘 후작 비센테는 저도 모르게 언성이 높아지려는 것을 느끼고 황급히 자제했다. 하지만 여전히 의미를 알 수 없었다.

문 안, 대공의 응접실에는 대공 사일러스 테오 산타야나와 그의 손녀 일행, 왕국의 모험가 파티를 연금하고 있었다. 역시 그곳에서는 들을 수 없는 보고였기에 복도에 나와서 듣고 있었는데…….

"짐작이지만 도중에 참전한 나이트레이 왕국 아벨의 소행인 것 같습니다."

"그건 그렇겠지. 우리는 안 했으니까!"

보고한 매기저 백작 에프라인에게 언짢은 얼굴로 대답하는 에스피엘 후작 비센테.

"즉 뭐냐? 콘트레라스 백작 저택의 경비는 고작 인간에게 밀렸다는 말인가?"

"인간이라고는 하지만 아벨은 A급 모험가입니다."

"알 바 아니다! 인간에게 저택을 빼앗기다니 뱀파이어의 수치다!"

에스피엘 후작 비센테와 콘트레라스 백작 산달리오는 싸우고 있긴 하지만, 어디까지나 뱀파이어로서 상대를 인정하고 있었다. 그렇지 않으면 굳이 이렇게 싸우지도 않았을 것이다.

진조의 눈에는 놀이나 게임처럼 여겨지고 있었지만…….

"뱀파이어로서 콘트레라스 백작의 체면은 완전히 구겨졌다. 인간 쪽의 노림수도 아마 그런 거였겠지."

비센테는 잠시 고민했다. 그리고 고개를 끄덕였다.

"이대로 가만히 있으면 안 되겠군. 성을 지키는 전력 가운데 절반을 우리 후작저로 옮겨 방어해라. 백작 저택을 함락시켰다면 그다음에 노리는 건 우리 후작 저택이 될 테니까."

"알겠습니다."

매기저 백작 에프라인은 고개를 끄덕이고는 잰걸음으로 물러났다.

"감히 인간 따위가…… 진조 님도 진조 님이다. 신성한 뱀파이어 간의 싸움에 인간의 중도 참가를 허락하시다니. 무대를 더럽히는 행위나 다름없거늘!"

내뱉듯이 말한 비센테의 표정은 분노로 가득 차 있었다…….

◆

성에 있는 영빈관 지하 저장고. 그곳에 수상한 무리가 있었다.

아벨, 진조, 『오련산』까지 총 7명이다.

"애초에 왜 영빈관에 지하 저장고 같은 게 있는 거지? 필요 없잖아."

아벨의 투덜거림…….

그래, 영빈관이라는 것은 국외에서 중요한 사절이 오면 숙박하는 장소였다. 트와일라이트 랜드에서는 영빈관이 성 안에 있기 때문에 저장고는 필요 없다. 성 전용의 거대한 저장고가 있기 때문이다. 그래서 식재료는 그곳에서 일괄 관리되고 있었다.

"아벨은 모르는 모양이군. 이런 일도 있을지 모른다……라는 정신으로 성을 건설할 때 만들어 둔 거다. 외부 침입로나 탈출로로 쓰면 재밌잖아?"

"응, 역시 너 료랑 닮았어."

진조가 들뜬 얼굴로 말했고, 아벨은 한숨을 내쉬며 감상을 전했다.

영빈관 지하 저장고는 앞서 말한 이유로 거의 사용되지 않고 있었다.

다만…….

"뭔가 엄청난 연대의 와인이 있는데……?"

"그래, 카브로 쓰이고 있지. 몇십 년 묵힌 와인이나 스파클링 와인이 있는데…… 거의 안 마셨군. 혹시 존재 자체를 잊은 건가?"

『오련산』의 검사 세페리노가 보관된 와인을 힐끔힐끔 보며 말했고, 진조가 대답했다.

"아벨이 승리하면 여기에 있는 아껴둔 술을 모두에게 대접하마."

"오!"

진조의 선언에 작지만 기쁨이 담긴 목소리를 내는 『오련산』 멤버들.

애초에 『오련산』은 무보수로 아벨을 돕고 있는 것이나 다름없었다. 보수를 목적으로 하는 것은 아니지만, 열심히 하면 특별한 술을 마실 수 있다고 하면 의욕도 저절로 샘솟는 법이었다.

지하 저장고를 나와 계단을 오른 뒤 머리만 살짝 내밀고 1층의 상황을 확인했다. 바로 다시 숨고는 아벨, 검사 세페리노, 척후 프리모, 방패기사 레온시오가 고개를 끄덕였다.

3초 뒤.

튀어 나가는 네 사람.

"어……?"

"무슨……."

수비병 6명을, 거의 소리 하나 내지 않고 제압했다.

에스피엘 후작 저택 방위에 인력을 빼간 탓인지 상당히 허술한 느낌이었다.

"좋아, 원군을 불러들여."

아벨이 말하자 『오련산』의 척후 프리모와 진조가 지하 저장고의 비밀 출입문으로 빠져나갔다. 『오련산』이 모험가 길드에서 부른 C급 모험가 스무 명이 밖에 대기하고 있었다. 이제부터 영빈관 확보를 도울 것이다.

"우리들은 식당으로 갈게."

아벨의 말에 나머지 네 사람이 고개를 끄덕였다.

쾅!

힘차게 열린 문, 뛰어드는 전위 셋.

문 근처에 있던 세 명의 수비병을 제압했다. 하지만 여기까지 오자 식당의 안쪽에 있는 수비병 두 명이 눈치챘다.

"네놈들!"

이어서 식당 중앙에 있는 지휘관으로 보이는 남자가 크게 소리치며 두 자루의 검을 빼들고 달려들었다.

"쌍검기: 연격십섬(連擊十閃)."
"검기: 자돌고봉."
지휘관의 쌍검기와 아벨의 검기가 격돌했다.
아벨의 양 어깨에서 흩날리는 핏방울. 하지만 평소와 같은 마검은 지휘관의 가슴을 꿰뚫고 있었다.
단 한 번의 검격.
하지만 쌍검기와 검기의 충돌은 강렬한 결과를 낳았다.
"쌍검기라는 건…… 처음 받아봤어."
양쪽 어깨에서 피를 흘리며 투덜거리는 아벨.
그 사이에 식당 안쪽에 있던 수비병 두 명도 검사 세페리노와 방패기사 레온시오가 제압한 덕분에 나올 수 있는 투덜거림이었다.
"아벨 씨!"
"역시 대단합니다!"
식당에 연금되어 있던 문관, 모험가, 기사들의 목소리가 터져 나왔다.
"아벨, 원군을 불렀다. 영빈관은 이제 문제없어."
그렇게 말하면서 들어온 것은 진조. 그 뒤로 척후 프리모도 들어왔다.
"그래, 고마워."
아벨은 그렇게 말하고 포션을 마셨다.
양 어깨의 부상이 나았다.
"지금의 상처는 쌍검기:연격십섬인가. 역시 지휘관의 '리미터'

는 풀어둔 모양이군."

"리미터?"

진조가 아벨의 상처를 보며 말했고, 아벨은 생소한 말에 고개를 갸우뚱했다.

"랜드 귀족이 거느리고 있는 병사들은 투기를 쓸 수 있고, 상위 검사라면 검기, 쌍검사라면 쌍검기를 사용할 수 있다. 하지만 평소에는 연금술로 제한을 걸어둬서 사용할 수 없지. 이 게임 안에서도 기본적으로는 쓸 수 없게 되어 있을 텐데…… 지휘관 클래스는 사용할 수 있도록 해 둔 모양이군. 역시 내게 공유되지 않는 룰도 있는 모양이야."

진조는 어깨를 으쓱했다.

하지만 아벨은 단순히 어깨를 으쓱하고 넘어갈 수 없었다.

"병사들이…… 검기를 쓸 수 있다고? 어느 정도의 비율로?"

"음? 전원이다."

"그게 무슨……."

진조의 대답에 말문이 막혀버린 아벨.

옆에서 듣고 있던 모험가나 왕국 기사단도 입을 떡 벌리고 있었다.

검사의 '검기'는 C급 검사라도 쓸 수 없는 이가 많았다. 모험가의 나라라 불리는 나이트레이 왕국의 모험가들조차 그랬다. 그런데 이 트와일라이트 랜드의 귀족이 거느린 병사들은 전원이 사용할 수 있다고 하니…….

즉, 전원이 C급 모험가급이라는 뜻…….

아벨은 작게 고개를 저으며 식당 안을 둘러보았다.

그 시선을 받은 많은 이들이 고개를 끄덕였다. 크게 다친 사람은 없었다.

"아벨 씨, 실은 '발키리' 다섯 명이 아직 돌아오지 않았습니다."

그렇게 보고한 것은 모험가의 리더역인 쇼켄이었다.

"발키리가?"

"뮤가 대공 전하께 호출을 받아 갔는데…… 그녀들이 대공과 함께 연금 중이라는 말을 들어서…… 그래서 저희도 손을 쓸 수가 없었습니다."

"아, 그래서 그런 거였나."

수비병은 식당 안에 여섯 명, 1층에 여섯 명이 있었다. 쌍검기를 사용할 수 있는 지휘관이 있었다고는 해도 이만한 모험가와 기사단이 있었다면 저항할 수 있었을 터. 그럼에도 식당에 발이 묶여 있었던 이유는 바로 그것이었다.

"지금 이름이 나온 뮤라는 자는 대공의 손자야. 아마 대공을 만나고 있을 때 말려든 거겠지……."

아벨은 진조를 향해 보고했다.

진조는 잠시 고개를 기울이며 무언가 생각하더니 입을 열었다.

"사일러스의 아들이자 왕국과 관련되어 있다고 하면, 웨스트윙 후작 쪽으로 시집간 아이인가. 그래, 그러고 보니 자료 속에 들어 있었지."

그 타이밍에 제압해 둔 수비병들이 눈을 떴다. 물론 가슴을 꿰뚫린 지휘관은 제외였다. 그들은 모두 인간으로 보였다.

“……어? 진조 님?”

수비병 중 한 명이 놀란 목소리로 말했다. 그리고 곧바로 한쪽 무릎을 꿇고 예를 취했다.

똑같이 눈을 뜬 다른 수비병들도 그것을 따라 움직였다.

모두가 몸을 떨며 식은땀을 흘리고 있었다. 그것도 한눈에 봐도 비정상적으로 많은 땀이었다.

그 광경에 모험가도 기사단도 입을 다물었다.

하지만 다음 순간, 밖에서 굉음이 들렸다.

“무슨 일이지?”

놀라서 소리를 지르는 사절단 일행.

“그 마물의 습격이군.”

진조는 아벨이 자신을 바라보자 고개를 끄덕이며 대답했다.

“마물?”

의미를 알아듣지 못하는 일행.

“아벨 씨? 그게 무슨 말씀이십니까?”

대표로 아벨에게 물은 것은 교섭관 이그니스.

지금까지는 소위 말하는 몸을 쓰는 일에 가까운 종류였기에, 이 사절단의 책임자격인 교섭관이라 해도 쓸데없는 참견은 하지 않고 있었다. 하지만 역시 마물의 습격이라고 하면 알고 있어야 했다.

그는 교섭관이다. 자국은 물론 랜드와의 관계도 언제나 염두에 두고 있어야 하는 입장이었다.

“콘트레라스 백작 산달리오의 책략입니다. 랜드에 오는 길에 붙잡은 암살 교단의 암속성 마법사, 그녀의 힘으로 마물을 사역해서 이 성을 공격하려는 것 같더군요."

"맙소사……."

아벨의 설명에 경악을 금치못하는 이그니스.

아벨은 진조를 향해 물었다.

"조금 전에 당신이 이 수는 악수라고 했지?"

"그래, 말했지. 일대일이라면 재미있는 수였겠지만, 아벨이 참전해 버렸으니까."

진조가 말한 것은 그뿐이었다. 하지만 그것만으로 아벨도 이해할 수 있었다.

"그렇군. 수비병이 마물의 습격에 대처하기 위해 정문 부근으로 갈 테고…… 성안, 즉 대공 주변은 허술해진다는 뜻이네."

"그런 거다. 사일러스의 손녀들이나 대공 사일러스 본인을 확보해도 좋겠지. 아마 비센테…… 에스피엘 후작 본인도 사일러스가 있는 곳에 있을 것 같지만."

"그렇군. 그럼 들어가볼까."

◆

성 정문 부근에서 벌어진 마물과 수비병의 싸움을 뒤로 하고 아벨, 진조, 『오련산』 일행 7명은 성에 들어갔다.

정문으로.

당당하게.

"머, 멈춰주십시오."

필사적인 기세로 진조를 막으려 하는 기사들. 다만 진조에게 직접 손을 대지는 못했다.

건드리면 제 손이 녹기라도 하는지, 일정한 거리를 유지하며 진조가 걷는 속도에 맞춰 계속 뒤로 물러나는 기사들.

아벨이 보기에도 참 딱한 광경이었다.

"괜찮아? 당신은 개입하지 않겠다고 했잖아?"

"개입하지는 않았다. 선두를 걷고 있을 뿐이지."

"무슨 말도 안 되는 궤변을……."

"여러모로 귀찮아졌거든. 빨리 끝내자."

아벨은 어렴풋이 이해할 수 있었다. 그런 진조의 말 뒤에는 영빈관에서 성으로 오는 길에 본, 정문에서 싸우는 수비병들이 있다는 사실을.

물론 진조는 뱀파이어였으니 인간인 수비병들의 목숨을 그렇게 중요하게 여기지 않을지도 모른다. 하지만 그래도…… 마음에 걸리는 것이 아닐까. 적어도 아벨은 그렇게 생각했다.

진조는 노크도 하지 않고 그대로 대공 응접실의 문을 열었다.

"어……?"

"아벨 씨!"

방 안쪽에서 굳어지는 남자와 대공. 그리고 기쁨의 목소리를 터뜨리는 『발키리』 멤버들.

들어온 인물을 보고 굳어 있던 대공 사일러스가 가장 먼저 움직였다. 곧바로 의자에서 일어나더니 진조의 앞에 다가가 한쪽 무릎을 꿇었다.

그 모습을 보고 아연실색한 것은 발키리 5명이었다.

그것도 당연했다. 한쪽 무릎을 꿇은 인물은 이 트와일라이트랜드의 대공. 즉 이 나라 최고 권위를 가진 인물. 그 인물이, 조금의 망설임 없이 방금 들어온 청년에게 한쪽 무릎을 꿇고 예를 차린 것이다.

"오랜만이구나, 사일러스."

그 한마디는, 권력자의 말이었다.

그전까지 진조가 두르고 있던 공기는 결코 다가가기 어렵지도, 답답하지도 않았다. 비유하자면 기품 있는 귀족의 적남 같은 느낌에 가까웠다.

하지만 그 한마디를 내뱉은 순간부터, 분위기가 완전히 달라졌다.

그 자리에 있는 전원이, 그것을 느꼈다.

아벨은 물론 아무 사정도 모르는 『발키리』 멤버들조차, 대공이 한쪽 무릎을 꿇은 그 인물이 범상치 않은 자라는 것을 직감했다.

"친히 이런 곳까지 걸음해 주셔서……."

"됐다, 신경 쓰지 마라."

진조는 대공 사일러스의 말을 가로막았다.

이어서 방 안쪽을 바라보며 입을 열었다.

"비센테, 할 말이 있다."

진조가 말을 건 상대는 에스피엘 후작 비센테.

부름을 받은 비센테는 멀리서 보기엔 얼핏 당당해 보였다.

하지만 가까이 가서 봤다면 알 수 있었을 것이다. 그의 몸이 조금씩 떨리고 있다는 것을, 필사적으로 허세를 부리고 있다는 것을.

“지, 진조 님…… 아무리 진조 님이라고 해도, 나라의 정치에는…….”

“그런 말을, 내가 한마디라도 했나?”

그 한마디는, 비센테에게 강렬한 일격을 날렸다.

그 말엔 분노도, 짜증도 실려 있지 않았다.

단지, 고했을 뿐이다.

단지 고했을 뿐이지만, 비센테의 안면은 희게 질린 것을 넘어 새파랗게 질려갔다.

“아, 아닙니다…….”

겨우 입 밖으로 나온 것은 그 말뿐.

비센테의 입안이 바싹 마르며 몇 번이나 마른침을 삼켰다. 억제할 수 없는 떨림이 몸의 중심에서 계속 피어오르고 있었다.

“에스피엘 후작 비센테, 영빈관은 이미 아벨이 함락했고 왕국 사절단은 풀려났다. 그리고 영빈관은 그의 수중에서 관리되고 있지.”

“…….”

진조의 말을 묵묵히 듣는 비센테.

“에스피엘 후작 비센테, 이곳에 있는 왕국 모험가들을 영빈관으로 돌려보내겠다. 그것에 대해 의의가 있나?”

“없습니다…….”

진조는 결정 사항을 알리듯 비센테에게 물었고, 비센테는 그저 그것을 받아들였다.

이어서 진조는 몸을 돌려 한쪽 무릎을 꿇고 있는 대공 사일러스를 바라보았다. 그리고 비센테에게 물었다.

"비센테, 너희들은 사일러스를 어쩔 셈이었지?"

"사, 사일러스는…… 국가 반역죄로 처형에 처할 예정……."

"안 돼……!"

비센테의 대답에 뮤가 작게, 그러나 날카로운 목소리로 외쳤다.

"흠……."

진조는 대공, 뮤, 그리고 마지막으로 비센테를 바라본 뒤 말했다.

"하지만 성 안에 있는 영빈관은 빼앗겼다. 게다가 정문에는 산달리오가 풀어놓은 마물이 습격 중이지. 주력을 후작 저택의 방어로 돌린 너희들로는 막을 수 없을 텐데?"

"……."

"아벨은 산달리오의 저택을 함락시켰다. 이어서 영빈관과 사절단을 되찾고 이 자리에 올랐지. 모든 면에서, 계책으로 앞선 것이다. 비센테, 패배를 인정하도록."

진조의 말이 벼락처럼 에스피엘 후작 비센테에게 내리쳤다.

비센테의 표정이 흰색에서 푸른색으로, 이제는 붉은색으로 변해갔다. 그것은, 격노를 의미하는 색이었다.

"패배라니…… 인간에게 패배라니…… 인정할 수 없어. 난 인정할 수 없다……."

"비센테……."

"설령 진조 님이라 할지라도…… 진조 님의 말씀이라 할지라도, 저는 인정할 수 없습니다……."

비센테는 분노한 표정으로 일어나 아벨을 가리켰다.

"인간, 나는 일대일 대결을 청한다!"

"그만둬라, 비센테."

얼굴을 찌푸리고 질책하는 진조.

하지만…….

"좋아, 받아주마."

아벨은 응했다.

"아벨……."

"힘을 보여준다. 그런 거라면 이게 제일이잖아?"

진조의 말에 어깨를 으쓱이며 대답하는 아벨.

그러나 그 말에 자극받은 것은 오히려 상대였다.

"힘을 보인다고? 감히 인간 따위가 뱀파이어에게…… 후작인 이 나에게…… 웃기지 마라…… 그 오만함, 박살 내주마!"

"그 말, 그대로 돌려줄게."

그리고 대장들의 일대일 대결이 시작되었다.

"그러고 보니 리조 백작은 단 한 합도 받아내지 못하고 목이 날아갔지. 후작이라면 백작보다는 더 위려나?"

"네놈, 날 모욕하는 거냐!"

시작 전부터 날아온 아벨의 값싼 도발. 하지만 그것에 넘어가

버린 비센테.

도발에 넘어가 냉정을 잃으면 먼저 공격한다. 이것은 인간이나 뱀파이어나 다를 바가 없었다. 게다가 분노한 자의 첫 공격은 역시…….

비센테의 내려베기.

'빠르긴 하지만…….'

예상했던 상대의 공격.

예상했던 첫 내려베기.

인간을 넘어선 속도와 힘이라 해도, 이 정도까지 예상대로 움직인다면, 아벨의 기술과 힘만으로도…….

채앵.

비센테의 검이 날아가고, 아벨의 검이 그 목에 박혔다.

"거기까지!"

진조의 목소리가 울렸다.

불과 일격.

"말도 안 돼……."

거의 소리가 되지 못한 희미한 목소리가 비센테의 입에서 새어 나왔다. 직접 겪고도 도저히 믿을 수가 없다는 얼굴이었다.

"뱀파이어는…… 인간보다 더 잘 분노하는 건가? 콘트레라스 백작 쪽 집사장도 비슷하던데."

어깨를 으쓱하며 아벨이 말했다.

"지나치게 얕본 거다."

진조가 얼굴을 찌푸린 채 대답했다.

"인간을 완전히 아래라고 생각하니까 당하는 거지."

거기까지 말한 진조는, 여전히 자신의 패배를 받아들이지 못하는 비센테를 향해 말을 이었다.

"우리는 뱀파이어. 인간을 어떻게 보고 어떻게 다루든 그것은 자유다. 하지만 힘 있는 자에게는 경의를 표해야 한다. 그렇지 않으면 우리는 다시 멸종이라는 벼랑 끝에 내몰리게 될 것이다."

그것은 고통이 배어 있는 말이었다.

옆에서 듣고 있던 아벨 역시, 그것이 과거의 경험에서 비롯된 것임을 알 수 있었다.

하지만 에스피엘 후작 비센테는…….

"인정하지 않아…… 난 인정 못 해…… 지금 그건 뭔가 착오가 있는 거야. 그래, 무슨 속임수를 쓴 거겠지! 마법인가? 연금술인가? 일대일 대결에 그런 짓을 하다니 용서할 수 없다……."

그 순간 빛이 가득 차올랐다.

무슨 일이 일어났는지 이해한 사람은 없었다. A급 모험가인 아벨조차 인식하지 못했다.

진조가 검을 휘둘러 비센테의 목을 날려버렸다는 것을 이해한 것은, 목이 바닥에 떨어진 직후였다.

말 한마디 없이, 진조의 검이 비센테의 심장을 관통했다.

그리고 주문을 외운다.

"〈재는 재로 먼지는 먼지로〉."

순간적으로 진조의 검이 하얗게 빛났다.

다음 순간, 비센테의 몸이 잿더미가 되었고, 곧 소멸했다.

"흉한 꼴을 보였군."

진조의 목소리는 평소와 같은 가벼운 어조로 돌아가 있었다.

'진조는 료를 닮았다고 생각했는데, 아니었어. 료는 저렇게 무섭지는 않아.'

아벨의 마음의 소리였다.

하지만 지금 광경을 보고, 한 가지 신경 쓰이는 것이 생겼다. 뱀파이어는 죽일 수 없다고 들었는데…….

"후작은 죽은 건가?"

"아…… 조금 달라. 다르지만…… 뭐, 신경 쓰지 마."

"아니, 신경이 쓰이는데."

"그보다는 일단 정문 앞도 마무리하는 게 좋지 않겠나?"

"아, 응……."

진조의 제안에, 여전히 납득되진 않았지만 아벨은 고개를 끄덕일 수밖에 없었다. 그리고 주위를 둘러보았다. 대공, 『발키리』, 『오련산』 그리고 비센테의 군사들이 있었다.

"이 경우 이 병사들은 어떻게 되지?"

"음…… 비센테는 없어졌으니까, 어떻게 할까."

진조는 비센테의 병사들을 바라보았다. 이들은 혼이 빠져나간 사람처럼 멍하니 서 있었다.

"그래, 너희들."

진조가 부르는 순간, 군사들이 단번에 자세를 잡고 바로섰다.

"추후 조치가 내려질 때까지 사일러스의 지시에 따라 성을 수비해라."

"네!"

몇 초 전까지만 해도 멍하니 있었던 것이 믿기지 않는 모습으로 힘차게 대답하는 병사들.

그것을 받아들인 대공 사일러스가 공손히 고개를 숙였다.

"좋아, 정문을 마무리하러 가자."

진조가 말했고, 아벨과『오련산』다섯 명이 고개를 끄덕였다.

◆

성 정문 앞에서는 격렬한 전투가 벌어지고 있었다.

"와이번까지 사역하고 있는데도 돌파할 수 없다니……."

얼굴을 찌푸린 채 씁쓸하게 중얼거리는 갈색 머리의 중년 사내는 콘트레라스 백작 산달리오였다.

"콘트레라스 백작님, 적의 수비는 조금씩 줄어들고는 있습니다만, 아직 시간이 더 걸릴 것 같습니다……."

"저택이 함락된 이상, 대공을 빼앗고 에스피엘 후작을 쓰러뜨리거나 생포하는 것 말고는 역전할 방법이 없는데…… 모렐라스 자작, 그 왕국의 아벨인지 뭔지 하는 자들은 아직 확인하지 못한 건가?"

"네. 후작 저택에 나타날 줄 알았는데, 아직도……."

묻는 콘트레라스 백작 산달리오도, 대답하는 모렐라스 자작도 얼굴을 찌푸리고 있었다.

도중에 참가한 인간들에게 멋대로 휘둘리고 있는 형국. 기분이 좋을 리가 없었다.

"백작님, 암속성 마법사의 피로가 상당히 누적되고 있습니다."

"음…… 인간은 정말 허약하구나."

산달리오가 그렇게 말한 다음 순간, 목소리가 울려 퍼졌다.

"〈광망〉."

정문 근처에 있던 인물에게서 수백 개가 넘는 빛의 줄기가 쏟아졌다.

그 모든 것이 마물을 관통했다. 정확하게는, 그 몸속에 있는 마석을.

그것과 동시에, 모든 마물이 일시에 소멸했다.

소리없이 쏟아진 빛.

소리없이 소멸한 마물.

소리없이…… 싸워야 할 상대를 잃어버린 수비병들.

"무슨 일이…… 벌어지 거냐."

저도 모르게 중얼거리는 산달리오.

눈앞에서 사역하던 모든 마물들이 빛에 꿰뚫렸고, 다음 순간 소멸된 것까지는 보았다. 보았지만, 머리가 이해를 거부하고 있었다.

"산달리오, 끝이다."

그 목소리는, 공포.

잔잔한 울림을 두른, 공포.

수십 년만에 들은, 완전한 공포.

"진조 님……."

목소리와 함께 나타난 진조 앞에 한쪽 무릎을 꿇는 콘트레라스 백작 산달리오와 부관 모렐라스 자작.

"이번 게임은 끝이다. 아벨이 네 저택을 함락했고, 이미 대공 사일러스의 신병도 확보했다."

"그게 무슨……."

진조의 설명에 말을 잇지 못하는 산달리오.

10초 정도의 침묵 후, 입을 열었다.

"진조 님…… 에스피엘 후작 비센테 공은 패배를 받아들였습니까?"

"모른다."

"네?"

"아벨과 검으로 승부를 벌이다가 일격에 나가떨어졌다."

"말도 안 돼……."

진조의 대답에 또다시 말문이 막혀버린 산달리오.

즉, 에스피엘 후작은 전쟁에서 졌고, 전투에서도 졌다는 뜻이었다. 그것도 인간에게.

"패배는 어쩔 수 없다. 강한 자가 이긴다. 그뿐이지. 하지만 비센테는 패배를 인정하지 못하고 마지막까지 발악했다. 산달리오, 너는 어떻게 생각하지?"

산달리오는 몸을 떨었다.

진조의 말에 분노의 기운이 섞여 있다는 것을 감지했기 때문이다.

그것은 공포가 아니다.

단순한 공포가 아니었다.

절대적인 공포였다.

"뱀파이어로서…… 후작으로서, 있을 수 없는 일이라고 생각합니다."

"나도 같은 생각이다. 그래서 비센테는 소멸시켰다."

"……."

진조가 전한 말의 의미를, 정확한 그 말의 의미를 사실 그는 알고 있지 않았다. 그것은 랜드 귀족이자, 그중에서도 손꼽히는 권세를 자랑하는 콘트레라스 백작 산달리오조차 소멸의 정확한 의미를 모르기 때문이었다.

하지만 진조의 손에 소멸당한 뱀파이어가 그 후 다른 이들 앞에 모습을 드러낸 적은 한번도 없었다.

"자, 산달리오, 넌 어쩔 거지?"

"콘트레라스 백작 산달리오, 패배를 받아들이겠습니다."

진조의 물음에, 공포에 사로잡혀 있던 지금까지와는 달리 산달리오는 분명하게 선언했다.

물론 패배는 싫었다.

게다가 인간이 상대라면 더욱 굴욕적이었다.

하지만 그것은 눈앞의 절대적인 공포에 비하면 대수롭지 않은 일이었다.

솔직히 단순한 놀이의 연장전…… 그런 느낌으로 시작한 싸움이다. 그 결과로 소멸당하는 것은 어리석은 짓이었다.

눈앞의 절대적인 공포에 순응하면 그것만은 피할 수 있다. 그 사실은 알고 있다. 그렇다면 따르는 것이 무조건 정답이었다.

"산달리오의 패배입니다. 모든 군사를 철수시키겠습니다."

이로 인해 트와일라이트 랜드 수도 테베에서 일어난 소란은 종막을 맞이했다.

……맞이했다고 생각했다.

◆

"그래서 아벨, 료는 어디에 있지?"

"여긴 없, 지……?"

정문에서 영빈관으로 돌아오는 길에 진조가 물었고, 아벨이 대답했다.

진조는 아벨의 물음을 이해하지 못했다.

"저기, 아르바 공작은 강해?"

"그래, 강하다. 과장 없이 말해도 정말 강해. 본인도, 아르바 공작군도. 근데…… 왜 그런 걸 묻지?"

"실은 료는…… 오늘 아르바 공작의 부름을 받고 저택에 가 있어."

"그게 무슨……."

진조는 오른손으로 이마를 눌렀다. 아벨과 만난 이후 처음으로 낭패라는 표정이었다.

"표정이 상당히 안 좋은데?"

"그래, 아르바 공작…… 아그네스는…… 옆에서 누가 끼어드는 걸 가장 싫어한다. 즉, 나를 포함해서 아무도 손을 댈 수 없어."

"뭐?"

"료가 자력으로 탈출하기를 바라는 수밖에 없겠군."

"말도 안 돼……."

진조도 아벨도 깊은 한숨을 내쉬었다.

◆

아르바 공작저 식당.

그곳에서는 끝이 보이지 않는 칼싸움이 계속되고 있었다.

스피드와 파워면에서 료를 웃도는 그리핀 경. 기술은 호각.

그 부분만 놓고 보면 그리핀 경이 압도적으로 유리했다.

실제로도 그리핀 경이 공격하고, 료가 방어하는…… 그런 전개가 계속되고 있었다.

그래, 계속되고 있었다. 무너지지 않고.

'이 녀석은 뭐야……. 이렇게나 공격하는데 왜 뚫리지 않는 거냐.'

마침내 그리핀 경도 초조함과 조바심을 느끼기 시작했다.

여기까지 밀어붙이고도 뚫지 못한 것은 처음…… 아니, 딱 한 명…… 딱 한 번밖에 경험해 본 적이 없었다.

게다가 그 한 명은 뱀파이어였기에 어쩌면 당연한 결과라 할 수 있었지만…… 인간을 상대로 이런 일은 예상밖이었다.

료의 마음은 차분했다.

'검의 이치란 사물의 이치.'

관성, 힘, 작용과 반작용.

모든 검의 움직임은 그 결합에 의해 생겨난다.

물리를 거스르는 움직임을 취할 수는 없었다.

단순히 상단에서 검을 내리친다는 동작만 봐도, 위로 들어올리고, 시동을 걸고, 가속이 붙고, 마지막에 멈춘다.

모든 지점에서 속도가 다르다.

모든 지점에서 파괴력이 다르다.

마지막에는 관성으로 내려가는 것을 막기 위해 역방향의 힘을 더해야 한다.

그런 검의 움직임을 내기 위해 팔을 휘두른다. 팔을 휘두르기 위해 발에 힘을 준다. 그런 균형을, 몸통을 포함한 몸 전체로 잡는다.

검술을 익힌다는 것은, 이 모든 것을 무의식적으로 행할 수 있게 된다는 뜻이었다.

그런 료의 검술에서 바탕이 되어주고 있는 것은, 방어였다.

철저히 방어하는 료는 단단했다.

정말 철저하게 방어하면 풍장을 두른 세라라 해도 2시간 정도는 뚫을 수 없었다.

그리고 료는 계속 방어하는 것에 익숙해져 있었다.

『파이』에 와서 가장 먼저 검을 가르쳐준 상대는 듀라한의 모습을 한 물의 요정왕이었고, 그 후 모의전을 거듭한 상대는 풍장을 두른 세라였다.

기본적으로 언제나 압도적으로 위인 상대하고만 검을 맞대왔다. 그렇게 되면 싫어도 방어가 단단해질 수밖에 없었다.

계속 방어하는 것은 평범하게 봤을 때 정신을 갉아먹는다. 단 한 번이라도 실수하면 거기서 끝나니까. 하지만 굳이 리스크를 감수하며 공격할 필요가 없다고 판단되면, 반드시 나쁜 것만은 아니었다.

료는 그렇게 생각하기로 했다.

그리핀 경의 강렬한 내려베기 공격이 료를 덮쳤다.

그것을 검을 앞으로 내밀어, 힘이 완전히 실리기 직전 단계에서 흘려보냈다. 각도를 기울인 무라사메 등 위로 그리핀 경의 검을 미끄러뜨리며, 카운터처럼 가볍게 사선베기를 날렸다.

하지만 그는 뱀파이어. 엄청난 순발력으로 뒤로 뛰어 공격을 피했다.

하지만 료는 서두르지 않았다.

어디까지나 수비의 일환으로 날린 카운터일 뿐이었다. 맞지 않아도 문제없다. 상대에게, '카운터가 올지도 모른다'라는 것을 의식하게 만드는 것이 목적이었다.

아주 조금이라도, 상대에게 망설임을 만들어낼 수 있으면 충분하다.

한 걸음이라도.

반걸음이라도.

그 찰나의 망설임이 결정적인 장면에서 승패를 가를 테니까.

하지만 거기에 이르기 전까지는 서둘러서는 안 된다. 서두를 필요도 없었다.

료가 하는 일은 딱 하나. 방어하는 것뿐.

끝없이 이어질 것 같은 칼싸움.

하지만 그럴 수는 없었다.

모든 생물이…… 아니, 생물뿐만이 아니다. 로봇이나 기계라도…… 영원히 계속 움직일 수는 없었다.

반드시 에너지 공급이라는 문제에 가로막힌다.

그것은 배터리가 부족해지는 것이고, 사람으로 치면 스태미나가 떨어지는 것이다.

말할 것도 없이 인간뿐만 아니라 뱀파이어에게도 그런 것은 존재했다.

그 순간은, 이 검격에서 수천 번도 더 날린 그리핀 경의 사선베기에서 찾아왔다.

내딛는 발힘이 조금 적고, 느렸다.

뱀파이어라고는 하지만 역시 스태미나는 줄어들고 있었다. 그리고 료가 쌓아온 카운터의 압박이, 아주 조금이지만 영향을 주고 있었다.

카운터를 의식해 아주 조금 위축된 것이다.

사선으로 내려치기 직전, 료는 오른발을 반보 더 깊게 내딛어 그리핀 경의 힘이 다 실리기 전에 검을 쳐냈다.
쳐낸 흐름 그대로 그리핀 경의 왼쪽 어깨를 베었다.
무라사메의 칼날을 없애고, 다시 오른발을 반보 내밀어 왼손에 쥔 무라사메로 그리핀 경의 목을 베었다.
단검처럼 변한 무라사메가 목구멍 깊숙이 박혔고, 그리핀 경의 몸은 뒤쪽으로 날아갔다.
그리고 움직이지 않게 되었다.

물론 그리핀 경이 스태미나를 얕본 것은 아니다. 그저 료의 체력이 비정상적이었을 뿐이다.
스태미나…… 지구력은, 누구라도 노력만 하면 몸에 익힐 수 있었다.
싸움은 마지막에 서 있는 자가 승자였다.
끝까지 버티고 서 있기 위해서는 지구력은 필수였다.
료와 그리핀 경의 승패를 가른 것은 바로 그 지구력이었다.
지구력 저하로 인해 아주 잠깐 료의 기술이 그리핀 경의 기술을 넘어섰고, 그 순간 결과가 나왔다.
지쳐서 나가떨어진 싸움…… 그렇게 평가하는 사람도 있을지도 모른다.
인간과는 동떨어진, 그리고 뱀파이어조차 넘어선 료의 지구력이 승리한 순간이었다.

"료 님의 승리군요."

아그네스는 그렇게 말하고는 손가락을 딱 튕겼다.

그 순간 료가 계속 느끼고 있던 위화감이 사라졌다.

"마법 무효화가……."

"네, 무효화를 멈췄습니다."

아그네스는 그렇게 말하더니 집사를 불러 그리핀 경의 치료와 마차 준비를 명령했다.

"뭐하는……?"

그 의도를 파악하지 못한 료는 고개를 갸우뚱했다.

"수도 내의 이동은 제한되어 있을 가능성이 있어요. 하지만 저와 함께라면 자유롭게 이동할 수 있을 겁니다. 그러니, 료 님을 영빈관으로 모셔다드리겠습니다."

"아…… 네, 감사합니다……."

두 번째

"후우, 겨우 돌아왔네요."

"료 씨!"

수속성 마법사가 드디어 영빈관으로 돌아왔다.

가장 먼저 그 모습을 발견한 것은 쇼켄이었고, 그의 외침으로 식당에 있던 전원의 시선이 료에게 쏠렸다. 그리고 료의 뒤에서 들어온, 무서울 만큼 요염한 미녀도 동시에 그 시야에 들어왔다.

"아르바 공작……."

문관들 중 그 용모를 아는 사람이 저도 모르게 중얼거렸다.

그 작은 중얼거림은 생각보다 크게 울려 사절단 사람들의 귀에도 닿았다. 식당 안쪽에 있던 사절단에 속하지 않은 사람의 귀에까지.

"그래, 아그네스도 왔구나."

"지, 진조 님?!"

진조는 몸을 일으켜 료와 아그네스가 있는 쪽으로 걸어갔다.

진조가 이곳에 있다는 사실에 놀란 아그네스가 눈을 동그랗게 떴다. 하지만 금세 정신을 차리고는 치맛자락을 들어 우아하게 예를 차렸다.

그 광경을 보고 놀란 것은 오히려 문관들이었다. 이 땅에서 대공마저 능가하는 권세를 지녔다고 알려진 아르바 공작이 예를 취하는 상대. 그런 인물에 대한 정보는 전혀 아는 바가 없었다. 만약 존재한다면 다른 나라의 왕이나 황제 정도가 아닐까…….

"왜 진조 님이?"

"아아, 아그네스, 잠깐 '시빌워'에 개입했거든. 그리고 그곳에 있는 료를 만나러 왔다."

"네? 저요?"

료의 고개가 옆으로 기울어졌다.

아는 사람 중에 눈앞에 있는 이런 초절정 미남은 없었다. 하지만 머릿속에서 '진조 님'이라는 말의 의미를 이제야 이해할 수 있었다.

'그렇군요, 진조 님이라는 말은 진조(眞祖)를 뜻하는 말이었군요…….'

뱀파이어와 관련해서 진조라고 하면 뱀파이어들의 정점. 경우에 따라서는 모든 뱀파이어의 시조를 뜻하기도 한다.

눈앞의 초절정 미남은 스무 살 정도로 보였지만, 당연히 겉모습 그대로의 나이는 아닐 것이다.

진조는 료를 바라보며 빙긋 웃더니 갑자기 한 구절을 읊조렸다.

"세계의 관절이 뒤틀리고 말았다."

"……아아, 이 얼마나 저주스러운 운명인가."

"그것을 바로잡기 위해 태어났다니."

저도 모르게 료가 이어서 중얼거렸고, 마지막에 다시 진조가 이어받았다.

"어떻게, 햄릿을……."

료는 놀랐다. 설마 이 세계에도 셰익스피어가 있는 것일까.

"응, 뭐, 햄릿이 있다 해도 이런 놀라운 번역을 할 사람은 노지마 히데카츠* 선생님밖에 없지 않을까?"

"……."

그래, 이 원문은…….

The time is out of joint, O cursed spite, That ever I was born to set it right.

이것을 '세계의 관절이 뒤틀리고 말았다'라고 번역하는 것은…… 너무나도 천재적인 번역이었다. 이런 특수한 사정을 알고 있다는 것은, 다시 말해 일본인이라는 의미…….

"당신은……."

"응, 료와 똑같아."

료는『파이』에 온 이후, 두 번째 전생자를 만난 것이었다.

◆

"그렇지 않을까 짐작은 하고 있었어요."

식당 안쪽, 소파석에 진조 님과 아그네스, 료와 아벨 네 사람이 앉아 있었다.

아그네스는 진조에게 기댄 채 행복한 얼굴을 하고 있었다. 대화 내용에는 별 관심이 없어 보였다.

"그래?"

"네. 무엇보다 그 정도로 완벽한 라면을 재현했으니까요…….

---

*일본의 유명한 문학평론가이자 영미 문학자. 독자적인 번역 등으로 유명하다

돈코츠 라면을 진심으로 사랑하고, 수백, 수천 그릇 먹은 사람이 아니면 불가능한 일이에요."

"아…… 아그네스 저택에서 먹었구나? 거기 요리사는 랜드에서도 제일가는 솜씨니까. 내 레시피를 완벽하게 재현할 수 있어. 맛있었지?"

생글생글 미소 지은 진조는 몇 번이나 고개를 끄덕이며 말했다.

"네, 그야말로 주옥같은 한 그릇이었어요."

료는 두 그릇을 먹었지만.

"그 정도인가……."

료 옆에 있던 아벨이 중얼거렸다.

"네, 정말 굉장했어요. 꼭 왕국에서도 라면을 보급하고 싶은데……."

"그건 아마 힘들 거야."

료가 말하자 진조가 아쉬운 얼굴로 고개를 저으며 말했다.

"그걸 재현하는 데에 꽤 애를 먹었거든……."

"그건 역시 면 때문이죠? '간수'가……."

료가 말하자 진조가 크게 고개를 끄덕였다.

"맞아, 잘 아네. 라면의 면을 만들려면 반드시 '간수'가 필요한데, 그걸 구하는 게 어려워. 그리고 왕국에서 재현할 수 없는 것도 바로 그게 이유야."

"음? 설마…… 진조 님이 '간수'의 화학 합성에 성공한 거라 생각했는데, 그게 아니었나 보네요."

"그래, 화학 합성에 성공한 게 아니라 천연 간수를 발견한 거지."

현대 지구에서는 약 1700년 전, 몽골의 염분을 포함한 호수의 물로 밀가루를 반죽하면 탄력이나 식감 모두 뛰어난 면이 된다는 것을 발견했는데, 그것이 라면의 원형이라고 알려져 있었다. 그런 내륙에 있는 염분을 함유한 호수를 함호(鹹湖)라고 하고, 거기에서 '간수'라는 말이 생겨났다고 한다.

즉, '간수'는 본래 천연으로 존재하는 것이고, 심지어 21세기에 이르기까지 계속 존재해 왔다. 다만 일본에서는 법률상 근래까지도 천연 간수의 사용은 금지되어 있었다.

"그 천연 간수를 구할 수 없으니까 왕국에서는 재현하는 게 불가능해."

진조의 그 말에 료는 깊이 실망했다.

"실은, 그 천연 간수를 손에 넣을 수 있어서 여기에 나라를 세운 거야……."

그 말은 료뿐만 아니라 아그네스마저 놀라게 했다.

"아그네스, 이 일은 다른 사람들에게는 비밀이야?"

"네, 네! 그럼요. 저와 진조 님의 비밀이군요!"

아그네스는 사랑하는 진조 님과 비밀을 공유할 수 있어 기쁜 얼굴이었다.

'라면을 위해 나라를 세운다니……. 음식이 곧 나라의 기반…….'

조금 편향된 인식이긴 했지만, 료는 깊이 감동했다.

그래서 진심을 담아 말했다.

"진조 님…… 감복했습니다."

진조는 조금 수줍어했다.

"저, 그 밖에 몇 가지 더 묻고 싶은 게 있는데……."

라면의 수수께끼, 그러니까 이 랜드에서 느낀 최대의 미스터리는 풀었지만, 료에게는 그 밖에도…… 물론 라면에 비하면 사소하지만 풀리지 않은 여러 의문들이 몇 개 있었다.

"내가 대답할 수 있는 거라면 얼마든지. 모처럼 같은 고향 사람을 만났으니까."

"료와 같은 고향……."

아벨이 중얼거렸다. 하지만 정말 속삭임에 가까운 작은 중얼거림이었기에, 그 말을 들은 료도 못들은 척 넘어가기로 했다.

"물론 라면의 수수께끼에 비하면 대단한 건 아니지만, 어째서 정부의 전복이…… 더 정확히 말하면 내전이 벌어진 거죠?"

'이 두 사람에게 있어서는 정부의 전복보다 라면이 더 중요한 건가…….'

아벨은 속으로 놀라고 황당해하면서도, 현명하게 표정에 드러내지는 않았다.

료든 진조든 화나게 하면 안 되는 상대라는 것을 알고 있었기 때문이다. 그리고 왠지 모르게 라면을 무시하면 이 두 사람은 진심으로 화를 낼 것 같았다…….

"아, 그건 아마 심심풀이였을 거다."

"……네?"

역시나 나온 것은 놀라운 대답이었다. 분명 아벨에게도 그와 비슷한 말을 하긴 했었지만, 설마 그게 정말이라는 건가?

"그렇지? 아그네스."

진조에게 질문을 받은 아그네스는 흠칫 놀라더니, 눈을 이리저리 굴리다가 입을 열었다.

"그, 그게……."

"하아…… 역시 그럴 줄 알았지."

진조는 작게 한숨을 내쉬고는 말을 이었다.

"이 나라가 세워진 지도 백 년. 뱀파이어는 안녕에 질린 거라 생각해. 우리는 유구한 시간을 사니까…… 살해당하지 않는 한 불로불사다. 수를 늘리는 건 극히 어려운 종족이지만, 그만큼 줄어들기도 어려운 종족이야. 긴 시간을 사는 존재들에게 시간을 죽이는 건 아주 중요한 일이지. 사람과는 사는 범위가 다르니까…… 쉽게 이해받기는 어렵겠지만."

진조는 그렇게 말하고는 한숨을 내쉬었다.

진조 본인이 동족을 이끄는 일에 지친 것이 아닐까, 료는 문득 그런 생각이 들었다.

"지금까지 여러 곳에서 나라를 세우거나, 아니면 다른 종족과 다투거나, 그런 일을 반복하다가 이 땅에 왔다. 나는 '간수'를 손에 넣었고, 오랜 꿈이었던 라면을 완성한 덕분에 이 땅에 만족하고 있지만……."

"불로불사라니 부럽네요. 현실에서 문명을 창조할 수 있다는 말이잖아요?"

"문명을 창조한다?"

료는 지구에 있을 때 시뮬레이션 게임을 매우 좋아했다.

제육천마왕의 야망이니 몇국지니 소전략이니 하는 것은 물론이고 모 마이어의 문명에도 푹 빠졌었다.

수천 년의 시간을 들여서 바닥부터 문명을 창조해 나가는 게임……. 불로불사라면 그것을 실제로 해낼 수 있는 것이다.

그런 것을 뜨겁게 설파하는 료.

그러자…….

"그립네…… 그 게임, 나도 했거든."

굉장히 그리운 눈빛을 하고 지구 시대를 떠올리는 진조. 진조에게 있어서는 수천 년, 혹은 수만 년도 넘은 옛날의 기억…….

"그래……. 확실히 그런 일이 가능한 건 뱀파이어라는 종족의 특권이기도 하겠네."

진조는 미소를 지으며 그런 말을 중얼거렸다.

료에게는 그 모습이, 나라의 미래에 관해 무언가 떠올린 모습처럼 보였다.

그 후에도 몇 가지 소소한 이야기를 나누는 사이 료는 한 가지 의문을 더 떠올렸다.

"진조 님, 진조 님이 아르바 공작저에 만들어둔 마법 무효화에 대해서 말인데요……."

그 말을 듣고 놀란 것은 아벨이었다.

'설마! 마법 무효화를 인공적으로 실현했다고?'

그것은 정말 놀라운 일이었다. 라면 같은 이야기보다 더……

아니, 어디까지나 아벨 기준에서 말이다.

마법 무효화가 보편화되면 사회가 격변할 것이다…….

하지만…….

"음? 그건 오해야. 그건 그냥 얻어걸린 거다."

"얻어 걸렸다고요?"

"아그네스가 제대로 설명을…… 아, 안 했구나, 표정을 보니. 그건 그냥 산책하다가 유적지에서 발견한 거다. 중앙 연방으로 옮겨오기 전의 일이지. 난 그저 설치하고, 지나치게 강한 위력을 약화시키고, 마지막으로 아그네스가 컨트롤 할 수 있게 조정한 것뿐이고. 뭐, 그걸로 아그네스의 부지를 마법 무효 공간으로 만들 수 있다면…… 무슨 일이 생긴다고 해도 아그네스라면 어떻게든 해결할 수 있을 테니까."

"진조 님!"

아그네스는 더욱 강하게 진조를 끌어안았다.

"그러니까 확실히 말해 마법 무효화는 나도 못 해."

그 말에 아벨은 가슴을 쓸어내렸다. 료는 조금 낙담했다.

"하지만 마법 자체에 관해선 남들보다 더 깊이 이해하고 있다는 자신은 있다. 애초에 중앙 연방에 영창 마법을 보급한 것도 나니까."

"네?"

료와 아벨은 한목소리로 놀라움을 표했다.

"이 세상의 이치에 작용하는 '영창'을 발견하는 건 꽤 힘들었거든. 하지만 그로 인해 인구의 절반은 마법을 사용할 수 있게 됐지."

너였냐~!

료는 마음속 깊은 곳에서 그렇게 소리쳤다.

『파이』로 환생하기 전, '마법을 사용할 수 있는 것은 20퍼센트의 사람들뿐'이라는 말을 듣고 엘리트라며 기뻐했는데, 실제로는 꽤 많은 사람들이 마법을 사용할 수 있어서 실망했던 기억을 료는 잠시나마 떠올렸다.

그렇다고 해도 진조의 행동은 사람을 돕기 위한 일면도 있었으니 무조건 나쁘다고 할 수는…….

"주변 나라 인간들이 약한 마법밖에 쓰지 못하게 된 덕분에 우리 트와일라이트 랜드의 상황이 더 유리해졌다는 것도 사실이지만. 이웃 나라는 약한 편이 좋으니까. 그건 부정 안 해."

남을 돕는 뜻만 있는 것은 아니었다.

"혹시…… 투기도 같은 겁니까?"

아벨이 처음으로 먼저 질문을 던졌다.

"맞아."

진조는 아벨 쪽을 바라보며 고개를 끄덕였다.

"랜드를 지키는 기사나 병사들은 인간이니까. 그들을 강하게 만들기 위해서라도 그들이 쓸 만한 마법적인 무언가가 없을까 고민했는데……. 그것도 중앙 연방에 오기 전부터 많은 시행착오를 겪은 거다. 그럭저럭 쓸 수 있는 보편적인 형태로 만들어진 게 백 년 전이고."

"그렇다면 랜드의 병사들은……."

"맞아, 대부분의 사람들이 '투기'를 쓸 수 있다. 귀족들의 기사단은 '검기'나 '창기' 혹은 '쌍검기'를 쓸 수 있고."

그것은 실로 충격적인 내용이었다.

한 명 한 명이 일기당천……까지는 아니더라도, 이를테면 왕국의 기사에 비하면 상당한 힘을 가졌다고 볼 수 있었다.

"결코 큰 나라도 아니고, 큰 나라로 만들 생각도 없었으니까. 말 그대로 소수정예의 나라인 셈이지."

진조는 빙긋 웃으며 말했다.

하지만 아벨에게는 그 미소가 어쩐지 오싹하게 느껴졌다.

◆

이틀 후. 사절단은 수도 테베를 떠났다. 왕국의 연수생 수용, 양국의 도시에 대사관을 설립하는 것. 결정된 주요 내용은 대략 그런 것이었다.

그리고 다음 날, 반년 뒤에 있을 대공 사일러스의 퇴위와 아들인 공태자 노턴의 대공위 승계가 발표되었다. 사일러스는 왕국과 가까운 카르낙 주변의 영지를 하사받아 은거한다.

나머지는 기존과 동일하다.

내전에 관한 일은 완전히 은폐되었다.

관련된 사람들도 예전과 달라진 것은 아무것도 없었다.

다만…… 아르바 공작저와 진조의 '서재' 사이의 왕래가 이전보다 더 늘어났다고 한다.

그리고 또 하나…… 랜드 귀족들 사이에서 소문이 퍼졌다. 에스피엘 후작 비센테가 사라졌다는 소문이었다. 적어도 그 후 그의 모습을 본 이들은 없었다.

이곳은 진조의 '서재'가 있는 건물의 지하 깊은 곳…….

진조가 손수 만든 지하층으로, 이 자리에는 아르바 공작 아그네스는 물론 집사 드라브조차 들어올 수 없었다. 진조만이 들어올 수 있는 공간.

생체 인증으로 세 개의 문을 지나 목적했던 방으로 들어간다.

그곳에는 수십 개의 '상자'가 늘어서 있었다. 상자는 하나에 거의 3미터 가까이 되는 크기였다. 둔탁한 빛을 내는 금속제. 그 대부분은 비어 있었고, 아무것도 들어 있지 않았다.

몇 개는 들어 있는 것 같긴 했지만…… 마치 드라이아이스라도 든 것처럼 상자 안에서 계속 연기 같은 무언가가 쏟아져 나와 내부는 보이지 않았다.

가동 중인 상자에는 중앙에 있는 테이블에서 굵은 선이 연결되어 있었고, 그 선은 은은한 빛을 내고 있었다. 료가 봤다면 고개를 갸우뚱하며 이렇게 중얼거렸을 것이다. '연금술의 빛?'이라고.

이 모든 선이 이어져 있는 중앙의 테이블 위에는 한 자루의 검이 놓여 있었다. 더 정확히 말하자면, 그 형상은 완벽한 일본도. 진조를 잘 아는 이라면 그것이 그의 애도라는 것을 알아차렸을 것이다.

그때 대공 집무실에 있었던 자들이 봤다면, 이 검이 에스피엘 후작 비센테를 소멸시킨 검이라는 것을 눈치챘을지도 모른다.

테이블의 표면도 은은한 빛을 내뿜고 있었고, 놓여 있는 애도 역시 은은한 빛을 발하고 있었다…… 이 모든 것들이 연금술의 빛.

진조는 탁자 표면에 표시된 정보를 확인하고, 고개를 한번 끄덕이며 중얼거렸다.

"비센테, 역시 후작이군. 그대의 '재'에서 네 명의 동포를 만들어 낼 수 있겠어."

◆

"평화롭네요~."

마차 안에는 코나 커피의 그윽한 향기가 퍼지며 그곳에 있는 자들의 마음을 가라앉혀 주었다.

손에 든 투명한 얼음 커피잔은, 그 안에서 일렁이는 악마의 액체와 놀라울 만큼 대조를 이루며 실로 몽환적인 풍경을 만들어냈다.

완벽한 맛, 매혹적인 분위기, 그리고 모두를 사로잡는 향기…… 사로잡힌 료는 손에 쥐어진 자료를 천천히 넘기며 커피가 있는 풍경에 몸을 맡겼다.

이것을 평화라고 하지 않으면 뭐라 말할 수 있을까.

하지만 마차의 맞은편 절반은…… 완전히 전쟁터였다.

대전 상대는 서류.

형에게 받은 숙제.

그것과 씨름하는 A급 모험가.

"저 풍경에 제목을 붙인다면, 분명 '여름방학 마지막 날의 초등학생'이 딱이겠죠."

료는 연민이 가득 담긴 시선으로 아벨을 바라보며 말했다.

"무슨 말인지는 모르겠지만 놀리고 있다는 것만은 알겠어."

아벨은 그렇게 말하면서도 문제를 푸는 손길을 멈추지 않았다.

그리고 억울하다는 듯 소리쳤다.

"어쩔 수 없잖아! 다 끝냈다고 생각했는데 가방 맨 밑에 한 뭉치가 남아 있었다고! 빌어먹을, 왜 이런 일이……."

"평소의 행실……."

료의 중얼거림에 아벨은 잠시 그를 노려보더니, 곧 숙제와의 격투로 돌아갔다.

"세계 평화의 길은 멀고도 험하군요……."

료는 그렇게 말하며 커피를 입으로 가져갔다.

얼마 후, 귀신의 형상을 하고 있던 아벨의 표정이 고통스럽게 바뀌더니 펜의 속도가 느려졌고…… 마지막에는 완전히 움직임이 멈춰 버렸다.

그 모습을 보자 아무리 료라 해도 신경이 쓰였다.

"아벨?"

"아니, 그냥 좀……."

그것만 말하고는 또 골똘히 생각에 잠긴다…… 여전히 괴로운 표정 그대로.

료는 아벨의 손에 들려 있는 '숙제'를 들여다보았다.

“잉베리 공국의 멸망에 대하여……? 굉장한 시사 문제네요.”

“뭐, 형님이 만드신 문제니까. 온통 실전적인 문제밖에 없어……. 잉베리 공국의 멸망이 우리 왕국에 미치는 영향은 다방면에 걸치지.”

거기서 잠시 숨을 고른 뒤, 아벨은 료에게 물었다.

“료, 나라는 왜 멸망하는 걸까?”

“아벨, 그건 사람은 왜 죽는가와 같은 질문이에요.”

“나라와 사람은 다르지 않나?”

아벨은 고개를 갸우뚱하며 반박했다.

“똑같아요. 둘 다 수명이 있어요. 물론 잉베리 공국의 경우는 수명이 다했다기보단 급병이 도진 느낌이었지만요…….”

“급병이라니…….”

“아무튼, 평균적인 나라의 수명은 2, 300년 정도예요.”

“뭐? 그렇게 짧아?”

“네, 길어도 기껏해야 500년. 과거 위대한 역사학자…… 정치가이자 재판관이자 역사학자였던 사람이 그렇게 말했어요. 뭐, 정확히는 국가의 수명이라기보단 정체(政體)의 수명이라고 해야 할까요. 어느 쪽이든 국가의 성쇠라는 건 그 주제만으로 연구에 수십 년의 시간이 필요하고 수십 권의 책을 쓸 수 있는, 역사학의 심연을 들여다보는 난해한 주제예요. 이런 마차 안에서 가볍게 설명할 수 있는 주제가 아니죠.”

“그, 그런 건가…….”

료가 머릿속에 떠올린 역사학자는 물론 이븐 할둔이었고, 국가의 성쇠는 에드워드 기번의 '로마제국 쇠망사'를 말했다.

대학에서 서양사를 전공했던 료에게 국가의 성쇠는 무척 흥미로운 주제였다. 하지만 그런 만큼, 한번 빠지면 늪처럼 헤어나올 수 없는 주제라는 것도 알고 있었다.

그저 랜드의 진조처럼 영원한 생명을 가진 존재라면 그런 연구에 뛰어들어보는 것도 재미있을지도 모르겠다, 정도로만 생각했다.

"맞아, 급병이라는 표현을 썼는데, 옆에 거대한 국가가 인접해 있을 경우 소국은 삼켜질 가능성이 커요. 그런 역사적인 현상을 어느 수리생물학자가 아예 수식으로 만든 적도 있어요."

"뭐?"

아벨은 조금도 이해하지 못했다.

료는 한숨을 내쉬고 더 설명하는 것을 포기했다.

"요점은 나라의 흥망을 나타내는 공식조차 이미 완성되어 있다는 거예요."

"그, 그럴 리가 없잖아……."

장래적으로 국왕이 될(지도 모르는) 아벨로서는, 역시 그런 말은 믿고 싶지 않았다.

나라의 멸망이 공식으로 정해져 있다니…… 그것이 사실이라면, 거기서 열심히 살아가는 백성들의 의미는 무엇이란 말인가……. 몸을 바쳐 일하는 대신이나 관료, 관리들은 대체 무엇 때문에…….

"물론 절대인 건 아니에요. 그리고 전 개인적으로 대규모 내전이나 자국이 전장이 되는 대규모 전쟁을 경험하면 그 시점에서 한번 리셋된다고 생각하거든요. 그러니까 크게 신경 쓸 필요는 없다고 생각해요."

"……그렇다면 료는 어느 정도 시간이 지난 나라는 내전이나 전쟁을 한번 겪고 다시 처음부터 시작하는 게 좋다는 말이야?"

"아뇨, 아뇨. 내전이나 전쟁 뒤에는 당연히 이웃 나라가 손을 대겠죠. 국가의 생존 자체가 보장되지 않아요. 내전이나 전쟁은 일어나지 않는 게 최선이에요."

료는 확실하게 단언했다.

그리고 이어서 덧붙였다.

"아벨, 위정자가 해야 할 일은 예로부터 아무것도 변하지 않았어요."

"뭔데?"

"백성을 행복하게 하는 거예요."

"너무 추상적이잖아……."

아벨은 얼굴을 찌푸렸다.

"그렇지 않아요. 딱 한 가지 일만 해도, 백성은 행복해져요. 그리고 국가가 겪는 많은 문제들을 발생하기 전에 예방할 수 있어요."

료는 힘 있게 고개를 끄덕이며 말했다.

"딱 한 가지 일?"

"네, 그건 나라의 경기를 좋게 만드는 거예요. 수치적으로 어떻게 하라는 게 아니에요. '백성이 경기가 좋다고 느끼는 것'이 중요하죠. 애초에 '경기'라는 말 자체가 공기의 경치…… 아니, 뭐, 이

건 넘어가고. 경기가 좋아지면 우선 치안이 나빠지지 않아요. 경기가 좋다고 느끼면 반란도 일어나지 않죠. 게다가 혼인율이 오르고 출산율도 올라가요. 나라의 인구가 증가하니까 이민 정책을 쓸 필요도 없죠. 백성들의 일할 의욕도 올라가요. 미래에 희망을 가질 수 있게 되면 집을 비롯한 구매 의욕도 올라가고, 물건이 더 많이 팔리게 돼요. 그게 또다시 경기를 좋게 만들죠."

거기서 료는 커피를 한모금 더 마시고는 단언했다.

"아벨, 백성들이 경기가 좋다고 느끼게 만드는 것. 이것이야말로 역사상 위대한 위정자들이 항상 의식해 온 일이에요."

◆

"으음, 역시 아벨 씨는 멋있어~."

조금 떨어진 곳에서 유일한 A급 모험가를 바라보는 여성 검사가 한 명.

"이모젠, 당신은 자작가를 이을 거니까…… 아무리 A급 모험가라도 귀족이 아니면 결혼할 수 없어요."

그런 절친에게 현실적인 조언을 날리는 여성 마법사.

"뮤, 결혼에 대한 얘길 하는 게 아니야. 이건 소소한 동경이라고, 동.경."

그렇게 말하면서도 이모젠의 뺨은 붉게 물들어 있었다.

"어? 남자 물색하는 거야?"

"잠깐, 아비게일, 목소리가 크잖아!"

나름대로 작은 목소리로 오가고 있던 두 사람의 대화에 끼어든 것은 같은 C급 파티 『발키리』의 척후 아비게일. 그 뒤로 창기사 카밀라와 신관 스칼렛도 찾아왔다.

당황한 탓에 이모젠의 목소리도 살짝 커졌고, 카밀라와 스칼렛도 그런 세 사람의 무리에 가세했다.

"도대체 뭘 하는…… 남자 모험가인가. 아비게일뿐만 아니라 이모젠 너도. 너무 경박한 태도는 좋지 않아."

"아니, 카밀라, 나는 그저 동경……."

키 180센티미터라는 모델 체형을 가진 장신의 미인 창기사 카밀라가 작게 고개를 저으며 쓴소리를 날렸다. 이모젠이 억울하게 뒤집어쓴 혐의에 대해 반론했다.

"남자의 겉모습을 보고 이렇다저렇다 하는 것도, 뭐 이해 못할 건 아니지만…… 역시 남자는 생활력이라고 생각해. 안정된 수입이……."

"하긴 카밀라는 남작 집안의 셋째 딸이니까."

"우리 집은 부유하지 않아. 본가의 지원은 조금도 기대할 수 없어."

평민 출신인 척후 아비게일의 말에 진지하게 대답하는 남작가 삼녀 창기사 카밀라.

이야기가 잘 맞물리지 않는 것 같기도 하지만, 자주 있는 일이었다.

"아니, 생활력이니 뭐니 그런 게 아니라…… 나는 그냥 동경한다는 이야기를……."

그런 이모젠의 중얼거림은 누구에게도 닿지 않았다.

"그럼 카밀라는 역시 왕국 기사단 쪽 남자를 노리고 있는 거야?"

"아니, 노린다니…… 그런 눈으로 남자를 본 적은 없어."

척후 아비게일의 말에 발끈한 얼굴로 반박하는 창기사 카밀라.

"하지만 기사님이라면 잭 클러 씨보다는……."

"……뭐, 뭐어, 스코티 코북 님이지."

아비게일이 유도하고 카밀라가 고개를 푹 숙이며 대답했다.

그 대답을 듣고 아비게일은 연거푸 고개를 끄덕였다. 잭보다도 스코티 쪽이 더 말쑥하고 멋있는 것은 사실이었다.

불쌍한 잭…….

그런 대화를 들으면서 언제나처럼 빙긋 미소 짓고 있는 신관 스칼렛. 그녀 주변은 언제 어떤 때라도 포근한 분위기가 감돌았다.

"그래서, 스칼렛은 어떤 타입이 좋아?"

그런 스칼렛을 향해 아비게일이 물었다.

잠시 고개를 갸우뚱하며 고민하더니, 스칼렛이 답했다.

"나는 마법사 료 씨."

"그쪽인가~."

4명 전원이 이구동성으로 대답했다.

어째서인지 료는, 사절단 내 '귀여운 타입' 남자의 필두가 되어 있었다.

◆

사절단은 별 탈 없이 왕도에 도착했다.

해단식을 끝내고 각자 가야 할 곳으로 흩어졌다. 왕국 기사단은 새로 지어진 기사단 초소로. 모험가는 모험가 길드로. 교섭관 이그니스와 문관들은 외무성으로.

그리고 료는 연금 공방으로.

료와 아벨은 내일 아침에는 길드 마차를 타고 왕도를 떠나 룬으로 향할 예정이었다. 그러니 무슨 일을 하려면 오늘 밤밖에 없었다. 그래서 료는 망설이지 않고 케네스가 있는 왕립 연금 공방으로 향했다.

한편 아벨은…….

왕국 마법 연구소 지하에서 왕성의 비밀 통로를 지나 왕태자가 있는 돌문을 두드리는 아벨.

언제나처럼 문은 열렸지만, 문을 열어준 이는 왕태자가 아니었다. 성실해 보이는 그 남자의 얼굴은 낯이 익었다.

"다니엘이었던가? 왕태자 전속 시종인."

"그렇습니다, 알버트 전하. 안으로 들어오십시오."

이미 문을 열기 전의 신호를 듣고 문 너머에 있는 자가 왕태자가 아니라는 것은 알았지만, 역시 마음이 술렁이는 것을 멈출 수는 없었다.

예상대로 왕태자는 침상에 있었다.

이제 걸을 수조차 없게 된 것이다.

"그래, 알버트, 어서 와."

"형님……."

아벨은 더 이상 말을 잇지 못했다.

"알버트, 그런 표정 짓지 마. 어렸을 때부터 이렇게 될 거라는 건 알고 있었어. 이 몸도 생각보다 훨씬 오래 버텨준 거지. 게다가, 걸을 수 없게 되긴 했지만 아직 머리는 잘 돌아가."

그렇게 말하며 왕태자는 미소 지었다.

아벨은 평생, 그 미소를 잊을 수 없었다…….

"그건 그렇고, 숙제는 해 왔어?"

"네, 전부 끝냈습니다."

"그래, 역시. 그런 점에서 알버트는 옛날부터 성실했지."

왕태자는 고개를 끄덕이고는 받아든 숙제 중 하나를 꺼내 가볍게 넘겼다.

"흠…… 꽤 흥미로운 해답이네."

"안 될……까요?"

아벨은 불안한 얼굴로 물었다.

"응? 아니아니, 그렇지 않아. 말할 필요도 없지만, 이 문제들 대부분은 절대적인 정답은 없어. 기본적인 법에 따르기만 한다면, 나머지는 알버트의 생각에 달렸지."

그건 그것대로 어렵다. 아벨은 그렇게 생각했다.

"백성이 있어야 나라가 있고 왕실이 있다. 그것만 잊지 않는다면 좋은 왕이 될 수 있을 거야."

왕태자의 그 말로, 형제의 짧은 만남은 끝이 났다.

◆

하인라인 후작령의 영지 아크레, 영주관.

"왕도의 그랜드 마스터 핀레이 포사이스 백작이? 연락이 두절된 A급 파티 '오룡'의 수색 의뢰는 이전에 왔었죠. 그래서 '백의 여단' C급 모험가들을 왕국 북부의 각지에 파견했고요. 하지만 이건……."

"모험가 길드가 아니라, 저택으로 직접 왔다."

하인라인 후작가 당주 알렉시스 하인라인 후작이 쓴웃음을 지으며 말했다.

"최정예를 보내달라? 목적지는 칼라일……."

"그래, 플리트윅 공작령의 수도, 칼라일."

아크레에 있는 한 귀족 저택.

이곳은 룬 모험가 길드 소속 B급 파티『백의 여단』이 쓰는 아크레의 거점이었다.

『백의 여단』단장 펠프스는 이 아크레를 다스리고 있는 하인라인 후작가의 후계자였기에,『백의 여단』은 룬 소속임에도 아크레의 거점을 꽤 자주 이용하고는 했다.

그 단장실에 부장 셰나와 호출받은 단원 네 명이 들어왔다.

"단장님, 불렀다길래 왔습다~."

등에 두 자루의 검을 크로스하듯 메고 있는 남자가 방에 들어오자마자 말했다.

쌍검사 블레어다.

"하여간, 블레어 넌 말투 강의 좀 들어!"

자신의 키보다 긴 지팡이를 든 남자가 블레어에게 쓴소리를 날렸다.

토속성 마법사인 와이어트다.

"자자, 둘 다 그 정도만 해."

말다툼을 시작한 블레어와 와이어트를 중재한 남자는 신관 옷을 입고 있었다.

신관 기드온이다.

"……."

마지막 남자는 말 없이 고개만 가로저으며 들어왔다.

척후 로렌초다.

펠프스와 셰나에 이 네 명을 더한 여섯 명이 휴 맥글러스가 말하는『백의 여단』의 '일군'이었다.

"미안하지만 넷이서 북부의 플리트윅 공작령의 영지 칼라일에 다녀와 줬으면 좋겠다."

"플리트윅이라면 왕제의 영지지?"

"블레어, 적어도 왕제 전하라고……."

펠프스가 말했고, 쌍검사 블레어가 그렇게 물었고, 마법사 와이어트가 블레어의 말투를 지적했다.

"아, 네네, 전하전하."

"해 보자는 거냐! 당장 밖으로……."

"자, 거기까지."

블레어와 와이어트의 실랑이는 늘 있는 일이었기에 펠프스는 완전히 무시. 말리는 것은 신관 기드온의 몫이었다.

그리고 기드온이 중재하자 펠프스가 다시 이야기를 이어갔다.

"확실히 말하자면 반란, 혹은 그에 준하는 일이 일어날 거라 생각한다. 그것도 일 년 안에."

"진짜……?"

사태의 심각성을 이해했는지, 블레어조차 가볍게 입을 놀리는 것을 멈췄다.

왕제 레이먼드가 다스리는 플리트웍 공작령은 북부에서도 상당한 힘을 갖고 있는 영지라 할 수 있었다. 북부 제2의 도시인 칼라일을 영지로 삼고 있으며, 비옥하고 광대한 지역은 밀 생산으로 유명했다.

그런 곳에서 반란…… 게다가 왕제의 반란이 되면 많은 귀족이 그 아래에 붙을 것이다. 현 국왕 아래에서는 출세를 기대할 수 없는 자들이 한방 역전을 노리고 왕제 레이먼드 쪽에 참전할 가능성이 있었다.

자칫하면 왕국을 양분하는 내전이 될 가능성도…….

"단장님, 그래서 저희는 구체적으로 어떤 행동을 취하면 됩니까?"

신관 기드온이 물었다.

"가능하다면 반란의 증거를 가져와 줬으면 좋겠다. 단, 목숨을 걸 필요까지는 없어. 너희의 힘은 그 후에 가장 필요해질 테니까."

"반란을 진압할 필요는……."

"그럴 필요는 없다. 그렇게 간단히 진압될 것 같지도 않고, 어쩌면 반란을 일으킨 후에 처리하는 편이 더 나을 수도 있으니까."

"오오, 무서워라."

마지막 말은 쌍검사 블레어였다.

블레어는 단장 펠프스가 왕국 굴지의 정면 돌파력을 지니고 있다는 것을 알고 있다. 하지만 그 이상으로 우회전술이나 모략에 능하다는 것도 알고 있었다. 그런 펠프스가 반란을 일으킨 후에 뭔가 하겠다는 말을 꺼낸 것이니 실제로 무서움을 느끼는 것도 당연했다.

"뭐, 일단 다녀오겠습니다."

이리하여 『백의 여단』 최정예는 북부로 파견되었다.

◆

한다르 국가 연합 집정, 오브리 경은 고민하고 있었다.

잉베리 병합 이후 왕국으로 피신했던 전 잉베리 공국민들, 그들의 공국 복귀가 예상보다 저조했기 때문이었다.

그 근본적인 원인은 왕국 동부의 치안 악화였다.

전쟁 중 공국에서 왕국으로 피신한 이들은 이른바 난민으로 왕국에 흡수되었다.

그 대부분은 우선 왕국 동부로 도망쳤지만, 당시 이미 왕국 동부의 치안은 악화된 상태였다. 그래서 동부에 머물지 않고 북부, 남부 혹은 왕도가 있는 중앙부로 곧장 들어간 이들이 꽤 많았다.

그런 이들은 잉베리의 전쟁이 종결되어 돌아갈 수 있는 상태가 되었다 해도, 그 중간에 치안이 좋지 않은 왕국 동부가 가로막혀 있어 고국으로 돌아가기 어려운 상황에 처해 있었다.

"대략, 당초 예상의 20퍼센트 정도입니다."

오브리 경은 보좌관 럼버의 보고에 작게 한숨을 내쉬었다.

"내가 난민이라고 해도, 그 왕국 동부를 빠져나와서 잉베리로 돌아갈 생각은 안 했을 거다."

"그렇겠지요……."

오브리 경도 보좌관 럼버도 머리로는 이해했다. 하지만 그래도, 예상치의 20퍼센트는 너무 적었다.

"이것도 전부 황제의 손바닥 위인 건가……."

"설마 이것조차 루퍼트 폐하의 손바닥 위라는 겁니까?"

"그렇게 생각하는 게 맞겠지. 적어도 왕국 동부의 혼란은 제국이 배후에서 손을 쓰고 있는 게 확실하니까. 그 덕분에 난민이 돌아오지 못하는 거라면, 거기까지가 황제의 의도라고 보는 게 자연스럽겠지."

"하지만 왜 황제는 잉베리 난민을 왕국 안에 붙잡아 두는 계책을 세운 걸까요?"

"글쎄……."

럼버의 의문에는 오브리 경도 선뜻 대답하지 못했다. 가설이라면 몇 가지 떠올랐지만, 결론을 내기에는 수중에 있는 정보가 너무 적었다.

이런 경우, 다른 방향에서 생각을 진행해 보는 것도 나쁘지 않았다. 다른 각도, 즉 연합이 아니라 잉베리 백성을 받아들이는 왕국 측에서.

"럼버, 난민들이 몰려들었을 경우 발생하는 가장 큰 문제가 뭐지?"

"그건…… 역시 치안의 악화겠지요."

난민 증가로 인한 치안 악화.

이는 아무리 통치 기구가 잘 정비되어 있다 해도 피할 수 없는 문제 중 하나였다.

"하지만 사람이 늘어나면 경기가 좋아지지 않습니까? 왕국의 경기가 좋아지는 것으로 제국이 얻을 메리트가 있다고는 도저히 생각하기 어렵습니다."

럼버가 그런 질문을 했다.

"……이쪽이 잉베리를 병합한 이후, 왕국의 경기는 좋아지고 있나?"

"아니요…… 확실히 그런 경향은 전혀 없었습니다."

"그렇지? 이민을 받아들인다고 해서 나라의 경기가 곧바로 상승하지는 않아. 그들을 제대로 나라의 상업과 조세 기구에 편입시키지 않는 한 경기가 좋아지지는 않을 거다. 그리고 지금 왕국의 통치 능력으로는 난민을 국가 경제에 원활하게 편입시키는 것도 어려울 거고."

이민을 받기만 하면 나라의 경기가 좋아질 것이라 믿는 것은 어리석은 생각에 지나지 않았다. 이민을 온 사람들이 돈을 벌고, 쓰고, 세금을 내야만 비로소 나라 경기 개선에 기여하게 되는 것이다.

그 체계를 **나라가 의도적으로** 실행하지 않는 한 '이민의 수용'은 그 누구도 행복하게 만들지 못한다…….

이민자가 그저 값싸게 쓸 수 있는 경제적 노예로 전락해 버린다. 이민자도 사람이고 가족도 있다……. 그런 상태를 언제까지고 감내할 리가 없다.

그리고 합법적인 방법으로 상황이 개선되지 않으면…… 불법적인 방법을 택하게 된다. 폭동으로 대표되는 폭력에 의한 해결. 그것은 치안을 더욱 악화시킨다.

그것을 이해하고 있는 인간이 국가 중추에 얼마나 있을지…….

안타깝게도 왕국에는 그것을 이해하고 있는 인간이 부족해 보였다.

"왕국 동부는 혼란이 더 심해지겠군."

"네……."

오브리 경의 지적에 얼굴을 찌푸리며 고개를 끄덕이는 럼버.

타국의 일이고, 그것도 가상 적국인 왕국의 사정이지만, 그래도 백성에게 불행이 미치는 사태를 보는 럼버 기분은 썩 좋지 않았다.

그것을 알기에, 오브리 경은 쓴웃음을 지으며 작게 고개를 저었다.

"황제의 노림수는 왕국의 혼란, 그리고 그다음인가……."

"혼란? 그다음?"

오브리 경이 중얼거렸고, 럼버가 그 중얼거림을 주워듣고 다음 말을 재촉했다.

"보이는 그대로 생각하면, 제국이 왕국을 침공하려는 것 같다."

"그게 무슨……."

"하지만, 왕국 동부에 혼란을 일으키는 의미는 모르겠군."

"하, 하지만 쇠했다고 해도 왕국입니다. 제국이 왕국을 침공한다 하더라도…… 왕국 기사단은 궤멸 상태에서 아직 회복 중이지만, 왕국 북부 귀족은 건재합니다."

"맞아, 전통적으로 봐도 왕국 북부의 영주들은 비교적 강력한 군사력을 지니고 있지."

럼버의 지적에 오브리 경도 고개를 끄덕였다. 제국과 맞닿아 있으니 강한 군사력을 갖추게 되는 것은 당연했다. 그리고 대대로 그렇게 해 왔다.

"게다가 제국 내도 단결이 완벽하지는 않습니다."

"그렇지. 과거 윌헬름스탈 공작령의 일부를 삼킨 몰그룬트 공작은 상당히 강해졌다. 확실한 반황제파라 할 수 있지. 게다가 파벌은 다르지만 뮤젤 후작도 있다. 이 두 사람을 중심으로 한 귀족들의 힘은 황제라 해도 얕볼 수 없겠지. 아무리 황제라도 이 양대 귀족을 동시에 적으로 돌리고 싸우기는 어려울 거다. 왕국에 출정할 경우, 그 등을 이 두 사람에게 보이고 싶지는 않을 거야."

"말씀하신 대로입니다."

오브리 경의 해설에 크게 수긍하는 럼버 보좌관.

"뭐, 지금 우리가 할 수 있는 건 무슨 일이 일어나도 대응할 수 있도록 준비해 두는 거겠지. 상대방의 수를 읽을 수 없는 이상 그것 말고는 없어. 정말 무능하기 짝이 없군."

자조하는 오브리 경.

"주도권을 쥐고 있는 것은 제국입니다. 어쩔 수 없습니다."

럼버가 위로했다.

"이상적인 그림은 황제와 제국 귀족과 왕국이 3파전을 벌여 동시에 소멸하는 건데 말야."

"네?"

"그런 상황이 되면 우리 연합이 제국령으로 밀고 들어가는 거다."

"……절대로 일어나지 않을 일을 말해 봐야 무의미할 것 같습니다."

"역시 그런가?"

오브리 경은 소리 내 웃었다.

그리고 판을 짜기 시작했다.

"척후대장 오드아케르의 군사를 서부 국경에 붙여둘까. 그리고 제3 독립부대도……."

"제3이라면, 염제나 파우스트 공을?"

"그래. 레드포스트에 인접한…… 잉베리 측, 레드널의 복구는 어느 정도 진행되고 있지?"

"상당히 진행되었습니다. 군 주둔에는 문제가 없을 겁니다."

"좋아. 그럼 오드아케르와 제3 독립부대에 전해라. 레드널로 이동해서 언제든지 움직일 수 있도록 대기하라고."

중앙 연방 전체가 움직이려 하고 있었다.

막간 크루코바 후작령

크루코바 후작령은 데브히 제국 동부에 위치하고 있었다.

대귀족 중 한 사람인 크루코바 후작 부인 마리아가 다스리는 영지로, 공업과 농업, 심지어 예술과 음식에 이르기까지 다방면에 걸쳐 제국의 선진 지역으로 존재해 왔다. 제국 유일이라 할 수 있는 학술 도시를 품고 있어서, 제국은 물론이고 중앙 연방 전역에서 연구자가 모여드는 땅이기도 했다.

황실과의 관계도 깊어 제도에서는 할 수 없는 기밀도 높은 많은 연구가 진행되고 있다는 소문도 자자했다.

크루코바 후작 부인과 후작령의 풍부한 자금이 연구에 흘러들어가 우수한 두뇌가 모여들고, 거기에 더해 민간에서도 자금이 흘러들며 더더욱 걸출한 인재들이 모여든다……. 십수 년 동안 이어져 온 그런 선순환이 지금, 하나의 획기적인 성과가 되어 모습을 드러내려 하고 있었지만, 그것은 일반 백성에게는 알려지지 않았다.

특별한 정보는 특권 계급이 독점하는 법이다.

"마리아 님!"

"아, 피오나 님, 잘 오셨습니다."

크루코바 후작 영주관 앞에서, 마리아는 마차에서 내린 피오나를 반갑게 맞이했다.

"마리아 님, 초대해 주셔서 감사합니다."

"오스카도 정말 훌륭하게 자랐구나."

피오나에 이어 인사한 오스카도 마리아는 미소를 지으며 환영해 주었다.

크루코바 후작 부인 마리아는 이제 30대 중반에 접어들었지만, 그 아름다움과 기품은 오스카가 처음 만났을 때와 조금도 달라지지 않았다.

두 사람은 응접실로 이동해 최상급의 대접을 받았다.

"4년 만에 뵙는데 마리아 님은 전혀 변하지 않으셨어요. 여전히 아름다우십니다."

"피오나 님은 더욱 아름다워지셨군요. 정말 훌륭한 숙녀가 다 되셨어요."

"아뇨, 부끄럽습니다……."

마리아와 피오나의 그런 대화를 미소 띤 얼굴로 바라보는 오스카. 사단원들조차 오스카의 그런 온화한 표정은 본 적이 없을 것이다. 궁정 사람이라면 더욱 그렇다.

이곳에 있는 것이 마리아, 피오나, 그리고 오스카라는 구면인 세 사람이기에 나올 수 있는 미소였다. 그리고 피오나가 마리아를 친누나나 어머니처럼 따르고 있다는 것을 알고 있기에 나올 수 있는 온화함이기도 했다.

"이번 방문은 아버님께 특별한 것을 보고 오라는 말씀을 듣고 왔습니다만……."

"네. 이 크루코바 후작령에서 개발되고 있긴 하지만, 연구 주체는 황실보다는 황제 폐하 직할 사업으로 진행됐거든요. 그것이 마침내 완성되어 폐하께 보고드렸더니, 피오나 님을 대리인으로 보낼 테니 태워드리라 하시더군요."

"태워드린다?"

마리아의 말 속에 있는 키워드를 알아차린 오스카.

그것을 보고 빙긋 웃는 마리아.

당연히 교묘한 대화 테크닉 중 하나로, 일부러 심어놓은 키워드였다. 그 부분을 눈치채주면 넣어둔 쪽도 기쁜 법이다. 일찍이 마리아의 호위로서 살롱에 오래 드나들었던 오스카라면 알아차릴 것임을 예상하고, 거기까지 계산해서 나온 말이었다.

듣는 사람에게도 예민한 감각이나 교양이 필요하다. 어느 시대, 어떤 세계에 있어도 변치 않는 진실이 여기에도 있었다.

"마리아 님, 노사(老師)님이 오셨습니다."

"오, 왔구나. 들이도록 하게."

집사장 에카르트의 말에 미소 지은 얼굴로 답하는 마리아.

이어서 마리아는 오스카를 바라보며 말했다.

"오스카와 만나게 해 주고 싶은 사람이 있어서 말이야."

"제게, 말입니까?"

이것은 매우 드문 일이었다.

이 자리에 있는 세 사람은 일종의 특별한 유대관계로 맺어져 있었다.

오스카는 한때 마리아의 호위로 고용되었다. 그런 마리아는 피오나를 낳고 바로 죽은 정비 프레데리카를 언니처럼 따랐다. 그 모든 것을 알고서 황제 루퍼트 6세가 피오나와 마리아를 이어준 것이다. 그리고 몇 가지 우연과 필연이 겹치면서 오스카는 피오나의 검과 마법의 스승이 되었다.

그런 특별한 관계에 놓여 있는 세 사람의 공간에, 굳이 네 번째 인물을 불러들인다?

심지어 그 인물은 오스카의 지인이자 '노사'라 불리는 인물?

오스카는 누구를 말하는 것인지 짐작조차 가지 않았다.

짐작조차 가지 않았지만…… 제국에서 가장 교양 있는 여성이라는 말까지 듣는 마리아가 무례한 일을 할 리는 없었다.

그렇게 생각하자…… 더더욱 알 수 없게 되었다.

문을 열고 들어온 것은 백발의 노인. 주름을 보면 일흔 후반 혹은 여든을 넘긴 것처럼 보였다. 그러나 허리는 꼿꼿하고 옷차림도 단정하다. 긴 머리는 깔끔하게 묶어 뒤로 넘기고 있었다. 손에 든 것은 지팡이…… 하지만 그것은 몸을 지탱하기 위한 것이 아니라 치유사가 흔히 사용하는, 그리 크지 않은 지팡이였다.

그래, 치유사…….

"길드 마스터……?"

"오랜만이구나, 오스카."

일찍이 제국 수도의 모험가 길드에서 길드 마스터를 맡고 있던, 치유사 모리츠 바하만이었다.

오스카는 제도의 길드에 소속되었을 때 자신의 과거와 복수에 관한 거의 모든 내용을 바하만에게 털어놓았었다. 그것이 원수인 보스코나의 정보를 모으는 데 가장 좋은 방법이라고 판단했기 때문이다.

당시 열다섯에 불과했던 오스카를 보고, 바하만은 깊은 연민을 느꼈다. 불과 열다섯이라는 나이에 C급에 오르고, 수십 년에 한 번 있을까 말까한 마법의 재능을 갖고 있고, 검에 있어서도 노력을 마다하지 않는다……. 그럼에도 불구하고 복수의 마음에 사로잡혀 있었기 때문이다.

지금으로부터 5년 전, 모리츠는 길드 마스터 자리에서 은퇴하고, 그것을 보고하기 위해 황성에 올랐을 때 오스카를 본 적이 있었다.

그때, 그의 변화에 놀랐다.

확실히 복수에 사로잡혀 있었던 예전과는 달랐다. 꽤 바람직한 방향으로 변해 있었던 것이다.

물론 오스카가 제11 황녀 피오나를 곁에서 모시고 있다는 것은 알고 있었지만, 그것이 좋은 방향의 변화를 이끌어냈다는 것을 그때 확신할 수 있었다.

물론 아직 완벽하지는 않았다.

완벽하지는 않았지만, 아마 몇 년 안에는 그렇게 될 것이라 생각될 정도였다.

이후 여러 일이 있었고, 크루코바 후작령에서 치유사 학교를 열면서 마리아의 자문역 같은 위치가 되었다.

그랬더니 그 마리아가, 오스카와 그가 모시는 피오나가 후작령으로 온다고 하지 않는가. 꼭 만나보고 싶다는 생각이 드는 것은 당연했다.

“마리아 님에게 무리한 부탁을 드려서 시간을 내달라고 했지.”

그렇게 말하며 모리츠는 웃었다.

웃으면서 오스카와 피오나를 번갈아 바라보았다. 그리고 몇 번 작게 고개를 끄덕였다.

“어떤가, 노사?”

주어도 목적어도 말하지 않고 마리아가 물었다.

“네, 정말 훌륭하군요.”

모리츠도 모호하게 대답했다.

하지만 마리아에게는 전해졌다. 오스카의 변화는 훌륭하다. 그리고 그것을 이룬 피오나 전하도 훌륭하다. 무엇보다 둘의 관계가 훌륭하다, 라는 것을.

얼어붙어 있던 오스카의 마음이 피오나에 의해 완전히 녹았음을 모리츠는 확인할 수 있었다.

넷이 함께한 다과회.

연륜의 힘이라고 해야 할까. 모리츠는 거의 처음 대화하는 피오나와도 화기애애하게 대화를 이끌어가고 있었다.

그 모습을 조금 놀란 얼굴로 지켜보는 오스카.

“왜 그러니, 오스카?”

“아니요, 모리츠 씨가…… 굉장하다는 생각이 들어서요.”

마리아가 작은 소리로 물었고 오스카는 솔직하게 대답했다.

“처음 뵙는 황녀 전하가 상대인데 말이지. 나도 이 정도일 줄은 몰랐지만…… 아니, 당연한 건지도 모르겠구나."

"당연하다고요?"

오스카가 고개를 갸우뚱했다.

"음. 모리츠 공이 이 후작령에서 치유사를 양성하는 학교를 열고 있다는 말은 방금 들었지?"

"네."

"거기서 이런 말을 자주 한다는 모양이야. 몸의 상처는 마법으로 낫지만 마음의 상처는 낫지 않는다. 마음의 상처를 치료하는 것은 치유사와 환자의 신뢰 관계다, 라고 말이지."

"신뢰 관계……."

"그래. 사람과 사람이 서로 신뢰 관계를 쌓는다는 건 쉽지 않은 일이야. 건네는 말 한마디만 실수해도 쉽게 무너질 수 있으니까. 그렇기 때문에 치유사는 말할 때 누구보다 신중하게 말을 골라야 하지……. 그렇게 가르치고 있다는구나."

"그렇군요. 납득했습니다."

마리아의 설명에 고개를 크게 끄덕이는 오스카.

말의 사용법을 진지하게 고민해 온 덕분에, 이런 상황에서도 그것이 활용되고 있는 것이었다.

"정말로, 세상에는 배워야 할 것들이 많군요."

오스카의 중얼거림에 마리아는 부드럽게 미소 지었다.

집사장 에카르트가 방에 들어와 마리아에게 속삭였다.

"마리아 님, 준비가 되었다고 합니다."

그것은 정말 작은 속삭임이었지만, 모리츠의 귀는 놓치지 않고 들었다.

"이런, 이야기가 너무 길어졌군요."

"아니, 노사, 상관없네."

"아닙니다, 이번에 두 분이 방문하신 본래 목적이 있지 않습니까? 저는 그 사이 시간에 잠시 얼굴을 뵙게 해 달라고 약속한 것이니까요. 게다가 충분히…… 아니, 예상 이상의 기쁨을 얻었습니다. 마리아 님, 정말 감사합니다."

모리츠는 그렇게 말하고는 깊이 고개를 숙였다.

"아니, 노사, 나도 그 기쁨을 공유하고 있다네. 고개를 드시게."

마리아가 웃으며 말했다.

오직 피오나와 오스카만이 그것이 무슨 말인지 이해하지 못했다…….

"두 분 다 며칠 머무신다고 들었습니다. 그 사이에 모리츠 씨의 학교도 한번 방문해 보는 건 어떻습니까?"

"네, 좋아요!"

"꼭 찾아뵙겠습니다."

마리아가 그런 제안을 하자 피오나와 오스카가 대답했다.

그 말을 들은 모리츠는 기쁜 얼굴로 몇 번이나 고개를 끄덕였다.

◆

모리츠가 방을 나간 뒤 세 사람도 방을 나갔다.

"우선, 전체를 보여드릴까 합니다."

"전체?"

마리아의 말에 피오나가 고개를 갸우뚱했다. 오스카도 말은 없지만 고개를 갸우뚱하고 있었다.

그렇게 세 사람이 저택을 나와 안뜰을 가로지르고 있는데, 기사단이 분주하게 움직이고 있는 것이 보였다. 마리아의 곁에 크루코바 후작령 기사단을 이끄는 기사단장 노르베르트가 보고를 위해 찾아왔다.

"마리아 님, 도시 일각에서 꽤 큰 화재가 발생했고, 다른 곳에서는 소동이 일어났다고 합니다. 기사단 일부를 파견하겠습니다."

"맡기마. 그럼 그 둘이 동시에?"

"네, **동시**입니다."

마리아가 의미심장한 질문을 던졌고, 노르베르트도 의미심장하게 답했다.

"혹시 그 둘, 도시 중심에서 봤을 때 이 저택의 반대편 아닌가?"

"네, 말씀하신 대로입니다."

마리아가 다시 의미심장하게 확인했고, 노르베르트도 의미심장하게 대답했다.

"그렇군. 알았네."

마리아는 그렇게 말하고는 다시 걷기 시작했다.

피오나와 오스카도 그 뒤를 따랐다. 두 사람 다 궁금하긴 했지만, 물어도 되는 것인지 판단이 서질 않았다. 그래서 아무 말도 하지 않았다.

물론 그것도 이미 이해하고 있을 것이다. 마리아 쪽에서 먼저 말문을 열었다.

"방금 노르베르트 건은 간첩에 관한 것입니다."

"간첩?"

"정보를 얻기 위해 이 도시에 잠입했다는 말이군요."

피오나의 의문에 오스카가 대답했고, 마리아는 말없이 고개를 끄덕였다.

그리고 잠시 걷다가 설명을 시작했다.

"노리는 건 설계도 같은 거겠죠. 지금까지 몇 번이나 노려진 적이 있었습니다. 이 후작령에서는 여러 가지 선진적인 연구나 개발이 활발하게 진행되고 있으니 옛날부터 그런 일은 자주 있었습니다."

마리아는 웃으며 말했다.

"하지만 그중에서도 이번 잠입은 꽤 집요한 편이군요. 뭐, 어쩔 수 없죠. 국가의 전략을 크게 바꿀 가능성이 있는 물건이니까요. 옛날부터 탐내왔던 것이기도 하고요."

"옛날부터?"

"최근에 개발된 것이 아닌가요?"

마리아의 알쏭달쏭한 말투에 피오나와 오스카가 고개를 갸웃했다.

"보여드리는 게 제일이겠……."

거기까지 말한 마리아의 시선이 먼 곳을 향했다. 오스카와 피오나도 그 시선을 좇았다.

10명 가량의 사람들이 달려가고, 그것을 쫓는 자들이 있었다.

삐익. 삐익.

날카로운 피리 소리가 울려 퍼졌다.

"적이군!"

마리아의 목소리였다.

"저 앞에 달려가는 열 명, 우리 저택 사람들이 아니다."

"전하, 다리를 꿰뚫겠습니다."

"스승님이 앞에 다섯, 전 뒤의 다섯을."

두 사람은 고개를 끄덕이고는 주문을 외웠다.

"〈피어싱 파이어〉."

총 스무 개의 희고 가느다란 불꽃 바늘이 열 명의 다리, 스무 곳을 한 치의 오차도 없이 정확하게 꿰뚫었다. 그 순간 나가떨어지는 적들.

"200미터 가까이는 되는 이 거리를…… 훌륭하군요."

마리아는 감탄했다.

"도둑질 당한 것은 바꿔치기해 둔 가짜입니다."

"음, 노르베르트, 잘했네."

기사단장 노르베르트의 보고에 마리아가 만족스러운 얼굴로 고개를 끄덕였다.

무엇이 노려지는지 알고 있는 이상 그러한 대비는 효과적이었다. 만일의 경우를 대비해 항상 이중 삼중의 대비를 갖춘다. 크루코바 후작령에서는 그런 사고방식을 철저하게 지키고 있는 것 같았다.

"실은 붙잡은 자들 중 한 명이……."

노르베르트가 거기까지 말하고 오스카를 힐끔 바라보았다.

"무슨 일인가? 거기서 멈추면 오스카도 불편하지 않겠나."

마리아가 말을 재촉했다.

"네. 저도 실제로 보는 것은 처음입니다만, 전해 들은 외모와 똑같았습니다."

"외모?"

"……확실히, 보스코나입니다."

붙잡힌 남자를 확인하고 오스카가 말했다.

마리아의 눈에 비친 오스카의 말은, 단단했다.

경직되지도 않았다.

흔들리지도 않았다.

허세를 부리지도 않았다…….

"역시 그렇습니까?"

노르베르트가 고개를 끄덕이며 확인했다.

그들 앞에는 연금술에 걸린 '투시 거울'이 있었다. 그 너머에 붙잡힌 보스코나가 매달려 있었다. 다만 오른팔은 없었다.

오스카가 격투 대회 결승에서 베었고, 황제의 명에 의해 〈엑스트라 힐〉을 사용한 결손 재생을 금지당한 것이다.

〈엑스트라 힐〉로 사지 결손을 재생할 수 있는 제한 시간은 24시간. 그 안에 재생하지 못하면 평생 잃은 채로 살아가야 한다.

보스코나는 과거의 지은 죄의 형벌로서 재생받지 못했다. 혹독하다고 알려진 제국의 형벌 중에서도 상당히 무거운 벌.

그래서 현재에도 오른팔이 없었다.

'투시 거울'은 이쪽에서는 보이지만 저쪽에서는 거울로 보이는 물건이었다. 만약 이곳에 왕국의 모 수속성 마법사가 있었다면 이렇게 말했을 것이다. '매직 미러!'라고.

매달려 있는 보스코나를 상대로 심문이 행해지고 있었다. 하지만 보스코나는 말이 없었다.

오스카는 보스코나를 조용히 바라보았다.

그러나 마음속에 놀랄 만큼 아무 감정도 솟아나지 않는다는 것을 깨달았다.

완전히…… 그래, 정말 완전히, 오스카 안에서 복수는 과거의 일이 되어 있었다. 그것을 확신했다.

물론 오스카는 알고 있었다.

왜, 그렇게 되었는지를.

왜, 그렇게 될 수 있었는지를.

왜? 모든 것은 그의 옆에 서 있는 한 명의 황녀 덕분이라는 것을.

마음속으로 고개를 숙이고, 다시 한번 맹세했다.

'이 모든 충성을, 전하께 바치겠습니다.'

◆

기사단장 노르베르트를 포함한 4명은 이동을 시작했다.

잠시 후, 기사단의 인물이 작은 쪽지를 가져와 노르베르트에게 건넸다. 노르베르트가 그것을 훑어보고는 마리아에게 보고했다.

"보스코나는 말을 안 했지만, 붙잡힌 다른 사람들이 실토했다고 합니다. 돈을 내고 직접 지시를 내린 것은 곤골라도 상회라고 하는군요."

"곤골라도라면 연합 서부를 중심으로 큰 힘을 갖고 있는 조직이었지. 음? 그러고 보니 제국에도 진출해 있지 않았나?"

"네. 남동부의 몰그룬트 공작과 깊은 교류가 있다고 알려져 있습니다."

"이것 참, 성가시게 됐구나."

노르베르트의 설명에 한숨을 내쉬는 마리아.

한때 제국의 남동부에는 황실과도 이어지는 명문 윌헬름스탈 공작가가 있었다. 하지만 당주 슈테판이 세상을 떠난 이후 급속히 힘을 잃으며 현재는 무너진 상태였다. 슈테판의 뒤를 이은 지크프리트는 신전에 들어갔다고 전해지지만…….

몰그룬트 공작은 그 윌헬름스탈 공작령이었던 곳의 일부를 흡수했다. 본래에도 제국에서 열 손가락 안에 드는 힘을 가진 귀족이었으나, 현재는 뮤젤 후작과 쌍벽을 이룰 정도의 힘을 갖게 되었다.

마리아가 있는 크루코바 후작령과는 경계를 맞대고 있지 않았지만, 방심할 수 없는 상대였다.

"그렇다면 곤골라도 상회는 만약 정보를 손에 넣었다면 누구에게 넘길 생각이었을까. 연합일까, 몰그룬트 공일까."

"몰그룬트 공작은 아버님과는 거리를 두고 계셨지요."

마리아의 말에 반응한 것은 피오나였다.

피오나도 제국 내 황제와 대귀족의 갈등은 이해하고 있었다.

물론 겉으로 공표된 것은 아니지만, 몰그룬트 공작을 중심으로 한 파벌은 명백한 반황제파. 대귀족의 30퍼센트 정도가 여기에 해당했다.

뮤젤 후작을 중심으로 한 파벌은 반황제는 아니지만 친황제도 아닌 이른바 중립파. 대귀족의 절반이 이 중립파였다.

마리아처럼 대귀족이면서 친황제라 할 수 있는 자들은 가장 소수파. 10퍼센트 남짓일까.

나머지 사람들은 정세에 따라 움직인다…….

"몰그룬트 공작은 확실히 반황제파이자 그 우두머리라 할 수 있는 입장입니다. 하지만 그렇다고 해서 이 정도로 노골적인 정보 수집 활동을 벌이느냐 한다면…… 가능성은 희박합니다. 오히려 제도의 각 성청의 행정관을 회유해서 정보를 얻는다고 하는 편이 가능성은 더 있겠군요."

마리아가 쓴웃음을 지으며 말했다.

그렇게 되면 이번 움직임의 배후에 있는 것은…….

"연합……이군요."

피오나가 말했고 마리아는 고개를 끄덕였다.

"연합은 얼마 전 잉베리 공국 침공 때 인공 골렘을 투입했습니다. 개발자는 그 유명한 프랑크 데 베르데 백작. 왕국의 두뇌라 불리며 '장인'이라는 별명을 가진 천재 연금술사가, 연합에 있죠.

그 정도의 연금술사라면 설계도만 손에 넣으면 바로 개발할 수 있을 겁니다. 만약 그렇게 되면…… 제국도 위태로워지겠죠."

"마리아 님…… 이번에 이 후작령에서 개발했다는 것이 대체 무엇인가요?"

"도착했습니다. 피오나 님, 제가 설명하는 것보다는 직접 보시는 게 빠르겠죠."

건물 자체가 상당히 거대했다. 마리아는 한층 더 큰 문에 손을 얹었다.

문이 은은한 빛을 내며 열렸다. 문 자체가 연금 도구이기 때문이었다.

일행은 안으로 들어간 뒤에도 계단을 올라 한참을 걸었다.

그리고 다시 한번 마리아가 큰 문을 열고 안으로 들어갔다.

그곳에 있던 것은 언뜻 보기엔, 안쪽까지 쭉 늘어선…….

"……배?"

피오나의 중얼거림은 의문형이었다.

상당히 크다. 백 명 이상은 탈 수 있지 않을까 싶을 정도로 커다란…… 배.

그것이 열 척.

겉모습은 아무리 봐도 배였다.

피오나는 이곳의 위치와 구조를 떠올렸다. 분명 이 앞에는 꽤 큰 호수가 있다. 여기서 건조해서 그 호수로 내보낸다……?

하지만 피오나는 자신이 왜 무의식중에 이상하다고 느꼈는지를 깨달았다.

"호수 끝에서는 어떻게 되는 거죠?"

그래, 호수에 띄우는 것까지는 괜찮다. 하지만 그 후에는 어떻게 하려는 거지? 하나같이 꽤 거대한 배들이었다. 강을 내려가기는 어려울 것이다.

"이건 강으로 내려갈 수 있는 배가 아닙니다. 호수에 띄우거나 혹은 바다를 가는 배겠죠. 하지만 제국에 바다는 없습니다."

"피오나 님 말씀이 맞습니다."

마리아는 미소를 지으며 대답했다.

"그럼 이건……."

"공중전함."

피오나의 말에 대답한 것은 오스카였다.

"맞습니다. 새로 개발된 공중전함입니다."

마리아는 거기서 잠시 말을 끊고, 다시 이었다.

"제국에는 바다가 없습니다. 하지만 앞으로는 하늘이, 제국의 바다가 될 겁니다."

◆

피오나와 오스카는 마리아의 안내에 따라 잠시 밖으로 나갔다.

"마리아 님, 방금 본 전함군은 제도에 있는 것과는 다르군요."

오스카가 마리아에게 물었다.

"제도에 있는 것이라고 하면 '공중전함 할터' 말이지? 그래, 그건 아무도 흉내낼 수 없어."

마리아가 고개를 저으며 대답했다.

공중전함 할터. 제국이 유일하게 보유하고 있는 공중전함. 오스카나 피오나가 잉베리 공작을 마중나갔을 때 탔던 배였다.

데브히 제국이 아직 왕국이던 시절부터 존재해, 언제 만들어졌는지, 누가 만들었는지도 정확히 알려지지 않았다. 전함의 이름은 그 함교에 걸려 있었기에 계속 바꾸지 않고 쓰고 있긴 하지만…… 중심 부분에 관해서는 여전히 수수께끼로 가득한 배였다.

"'할터'의 중심 부분, 이른바 '부유기관'에는 그 누구도 손을 댈 수 없어. 수백 년, 어쩌면 천 년 이상 아무런 정비가 되어 있지 않은데도 계속 움직이고 있는 수수께끼의 기관이야. 그래서 방금 본 전함군의 부유기관은 새로이 개발된 거지."

"개발……."

"최고 고문인 해시포드 백작을 중심으로, 제국 연금 협회가 30년에 걸쳐 연구해서, 성공했지."

마리아는 웃으면서 고개를 저었다.

30년 동안 오직 한 길만을 파고들어 마침내 개발에 이른 연금술사들의 집념이 얼마나 놀라운 수준인지 알 수 있었다.

"30년이라면, 이 학술 도시가 생겨나기 전부터……."

"그렇지. 애초에 루퍼트 폐하가 이 학술 도시에 지원을 행한 것도 어떤 의미로는 그들을 위한 거야. 연구자들의 집념이 황제도 움직이게 만든 거지."

세 사람은 건조장을 돌아 호수로 나왔다.

그곳에는 거대한 배 한 척이 떠 있었다. 물가에는 거대한 잔교가 설치되어 그 배도 접안해 있었다.

"그렇게 독자적으로 개발된 부유기관을 실은 전함군 중 하나…… 마르크돌프급 3번함 크루코바가, 피오나 님, 저것입니다."

"3번함?"

피오나가 고개를 갸우뚱했다.

마리아는 웃으며 대답했다.

"사실은 제1함 마르크돌프에 태워드리고 싶었는데…… 제1함은 실전 투입을 전제로 의장(艤裝)을 진행 중이라, 지금은 무장 조정에 애를 먹고 있는 모양이에요. 3번함은 유람용 의장이라고 해야 할까요. 무장은 아직 싣지 않았으니 그쪽으로 가죠."

"의장이라면 이 돛이나…… 추진 장치 설치를 말씀하시는 건가요?"

"네, 피오나 님이 생각하고 계신 것이 맞습니다. 추진 장치는 연금 도구이자 함의 중심이라 이미 실려 있지만, 돛이나 돛대 등…… 실제로 움직이기 위해서는 여러모로 필요한 장비들이 많거든요."

마리아의 설명을 들으며 피오나와 오스카는 잔교에서 배에 올라 함교에 발을 들였다.

함교, 그곳은 배의 사령부.

함장을 비롯한 몇 사람이 이곳에서 배를 움직인다.

함 전체를 책임지는 함장, 그를 보좌하고 함장이 함교에 없을 경우 책임을 맡는 부함장, 항로 선정 및 제안부터 하역 감독까지 실무를 총괄하는 일등 항공사, 조타륜을 쥐고 문자 그대로 함을 움직이는 조타수…….

그 밖에도 여러 명의 크루가 함교에 상주하며 함을 움직였다.

오스카와 피오나는 그 함교에서 시험 항행 모습을 지켜볼 수 있었다.

"지금까지의 시험 항행은 야간이 많았습니다만, 이번에는 주간 항행입니다."

"그렇게 해도…… 괜찮습니까? 지금껏 야간에만 행했던 건 함의 모습을 드러내지 않기 위함 아니었습니까?"

마리아의 말에 오스카가 물었다.

"네, 오스카 말이 맞아요. 하지만 괜찮습니다. 지상에서는 보이지 않으니까요."

"지상에서는 보이지 않는다?"

마리아가 웃는 얼굴로 대답했고 피오나는 고개를 갸우뚱했다. 전체 길이가 100미터에 육박할 정도로 상당히 거대한 함인데, 그것이 안 보인다고?

오스카도 고개를 갸우뚱했다.

"크루코바, 발함 허가를 부탁드립니다."

함장이 전성관에게 말을 걸었다.

"여기는 호안 관제. 호안용 연금 장치 〈스카이 콘트라스트 A〉 전개 완료. 발함을 허가한다."

전성관의 대답을 듣고 함장은 고개를 끄덕였다.

그리고 명령했다.

"크루코바, 발함."

그 순간, 크루코바는 앞으로 나아가기 시작하더니…… 떠올랐다.

그 감각과, 창밖으로 보이는 풍경의 변화에 말을 잃어버린 오스카와 피오나. 그것은 정말로 신선하고 값진 경험이었다.

"아직은 군사적인 목적뿐이지만…… 언젠가는 제국의 하늘을 배들이 이어주는 시대가 올지도 모릅니다."

"그건, 정말 멋진 광경이겠네요."

마리아가 즐거운 얼굴로 미래를 이야기했고, 피오나도 눈을 반짝였다.

그런 두 사람을 오스카는 흐뭇한 얼굴로 지켜보았다.

전초전

룬 변경백 영주관의 별채에는 보기 드문 손님이 와 있었다.

그 손님은 본래 이 룬 출신이지만 현재는 왕도에 살고 있으며, 옛날에 살던 본가에는 지금은 다른 인물이 살고 있었다. 그래서 영주관 별채에 묵고 있다. 게다가 왕태자와 룬 변경백 양측에서 의뢰받은 일을 하기 위해서는 이 별채가 가장 편하기도 했다.

애초에 그 의뢰 자체도 왕국 전체…… 아니, 중앙 연방 전역을 둘러봐도, 그 외에는 할 수 있는 자가 없었다. 그렇기 때문에 그, 케네스 헤이워드 남작이 왕도에서 룬으로 내려와 있는 것이었다.

그런 그의 곁에, 장원 영주 대리직을 맡고 있는 아버지의 사자가 방문해 편지를 건네주었다.

"이건……."

편지를 읽고 인상을 찌푸리는 케네스.

절대로 무시해도 될 내용이 아니었다. 싫어도 그것을 이해할 수밖에 없는 내용이었다. 하지만 실제로 어떻게 대처하는 것이 좋을지 당장은 떠오르지 않았다.

"주임?"

편지를 읽은 케네스가 인상을 쓰는 것을 보고 그의 부하이자 든든한 오른팔인 라덴이 물었다.

"라덴, 잠깐 나갔다 오겠습니다. 누군가가 오면 장원에 문제가 생겨서 그것을 해결해 줄 사람을 찾아갔다고 전해 주세요."

그 말만을 남기고, 케네스 헤이워드 남작은 별채를 나섰다.

◆

룬의 거리에 자리한 '황금파도'는 일류 숙소였다.

그곳은 룬을 본거지로 둔 A급 모험가 파티가 단골 숙소로 삼고 있는 곳이었다. 그 리더이자 A급 검사인 아벨은 그곳 식당에서 자주 책을 읽었다.

오늘도 책을 읽고 있는 아벨에게 말을 거는 연금술사가 있었다. 그 연금술사는 수속성 마법은 쓰지 않는다…….

"케네스? 왜 여기 있지? 왕도에 있는 거 아니었나?"

"네, 일 때문에 영주님의 저택 쪽에 와 있어서요. 잠시 의논할 일이 있어 왔습니다만."

아벨은 갑자기 나타난 케네스를 보고 놀랐다.

아벨은 확실히 A급 모험가이자 나이트레이 왕국에서도 손에 꼽는 검사였지만, 귀족은 아니었다.

한편 말을 건 케네스 헤이워드는 서임된 지 그리 오래되진 않았다 해도 어엿한 남작…… 즉 귀족이었다.

그렇게 신분이 다른 두 사람이지만, 둘 다 왕도에 있는 술자리 모임 '차남 연합'의 회원이기도 했다. 그런 인연도 있어서 케네스는 아벨에게 상담을 하러 온 것이었다.

아벨은 케네스가 내민 편지를 읽었다.

"케네스의 장원 근처에 와이번이 나타났다고? 장원 영주 대리라면 케네스의 부친에게서 온 편지인가?"

"네. 평범한 문제라면 저에게 상의하지 않고 아버지와 어머니가 중심이 되어 장원 쪽에서 해결했을 겁니다. 길드에 의뢰를 낸다 해도 저한테는 사후 보고가 됐겠죠. 하지만 역시 와이번이라고 하면 대규모 토벌대를 편성해야 합니다. 지금으로서는 와이번을 목격했을 뿐인 것 같지만…… 어떻게 하면 좋을지 상담을 하고 싶습니다."

아벨의 확인에 케네스가 고개를 끄덕이며 현재 상황을 설명했다.

실제로 와이번 피해가 발생했다면 주저하지 않고 토벌대 편성을 요구했을 것이다. 하지만 아직 눈에 보이는 피해는 나오지 않았다.

왕국에서 말하는 장원이란 남작 작위와 함께 따라오는 마을이라고 보면 된다. 수십 채 정도가 사는 마을……. 그런 장원에는 수비대를 두는 것이 권장되지만, 현실에는 거의 두지 않은 것이 대부분이다. 둔다고 하더라도 몇 명, 강력한 마물 퇴치를 위함이라기보단 치안 유지 성격이 강했다.

현대 지구로 치면 시골 순경 같은 느낌일까.

"와이번 토벌대는 모험가라고 해도 C급 이상의 모험가 20명 이상에 주로 마법사가 필요하다는 건 저도 알고 있습니다. 장원 규모로 그만한 인력을 모으기는 불가능할 테니 근처의 큰 도시 길드에 의뢰를 내야 하겠죠. 하지만 길드에서 편성해도 시간이 걸린다고 합니다."

케네스가 얼굴을 찌푸리며 말했다.

C급 이상의 모험가 20명 이상을 모아도 상당한 희생자가 나온다…… 그것이 바로 와이번 토벌이다.

그 때문에 의뢰를 내도 모험가들이 쉽게 나서지 않는다는 것은 케네스도 알고 있었다.

그리고 장원 영주 대리를 맡고 있는 케네스의 아버지와 어머니도 그 사실을 알고 있었다. 그래서 케네스에게 상담 편지를 보내온 것이다.

"그렇구나. 음? 그러고 보니, 얼마 전에도 남부에 와이번이 나타났었지. 마침 그곳에 있던 아는 파티들이 쓰러뜨렸다고 들었는데."

"그곳은 실은 저희 장원의 북쪽에 있는 어존 마을입니다."

"진짜……?"

케네스의 대답에 놀라는 아벨.

"본래 제 부모님 쪽에도 어존에서 양이나 소가 사라진다는 상담이 자주 들어왔다고 합니다. 그래서 저희 장원에서 아크레 모험가 길드에 탐색 의뢰를 넣었고요. 어존 마을의 영주는 평소에도 연락이 잘 닿지 않는다고 해서요. 최종적으로는 와이번이 그 원인이었던 것 같습니다만……."

"그 녀석들은 배고프면 전부 먹어치우지. 흉악하고. 이번 일도 인명 피해가 나기 전에 어떻게든 손을 쓰는 게 좋겠어."

케네스의 설명에 아벨도 서둘러 대처하는 편이 낫다고 판단했다.

그리고, 무언가 떠올렸다.

"케네스, 좋은 방법이 떠올랐어. 잠깐 나랑 어디 좀 같이 가줘."

두 사람은 룬 밖으로 나와 잠시 걸었다.

두 사람 앞에는 한 채의 거대한 농가가 있었다.

"어? 여기는……."

"그래, 원래 케네스의 집이지."

케네스가 그리움이 담긴 표정을 지었고, 아벨이 웃으며 고개를 끄덕였다.

그리고 정면에 나란히 늘어선 세 개의 문 중 맨 오른쪽 문을 크게 노크했다.

"들어오세요~."

안에서 목소리가 들려왔다.

"들어간다."

"실례합니다."

아벨과 케네스는 문을 열고 안으로 들어갔다.

"아, 정말 오랜만이네요."

케네스가 집안을 둘러보며 말했다.

새 집주인이 사서 들여놓은 가구도 많았지만, 케네스가 살던 시절의 물건을 그대로 쓰고 있는 것도 제법 있었다.

"어? 아벨이랑 케네스?"

집주인인 료가 안쪽에서 나오며 놀라움이 담긴 목소리를 냈다.

아벨은 이해가 간다. 나름 자주 놀러오니까.

하지만 케네스는 처음이었다.

그것도 당연하다. 케네스 헤이워드 남작은 왕도에 있는 왕립 연금 공방의 연금술사다. 게다가 나라의 보배라고 할 만한 천재 연금술사. 그렇게 쉽게 왕도를 비울 수는 없을 것이다. 얼마 전 트와일라이트 랜드에 가기 전, 왕립 연금 공방에서 포획한 연합의 인공 골렘을 막 보고 온 참이기도 했다.

그런 그가 왜 여기에?

하지만 료는 그것을 보고 직감했다.

"케네스, 아벨에게 호출을 받은 거군요! 이제 자신이 A급 모험가가 되었으니 과자 한상자쯤 들고 인사를 올리라는 말을 들은 게 틀림없어요. 이 횡포 검사……."

"그럴 리가 있겠냐! 애초에 왕도에서 룬으로 호출이라니…… 비상식적인 것도 정도가 있지."

"아벨은 비상식적인 검사니까요. 충분히 있을 수 있어요."

"아니라고!"

료의 단정을 단칼에 부정하는 아벨. 그것을 옆에서 듣고는 키득키득 웃는 케네스.

"나도 케네스가 룬에 와 있다는 건 방금 알았어. 아무튼, 케네스의 상담을 해결해 줄 만한 사람이 료밖에 없을 것 같아서 여기로 데려온 거야."

"네? 저요?"

"네? 료 씨밖에 없다고요?"

아벨의 말에 고개를 갸우뚱하는 료와 케네스.

◆

"그렇군요, 와이번 토벌인가요? 확실히, 그거라면 저 외에 다른 선택지는 없겠네요."

"정말입니까!"

료가 으스대며 고개를 끄덕였고, 케네스가 그 모습을 보고 놀랐다.

"료의 저 태도는 좀 열 받지만…… 뭐, 확실히 료는 와이번 토벌이 특기지. 아, 하지만 케네스, 이 일은 비밀이야."

"비밀?"

아벨이 가볍게 전했고, 케네스는 고개를 갸우뚱했다.

"맞아요! 케네스, 이 일은 절대 다른 사람에게 퍼뜨려서는 안 돼요. 케네스의 마음속 깊은 곳에만 간직해 주세요."

"아, 네……."

료는 얼굴을 쓱 들이밀며 필사적인 표정으로 말했고, 케네스는 그 기세에 눌려 저도 모르게 고개를 끄덕였다. 구체적으로 어떤 부분이 비밀인지는 하나도 이해하지 못했지만, 일단은 고개를 끄덕였다.

케네스의 입막음에 성공한 뒤, 료는 무언가 생각난 얼굴로 입을 열었다.

"그러고 보니 아몬이 하늘을 날았던 것도 와이번 토벌 때였죠."

"그게 아까 얘기했던 장원 북쪽의 어존 마을이래."

"하늘을 날았다고요?"

료가 아몬의 비상을 떠올렸고, 아벨이 그에 대해 설명하자, 케네스가 다시 한번 고개를 갸우뚱했다.

"알고 있었나요, 케네스? 요즘 검사들은 하늘을 날아서 와이번을 쓰러뜨린대요."

"굉장하군요! 그건 풍속성 마법을 사용한 건가요? 아니면 제가 모르는 연금 도구?"

"아니, 인력(人力)이야……."

료가 쓸데없이 오해를 불러 일으키는 말을 던졌고, 케네스가 놀랐고, 아벨이 사실을 전했다.

그래, 아몬은『육화』의 고리키가 다리를 붙잡아 빙글빙글 돌려서 날렸다. 확실히 인력을 통한 비행이었다…….

"뭐, 어쨌든 이번 와이번 토벌은 저랑 아벨이 맡을게요. 케네스는 아무 걱정하지 말고 편하게 기다려 주세요."

"네. 감사합니다!"

료가 그렇게 단언했고 케네스가 기쁜 얼굴로 감사를 전했다.

그런 와중 고개를 갸우뚱하는 검사가 한 명.

"나도? 난 필요 없지 않나……."

검사 아벨의 중얼거림은 두 사람의 귀에는 닿지 않았다.

◆

"제가 발을 묶고 아벨이 숨통을 끊는다. 와이번 토벌은 늘 그렇게 해 왔잖아요. 벌써 잊어버린 건가요?"

료가 어이없다는 얼굴로 고개를 저었다.

두 사람은 론도 숲에서 룬으로 이동하던 중 와이번을 포획한 적이 있었다.

"아니, 물론 마의 산에서 사냥했을 때는 그랬지만…… 아무리 생각해도, 굳이 내가 마지막 일격을 가하지 않아도 료가 마법으로 숨통을 끊는 게 더 쉽지 않을까……."

"아벨은 항상 그래요. 늘 편하게 살 생각만 하죠. 가끔은 본인이 먼저 솔선수범하는 게 좋다고 생각해요."

"집에 틀어박혀서 길드에 얼굴 한번 안 내미는 료에게 듣고 싶진 않아!"

료의 주장에 아벨은 정면으로 반박했다.

그런 두 사람은 룬을 떠나 아크레를 경유해, 이미 케네스의 장원 북쪽에 인접한 어존 마을 도착을 앞두고 있었다.

본래 어존 마을은 남부 최대 도시 아크레에 농산물을 공급하는 중계 지점이기도 해서 상당히 큰 마을이었다. 하지만 최종적으로는 『10호실』과 『육화』가 토벌했다고 해도, 와이번의 습격으로 인해 마을은 상당히 황폐해지고 말았다.

아직은 그 피해에서 회복해 가는 도중이었다.

"예전에는 숙박 시설이 잘 갖춰진 마을이라고 들었는데, 와이번에게 제대로 당한 모양이야."

"네, 하지만…… 그런데도……."

료는 마을의 처참한 상황을 이해하면서도, 그곳에서 복구를 위해 노력하는 사람들의 얼굴이 결코 어둡지 않다는 것을 깨달았다. 서로 대화를 주고받으며, 그중에는 미소를 지은 사람마저 있었다. 그들은 미래를 향해 나아가고 있었다.

"틀림없이 이 마을 사람들은 괜찮을 거예요."

료는 그렇게 말하고는 크게 고개를 끄덕였다.

아벨도 료가 하고 싶은 말을 이해했는지 말없이 고개를 끄덕였다. 그리고 말을 이었다.

"다만 마을이 자랑하는 숙소는 아직 어디도 숙박할 수 있는 상태는 아니야."

"……그건 아쉽네요."

두 사람은 어존 마을에서의 숙박을 포기할 수밖에 없었다.

◆

케네스 헤이워드 남작의 장원은 모추모치라는 이름으로, 케네스의 부모가 장원 영주 대리로서 마을 주민과 함께 살고 있다고 했다.

"모추모치 마을…… 맛있어 보이는 이름이네요."

"그게 뭐야."

료의 솔직한 감상에, 의미를 이해하지 못해 고개를 젓는 아벨.

"제 고향에 이름은 그 본질을 나타낸다는 말이 있어요. 분명 모추모치 마을의 음식은 떡처럼 맛있을 거예요."

"떡이라는 게 뭔지 모르겠는데……."

나이트레이 왕국에는 떡이 없는 것일까. 적어도 아벨은 모르는 모양이었다.

어존 마을과 모추모치 마을은 인접한 마을이기는 하지만 그 사이에 작은 언덕과 숲이 있었다. 하지만 걸어서 한 시간이면 도착한다.

두 사람이 모추모치 마을 근처까지 가자 아이들의 '왔다~' 하는 목소리가 들려왔다. 두 사람이 간다는 사실은 영주인 케네스가 미리 전해 두었다고 했다.

"평화로운 마을이네요."

"와이번이 근처에서 목격됐다는 사실은 이미 알고 있을 텐데……."

료의 소감에 아벨이 고개를 갸우뚱했다.

아벨의 의문에 대답한 것은 두 사람을 맞이한 노부부였다.

"잘 오셨습니다. 장원 영주 대리를 맡고 있는 브랜든 헤이워드입니다."

"아내인 달리아입니다. 두 분에 대한 얘기는 아들한테 들었답니다. 아들의 친구이자 왕국에서도 손꼽히는 모험가 분이시라고요. 그런 대단한 분이 와주시다니…… 여보, 의논하길 잘했어요."

"그래, 역시 케네스는 우리에게 과분한 아들이야."

케네스의 어머니와 아버지가 두 사람에게 감사를 전하며 아들을 칭찬했다.

제삼자 앞에서 자신의 아이를 칭찬하는 것은 무척 중요한 일이다. 게다가 그 제삼자가 아이의 친구라면…… 그 친구들도 기분이 좋아지기 마련이다.

"아저씨, 아주머니, 맡겨주세요. 케네스의 얼굴에 먹칠하는 짓은 하지 않을 테니까요!"

료가 활짝 미소 지으며 호언장담했다.

그 옆에서 아벨도 말없이 고개를 끄덕였다.

"자, 드세요."

"잘 먹겠습니다."

두 사람은 장원 영주관으로 안내받아 홍차를 대접받게 되었다.

홍차와 함께 엄지손가락 크기의 경단 같은 것도 나와 있었다. 다과인 것일까.

"맛있네요! 이 달콤한 맛이 홍차와 아주 잘 어울려요."

"입맛에 맞으시다니 다행입니다."

료가 웃는 얼굴로 칭찬했고, 케네스의 어머니 달리아가 흐뭇한 미소를 지었다.

그 옆에서 아벨과 브랜든이 실무적인 대화를 주고받았다.

"그러니까, 지난번 어존 마을에 왔던 녀석보다 더 크다고요?"

"네. 케네스에게 편지를 보낸 후, 어존 마을에서 와이번을 목격했던 자가 함께 확인해 주었는데, 훨씬 더 크다고 했습니다."

"그렇군요. 어존 마을에 왔던 녀석은 유룡이었던 것 같은데, 이번 녀석은 성룡인 건가. 그 와이번이 있는 곳으로 안내해 주실 수 있을까요?"

"네, 내일 수비대장이 안내해 드릴 겁니다."

그날 밤 두 사람은 장원 영주관에 머물게 되었다.

'영주관'이라는 이름을 쓰고 있기는 하지만 누가 봐도 조금 큰 집에 지나지 않았다. 룬에 있는 료의 집, 즉 예전에 이 부부가 살던 커다란 농가와 비슷한 크기였다.

룬 변경백의 저택과는 비교 자체가 되지 않았다.

하지만 잘 가꾸어진 건물이나 정성이 담긴 요리, 따뜻한 마음씨 덕분에 료도 아벨도 마음 편히 쉴 수 있었다.

그리고 다음 날 아침 식사 후, 수비대장과 인사를 나눴다.

"수비대장 뷔르입니다."

두 사람이 소개받은 뷔르는 무척 젊었다. 아마 스무 살 전후.

아벨은 표정을 바꾸지 않았지만 료의 표정이 바뀐 것을 알아차린 것인지, 뷔르 대장은 쓴웃음을 지으며 말했다.

"헤이워드 남작령군은 저를 포함해 둘 뿐입니다. 게다가 그 다른 한 분은 올해 말에 은퇴하시고요."

"그럴 수가……."

"뭐, 장원이 하나밖에 없는 남작은 어디나 다 비슷해."

료가 놀랐고, 아벨이 말을 덧붙였다.

실제로 현대 지구에서도 낙도의 경찰관이나, 의사가 단신부임하는 경우도 자주 있었던 것 같으니까…… 그렇게 생각하면 그렇게 이상한 이야기는 아니었다.

료는 억지로 그렇게 생각하기로 했다.

그런 세 사람을 향해 멀리서 목소리가 들려왔다.

“뷔르! 도시락 가져가.”

“아아, 지금 갈게요.”

멀리서 들려오는 목소리에 그곳으로 황급히 달려가는 뷔르 대장.

“남작령군이라는 게, 그 지역에 사는 청년…….”

“백작 이상의 고급 귀족들과는 하나부터 열까지 다 다르지.”

“단 한 명의 수비대. 그야말로 외톨이 수비대에 외톨이 와이번이네요.”

“무슨 책 제목이냐?”

료가 떠오른 느낌대로 소설 제목 같은 말을 입에 담자, 아벨이 정확히 지적했다.

아벨은 아주 유능한 남자였다.

뷔르 대장의 어머니가 만들어준 도시락을 들고 세 사람은 와이번이 있는 곳으로 향했다.

목적지는 마을에서 두 시간쯤 걸리는 골짜기. 하지만 그곳에 도착하기도 전, 와이번이 날아다니는 것이 보였다.

“잘 날아다니네요.”

“발견하는 수고는 덜었네.”

“저게, 크기는…….”

“어제 들었다시피 성룡이다.”

료의 물음에 아벨이 대답했다.

"낙오된 와이번은 대부분 유룡이야. 그러니까 이번처럼 성룡 와이번이 이렇게 서식지에서 멀리 떨어진 장소까지 오는 일은 아주 드물지."

"여긴 와이번 서식지에서 떨어져 있나요?"

"그래, 상당히 떨어져 있어."

아벨은 머릿속에 왕국의 지도를 떠올리며 대답했다. 아크레와 그리 멀지 않은 장소에 와이번이 자주 나타난다는 것은 애초에 정상적인 일은 아니었다.

"그러고 보니 케네스…… 헤이워드 남작 쪽에서는 특정 방식으로 처치해 달라거나 하는 지시는 없었지?"

"어? 아, 네, 그런 말씀은 없으셨습니다. 게다가……."

아벨의 확인에 뷔르 대장은 고개를 저으며 대답했다. 그리고 힐끔 와이번을 바라보았다.

"정말 두 분만으로 저걸 해치우시려는 겁니까?"

새삼스럽게 딱 두 사람이 토벌에 임한다는 것을 실감한 모양이었다. 일반적으로 와이번 토벌은 많은 사람을 모아서 진행한다. 희생자도 나온다. 그것을 겨우 단둘이서 한다고 하니…….

"그래, 괜찮아. 일반적으로 토벌 증명은 와이번의 오른쪽 눈을 제출하는데, 이번 일은 길드를 통한 의뢰가 아니니까…… 뷔르 대장이 참관인이 되어주는 방식으로 해도 괜찮을까?"

아벨의 말에 료는 고개를 갸우뚱하며 말했다.

"잘은 모르겠지만, 일단 떨어뜨릴게요."

"아, 응."

"〈아이시클 랜스 4〉."

료가 외치자 상공에 생성된 두꺼운 네 개의 얼음 창이 와이번의 날개를 꿰뚫고 그대로 땅에 박혔다.

"좋아!"

"여전히 비상식적이네……. 와이번의 바람 방어막이 실은 없는 게 아닐까 생각될 정도야."

"하늘을 나는 검사보다는 평범해요."

"응, 그것도 확실히 비상식적이지. 우선 사람은 날 수 없어. 검사가 아니더라도."

그런 소리를 하는 아벨을 료가 곁눈질로 바라보았다. 그 눈빛이 반짝 빛난…… 것처럼 보였다.

"아벨, 그건 아주 무지한 생각이에요. 세상에는 브레이크 다운 돌격이라는 기술이 있으니까요."

"그리운 말이네. 브레이크 다운 돌격이라는 거, 그거지? 예전에 료가 말했던 로망 전술."

"로망 전술이라니…… 정말 너무하네요."

료는 이해받지 못하는 괴로움을 깨달았다. 세상은 차갑고 세상살이는 각박하다.

하지만 그런 것에는 지지 않는다!

"좋아요! 그런 아벨의 무지를 제가 밝혀드리죠! 똑똑히 보고 있으세요."

료는 그렇게 말하고는, 칼집에서 무라사메를 꺼내 생성했다.

그리고 소리쳤다.

"〈아바타〉."

그러자 료의 좌우에 또 다른 료가 나타났다. 분신이었다.

"이게 무슨……."

경악하는 아벨.

하지만 여기서 끝이 아니었다.

"〈아이시클 랜스 샤워〉〈워터 제트 슬러스터〉."

료 본체를 포함힌 세 명의 료에게서 무수한 얼음 창이 나오더니 땅에 떨어진 와이번을 향해 날아갔다. 동시에 세 명의 료의 등 뒤에서 물이 뿜어져 나오더니 **료들**이 얼음 창과 같은 속도로 돌진했다.

얼음 창의 착탄, 세 명의 료의 참격, 그것은 한순간에 벌어졌고, 단번에 하나로 수렴했다.

그 후에 남은 것은 무수한 얼음 창에 꿰뚫려 목과 두 다리가 잘려나간 와이번의 시체.

"더블 아바타로 〈아이시클 랜스 샤워〉, 그리고 〈워터 제트〉에 의한 돌격…… 이것이 수속성 마법사 버전의 브레이크 다운 돌격이에요."

기세등등한 얼굴로 설명하는 료.

하지만 아벨은 그 설명이 끝나도 여전히 굳어 있었다.

"어? 아벨?"

뭐야, 그게! 라는 식의 반응을 기대하고 있던 료는, 너무나도 반응이 없어 다시 한번 아벨을 불렀다.

"아, 어어, 미안, 잠깐 꿈을 꾸고 있었던 것 같아……."

"꿈이라니 뭔가요?"

'아무리 료가 규격 외 마법사라지만, 분신을 사용해 순간이동 같은 돌격 공격을 하다니…… 아니, 아니야, 뭔가 착오가 있는 거겠지. 그래, 못 본 걸로 하자.'

아벨은 자신의 마음과 그런 비밀 협약을 맺었다.

그렇다고 해도 눈앞에 남은 와이번 잔해는 사실이라는 것을 인정하지 않을 수 없었다. 그래서 그 점에 대해서만 언급하기로 했다.

"료의 얼음 창은 정말 와이번의 바람 방어막을 무시하네."

아까도 한 말이지만, 신경 쓰지 않기로 했다.

"어쩐지 아벨이 브레이크 다운 돌격을 무시한 것 같아요."

"료의 얼음 창은 와이번의 바람 방어막을 무시하지."

료가 아벨의 무정함을 한탄했고, 아벨은 자신의 마음과 맺은 비밀 협약에 따라 다시 한번 같은 말을 반복했다.

어쩔 수 없이 료는 아벨의 말에 넘어가주기로 했다. 이렇게 보여도 료는 착한 녀석이었다.

눈앞의 와이번은 바람 방어막을 펼치고 있었지만, 격추한 얼음 창도, 그 뒤에 쏟아진 무수한 얼음 창도 와이번을 관통하고 있었다.

"아마 다른 마법사가 사용하는 마법에 비해, 제 얼음 창은 등가속도 운동을 하기 때문에 그럴 거예요."

"등가속…… 뭐?"

"총알과 미사일의 차이……라고 해도 안 통하겠죠. 뭐라고 하면 좋을까…… 그렇지, 바람 방어막은 와이번의 몸에서 바람이 항시 계속 뿜어져 나오는 상태잖아요?"

"그렇다고 하더라고."

바람 방어막에 관한 지식은 아벨도 갖고 있었다.

"하지만 주문을 사용한 공격 마법은 아마 쏘는 순간에만 앞으로 나아갈 수 있는 힘을 갖고 있을 거예요. 화살 같은 거죠. 그것도 활에서 튕겨 나가는 순간에만 앞으로 나아갈 힘을 얻고, 그 후에는 관성, 즉 처음 얻은 힘의 남은 부분만으로 날아가잖아요?"

"뭐, 그렇지."

"하지만 그렇게 되면 와이번의 몸에서 계속 불어오는 바람, 즉 맞바람의 저항을 계속 받아서 머지않아 앞으로 나아갈 힘을 잃게 돼요. 하지만 제 마법은 날린 후에도 계속 가속을 하거든요. 창을 손에 들고 상대를 향해 계속 달리는 것과 마찬가지예요. 그럼 바람이 좀 불어도 계속 앞으로 나아갈 수 있잖아요? 아마 그런 차이일 거예요."

"그렇군. 대충은 알 것 같아."

등가속도 운동은 학교 이과에서 배웠던 내용이 떠오른 것이었다. 수업을 잘 들어둬서 다행이다…….

물론 료가 이해한 영창 마법에 대해서는, 아마 그런 것이 아닐까 멋대로 추측한 것에 지나지 않았다. 료는 언젠가 기회가 된다면 중앙 연방의 영창 마법을 만든 진조를 만나 지금의 가설을 이야기해 보리라 마음먹었다.

'그건 그렇고 영창 마법을 전부 만들어냈다니, 역시 진조 님은

대단해.'

무수한 얼음 창들은 계산에 따라 정확히 박혔기 때문에 와이번의 마석에는 맞지 않았다. 게다가 마석 주변이 창에 의해 갈라진 탓에 마석도 쉽게 꺼낼 수 있었다.

마석을 가방에 넣고 료가 선언했다.

"토벌 완료입니다!"

"그래."

"……아차."

"뭐야, 왜 그래?"

료가 무심코 중얼거렸고, 아벨이 물었다.

"이번 토벌, 아벨이 아무 일도 안 했어요……."

"아……."

이전의 와이번 사냥은 마지막 일격을 아벨이 맡아서 처리했는데, 이번에는 브레이크 다운 돌격의 희생양이 된 바람에 아벨은…….

"C급 마법사에 기생하는 A급 검사……."

료가 작은 목소리로 중얼거렸다.

"내, 내 잘못 아니야! 그래서 처음부터 말했잖아. 나는 필요 없지 않냐고."

자신의 잘못이 아니라고 주장하는 아벨.

"아벨, 어쩔 수 없어요. 토벌의 증거로 와이번의 머리를 가져가죠. 그걸 아벨이 옮겨주세요."

"이걸……."

그 무게는 100킬로를 훌쩍 넘어 보였다.

"이걸 옮기라고……."

아벨의 주위에 절망이라는 공기가 내려앉았다.

그때 문득 아벨은 깨달았다.

"이봐, 료. 어디서 달콤한 향기 안 나?"

"네? 아벨, 옮기기 싫어서 속이는 거면 좀 더 그럴싸한 핑계를 대세요."

"아니, 그런 게 아니라……."

"저는 아무 냄새도 안 나는데요. 뷔르 대장은요?"

료는 거기서 뷔르 대장에게 시선을 돌렸고, 처음으로 깨달았다. 그가 굳어 있다는 것을.

"이건…… 선 채로 기절한 건가요?"

"처음 봤어."

두 사람의 대화가 원인은 아니겠지만, 뷔르 대장의 의식이 뒤늦게 돌아왔다.

"헉! 무, 무슨 일이 일어난 거죠?"

굳어 있던 동안의 기억은 없는 모양이었다.

"괜찮아. 와이번의 토벌은 완료했어."

아벨은 결과만을 알렸다. 굳이 중간 경과는 생략하고.

"오, 정말이다! 난도질되어 있어……. 이로써 마을에 피해가 날 가능성은 사라졌군요. 감사합니다!"

뷔르 대장이 깊이 머리를 숙였다.

"아니, 신경 쓰지 마. 그보다 뷔르 대장, 이 근처에서 뭔가 달콤한 향기 안 나?"

"달콤한 향이요? 글쎄요……. 와이번의 피냄새가 강해서 잘 모르겠습니다."

"아아…… 그것도 그런가."

뷔르 대장의 지극히 평범한 대답에 아벨은 쓴웃음을 지었다. 하지만 여전히 신경이 쓰이는지 자꾸만 고개를 갸우뚱한다.

"아벨, 무슨 일이 있어도 일은 해 줘야겠어요."

료는 단호하게 쏘아붙였다.

아벨의 일은…… 와이번의 머리를 옮기는 것.

뷔르 대장이 토벌을 지켜보았으니 굳이 머리를 옮길 필요는 어디에도 없었지만…….

그 후…….

아벨은 한 손으로 와이번의 머리를 질질 끌고 있었다.

료도 완전히 악마는 아니었기에, 와이번의 머리 밑에 〈아이스 반〉을 깔아주었다. 이것으로 나르는 것도 한결 수월해졌다.

참고로 몸통 일부도 료의 〈대차〉 마법으로 실어서 옮겼다.

그것을 본 아벨은 이렇게 중얼거렸다고.

"내가 머리만 옮겨야 할 의미가 없지 않나?"

◆

와이번을 토벌하고 모추모치 마을에 머리를 들고 돌아간 두 사람은 케네스의 부모님을 비롯해 온 마을 사람들에게 감사 인사를 받았다.

그날 밤은 와이번 고기로 마을 전체에서 큰 잔치가 벌어졌다고 기록되었다.

다음 날 아침, 두 사람은 마을 사람들에게 감사와 배웅을 받으며 마을을 떠났다.

"아벨, 이쪽은 아크레가 아니잖아요?"

"응, 좀 신경 쓰여서."

료와 아벨이 마을을 떠난 뒤 향한 곳은 아크레도 룬도 아니었다.

"어제 말했던 달콤한 향에 관한 건가요?"

"그래. 그냥 넘기긴 좀 찝찝해."

"뭔가 짐작 가는 거라도 있나요?"

"사실 있어. 그 냄새는 와이번이 좋아하는…… 아니, 와이번을 미치게 만드는 냄새인 것 같아."

"와이번을 미치게 만드는 냄새……."

아벨이 의견을 말했고, 료가 고개를 갸우뚱했다.

료의 머릿속에는 개다래나무에 정신을 못차리는 고양이 모습이 떠올라 있었다. 물론 와이번은 고양이에 비하면 **조금** 크고, **조금** 험악하지만…….

"그런 게 있으면 와이번이 몰려들잖아요! 이 세계에서 싹을 잘라버려야겠네요. 대체 그게 무슨 향이죠?"

"바나바나 꽃잎에서 추출한 성분을 정제한 다음 그걸 태우면 향이 발생해. 그러니까 자연적으로 그런 냄새가 나서 와이번을 끌어당길 일은 없으니까 안심해."

"아, 그렇다면 다행이네요."

아벨의 설명에 가슴을 쓸어내리는 료.

하지만 동시에 깨달았다. 자연적으로 발생하지 않는다는 것은…….

"인위적으로 발생한 일……?"

"그럴 가능성이 높아. 그 향기가 바나바나 꽃에서 나온 거라면 누군가가 의도적으로 벌인 짓이라는 뜻이겠지."

"그 목적은……."

"이 향에 이끌리는 건 와이번뿐이야."

"즉, 누군가가 와이번을 모으기 위해 벌인 짓이라는 거네요."

아벨도 료도 얼굴을 찌푸렸다.

그런 귀찮은 짓을 했다는 말을 들으면 누구라도 좋은 감정을 가질 수 없을 것이다.

"당연하지만 모추모치 마을 사람은 아니겠죠."

"아마 아니겠지. 바나바나의 추출이나 정제 방법은 상당히 특수하니까……. 애초에 이 근방에는 바나바나 꽃이 피지 않아. 그건 북쪽에 피는 꽃이고, 게다가 중앙 연방에서는 피는 장소도 한정적이야."

"그건 어딘가요?"

"제국 북부."

"또다시 제국!"

아벨의 대답에 분노를 감추지 못하는 료.

아벨로서는 무엇이 '또다시'인지는 모르겠지만…… 굳이 깊게 생각하지 않기로 했다.

분명 료의 머릿속에서 몇 번이고 제국과 싸움을 벌이고 있는 거겠지, 라고 멋대로 해석을 끝냈다. 아니, 어쩌면 단순히 '또다시'라는 대사를 하고 싶었을지도 모른다. 어느 쪽이든 굳이 신경 쓸 필요는 없어 보였다.

하지만 다음으로 료의 입에서 나온 말은 신경을 쓸 수밖에 없었다.

"차라리 제국을 멸망시키는 편이 세계 평화에 더 기여할 거라고 생각해요."

"아니, 하지 마. 애초에 평화를 위해 멸망시킨다니…… 모순이잖아."

"아벨의 사이비 철학은 됐어요! 선량한 왕국 사람들을 위험에 빠뜨리는 제국의 모략, 이건 그냥 넘어갈 수 없어요."

"일단 그 향기가 정말로 바나바나 꽃잎에서 추출한 거라면, 말이지."

"아벨의 착각이라면, 아벨의 목을 제국에 내주고 덮는 수밖에 없겠네요."

"응, 무슨 말인지 모르겠어."

료는 아벨을 희생시킨다는 선택지를 제시했고, 아벨은 이해하지 못했다.

"근데 아벨은 어떻게 그런 꽃에 대해 자세히 알고 있나요? 설마…… 예전에 그 향기로 와이번을 불러들여 소국을 멸망시킨 적이 있다거나?"

"그 망상은 또 뭐야. 옛날에, 아직 왕성에 있을 때 배운 거야."

"왕성? 아, 또 그 왕자님 설정인가요!"

"설정이라니…… 사실이야."

료가 어깨를 으쓱이며 고개를 저었고, 아벨이 작게 한숨을 쉬었다.

료는 아벨이 제2 왕자라는 것을 믿지 않는다……까지는 아니다. 요즘은 사실 믿고 있지만, 어쩐지 그렇게 말하고 싶지 않을 뿐이다.

"애초에 형님께서 내주신 산더미 같은 숙제를 료도 봤잖아?"

트와일라이트 랜드로 향할 때 아벨은 형인 카인 왕태자가 내준 숙제 더미에 파묻혀 있었다. 그것을 같은 마차 안에 있던 료는 모두 보고 있었다.

"그거 말인가요? 복사상 카피러스 씨 같은 사람을 매수해서 증거를 조작한 거겠죠. 흔한 수법이에요."

"왜 그렇게 되는데!"

료가 어깨를 으쓱이며 지적했고 아벨이 강하게 받아쳤다.

하지만 료는 작게 고개를 저으며 말을 이었다.

"뭐, 사실은 아벨이 제2 왕자라는 건 믿고 있어요. 펠프스 씨가 그렇게 말했으니까요."

"……내 말보다 펠프스의 말을 더 믿는 거냐."

"당연하죠. 어딜 봐도 평범한 모험가인 아벨보다, 어딜 봐도 귀공자인 펠프스 씨가 더 진실을 말할 것 같은 얼굴이니까요!"

펠프스 A 하인라인은 아크레를 영지로 둔 하인라인 후작의 적남이자 룬 소속의 B급 모험가이고, 동시에 40명이나 되는 파티『백의 여단』의 단장이었다. 놀랄 정도로 여성에게 인기가 많은 꽃미남 귀공자이기도 했다.

"그렇지만 아벨이 펠프스 씨보다 뛰어난 면도 있어요."

"호오~ 예를 들면?"

"다, 당장은 떠오르지 않지만 생각해 보면 분명 뭔가 있을 거예요."

"나에 대한 료의 평가는 대충 알았어."

보란 듯이 큰 한숨을 내쉬는 아벨.

그때, 료가 무언가를 떠올렸는지 손뼉을 쳤다.

"아! 생각났어요!"

"뭐야?"

"저한테 밥을 사주죠!"

"……그게 다야?"

"밥을 사주는 건 아주 중요한 일이에요!"

"그래…… 그럼 만약 내가 사주지 않게 된다면……."

"아벨의 존재 가치가 사라지겠죠!"

"……내 존재 가치는 밥에 달려 있었던 건가. 하긴, 밥은 위대하긴 하지."

"그렇죠?"

아벨이 작게 고개를 저었고, 료는 어째서인지 미소를 짓고 있었다.

물론 그 두 사람 사이에는 인식의 차이가 존재하고 있었지만…….

사람과 사람이 서로 알아가는 것의 어려움은, 바로 그 인식의 차이에서 오는 것일지도 모른다.

그런 이야기를 주고받는 와중 두 사람은 와이번을 쓰러뜨린 장소에 도착했다.

"역시 달콤한 향기가 나네."

"으음, 듣고 보니 냄새가 나는 것도 같고 안 나는 것도 같고……. 예전부터 생각한 건데 아벨은 여러 가지 감각이 예민한 편이죠?"

"음? 그런가?"

료의 말에 대충 대답한 아벨은 코를 킁킁대며 향기의 근원을 찾고 있었다. 애초에 타인보다 감각이 예민한지 아닌지는 스스로 자각하지 못하는 경우가 대부분일 것이다.

"저는 적에게 둘러싸여 있어도 그런 기척을 느껴본 적은 없어요."

"료는 마법으로 아니까 필요 없잖아?"

"그런 문제가 아니에요. '기척이 느껴진다!'라고 말해 보고 싶다고요. 그게 더 멋있잖아요. 모르는 건가요~. 그런 걸 감각의 미학이라고 한다고요."

"감각의 미학은 또 뭐야……."

그런 대화를 나누면서도 아벨은 풀을 헤치고 나아갔고…….

"찾았어."

"어떤 거요?"

아벨이 말했고, 료가 뒤에서 들여다보았다. 그곳에는 산산조각 나기 직전의, 금이 가서 부서진 납작한 접시가 하나 있었다.

"깨져버렸네요. 미친 와이번이……."

"그래, 힘이 과해서 부순 거겠지. 바나바나의 경우는 이 접시 위에 정제한 액체를 떨어뜨리고 불을 붙여. 주위 나무들에 그 향이 잘 밴다는 특징이 있지. 향기 자체는 퍼지기 쉬워서 바람을 타고 꽤 멀리까지 가긴 하는데, 그래도……."

"와이번의 서식지는 멀죠?"

"멀어. 즉, 이거 하나로는 모자라."

"이런 걸 여러 지점에 이어서, 그 서식지에서 이 근처까지 유인했다는 거네요……."

엄청나게 손이 많이 가는 작업이었다. 적어도 누군가가 장난으로 할 수 있는 수준은 아니었다.

료는 깨진 접시에 가까이 다가가 이과 수업에서 배운 대로 손을 살살 흔들어가며 냄새를 맡았다.

"여기까지 가까이 오니 저도 향이 느껴지네요. 확실히 달콤한 향기……."

지구에서의 기억으로 비유하자면 바닐라에 가까울지도 모른다. 하지만 바닐라보다 더…… 끈적한 달콤함이라고 해야 할까.

"〈능동 소나〉."

료의 〈능동 소나〉는 공기 중의 수증기를 대상에 부딪히게 하고, 그것에 의해 대상의 반응을 분석하는 마법이었다.

그걸 사용하면…….

"아벨, 이 향기의 근원, 따라갈 수 있을지도 몰라요."

"진짜?!"

료의 말에 놀라는 아벨.

그리고 중얼거리듯 말했다.

"내 감각이 예민하다느니 뭐니 해도, 료의 마법 앞에서는 애들 장난이나 다름없잖아……."

두 사람은 달콤한 향기를 더듬어가기 시작했다.

◆

"폐하의 칙명이라는 건 이해했다. 그래도 사전에 한마디 정도 해 줬으면 하는 게 솔직한 심정이다만……."

"죄송합니다."

얼굴을 찌푸리고 있는 것은 제국 제20군 사령관 랜서스 장군. 그 앞에서 고개를 숙이고 있는 것은 황제 마법사단 부장 소속 부관 유르겐 바르텔.

랜서스 장군은 유르겐이 건네준 명령서를 다시 읽었다.

틀림없이 황제 루퍼트 6세 친필로 된 명령서.

우선 그런 일 자체가 드물었다. 칙명으로 내려지는 경우라 해도 루퍼트 친필 명령서라는 형태로 나오지는 않았고, 보통은 루퍼트의 오른팔인 집정 한스 키르히호프 백작이 대필한다. 물론 그래도 칙명이라는 사실에는 변함이 없지만.

제국에서의 칙명, 즉 황제의 명령은 모든 일에서 가장 우선하여 달성되어야 할 명령이었다.

눈앞의 부관 유르겐 바르텔이 받은 칙명은 '나이트레이 왕국 내의 지도 제작'이었다. 이를 위해 제국 연금 협회에서 새로 개발된 연금 도구를 들고 유르겐이 이끄는 황제 마법사단 열 명이 움직이고 있었다.

그 움직임과 랜셔스 장군 등 제20군의 움직임이 우연히 부딪치고 만 것이다. 물론 그렇게 된다고 해서 문제가 생기는 것은 아니다. 또한 '우리 일이니 방해하지 마라' 같은 치졸한 말을 주고받는 일도 일어나지 않았다.

그러니 랜셔스 장군은 미리 한마디 해 줬으면 좋았을 거라고 말했지만, 사실 그럴 필요성은 없었다. 없다는 것을 장군 자신도 이해하고 있었다.

그래도 입 밖으로 나와버린 것은…… 제20군, 통칭 그림자군의 자존심 때문일까.

눈앞의 유르겐 바르텔은 유명한 남자의 부관이었다. 그것은 바로 제국 내는 물론이고 중앙 연방 전역까지 그 이름이 알려진 폭염의 마법사 오스카 루스카. 그의 부관.

그런 오스카와 유르겐이 소속되어 있는 곳은 황제 마법사단. 이는 황제 루퍼트 6세 직속 마법사단으로, 단장은 제11 황녀 피오나 루빈 보르네미사, 명실공히 데브히 제국이 가진 비장의 패로 소문난 마법단이었다.
그래, '앞'에 있는 비장의 패.
반면 랜셔스 장군이 이끄는 제20군, 통칭 그림자군도 제국의 비장의 패다. 아무도 보이지 않는 곳에서 암약한다…….
그래, '뒤'에 있는 비장의 패다.
랜셔스 장군은 작게 한숨을 내쉬며 말을 꺼냈다.
"아니, 칙명이었으니 우리에게 알리지 않고 움직이는 것이 당연하지. 조금 전의 말은 실언이었다. 잊어줘."
그렇게 말한 랜셔스 장군은 고개를 숙였다.
이것에는 유르겐도 당황했다. 칙명이었으니 가능한 한 신속하게 임무를 완수할 필요가 있었던 것은 사실이다. 그렇지만, 앞서 왕국에 들어와 활동하고 있던 랜셔스 장군 입장에서는 한마디 해줬으면 하는 마음이 드는 것도 이해가 갔다.
실제로 유르겐을 포함한 황제 마법사단 10명은 이미 왕국 곳곳을 돌며 지도를 제작하기 위한 꽤 상세한 정보를 수집한 상태였다. 그러는 사이에도 왕국 각지에서 암약하는 제20군의 눈에도 띄지 않고 움직이고 있었다. 하지만 역시 이 남부 아크레 주변으로 이동해 오고 있던 랜셔스 장군의 눈은 피하지 못했다…….
"적국의 지형 정보, 즉 지도 제작은 군사 행동의 성패를 가르는 중요한 요인 중 하나지. 그것을 최정예 황제 마법사단에 지시하신 폐하의 치밀한 계책에는 감탄밖에 나오지 않는군."
랜셔스 장군의 말에 유르겐은 말없이 고개를 끄덕였다.
랜셔스 장군이든 유르겐이든, 제국의 군 중추와 가까운 이들에게는 조만간 대규모 전쟁이 발발한다는 것이 상식처럼 받아들여지고 있었다.

즉, 데브히 제국의 나이트레이 왕국 침공.

랜셔스 장군 등 제20군에 의한 파괴 활동도, 유르겐 휘하 황제 마법사단에 의한 지형 정보 수집도, 그 침공을 위한 준비나 다름없었다.

서로가 어떤 작전을 수행하고 있는지는 같은 제국군 내부라 하더라도 공유되지 않는다. 그 때문에 이번과 같은 일이 일어나기도 하지만…… 그것은 정보 누출 방지를 위해서는 어쩔 수 없는 일이었다.

지휘관들끼리 현장에서 조정하면 된다. 확실히 말하면 그뿐인 일에 지나지 않았다.

논의를 마치고 유르겐이 제20군을 떠나 다시 지도 제작으로 돌아가려 할 때였다.

"각하, 모험가로 보이는 두 명이 그 향기를 추적하고 있다는 보고가 들어왔습니다."

"어디 후각 좋은 모험가라고 있었나? 아직 더 많은 와이번을 불러들여야 해. 방해하는 자는 제거해라. 그 모험가는 어디까지 왔지?"

"이미 제2 설치 지점까지."

"바로 코앞이 아닌가! 감시는 뭘 하고 있었나. 당장 제거해!"

랜셔스 장군의 명령에 부하가 허겁지겁 달려갔다.

랜셔스 장군은 유르겐을 향해 말했다.

“지금의 제2 설치 지점이라는 것이 유르겐 공 일행과 만난 장소다. 그곳의 지도 정보 취득은……?”

“아니요, 그 직전에 부하분께 잡혀 끌려왔으니까요.”

“그건 실례했군. 곧 모험가를 제거할 테니 연금 도구로 정보를 가져가도록 해.”

“네…….”

랜셔스 장군은 그렇게 말하고는 은신처의 문을 열고 밖으로 나갔다.

내내 유르겐의 뒤에 서서 입을 다물고 있던 부하가 입을 열었다.

“유르겐 부관, 이대로는 좋지 않을 것 같습니다…….”

“그래, 클림트. 동감이다. 이래서 관여하고 싶지 않았는데…….”

클림트의 말에 유르겐은 작은 목소리로 대답했다.

아무에게도 들키지 않게 정보를 모아 제국으로 가져간다. 특히 먼저 왕국에 들어와 있는 제국 각군과의 접촉은 회피한다. 그게 유르겐이 목표로 했던 작전 계획.

그 때문에 앞서 제20군이 왕국 각지에 들어와 있는 것을 알면서도 일부러 접촉을 피하며 움직여 온 것이다. 하지만 역시 랜셔스 장군에게는 들키고 말았다. 그래도 이야기를 마치고 정보를 모은 뒤에는 곧바로 이탈하려고 했는데…….

“불길한 예감이 들어.”

그것은 단순한 감이었다.

하지만 무인을 다수 배출한 바르텔 가문의 둘째 아들로서 어릴

적부터 단련을 거듭하며, 성인이 되기 전부터 전쟁터에 보내졌던 유르겐은 젊음에 어울리지 않는 풍부한 경험을 갖고 있었다.

그것들이 외치고 있었다. 조심하라고.

하지만 비극적인 일은, 무엇을 어떻게 조심해야 하는지는 아무도 가르쳐 주지 않는다는 점이었다…….

◆

"아벨, 우리를 감시하고 있는 사람들이 있어요."

"그래, 걸려들었군."

"네? 설마 저희들은 미끼였나요?"

아벨의 말에 놀라는 료.

"막연하게 그럴지도 모른다고 생각한 것뿐이야."

"그렇다면 그렇다고 처음부터 말해 줬어야죠! 이쪽도 마음의 준비라는 게 필요하다고요."

"마음의 준비……."

료의 비난에, 의미를 이해하지 못해 작게 고개를 젓는 아벨.

미끼가 될 마음의 준비…… 그뿐이라면 이해하지 못할 건 아니지만, 대상은 료다. 무엇이 덮쳐와도 아무 문제 없이 처리가 가능한 료에게 마음의 준비가 필요한가……?

"마법으로 요격할지, 검으로 받아칠지. 접전을 연출하고 나서 쓰러뜨릴지, 처음부터 실력 차이를 드러내서 압도할지. 여러 가지 마음속으로 준비할 것들이 많다고요."

"응, 아무래도 상관없어."
료가 열심히 주장하는 내용을 단칼에 잘라버리는 아벨.
하지만 방심하고 있는 것은 아니었다.
"감시하는 사람들, 습격해 오려나……."
"아…… 증원이 왔어요."
"그럼 확정이네. 습격해 온다. 자, 어떻게 할까? 습격대 안에 지휘관이 있으면 이야기는 빠르겠지만."
료가 〈수동 소나〉를 통해 잡아낸 정보로 증원을 알렸고, 아벨이 희망 사항을 내비쳤다.
접촉해 온 것은 그로부터 1분 후였다.

"거기서 멈춰라!"
료와 아벨의 정면에 세 남자들이 나타났고, 중심에 있는 인물이 목소리를 높였다.
"호오. 저 남자, 강하군."
"네, 저도 그렇게 생각해요."
아벨과 료가 낮은 목소리로 속삭였다.
"정면 셋, 후방 둘, 우측 둘, 좌측 둘, 합계 아홉 명입니다."
"알았어."
료가 〈수동 소나〉로 포착한 적의 수를 전했고, 아벨도 확인했다.
하지만…….
"아…… 추가 원군? 열명의 집단이…… 조금 먼 위치에서 멈췄습니다."

"합해서 열아홉인가. 좀 귀찮군."
"어? 이 반응은……."
료가 작게 고개를 갸우뚱했다. 그리고 한번 더 〈수동 소나〉로 정보를 정밀하게 조사했다.
"틀림없네요. 밖에 열 명 중에 아는 사람이 한 명 있어요. 확실히 제국군이에요."
"그렇군. 그럼 이 녀석들도 제국군인가. 그렇다면 짐작 가는 바가 있어."
"이 사람들이 누군지 알아요?"
"확증은 없으니까, 한번 떠볼까?"
아벨은 고개를 끄덕이고는 료와의 대화를 중단했다.
정면에 있던 지휘관 남자가 말을 이었다.
"모험가들이여, 너희들이 무엇을 하고 있었는지는 알고 있다. 우리가 알고 싶은 것은 그 정보를 어디까지 보고했는지, 너희에게 의뢰한 자가 어디까지 파악하고 있는지다. 우리 손을 번거롭게 하지 않고 가르쳐 주면 좋겠군."
"솔직히 말하면 봐주는 건가?"
"생각은 해 보겠다."
아벨의 확인에 지휘관은 고개를 끄덕였다.
그 말을 듣고 아벨은 씨익 웃었다.
"거짓말이네. 우리를 놔줄 생각은 없잖아? 그림자군."
"호오……."
아벨이 그림자군이라는 말을 입에 올린 순간, 두 사람을 에워

싼 자들의 공기가 바뀌었다.

그것은 명백한 살의. 알아서는 안 되는 정보를 가진 자를 죽이겠다는, 명확한 의지.

"어떻게 너희들이 그걸 알고 있는지가 궁금하군."

"호프 후작의 습격에 실패했지? 저지한 모험가들에게서 이야기가 흘러나왔거든."

아벨은 거기까지 말하고는 뭔가 떠오른 얼굴로 지휘관 남자를 빤히 쳐다보았다.

그리고 천천히 입을 열었다.

"습격을 이끈 건 제20군 사령관. 그게 당신이군, 랜셔스 장군."

그 순간, 뚜렷한 살의를 두르고 두 사람을 포위하고 있던 그림자군 사람들의 감정 속에 놀라움이 섞였다.

제20군 사령관의 이름은 제국 귀족조차 모르는 사람이 많았다. 그것을 왕국의 모험가가 알고 있다는 것은 비정상적인 일이었다.

"평범한 모험가는 아닌 것 같군."

"아니, 평범한 모험가다."

지휘관 랜셔스 장군이 험상궂은 표정으로 말했고, 아벨은 어깨를 으쓱하며 태연한 분위기 그대로 받아쳤다.

그런 아벨이지만, 머릿속에서는 전속력으로 사고를 회전시키고 있었다…….

'왜 제국의 비장의 패가 이런 곳에 있지? 그림자군이 있는 것만으로도 비정상적인데 사령관까지 있다고? 아크레에 손을 대고 싶은 건가? 무엇을 위해서? 애초에 중앙 연방에서도 최고의 방첩을 자랑한다고 알려진 하인라인 후작의 본거지다. 그림자군이라 할지라도 파괴 활동 같은 건 할 수 없을 텐데? 그래서 와이번을 끌어들여 파괴 활동을? 그런 허술한 노림수라고? 아니면 뭐든 상관없는 건가? 하인라인 후작과 후작령 기사단, 마법단, 혹은 아크레의 모험가들이 후작령에 머물러 있기만 하면 되는 건가? 확실히 와이번이 대량으로 나타나면 그 대응에 시달리느라 왕국의 다른 곳으로 원군을 보내기 어려워진다. 즉, 남부 이외에서 무언가를 일으키기 위한 사전 준비…….'

"평범한 모험가가 그 이름을 알 리가 없다."

"몰랐나? 왕국 남부의 모험가들은 다 아는데."

아벨이 그렇게 말한 순간, 뒤에서 속삭임이 들려왔다.

"이 아홉 명과 싸울 때 조금씩 쓰러뜨려서, 애가 타게 만들어서 밖에 있는 열 명을 끌어낼게요."

료의 목소리였다.

그건 알겠지만, 왜 그런 짓을 하는지 아벨은 이해할 수 없었다.

애초에 두 사람을 포위하고 있는 자들이 그림자군이고, 정면의 지휘관이 랜셔스 장군이라면 상당한 강적이다. 그것을 일부러 애태우듯 조금씩 쓰러뜨려 간다니…….

"별로 좋아하는 방식은 아니지만, 붙잡아서 실토하게 만들어야겠군."

랜셔스 장군이 그렇게 말하자 포위하고 있던 자들이 모두 검을 뽑았다.

"여기까지인가. 내가 장군을 맡을 테니까 다른 녀석들을 전부 부탁, 해!"

아벨은 그렇게 말하고는 단번에 간격을 좁히는가 싶더니, 검을 뽑아들었다.

랜셔스 장군에게 달려들었다.

"통째로 떠넘기는 건가요? 〈아이스반〉."

아벨의 무책임한 떠넘기기에 놀라면서도, 아벨과 랜셔스 장군을 제외한 8명의 발밑을 얼음 바닥으로 만들어 선수를 치는 료.

하지만 역시 그림자군. 발밑의 이변을 깨달았는지 그중 네 사람이 크게 뛰어 물러났다.

동시에 료도 움직여서 아벨과 랜셔스 장군의 검격에서 약간 거리를 벌렸다. 그러는 편이 두 사람도 싸우기 쉬울 것이라는 배려 차원이었다.

동시에 적을 따돌리려는 의도도 있었다.

무라사메를 빼고 우선은 1대 4의 칼싸움 구도를 만들었다. 조금씩 쓰러뜨려야 했다. 바깥의 열 명이 애가 타서 결국 가세하는 상황을 만들어내기 위해.

"아…… 여덟 명이 있는 편이 좋겠네요."

그렇게 중얼거리고는 누워 있던 네 사람의 얼음 바닥을 없앴다. 4명까지 추가로 료의 포위망에 들어오며 1대 8의 구도가 완성되었다.

그들이 아벨과 랜셔스 장군 쪽으로 향하지 않은 것은 두 사람의 칼싸움이 너무나도 심상치 않았기 때문이었다.

◆

"역시 명성 자자한 그림자군 사령관답네. 개인 전투도 강하잖아."

"모험가…… 네놈, 정말 모험가인가?"

"모험가가 아니면 뭐라는 거지?"

"……왕국의 암살자?"

"그렇군, 그것도 재미있는 발상이네."

랜셔스 장군이 아벨의 터무니없는 검실력을 보고 엉뚱한 추측을 내놓았다. 그 정도로 아벨의 검실력은 일반적인 모험가 하면 떠올리는 검과는 아득하게 동떨어져 있었다.

"정통파인 휴므류겠지만, 그중에서도 기본에 충실한……."

"그래, 스승한테 두들겨 맞으면서 배웠거든. 기초 기본을 소홀히 하면 검이 가벼워진다고 말이야."

"……정말 모험가가 맞는 건가?"

재차 중얼거리며 랜셔스 장군은 얼굴을 찌푸렸다.

그가 아는 모험가들은 대부분 겉모습을 중시해 겉보기에만 그럴싸한 자들이 많았다. 특히 검에 관해서는 그저 화려한 기술만을 좇으며 검을 휘둘렀다.

한 번도 그들의 입에서 기초나 기본이라는 말을 들은 적은 없었는데…….

"제국의 모험가와 왕국의 모험가를 똑같이 취급하지 마. 왕국은 모험가의 나라라고. 우리가 본고장이다."

아벨이 웃으며 주장했다. 왕국 모험가로서의 자부심을 드러내면서.

"그렇군. 인식을 바꿔야겠어."

랜셔스 장군은 그렇게 말하며 한번 크게 검을 휘두르고 뒤쪽으로 뛰었다.

아벨과 거리를 벌렸다. 그리고 숨을 깊게 들이마시고 내쉬었다.

한 것은 그것뿐이다. 그것뿐이지만…….

"호오……."

아벨의 입에서 저도 모르게 감탄사가 흘러나왔다.

그저 숨을 들이마시고 뱉었을 뿐인데, 그것만으로 분위기가 달라졌다. 조금 전까지와는 달리 진지함이 더해졌다고 해야 할까.

"그림자군 사령관님은 아직 힘을 숨기고 있던 모양이네."

"그럼 시험해 봐라."

아벨의 말에 도발로 되받아치는 랜셔스 장군.

두 사람의 칼싸움은 더욱 격렬해졌다.

그런 아벨과 랜셔스 장군의 검격과는 별개로, 한 명의 마법사를 둘러싼 검격도 행해지고 있었다.

1대8의 칼싸움.

본래 그런 것은 곧바로 승부가 정해지기 마련이다.

1쪽이 항상 장애물을 등지고 싸우는 상황이라면 좀 더 길어질 수도 있지만, 이곳에 그런 장애물은 없었다. 설사 있다고 해도 8

쪽은 오히려 그런 환경에서의 전투가 특기인 자들이었다. 1분이라도 버티면 잘 버틴 셈이었다.

하지만 이 전투는 몇 분이 넘도록 계속되고 있었다.

그뿐인가. 8측이 1분에 한 명꼴로 상처를 입으며 조금씩 전력이 줄어들고 있었다.

채앵.

채앵.

채앵.

여러 차례 울리는 높은 금속음. 단단한 것끼리 부딪쳤을 때 나는 소리였다.

한쪽은 검, 여덟 자루의 검.

다른 한쪽은 얼음. 하나의…… 얼음.

"얼음을 생성해서 검을 막는다니……."

"그런 근접전은 들어본 적도 없어."

"너무 성가시군……."

8측, 제국 제20군에 해당하는 여덟 명의 입에서 저도 모르게 그런 말이 새어 나왔다.

그랬다. 1측, 즉 료는, 작은 〈아이스 월〉의 미세한 생성과 해제를 반복하면서 전장을 제멋대로 주무르고 있었다.

쉽게 쓰러뜨려서는 안 된다. 애타게 만들어서, 밖에서 보고 있는 10명을 끌어들인다……. 처음 세운 그 작전을 고집하는 료.

하지만 아무리 지나도 밖에 있는 10명은 쉽게 움직이지 않았다.

그래서 료는 전장을 조금씩 이동시키기 시작했다. 아벨과 랜셔스 장군의 전투에서 벗어나, 〈수동 소나〉로 파악한 10명이 있는 곳으로, 조금씩…….

이동하면서 한 명씩 쓰러뜨리는 전략으로 바꾼 탓에, 전투 불능이 된 제20군 병사들이 거의 동일한 간격으로 한 명씩 땅에 쓰러져 나갔다.

료는 목적했던 열 명이 망원경을 통해 이 전투를 보고 있다는 것을 알고 있었다. 그래서, 먼 거리에서는 알아보기 어렵도록 〈아이스 월〉을 세워 시야를 가리고, 쓰러뜨린 자들도 굳이 얼음에 넣지는 않았다.

노림수는 제20군 병사가 아니니까.

보고 있는 열 명이었다. 아니, 더 엄밀히 말하자면 그 안에 있는 단 한 사람.

료와 제20군 병사와의 전장은 10명에게 서서히 다가갔고, 그 거리는 마침내 100미터가 되었다.

그 순간.

"〈빙관 3〉."

제20군 중 남아 있던 세 사람을 얼음에 얼린 료는 열 명을 향해 달려가기 시작했다.

그리고 동시에 외쳤다.

"〈스콜〉〈빙관 10〉."

열 명 중 아홉 명이 얼음 기둥이 되었다. 모두 놀란 표정 그대로 얼어붙었다.

10명이 마법사라는 것은 미리 파악하고 있었기에 〈스콜〉로 료의 물에 적신 후에 그것을 얼린 것이지만…… 딱 한 사람만 거기서 도망쳤다.

게다가 료가 가장 노리던 인물이 도망쳤다.

"역시 폭염 어쩌구 부대의 간부. 굉장한 반사 신경이네요."

료가 칭찬했다.

료가 〈스콜〉을 외친 순간, 표적이 자신의 옷에 가까스로 얇은 흙으로 막을 쳐서 젖지 않게 막아낸 것을 알아차린 것이다.

놀라울 정도의 반사 신경이자 마법 생성 속도라고 할 수 있었다.

료와 표적인 남자가 서로 대치했다.

"조금씩 이동해 왔던 건 우리를 노리기 위함이었나."

그 표적이 중얼거리듯 말했다. 이미 손에는 뽑은 검을 들고 있었다. 그 자세는 마법사라기보단 검사라는 말이 더 잘 어울렸다…….

"어린 시절부터 검을 단련해서 나오는 반사 신경인가?"

료의 혼잣말 같은 중얼거림에 놀라는 표적. 하지만 말은 하지 않았다.

"그래도 폭염 어쩌구 부대의 간부라면 마법도 굉장하겠죠?"

"……어디서 만난 적이 있습니까?"

"눈치 못 채셨나요? 잉베리 공국에서 폭염 일행과 함께 나타나 잉베리 공작과 공작의 수행원들을 제국으로 데려갔잖아요. 폭염, 황녀님, 당신과 또 한 사람…… 이 네 명은 아주 강하다고 생각했어요."

"그 자리에 있었습니까? 얼음 봉인이라면 수속성 마법? 왕국의 수속성 마법사…… 설마…….”

“이제 아셨나요? 제 이름은 수속성 마법사 료입니다. 당신의 이름은 뭔가요?”

“…….”

료의 물음에 표적은 대답하지 않았다.

“어차피 곧 알게 될 거예요. 폭염과 황녀님 부대의 간부니까요. 계속 부대 간부나 표적이라고 부르는 것도 좀 그럴 것 같은데요.”

“……유르겐.”

“그렇군요, 유르겐 씨군요. 제가 알고 싶은 건 유르겐 씨 일행이 뭘 하고 있었는지 예요. 저 그림자군 사람들이 와이번을 불러들여 파괴 활동을 하고 있었다는 것까지는 알겠어요. 당신들도 그런가요?”

“맞습니다.”

“아, 거짓말이군요.”

료는 단언했다.

왜 거짓이라고 단언했는지는 말하지 않았다.

“그들과 다른 이유라면, 도대체 무엇 때문에 여기에 있는지…… 알려 주시겠어요?”

“와이번을 통한 파괴 활동을 위해.”

“역시 거짓말이군요.”

또다시 료는 단언했다.

“왜 거짓말이라고 생각합니까?”

“인간의 본능적인 움직임으로 알 수 있어요. 눈 말이에요. 그러니까 거짓말을 해도 소용없어요."

료가 자신만만한 표정으로 말했다.

진짜인지 아닌지 탐색하듯 바라보는 유르겐. 하지만 판단은 쉽지 않았다.

"어쨌든 당신을 여기서 쓰러뜨리면 그만입니다."

"과연 할 수 있을까요?"

유르겐이 부드러운 어조로 쏘아붙였고, 료가 반대로 도발적인 말로 받아쳤다.

"마법으로는 무리겠죠. 하지만 그럴 필요는 없습니다!"

말이 끝남과 동시에 유르겐은 단숨에 료의 근처까지 파고들었다.

채앵!

유르겐의 날카로운 내려베기를 무라사메로 안전하게 받아내는 료.

"부하분들이 얼음에 갇혀 있는데요……."

"그것도 당신을 쓰러뜨리면 녹아내릴 겁니다."

료의 말에 유르겐은 담담하게 대답했다.

"부장님께는 미안하지만, 제가 당신을 물리치겠습니다. 수속성 마법사 료."

"그건 곤란한데요."

이리하여 마법사들 간의 칼싸움이 시작되었다.

◆

유르겐 바르텔은 황제 마법사단 부장 오스카 루스카, 일명 폭염의 마법사의 부관이었다.

그래서 오스카가 눈앞의 료를 높이 평가하고 있다는 것을 알고 있었다. 물론 언제나 씁쓸한 말투이긴 했지만, 마법에 관해서는 자신과 동급, 어쩌면 자신을 넘어섰을지도 모른다고 생각하고 있다는 것도.

그런 상대를 유르겐이 이길 수 있을까?

마법전으로는 무리다.

그건 인정한다.

물론 유르겐도 료도 마법사다. 그렇다고 해서 마법으로 싸워야 한다는 법은 없었다.

검이라도 상관없다.

그리고 유르겐은 무인을 배출하는 바르텔 백작 가문의 차남이었다.

열다섯이라는 나이에 백작가 검술 선생인 가정교사를 이겼고, 열여섯이라는 나이에 아버지인 당주조차 상대가 되지 않을 정도의 실력을 갖췄다.

지금도 순수한 검으로 하는 전투라면 유르겐 주변에서 그를 이길 수 있는 것은 8살 위인 형밖에 없었다. 그 형은 황제 12기사 중 한 명…… 즉, 제국 최강의 기사 중 한 명. 그 수준이 아니면 유르겐을 검으로 꺾을 수 있는 자는 없었다.

그가 섬기는 오스카조차 순수한 검술만으로는 유르겐에게 미치지 못할 것이다.

료를 상대로 자신감을 느낀 것은 어쩌면 당연한 결과였다.

물론 료가 검으로 1대8의 전투를 소화해낸 것은 보고 있었다. 마법사답지 않은 훌륭한 검실력이라고 생각했다.

하지만…….

결코 이길 수 없는 상대라고는 생각하지 않았다.

적어도 마법전으로는 승산이 없다.

이미 아군은 전원이 얼음 속.

결국 칼싸움으로 쓰러뜨릴 수밖에 없다…….

애초부터 선택지는 하나밖에 없었던 것이다.

◆

'이 검, 굉장하네요.'

유르겐의 검을 받아치면서, 료는 속으로 혀를 내둘렀다.

마법사이면서 이 정도의 검을 사용한다는 건, 솔직히 예상 밖이었다.

내려베기, 올려베기, 사선베기, 역 사선베기, 가로베기 후 찌르기…….

모든 동작이 흔들림 없이 단단했다.

수십 번, 수백 번, 수천 번, 수만 번. 어렸을 때부터 검을 계속 휘두르며 갈고닦아온 결과.

'아벨의 검을 닮았어요.'

그래, 아벨의 검도 그랬다.

능력에만 취하지 않고 계속 노력을 갈고닦은 덕분에 손에 넣은 검…… 아벨도 유르겐도, 그 점에서는 비슷할지도 모른다.

료는 유르겐의 출생 같은 것은 전혀 모른다. 그러니 그동안 어떻게 살아왔는지도 모른다.

하지만 검은 정직하다.

그 검사가 그동안 어떻게 살았는지. 검과 어떻게 마주해 왔는지.

그 모든 것을 드러낸다.

그리고 유르겐의 검은, 조금의 양보 없이 꾸준히 노력해 온 검이라는 것을 보여주고 있었다.

'이런 사람의 칼은 단단하죠. 그리고 무척 성가셔요.'

료는 알고 있었다.

편법이 통하는 상대가 아니다.

서둘러 끝낼 수 있는 상대가 아니다.

……자신보다도 강한 상대다.

그렇게 인식하고 싸워야 한다.

◆

'무너지지 않는다…….'

유르겐은 검을 휘두르며 그런 감상을 품었다.

눈앞의 수속성 마법사의 검은, 단단했다. 어떤 공격을 가해도 전혀 흔들리지 않았다.

유르겐은 알고 있었다.

방어가 단단하다는 것은, 진지하게 검과 마주해 왔다는 증거라는 것을.

'적어도 마법의 틈새 시간에 검을 잡아온 것이 아니다. 이 단단함, 특성은 다르지만…… 형님에게 필적할 정도다.'

유르겐의 형인 하르트무트 바르텔은 황제 12기사 중 한 명이었다. 검에 있어서 제국의 정상에 선 자 중 한 명이었다. 그에 필적하는 방어라는 것은 대단한 일이었다.

'서두르면 진다.'

유르겐은 이미 각오를 마쳤다.

애초에 쉬운 상대라고 생각하지는 않았다.

하지만 그래도, 마법전보다는 칼싸움 쪽이 그나마 가능성이 있을 거라 생각했는데…… 검에 있어서도 어려운 상대라는 것을 이해했다.

그렇다고는 해도…….

'인간인 인상 반드시 빈틈은 생긴다. 주도권을 쥔 채로 그것을 기다리면 된다.'

시작부터 싸움은 유르겐의 공격, 료의 방어로 진행되고 있었다. 주도권만 내주지 않으면 질 일은 없었다. 그 사이에 생기는 틈을 노리면 이길 수 있었다.

그것이 유르겐이 정한 방침이었다.

◆

료도 상상해 본 적은 있었다.

아벨과 진심으로 싸우면 어떻게 될지를.

평생 그런 일은 없을 거라고 생각했지만…… 유르겐과의 싸움은, 마치 그 가상 전투처럼 느껴졌다.

순수한 검술만으로 본다면 료는 아벨을 이길 자신은 없었다.

최근에 들어서야 조금씩 몸에 익혀가고 있는 세라의 '풍장' 수 속성 버전. 마법에 의해 모든 속도를 올리는 기술…… 그것을 자유자재로 다룰 수 있게 된다면 압도할 수 있을지도 모른다.

하지만 그것은 아직 무리였다.

완전히 무아의 경지, 혹은 일명 존이라고 불리는 상태에 들어간다면 사용할 수 있을지도 모르지만, 아직은 자유자재로, 그리고 순식간에 그 상태로 자신을 데려가지는 못했다.

그렇게 생각하면 역시 아벨의 정점은 높았다.

현 시점에서 우위를 잡을 가능성이 있다고 하면, 역시 검에 마법을 함께 사용해야만 했다.

그러나 현재로서는 구체적으로 어떻게 해야 할지 감이 잡히지 않았다. 도저히 모르겠다.

모르겠을 때는…….

'기초, 기본으로 돌아간다.'

모든 분야에서 통하는 금언.

그렇기 때문에 기초와 기본이 단단한 자는 강하다.

그것은 동시에, 료가 아벨을 높이 평가하는 이유이기도 했다.

짧게, 하지만 깊게 숨을 내쉬었다. 그러면 자연스럽게 깊게 숨을 들이마시게 된다.

그리고 중앙에 검을 들었다.

준비는 이것뿐이다.

나머지는 검에 집중해서 마지막까지 방어한다!

◆

'더 단단해졌다고……?'

유르겐은 속으로 얼굴을 찌푸렸다.

역시 이 정도로 단단하고 흔들리지 않는 검을 보여줄 것이라고는 상상하지 못했다.

주도권을 넘기지 않고, 그사이에 생겨날 틈을 노리며 싸우고 있었다. 하지만 그럼에도 상대는 흔들리지 않았다. 오히려, 시간이 지날수록 더욱 단단해졌다.

아군이 잡히지만 않았다면…… 분명 철수했을 것이다.

그 순간 유르겐의 사고에 '아군'이 들어왔다.

들어와 버렸다.

시야의 끝에서 바라본 아군들…… 전원이 얼음에 갇혀 있었다. 과연 그들은 무사할까? 아니 얼음에 갇혀 있으니 무사할 것 같지는 않았다. 그것은 알고 있다. 하지만 그렇다고 모른 척하고 자신만 철수할 수는 없었다. 게다가 랜셔스 장군도 아직 싸우고 있을 것이고…….

생각이 흔들렸다.
마음이 흔들렸다.
검도 흔들렸다.
흔들리지 않는 상대 앞에서, 흔들리고 말았다.
료가 크게 옆으로 검을 휘둘렀다. 지금까지라면 흘려보냈을 유르겐이지만, 순간적으로 반응이 늦어졌다. 발을 버티고 서서, 검을 세워 받아냈다……라고 생각했다.
버티고 선 발이 미끄러웠다.
그 순간, 발 아래에 얼음이 있다는 것을 깨달았지만 이미 늦었다.
다음 순간 뒤통수에 통증을 느꼈고…… 유르겐은 의식을 잃었다.

◆

한편, 마법사 간의 칼싸움이 벌어지는 동안, 다른 한쪽에서는 검사 간의 칼싸움이 벌어지고 있었다.
한 명은 모험가, 다른 한 명은 군 지휘관.
"대치할 때부터 강할 거라고 생각하긴 했는데, 상상 이상이네."
칼싸움이 한창일 때 아벨이 가벼운 어조로 말했다.
칼싸움 상대인 랜셔스 장군은 말이 없었다.
그 대응의 차이가, 고스란히 서로의 검격의 차이를 보여주고 있었다.
'뭐냐, 이 모험가는! 공격도 방어도 완벽한 데다 기술까지 압도

한다고? 그런 일이 가능하단 말인가!'

마음속으로 씁쓸함을 삼키는 랜셔스 장군.

예상외의 강함에, 솔직히 초조함을 느꼈다.

물론 랜셔스 장군은 검에 있어서 제국 최강의 수준은 아니었다. 그림자군의 지휘에 관해서는 누구에게도 뒤지지 않을 자신이 있었지만, 개인 전투에 있어서는 위에는 위가 있음을 알고 있었다.

예를 들어 제국 12기사를 상대하면, 몇 합도 버티지 못하고 질 것이다. 그건 이해한다.

하지만 그것을 부끄럽게 생각한 적은 없었다.

실제로도 그런 상황이 된다면 서둘러 철수했을 것이다.

그리고 지금도 똑같이 철수해야 한다고 느끼고 있었다.

느끼고 있었지만…….

'저쪽에서 아군이 쓰러졌다.'

로브 차림의 마법사 같은 모험가를 부하 8명이 에워싸고 있었는데, 지금은 4명으로 줄어든 것이 여기서도 보였다.

그 광경도 믿기지 않았다.

확실히 이곳은 그림자군의 특기라 할 수 있는 시가지나 울창한 숲 속은 아니다. 숲은 있지만 꽤 탁 트인 땅…… 하지만 모험가 한 명을 상대로 그림자군 8명이 나서서 쓰러뜨리지 못한다는 것은 있을 수 없는 일이었다. 게다가 시간이 지날수록 한 명씩 쓰러지고 있다고?

그리고 방금 또 한 명이 쓰러졌다. 남은 것은 3명.

그 순간, 로브의 모험가가 달리기 시작하는 것이 보였다.

동시에 남아 있던 세 명의 부하들이 얼어붙는 것도 보였다.
"뭐야, 저건!"
그것은 너무나도 충격적인 광경이었다.
눈앞에서 벌어지고 있었다면 오히려 충격이 덜했을지도 모른다. 하지만 상당히 떨어진 거리였고, 애초에 의식을 그쪽에 할애하고 있던 것도 있어서 랜셔스 장군의 반응이 늦어졌다.
이곳은 전장이다.
랜셔스 장군의 상대는 로브의 모험가가 아니었다.
"어디를 보는 거지?"
그런 검사의 말을 끝으로, 랜셔스 장군의 의식은 끊어졌다.

그리고 료가 유르겐을 쓰러뜨렸고, 제국군 열아홉 명 전원이 료와 아벨의 포로가 되었다.

◆

"야아, 아주 월척을 낚았네요."
료가 뿌듯한 얼굴로 말했다.
그 옆에는 평소처럼 미간을 찌푸린 아벨이 잔소리를 할 것 같은 표정으로 걷고 있었다.
하지만 료도 그동안 배운 것이 있다. 그래, 항상 잔소리를 하게 놔두지는 않는다. 오늘은 선수를 친다!
"아벨, 아무 말도 하지 마세요."

"……내가 무슨 말을 할지 아는구나."

"그럼요. 얼마나 오래 같이 다녔는데요."

료가 자신만만하게 대답하며 말을 이어갔다.

"그거죠? 배가 고픈 나머지 신경이 예민해져서 나오는 잔소리……."

"아니야! 이 상황에서 왜 그런 결론이 나와!"

그랬다. 이 상황은 바로 어떤 상황이냐 하면…….

료의 뒤로, 얼음 오브제를 실은 19대의 〈수레〉가 줄줄이 이어지고 있는 상황이었다.

평소와는 달리 얼음 내부는 보이지 않았지만…… 그 광경 자체는 장관이라고 해도 좋을 정도였다. 물론 아벨도 그 오브제 안에 조금 전에 싸운 상대들이 들어 있다는 것은 알고 있었다.

"내부는 안 보이네."

"네. 그들은 왕국 내에서 파괴 활동을 벌여 왕국 백성을 위기에 빠뜨린 나쁜 사람들이지만, 그건 제국의 명령에 의한 거였을 테니까요. 그들 자신은 용감하게 싸웠어요. 얼음 관에 넣은 건 어디까지나 데려가기 위해서예요. 저는 그들을 노출시키고 싶은 게 아니니까요. 무사의 자비랄까요."

"무사의 자비, 라는 건 뭔지 모르겠지만……."

"아아, 음…… 기사도 정신?"

"기사도? 기사의 무슨 정신인데?"

"어? 어라?"

료는 고개를 갸우뚱했다.

무사의 자비라는 말이 통하지 않는다는 건 이해가 가지만, 기사가 있는 왕국에서 기사도가 없다는 것은 좀 이상하지 않을까?

"결백함이라든가, 기사는 주인과 아름다운 여성을 위해 싸운다거나, 그런 건…… 없나요?"

"나는 모르겠는데. 책이나 이야기 속이라면 있을지도 모르지만……."

"그런가요?"

세상이 바뀌면 여러 가지 것들도 바뀌는 모양이었다.

"목적을 위해서는 수단을 가리지 않는 시대군요."

"그건 그거대로…… 좀 과하지 않나?"

"하여간…… 이건 이래서 불만, 저건 저래서 불만. 검사는 너무 제멋대로라니까요. 조금이라도 마법사의 섬세함을 이해해 주면 좋을 텐데요."

"응, 마법사와 상관없이 무조건 료 본인의 문제라고 생각해."

아벨은 그렇게 말한 뒤 료와 그 뒤에 이어지는 차량 행렬을 바라보았다.

"그건 그렇고, 제국도 꽤 대담하게 움직이고 있네."

"예전에도 우리가 나쁜 사람들을 잡았잖아요. 대테러 유닛이에요!"

"대테러인지 하는 말은 모르겠지만…… 이런 녀석들이 우리가 모르는 곳에서 그 밖에도 잔뜩 움직이고 있겠지."

"무서운 세상이네요."

료는 작게 고개를 저으며 세상의 공포를 한탄했다.

◆

"아까, 밖에 있던 열 명 중에 료가 아는 녀석이 있다고 했지?"

"네, 그랬죠."

"나도 아는 녀석인가?"

"유르겐 씨예요."

"……누구야?"

료가 이름을 알려줬음에도 아벨은 누구인지 모르는 눈치였다.

료는 상냥하기 때문에 제대로 보충 설명을 해 주었다.

"그 왜, 어쩌구 제국에 있는 폭염 어쩌구라는 사람 있잖아요."

"폭염의 마법사 오스카 루스카 남작 말이지. 왜 료는 늘 제대로 안 부르는 거야……."

"아무튼, 그 사람의 부관이에요."

"……뭐?"

료의 완벽한 설명에도 아벨의 반응은 굼떴다.

"유르겐 씨는 폭염 어쩌고 하는 사람의 부관이에요."

"……진짜로?"

"여기서 거짓말을 할 이유가 어디 있나요?"

"아니, 나도 모르게 반사적으로 튀어나온 말이야. 맙소사……."

아벨이 이마에 손을 가져갔다.

즉, 이 차량 행렬 안에 오스카의 부관과 제20군 사령관 랜셔스 장군이 있다는 뜻이었다.

누가 봐도 둘 다 확실한 거물.
"무조건 골치 아픈 일이 터지겠네."
"왕국 국민으로서 왕국에서 파괴 활동을 벌이는 사람들을 그냥 두고 볼 수는 없잖아요?"
"아니, 그건 그렇지만……."
료가 당연하다는 얼굴로 대답했고, 아벨도 료의 말이 틀리지 않았음을 인정했다.
맞아, 그것은 인정했다.
이해하고 있었다.
그렇긴 하지만…….
문득 다른 생각이 떠올랐다.
"예전에 료가 말했던 것 같은데, 이 얼음에 담긴 녀석한테도 바깥 소리나 우리 목소리가 들린다고 하지 않았어?"
"네, 잘 기억하고 있었네요. 평소의 〈빙관〉이라면 들려요."
"평소의?"
"하지만 이건 평소와는 달리 극저온으로 설정해 둬서, 그들은 현재 가사(假死) 상태예요. 그래서 우리의 대화를 들을 수는 없어요."
"가사…… 상태?"
"아…… 반쯤 죽은 상태요."
아직 왕국에 냉동 보존 기술은 없는 모양이었다.
"왜 그런 상태로 만든 거야?"
"이 유르겐 씨가 우수한 마법사이기 때문이에요. 어쩌면 입을 움직이지 않아도, 마음속으로 생각만 해도 마법을 발동할 수 있을 가능성이 있잖아요? 설령 그게 가능하다 해도 이렇게 의식을 빼앗아 두면 괜찮지 않을까 싶어서요."

"마법의 발동에 무영창을 넘어 트리거 워드조차 필요 없다고?"

"네, 맞아요, 트리거 워드. 방아쇠 단어."

"……혹시 료는 마음속으로 생각만 해도 마법을 발동할 수 있는 거야?"

"네, 할 수 있어요. 어? 제가 말 안 했나요?"

"그건 처음 들어."

지금에서야 밝혀진, 아벨에게조차 알려지지 않았던 료의 비밀!

아벨은 문득 료가 손에 무언가 들고 있다는 것을 깨달았다.

"손에 든 건 뭐야?"

"이거요? 유르겐 씨가 갖고 있던 거예요."

그렇게 말하며 료가 보여준 것은 한 변의 길이가 10센티 정도 되는 정육면체 상자였다. 희미한 빛을 띠고 있고, 금속으로 된 것 같기는 하지만 무슨 상자인지는 알 수 없었다.

"딱 봐도 이것만 이질적이에요. 연금 도구라는 건 알겠지만 어떤 효과가 있는지, 무엇을 위한 도구인지, 애초에 어떻게 사용하는지…… 전혀 모르겠어요."

료가 조금 분한 얼굴로 말했다.

료는 취미로 연금술을 배우고 있었다. 하지만 이 상자를 전혀 이해할 수 없었다. 안이 열리지도 않고 보이는 버튼 하나 없었다…….

그것은 료에게 있어서 조금 분한 일이었다. 하지만 최적의 해결 방법은 알고 있었다.

"케네스에게 보여주죠."

천재 연금술사 케네스 헤이워드 남작이라면 이것이 무엇인지 알 수 있을 것이다.

"저희는 아크레에 들르지 말고 룬으로 직행해요."

"그건 상관없지만…… 케네스에게 그 상자를 보여주려고 그러는 거야?"

"그것도 있어요. 하지만 그 이상으로 한시라도 빨리 휴 씨에게 보고해야 한다고 생각해요."

"보고라기보단…… 이 녀석들을 넘겨서 뒷일을 통째로 떠넘기려는 심산이겠지."

"무, 무슨 말을 하는 건가요? 신속한 보고는 사회인으로서 당연한 거예요."

료가 스승 눈을 피하며 대답했다.

말하는 내용은 맞는 말이지만, 놀라울 만큼 설득력이 없었다.

"뭐, 실제로 우리들이 갖고 있어 봐야 어쩔 수 없긴 하지."

"그렇죠?"

아벨은 차량 행렬을 보며 말했고, 료도 그 시선에 이끌려 차량 행렬을 바라보았다.

"길마는 정말 힘든 직업이야."

"네, 그건 전적으로 동감이에요."

아벨도 료도 작게 고개를 저으며 길드 마스터, 휴 맥글러스에게 떨어질 재난에 대해 생각했다…… 마치 완전한 제삼자처럼.

◆

데브히 제국 크루코바 후작령.

제국 굴지의 학술 도시로 알려진 크루코바 후작령은 크루코바 후작 부인 마리아가 다스리고 있었다.

그 마리아는 현재 구면인 인물 두 명을 대접하고 있었다.

"이건…… 마리아 님, 너무 맛있어요!"

"아, 다행이네요. 피오나 님께서 그렇게 말씀해 주시면 문제없겠네요. 영내에서는 인기 과자로 널리 퍼져 있는데, 이번에 제도로 진출할 예정이거든요. 저는 진출해도 좋다고 보증했는데, 가게 주인이 워낙 신중해서요. 그래서 이번에 제도에서 나보다 미각에 까다로운 멋진 여성이 오시니, 그분께 평가를 부탁드린다고 말해 뒀어요."

"아니요, 마리아 님만큼 제 입맛에 자신이 있지는 않아요……."

마리아의 극찬에 피오나 루빈 보르네미사는 얼굴을 붉혔다.

"피오나 님은 예민한 감각을 가지고 계십니다. 미각에 있어서도 마찬가지죠. 자신감을 가지세요."

마리아는 웃으며 말했다.

그런 두 사람의 대화를 듣고 있는 또 다른 구면의 인물은, 미소를 지으며 말없이 먹고 있었다.

"오스카는 옛날부터 단 음식을 좋아했죠."

마리아는 오스카가 손을 멈추지 않고 신작 타르트를 먹는 것을 보고 웃으며 말했다.

손을 멈추지 않고 먹고 있음에도…… 말할 것도 없이 테이블 매너는 흠잡을 데 없이 완벽했다.

"스승님은 여전히 완벽한 테이블 매너를 갖고 계시네요……."

"속도와 매너를 양립하는 건 정말 어려운 법인데 말이죠."

피오나나 마리아 모두 오스카의 매너가 완벽하다는 것은 알고 있었지만, 그럼에도 놀란 눈으로 바라보게 되었다.

하지만 당연하게도 두 여자에게 그런 열렬한 시선을 받으면 오스카도 약간의 어색함을 느낀다. 게다가 그 두 사람 다 옛날부터 자신에 대해 잘 알고 있는 사람이라면…….

"이 타르트가, 무척 맛있다 보니……."

"그 폭염의 마법사도 칭찬을 했다고 가게 주인에게 전해 둬야겠어요. 자신감을 갖고 제도에 진출할 수 있을 거예요."

마리아는 기뻐했다.

"학술 도시인데, 음식에 관해서도 선진적인 것이 나오는군요."

"네, 맞아요, 피오나 님. 도시나 영지의 기풍이라고 할까요. 새로운 것에 도전해 보고 싶은 사람들이 많이 들어온답니다."

"그런 사람이 처음 맞닥뜨리는 어려움이 바로 자금난일 텐데, 그것을 마리아 님이 대신하고 있다고 들었습니다."

"네, 다들 처음에는 최대한 돈을 들이지 않고 시작하려고 해요. 그건 훌륭한 태도죠. 처음부터 돈을 빌려서 하기 시작하면 대체로 실패하니까요. 하지만 정말 급하게 부족해지거나, 이어줄 자금이 없어서 이제 막 궤도에 오르려는 때에 접어야 하는 사람들이 나오는 것 또한 사실이죠. 그런 사람에게 돈을 대주고 있답니다."

"그것은…… 후작령으로서가 아니라 마리아 님 개인이 하시는 일이죠."

"네. 당사자와 직접 이야기를 나누고, 가게가 있으면 가서 보기도 하고, 주위의 평판도 듣고…… 무척 즐거운 일이랍니다."

"굉장하다……."

마리아가 기쁜 얼굴로 말했고, 피오나가 놀랐다.

"무엇을 하든 돈은 필요하죠. 그리고 저는 돈은 갖고 있어요. 그래서 그걸 쓰는 거죠. 그 결과로 누군가가 성공하거나 성장하는…… 그런 모습을 보는 걸 굉장히 좋아한답니다."

"마리아 님…… 동경합니다."

마리아를 보는 피오나의 눈이 반짝였다.

그런 피오나의 강렬한 시선에 마리아도 쓴웃음을 지었다.

"피오나 님은 이미 제가 할 수 없는 분야에서 사람을 키워나가고 계시는걸요."

"그건…… 사단 말인가요?"

피오나는 황제 마법사단 단장이었다.

"네. 저의 후작령도, 피오나 님의 사단도 사람을 키우고 있다는 점에서는 다르지 않답니다."

마리아는 상냥하게 미소 지으며 말했다.

그 말을 들은 피오나는 기쁜 얼굴로 볼을 물들였다.

"말씀 중에 죄송합니다. 방금 제도에서 급보가 왔습니다."

그렇게 말하며 종이 한 장을 가져온 사람은 피오나의 부관 마리였다. 마리는 가져온 종이를 피오나에게 건넸다.

"설마……."

그것을 읽은 피오나에게서 무심코 그런 목소리가 새어나왔다.

한 번 더 읽은 후, 그 종이를 오스카에게 건넸다.

"……유르겐이 포박당했다? 게다가 그림자군의 랜셔스 장군도? 장소는 왕국 남부, 아크레 근교…… 아크레라면 하인라인 후작. 그분이라면 그럴 수도 있겠군요."

"'대전' 당시 왕국의 기사단장이었죠."

오스카의 중얼거림에 마리아가 반응했다.

군사면에 관한 지식이 거의 없는 마리아라도 왕국에 있는 하인라인 후작의 이름은 알고 있었다. 어떤 인물이고, 무엇을 해 왔는지도.

"왕국 남부라면 가는 데만도 제법 시간이 걸리겠군요."

마리아가 얼굴을 찌푸리며 말했다.

그 말대로 제국 동부에 있는 이 크루코바 후작령에서 간다 해도 상당히 멀었다.

하지만 급보를 직접 읽은 피오나와 오스카의 머릿속에는 같은 결론이 떠올라 있었다.

"스승님, 그 급보, 마지막에 적혀 있는 부분은 황제 폐하의 칙명입니다."

"네. '모든 수단을 총동원해 신속하게 모든 것을 되찾아와라'…… 모든 수단이란 말 그대로 모든 수단을 말하는 거겠죠."

피오나와 오스카는 잠시 서로를 바라본 후 마리아를 보았다.
시선을 받은 마리아만이 아직 상황을 이해하지 못하고 있었다.
"마리아 님, 빌리고 싶은 것이 있습니다."
피오나가 요청한 것은…….

◆

룬 모험가 길드 실내 보관고.
그곳에는 열아홉 개의 얼음 조형물이 늘어서 있었다.
"……그래서, 이게 대체 뭐지?"
"얼음 덩어리야."
길드 마스터인 휴 맥글러스의 물음에 간결하게 답하는 아벨.
하지만 오브제 제작자에게서 지적이 날아왔다.
"아벨, 좀 더 정확하게 말해 주세요. 이건 얼음 관이에요."
료는 지나치게 간결한 아벨의 대답을 다시 한번 보충했다.
물어본 휴 맥글러스는 한숨과 함께 작게 고개를 저었다.
"내가 질문을 잘못했군. 이 얼음 안에는 뭐가 들어 있지?"
"아크레 근처에서 파괴 활동을 하던 제국의 나쁜 사람들이요."
료는 그렇게 대답하고 손을 흔들었다.
그로 인해 얼음의 반사율이 달라진 것일까. 조금 전까지만 해도 보이지 않던 얼음 내부가 투명해지면서 안에 든 것이 드러났다.
"붙잡은 제국 놈들인가……."
휴가 중얼거렸다. 그리고 다시 료에게 물었다.

"료의 얼음 속에 있다는 건 살아있는 거겠지?"

휴 역시 료가 산 채로 사람을 얼릴 수 있다는 이야기는 들어서 알고 있었다. 그래서 확인차 물은 것이다.

"네, 당연하죠. 전문가들의 손으로 여러 가지 정보를 뽑아내야 하니까 살려두는 편이 좋지 않을까 싶어서요."

아무리 료라도 고문이라는 직접적인 말은 피했다. 요즘엔 마법이나 연금술로 좀 더 품위 있게 정보를 빼낸다는 말을 어디선가 들은 적이 있기 때문이었다.

"고문관 말인가? 룬에는 없을 거야, 왕도라면 있겠지만."

"왜 그런 직설적인 이름을 갖고 있는 거죠……."

"옛날에는 육체적으로 상처를 입혀서 실토하게 만들었으니까. 지금은 그러지는 않지만…… 뭐, 그때 남은 잔재다."

료가 작게 고개를 저었고, 휴가 어깨를 으쓱하며 대답했다.

"그리고 이게 이 사람들이 갖고 있던 연금 도구예요."

료는 그렇게 말하며 정육면체로 된 상자를 휴에게 보여주었다.

"뭘 위한 상자지?"

"글쎄요? 저는 모르겠어요. 아마 케네스 정도의 연금술사가 아니면 이게 무슨 상자인지조차 모를 것 같아요."

"아, 케네스 헤이워드 남작 말인가. 그래, 너희에게 의뢰를 냈다는 소식은 영주님을 통해 헤이워드 남작에게서 길드 쪽으로 넘어왔다. 와이번 토벌이었다지? 다만 와이번 토벌을 가서 제국의 파괴 공작원을 붙잡아 올 거라고는 예상하지 못했군."

"모든 건 수상한 향기를 맡아버린 아벨 잘못……."

"내 탓이냐고."

휴는 열아홉 개의 얼음 관을 둘러보았다.

그리고 고개를 갸우뚱했다.

"이봐, 이 열 명은 마법사지?"

"네, 맞아요."

휴가 유르겐 일행을 보며 묻자 료가 대답했다.

"이쪽 9명도 정규군치고는 차림이 가볍군……. 그래도 장비의 질은 좋고…… 뭔가 종잡기 어려운 열아홉이네."

"그건 둘이 다른 부대라서 그래."

휴의 의문에 아벨이 답했다.

"다른 부대?"

"아홉 명은 그림자군, 즉 제국 제20군. 10명은 황제 마법사단. 각각 다른 부대다."

"그림자군? 황제 마법사단? 어? 아니, 이봐, 잠깐……."

"참고로 그림자군 쪽은 사령관 랜셔스 장군도 얼음에 들어가 있어. 황제 마법사단은 폭염의 마법사 오스카 루스카의 부관 유르겐인지 뭔지 하는 자가 얼음에 들어가 있고."

"……뭐?"

아벨의 설명을, 휴는 제대로 이해하지 못했다.

당연하다.

물론 그도 그림자군이나 황제 마법사단의 이름은 알고 있었다. 둘 다 제국의 비장의 패라 불리는 집단이었다. 일개 모험가라면 몰라도 길드 마스터쯤 되면 그 정도 정보는 갖추고 있어야 곤란한 일이 없었다.

하지만 그 사령관에 더해 유명한 폭염의 부관까지 붙잡혀 얼음 안에 있다고 하면…….

"그림자군의 사령관과 폭염의 마법사의 부관도 이 안에 있다고 했지?"

"네. 여기 있는 분이 사령관이고, 저쪽에 있는 분이 부관 유르겐 씨예요."

료가 손가락을 가리키며 설명했다.

휴는 이해했다.

이해한 순간, 안색이 안 좋아졌다.

이제서야 휴 맥글러스도 평범하게 넘어갈 수 없는 상황이라는 것을 직감한 것이다.

그리고 저도 모르게 중얼거렸다.

"맙소사……."

그 중얼거림에 당황한 것은 료였다.

"하, 하지만 파괴 활동을 하고 있었고……."

"아, 아니, 알고 있어. 너희를 탓하는 건 아니야. 뭐랄까, 잘했어. 오히려 지나치게 잘해서 문제랄까."

휴에게 혼나는 것이 아니라는 것을 알고 안도의 한숨을 내쉬는 료.

작게 고개를 흔드는 아벨.

"그렇다고는 해도 상대는 그 제국이다. 이놈들이나 그 연금 도

구를 되찾으러 오겠지."

"그러면 전쟁이 나지 않을까요?"

"과거의 왕국이라면 그랬을지도 모르지. 하지만 지금의 왕국…… 정치 중추는, 제국을 상대로 전쟁을 결단할 수 있을지 어떨지……."

료의 우려에 휴가 얼굴을 찌푸리며 대답했다.

"습격을 당해도 유감 표명만 하고 끝이라는 건가요?"

"국내의 어딘가가 점령이라도 당하면 일어설지도 몰라. 하지만 공격을 받았으나 공격한 자들이 떠났다…… 그렇게 되면 전쟁을 벌이면서까지 제국의 책임을 묻지는 않겠지."

"아, 그건 왠지 알 것 같아요."

상대보다 군사력이 열세라면 그럴 수밖에 없을 것이다.

"제국은 왕국과의 전쟁을 각오한다고 하면 뭐든 할 수 있을 거야. 하지만 왕국은, 제국과의 전쟁을 벌일 각오가 없어. 힘의 차이가, 행동의 차이를 낳지."

료의 말에 아벨이 대답했다.

"그림자군 사령관에 폭염의 부관…… 위험을 무릅쓰고라도 탈환하러…… 오겠지, 역시."

"오겠지."

휴도 아벨도 생각은 일치했다.

"그럼 최대한 빨리 손을 써야겠군. 니나."

"네."

휴가 내내 말없이 서있던 접수 직원 니나를 불렀다.

"영주님께 보고해라. 지금 들은 것 전부. 그리고 기절 쇠고랑을 열아홉 개, 강제 침식 의자도 있는 대로 다 쓰고 싶다고도 전해."

"알겠습니다."

휴의 지시를 받은 니나가 보관고를 나갔다.

처음 들어보는 단어가 두 개나 있었기에 료는 옆에 있는 아벨에게 물었다. 일단은 그나마 온건해 보이는 것부터.

"아벨, 기절 쇠고랑이 뭐예요?"

"흉악한 범죄자를 기절 상태로 유지해 두기 위해 목에 채우는 쇠고랑이야. 범죄자를 옮기는 데 인력이 좀 들어서 번거롭기는 하지만, 도망가서 놓치는 것보다는 낫잖아? 강력한 물리직이든 마법직이든 기절한 이상 도망칠 수 없으니까."

"굉장하네요. 분명 연금술이 쓰였겠죠?"

"그래, 리처드 왕 시절에 원형이 개발되었고, 마법식은 대외비라고 알고 있어. 악용되면 곤란하니까 왕국 전체에도 그렇게 많지는 않을 텐데…… 룬에게는 열아홉 개나 있는 건가."

"변방이니까. 왕도를 제외하면 제일 많이 보관되어 있어."

아벨의 의문에 휴가 씨익 웃으며 대답했다.

나름대로 익숙해진 료가 보기에도 매우 무서운 미소였다. 하지만 료는 조금 안심했다.

"〈빙관〉을 해 둔 채로 제가 계속 붙어 있어야 하는 줄 알았어요."

"그것도 괜찮지만, 역시 힘들잖아?"

휴는 상식 있는 길드 마스터였다.

이어서 료는 또 하나 모르는 단어, 게다가 울림 자체부터 불길한 단어에 대해 물어보기로 했다. 알고 싶지만 알기는 무서운 묘한 호기심으로.

"그리고 강제 침식 의자라는 건……."

"말 그대로. 강제로 머릿속에 침식해서 정보를 빼내는 의자다."

"네……?"

"나도 실물은 본 적 없지만…… 시간은 좀 걸려도 일일이 질문에 답하게 하는 것보다 훨씬 더 많은 정보를 빼낼 수 있다고 하더군. 전용 연금 도구에 정보를 저장해 두면 나중에 확인할 수 있어서 귀하게 여겨지지만……."

"여겨지지만?"

"현대의 연금술로는 만들 수 없다는 모양이야."

"그것도 리처드 왕 때?"

"그렇지."

"다행이네요. 조금 안심했어요."

료는 솔직한 감상을 말했다.

확실히 고문을 가해서 입을 열게 하는 것보다는 좀 더 깔끔할지는 몰라도, 역시 의사에 반해 강제로 정보를 캐내는 것은 내키지 않았다. 물론 때로는 나라의 운명이나 많은 이들의 생명이 걸린 경우도 있을 테니 일률적으로 부정할 수는 없겠지만.

"료의 마음은 알지만……."

"아니요, 아벨, 아무 말도 하지 마세요. 의사에 반한다는 건 그 누구도 좋아할 수 없는 거예요."

"뭐, 료답네."

"케이크는 먹고 싶을 때 먹는다. 먹고 싶은 만큼 먹는다. 그거야말로 사람의 올바른 모습이라고 생각해요."

"응, 역시 료답네……."

자신의 일에 빗대어 소신을 밝히는 료, 그것에 어이없는 표정을 짓는 아벨.

역시 두 사람은 진지한 분위기보다는 이쪽이 더 어울릴지도 모른다.

열아홉 명 전원을 〈빙관〉에서 기절 쇠고랑으로 갈아치운 뒤에야 겨우 료는 풀려날 수 있었다.

"이 사람들, 왕도에 보내지는 않네요?"

"그래, 왕도로 보내면 하루만에 도망칠 것 같으니까."

"그건 배신자가 내통하고 있기 때문이겠죠!"

아벨의 설명에 료가 살짝 들뜬 얼굴로 맞장구쳤다. '배신자'라거나 '내통' 같은 것은 현실에서는 거의 볼 수 없는 일이니 괜히 두근거리는 것이다.

그래, 그건 어쩔 수 없다.

인간의 심층에 깔린 가장 깊은 감정 중 하나니까!

의식해서 조종할 수 있는 일이 아니다!

"……왜 기뻐 보이지?"

"사람으로서 어쩔 수 없는 일이에요."

"응, 무슨 말인지 모르겠어."

대화를 나누는 두 사람 앞으로 열아홉 명의 눈을 감은 포로들이 실려 나갔다.

운반하는 이들 중에는 료가 알고 있는 사람도 있었다. 그렇다면 룬 변경백령 기사단 사람들이었다. 만약 제국이 열아홉 명의 포로를 빼앗으러 온다면 최전선에 서서 싸우는 것은 그들이 될 것이다.

"정말로…… 되찾으러 올까요? 이 룬은 왕국 남부잖아요. 제국에서라면 꽤 멀지 않아요?"

"그래, 멀지. 왕도로 보내지 않는 이유도, 여기 룬이 제국과 더 떨어져 있어서 그런 걸지도 몰라. 길마가 핀레이 포사이스 공에게 보고했더니 룬에서 정보를 빼내는 것에 동의했다던데."

"핀레이 포사이스 씨라면 왕도의 그랜드 마스터죠. 휴 씨가 차 버린 여성의 아버지."

"아니, 그 표현은 좀 그렇지 않나……."

3년 전 휴 맥글러스는 핀레이 포사이스의 딸 엘시와의 혼담을 거절했다.

심지어 들어보니 휴도 엘시도 서로에게 호감을 갖고 있었다고 한다.

정말 아까운 일이다.

"사람과 사람과의 관계는 여러 사정이 있는 법이니까."

아벨이 중얼거렸다.

그 모습을 슥 바라보며 놀란 표정을 짓는 료.

"뭐야?"

놀란 얼굴로 자신을 바라보는 료에게 아벨이 물었다.

"아니요, 아벨도 가끔은 제대로 된 소리를 하는구나 싶어서요."
"료보다는 제대로 된 말을 하는 횟수는 더 많을 거라 생각해."
"그 한마디로 다 망치는 거예요."
"어째서!"
두 사람 다 오십보백보…….

◆

"제국의 습격 부대, 국경에서 이 정도로 떨어져 있으면 대규모는 보낼 수 없겠죠?"
"아마 그렇겠지. 이상적인 건 왕국 누구에게도 들키지 않고 불시에 이 룬을 강습하는 건데……."
"대규모가 되면 알아차리기 쉬우니, 즉 소수정예."
"그렇게 되겠지."
료도 아벨도 도출된 결론은 일치했다. 다만 구체적인 그림은 부족했다.
"제국에는 영주관이나 기사단 초소 같은 곳을 습격할 수 있는 소수 정예 부대가 있나요?"
"랜셔스 장군이 이끄는 그림자군, 제국 제20군이 바로 그걸 위한 곳이지."
"그렇군요."
아벨의 명쾌한 대답에 료는 고개를 끄덕였다.
아벨은 왕국의 제2 왕자다. 어릴 때부터 주변 국가의 전력에 관해서도 모두 배웠다.

결국 대외적인 정치 과제를 해결하는 방법은 두 가지뿐이다. 외교 혹은 군사. 게다가 이 둘은 긴밀하게 이어져 있다. 어느 한 쪽만, 혹은 따로 존재하는 것은 있을 수 없다.

게다가 안타깝게도 어느 쪽인가 하면 바탕을 차지하고 있는 것은 군사였다.

군사력을 바탕으로 한 외교…… 자주 듣는 패턴이었다.

외교력을 바탕으로 한 군사…… 역사적으로도 들은 적이 없다.

만일에 대비한 군사력이 있기 때문에 외교 협상에서 강경하게 나올 수 있는 것이다. 제국은 놀라울 정도로 그것을 잘 이해하고 있었다.

아벨은 왕성에 있을 때 그렇게 배워왔다.

"물론 우리가 모르는 전력을 숨기고 있을 가능성도 있어."

"룬은…… 지켜낼 수 있을까요?"

아벨의 말에 료가 조금 걱정스러운 표정으로 중얼거렸다.

"왕국 기사단이 궤멸한 왕도보다는 낫지 않을까? 기사단도 세라가 단련하고 있을 거고."

"확실히 그렇지만…… 그래도 제가 싸운 유르겐 씨도 말도 안 되는 수준의 검사였어요. 아마 여기 있는 기사단으로는 이길 수 없을 거예요."

"폭염의 마법사 부관이니까. 강하겠지."

료의 말에 어깨를 으쓱이며 대답하는 아벨.

두 사람이 대화를 나누는 사이 열아홉 명의 포로는 모두 실려

나갔다.

"저 사람들은 어디로 가는 걸까요?"

"강제 침식 의자가 있는 곳 아닐까?"

"하지만 기동할 수 있는 건 한 대뿐이라고 들었는데……."

"그런 보고도 받았지. 아마 랜셔스 장군이나 유르겐 부관…… 둘 중 하나를 앉힐 거야. 다른 녀석들은…… 지하 감옥이려나."

"지하 감옥! 역시 있었군요!"

료의 목소리 톤이 올라갔다. 아까 전의 걱정스러운 표정은 온데간데없이 사라져 있었다.

배신자나 내통과 마찬가지로, 현실에서는 쉽게 볼 수 없는 것이 있다는 사실을 알고 단번에 흥분한 모양이었다.

"뭐야, 몰랐어? 언젠가 료가 들어갈 곳인데. 한번 보여달라 그럴까?"

"제가 들어갈 때는 아벨도 같이 끌고들어갈 거예요!"

"왜 나를 끌어들여……."

"죽을 땐 함께 죽는 거예요."

상호 확증 파괴로, 손대는 것을 처음부터 막는 전략이다!

◆

두 사람은 마차에 몸을 싣고 있었다.

열아홉 명의 말없는 이들을 나르고 있는 네 대의 마차 중 하나.

료가 영주관까지 태워다 줄 수 있느냐고 부탁했더니 기사단 사람이 허락해 준 것이다. 물론 료가 거의 매일같이 기사단 초소에서 세라와 모의전을 치르고 있으니 가능한 일이었다.

"감사하세요, 아벨."

"그래, 고마워."

순순히 감사를 표하는 아벨.

그 말에 료는 웃는 얼굴로 고개를 끄덕였다.

물론 마차를 타지 않고 걸어간다고 해도 대단한 거리는 아니었다. 이 두 사람이면 지칠 일도 없을 것이다.

그래도 조금씩 빚을 만들어두는 것이 중요했다.

어디선가 빛을 보게 될 날이 올지도 모르니까!

"애초에 왜 그림자군은 와이번을 불러 파괴 공작을 벌인다는 번거로운 방식을 택했을까요?"

"글쎄? 처음에는 달랐겠지. 아마 평범한 파괴 공작을 시도하지 않았을까?"

"평범한 파괴 공작이라는 건…… 뭐죠?"

"흔한 건 영주의 암살 같은 거야."

"흔한 일인가요……."

아벨이 표정 하나 바꾸지 않고 말했고, 료가 놀란 표정으로 바라보았다.

"딱 한 사람만 죽여도 타격이 크니까. 가장 효과적이잖아?"

"왜 그러지 않았을까요?"

"못한 거겠지. 아크레를 다스리는 건 알렉시스 하인라인 후작이야. 일단 그 당사자가 왕국 기사단장 출신이라 성가시지. 하지만 그 이상으로…….”

“그 이상으로……?”

아벨이 일부러 말을 끊었고, 거기에 집중하는 료.

“방첩에 뛰어나.”

“그러고 보니 그런 말을 했었죠.”

“아크레에서는 타국의 첩보원은 24시간 안에 잡힌다더라.”

“맙소사…….”

믿을 수 없는 단속력에 놀라는 료.

스파이가 24시간도 버티지 못하는 도시라니…… 감시 카메라가 곳곳에 있는 21세기 지구라 해도 쉽게 상상하기 어려운 상황이었다.

“도대체 어떤 방법을 쓰길래…….”

“자세한 건 나도 몰라. 예전에 펠프스가 말했었는데 연금술도 쓰고 있다는 모양이야.”

“연금술! 그걸 눈여겨보고 있다니 역시 하인라인 후작이네요.”

어째서인지 으스대는 료.

펠프스란 펠프스 A 하인라인을 말한다. 룬 소속의 B급 모험가이자 알렉시스 하인라인 후작의 아들로 차기 당주이기도 했다.

“아, 도착했네요.”

두 사람이 탄 마차가 영주관에 도착했다.

태워준 기사단에게 감사 인사를 전하고 마차에서 내렸다.

“그럼 연금술의 정점에 있는 분을 만나러 가볼까요.”

두 사람은 케네스 헤이워드 남작의 곁으로 향했다.

영주관 전투

크루코바 후작의 저택 앞에 마차 한 대가 멈춰섰다.

내려선 사람은 한 명의 남자.

흰색 바탕에 열두 자루의 황금 검이 그려진 망토를 걸치고 있었다.

그대로 황제 마법사단의 임시 회의실로 쓰이는 방으로 안내받았다.

"피오나 전하, 오스카 공, 가까스로 시간에 맞춰 도착했군요. 저도 동승하겠습니다, 잘 부탁드립니다."

"하르트무트 경, 기다리고 있었습니다."

하르트무트라 불린 남성이 밝게 인사했고, 피오나가 고개를 끄덕이며 대답했다. 오스카는 말없이 고개를 깊이 숙였다.

남자의 이름은 하르트무트 바르텔. 제국의 검 정점에 선 황제 12기사 중 한 명. 바르텔 백작가 차기 당주이자 오스카의 부관 유르겐 바르텔의 형이기도 했다.

그 유르겐은 현재 포로의 몸이 된 상태였고…….

"황제 폐하께 실례를 무릅쓰고 간청해 참여해도 된다는 허락을 받았습니다. 두 분의 명령에 절대 복종을 약속합니다. 부디 이 몸을 뜻대로 써주십시오."

하르트무트는 그렇게 말하고는 우아하게 허리를 숙였다.

"감사합니다, 하르트무트 경. 현재 파악된 상황을 설명드리겠습니다."

오스카는 그렇게 말하고는 책상 위에 놓여진 문서를 설명해 나갔다.

"포박된 인원은 19명. 랜셔스 장군 이하 제국 제20군 9명, 유르겐 이하 황제 마법사단 10명. 칙명으로는 이 19명의 탈환이 최우선입니다."

"알겠습니다. 그리고 또 무슨 상자 같은 게 있다고 들었습니다."

"네. 토속성 마법사의 마력을 넣으면 지형을 기록해 지도로 만들 수 있는 연금 도구입니다. 유르겐이 가지고 있었습니다."

"그게 황제 폐하께서 유르겐에게 명령하신 물건이군요. 제1 탈환 목표가 19명, 제2 탈환 목표가 그 상자라고 생각하면 되겠습니까?"

"네, 그렇습니다."

하르트무트의 확인에 오스카가 고개를 끄덕였다.

"하르트무트 경은 본대를 이끌고 전하와 함께 열아홉 명의 탈환 지휘를 부탁드리고 싶습니다. 저는 상자 쪽으로 향하겠습니다."

"호오……. 제가 열아홉 명을 담당해도 괜찮은 겁니까? 아니, 상자 쪽에 뭔가 추가 지시가 있었군요?"

"역시 명석하시군요. 실은 현재 케네스 헤이워드 남작이 왕도에서 룬에 와 있다고 합니다."

"케네스 헤이워드 남작이라면 희대의 천재 연금술사지요. 그렇다면 그 자에게로 상자가 가겠군요."

"네. 상자 탈환과 동시에 케네스 헤이워드 남작을 납치해 오라는 명령을 받았습니다."

◆

"의장 작업 및 화물 적재, 30분 후에 완료됩니다."

"수고했네, 노르베르트."

후작령 기사단장 노르베르트의 보고에 고개를 끄덕이는 마리아.

그리고 마리아는 세 사람을 향해 돌아섰다.

"들으신 대로, 준비가 끝났습니다. '항구'로 가도록 하지요."

마리아는 그렇게 말하고는 앞장서서 걸었다. 그 뒤를 따라가는 피오나, 하르트무트 그리고 오스카.

네 사람이 가는 길은 지하도. 하지만 그 지하도는 폭도 꽤 넓고 천장도 높았다. 바닥도 석판이 깔끔하게 깔려 있었다.

한동안 걸어가자 곧 넓은 공간이 눈앞에 펼쳐졌다. 그곳이 바로 '항구'. 그곳에는 한 척의 거대한 '배'가 계류되어 있었다.

하지만 그 '항구'는 바닷가도 호수도 아니었다. 물이 없는 지하의 항구였다.

"역시 너무 갑작스러운 상황이라 한 척의 의장밖에 준비하지 못했습니다. 죄송합니다, 피오나 님."

"아니요, 마리아 님. 감사합니다. 이 공중전함이라면 왕국 남부까지 침투할 수 있을 겁니다."

포로 구출을 위해 준비된 것은 크루코바 후작령에서 연구 개발된 신형 공중전함이었다.

마르크돌프급 1번함 마르크돌프.

칙명에 '모든 수단을 총동원'하라고 적혀 있었기에 이 배를 사용하기로 한 것이다. 전장 투입용 전용 의장을 시험 단계로나마 유일하게 갖춘 함.

제국 수도에 연락을 취해 황제 루퍼트 6세에게도 다시 한번 사용 허가를 받아두었다.

물론 이 신형 공중전함은 제국의 비밀병기였다. 하지만 그 비밀병기가 왕국에 노출되는 한이 있더라도 포로의 탈환을 우선시하라는 뜻이었다.

"단장, 황제 마법사단 40명, 제국 제5군 제1연대 100명 집결 완료했습니다."

피오나의 부관 마리가 보고했다.

마리의 뒤에는 이번 임무에 참가하는 자들이 정렬해 있었다. 그들이 룬을 습격해 19명의 포로를 탈환할 것이다.

◆

"고도 일만까지 상승. 기밀 격벽 폐쇄."

"우현 격벽 폐쇄 완료."

"좌현 격벽 폐쇄 완료."

"〈슬라이드〉 전개. 공기 저항 10분의 1로 저하!"

"〈스카이 콘트라스트〉 전개. 지상에서 시인 불가한 상태로 전환합니다."

“전 기능 정상 가동 중.”

함교에서는 지시와 보고가 쉴 새 없이 난무했다.

피오나, 오스카, 마리는 물론이고 하르트무트조차 뭐가 뭔지 알 수 없었다.

이 공중전함을 조종하는 것은 크루코바 후작령에서 오랫동안 개발진과 숙식을 함께한 ‘공중 선원’들이었다. 그전에는 예전부터 제국이 보유한 유일한 공중전함에서 훈련을 쌓아왔다고 마리아는 설명했다.

애초에 제국에 바다는 없었다.

하지만 공중전함에 의해 하늘이…… 끝없이 이어지는 하늘이 제국의 바다가 되려 하고 있었다.

그 선두에 선 이들이 바로 지금 조함을 맡은 자들이었다.

조함을 맡은 자들인데…….

“음?”

오스카가 고개를 갸우뚱했다.

오래 알고 지낸 피오나라 해도 오스카의 그런 표정을 보는 일은 드물었다.

“스승…… 아니, 부장님?”

사단원이 아닌 하르트무트가 있다는 사실을 떠올리고 호칭을 바꾸는 피오나.

“아니요…… 조함하는 사람들이…….”

그렇게 말한 오스카는 함교 안을 둘러보았다.

함교 내에서 조함에 관여하는 이들은 모두 같은 옷을 입고 있었다. 제복 같은 것이었다.

그건 상관없었다.

오스카가 이상하게 여긴 것은, 전원이 후드를 깊게 눌러쓰고 있다는 점이었다. 함교는 춥지 않았다. 오히려 후드를 깊게 쓰고 있으면 시야가 좁아질 텐데…… 그것이 걱정될 정도로 깊게 눌러 쓰고 있었다.

특히나 깊게 눌러쓰고 있는 사람은 함장을 포함한 6명.

후드 때문에 얼굴은 잘 보이지 않았다.

잘 보이지 않지만…… 오스카의 목소리가 울렸다.

"엘머, 이 배는 굉장하군."

"알아보겠냐, 오스카! 그래, 이 배는…… 앗……."

함장은 자신이 실수했다는 것을 깨달았다. 그와 동시에 깊게 후드를 눌러쓴 다른 다섯 명은 고개를 흔들고 있었다.

"설마, '난사난격'이 조함하고 있었다니……."

오스카는 고개를 저으며 말했다.

그랬다. 공중전함 마르크돌프는, 과거의 오스카와 알고 지내던 파티 『난사난격』 멤버를 중심으로 조함되고 있었다.

고도 1만 미터에 도달해, 일직선으로 남하하기 시작한 뒤에야 비로소 자세한 설명이 이어졌다.

B급 파티 『난사난격』은 여섯 명의 제국 모험가들로 구성된 파티였다. 오스카와는 적지 않은 인연이 있었다.

『난사난격』에 관해 특필할 만한 것이 있다면 6년 전 열린 제국의 격투 대회, 그것도 제50회 기념 대회에서 두 명의 파티원이 3위와 8위라는 상위권에 올랐다는 점이었다. 그로 인해 『난사난격』의 여섯 명은 단번에 화제를 모으며 유명인이 되었다.

하지만 그 후 얼마 지나지 않아 모험가로서 일선에서 물러났다는 소문이 돌았는데…….

"설마 공중전함을 타고 있었을 줄이야."

"아하하하하……."

오스카가 작게 고개를 저으며 중얼거리듯 말했다. 리더 검사 엘머가 쓴웃음을 지었고, 다른 다섯 명도 볼을 긁거나 어색한 미소를 짓고 있었다.

"아니 그게, 기념 대회 후에 황실과 크루코바 후작 부인 양쪽에서 권유가 들어왔거든. 나랑 자샤뿐만 아니라 파티원들 전원이서 오지 않겠냐고. 게다가 이야기를 들어보니 공중전함이라잖아. 수백 년 만에 새로 연구 중인 배의 승무원이 되는 걸 전제로 개발에 협력해 보지 않겠냐는데. 이건 모험가라면 당연히 뛰어들 수밖에 없지 않겠어?"

"후작령 안에 저택도 받을 수 있었고, 월급도 엄청 좋았어."

엘머의 설명에 말을 거드는 쌍검사 자샤.

"사람이라면 하늘을 날고 싶은 법이지."

"사람이라면 하늘을 날고 싶은 법이야."

쌍둥이 궁사 자매인 유시와 라시도 맞장구를 쳤다.

치유사 미사르트는 늘 그렇듯 웃는 얼굴로 고개를 끄덕였고, 척후 안도 작게 어깨를 으쓱했다.

동고동락해 온 파티는 6년이 지나도 여전히 사이가 좋아 보였다.

참고로 오스카와 『난사난격』의 대화를 조금 떨어진 곳에서 피오나, 마리 그리고 하르트무트가 보고 있었다. 대화 내용은 세 사람에게까지 전부 들려왔다.

“그렇군요, 그 ‘난사난격’ 분들이셨습니까?”

“나도 그 대회는 보러 갔어. 쌍검사가 3위, 검사가 준준결승까지 갔다고 들었다.”

하르트무트가 떠올리며 말했고, 피오나도 그 광경을 머릿속에 그리며 대답했다.

“오스카 님이 우승하셨죠. 그 준결승과 결승은 저도 봤습니다. 소름이 돋더군요.”

“황제 12기사인데 소름이 돋았나요?”

“네, 특히 그 준결승…… 오스카 씨와 엘프와의 싸움은…….”

피오나의 말에 하르트무트가 대답했다. 옅은 미소를 지으며.

그 미소는 상냥함 외에도 다른 감정이 포함되어 있었다…… 피오나조차 확실하게 느꼈을 정도로.

“……싸워보고 싶으셨나요?”

“네, 둘 모두와.”

그것은 정말로 한순간이었다.

옆에서 보고 있던 마리가 잘못 본 것이 아닐까 생각했을 정도로 아주 잠깐. 하지만 피오나는 분명히 보았다.

하르트무트의 입가에 떠오른 전투광의 미소를.

황제 12기사 중 한 명이다. 싸움에, 마음 일부를 빼앗긴 것은 어떻게 보면 당연하다…….

피오나는 작게 한숨을 내쉬었다.

◆

료와 아벨은 별채에서 기다리고 있었다.

케네스는 다른 곳에서 일을 하고 있었고, 곧 돌아온다고 했다.

"유능한 사람은 바쁜 법이죠."

"다들 유능한 사람에게 일을 맡기고 싶을 테니까."

료의 말에 아벨도 동의했다.

"어디의 검사처럼 갈 때마다 늘 식당에서 책만 읽고 있는 사람은 과연 유능한 걸지……."

"글쎄…… 일을 그만큼 빨리 처리하는 거 아닐까?"

료가 황금파도 식당에서 자주 책을 읽고 있는 아벨을 슬쩍 꼬집었다. 당연히 아벨은 그 정도는 눈 하나 깜빡이지 않고 받아쳤다.

"이래저래 변명이 많네요……. 말이 많은 사람에게는 일을 부탁하고 싶지 않은 법이죠."

"료가 일을 의뢰하면 높은 금액을 불러서 거절할 테니까 걱정 마."

"귀여운 후배를 괴롭히다니, 정말 못된 선배네요."

"이럴 때만 선배 취급하지 마!"

물론 싸우는 것은 아니다. 장난을 치고 있을 뿐이다.

그런 별채로 케네스가 돌아왔다.

"기다리게 해서 죄송합니다."

"괜찮아요, 케네스. 아벨은 언제나 한가하니까요."

"문제없어, 케네스. 료는 나보다 더 한가하니까."

료와 아벨의 반응에 쓴웃음을 지을 수밖에 없는 케네스. 이 사이에서 가장 난감한 것은 케네스일 것이다.

"케네스가 어떻게 반응할지 몰라 곤란해하잖아요. 아벨, 조금은 배려라는 걸 해 보세요."

"신경 쓰지 마, 케네스. 료의 실없는 소리는 늘 있는 일이니까."

"실없는 소리라니! 아벨은 내버려 두죠. 봐줬으면 하는 건 바로 이 연금 도구예요."

료는 그렇게 말하고는, 평소의 가방에서 한 변의 길이가 10센티 정도 되는 금속 상자를 꺼내 케네스에게 건넸다.

"이건……."

상자를 받아든 케네스는 이리저리 살펴보거나 촉감 등을 확인했다.

"스위치 하나 없어서…… 일단 그거 연금 도구는 맞는 거죠?"

"네, 상당히 고도의 연금 도구입니다."

료의 물음에 크게 고개를 끄덕이며 대답하는 케네스.

"상당한 고도래요, 아벨."

"그래, 근데, 그걸 왜 나한테 말해?"

"상당히 고도의 연금 도구니까, 제가 애를 먹은 것도 어쩔 수 없는 일이에요."

"……그 말 하려고 나한테 말 돌린 거냐. 어때, 케네스, 알아낼 수 있을 것 같아?"

"아벨, 실례예요! 케네스는 아벨 같은 거랑은 달리 훌륭한 연금술사라고요. 당연히 알아낼 수 있죠."

"왜 료가 자랑스러워하는 건데……."

어째서인지 료가 가슴을 펴고 대답했고, 아벨이 작게 고개를 저었다.

"이런 물건은 정해진 말을 외치면서 마력을 불어넣어야 비로소 기동합니다. 그래서 도난당하거나 누가 주워도 그 안의 정보는 물론 애초에 무엇을 위한 연금 도구인지도 알 수 없죠."

"패스워드 인증……."

케네스의 설명에 무심코 현대 용어를 중얼거리는 료.

즉, 그만큼 엄중한 관리가 필요한 연금 도구라는 뜻이었다.

"그 정해진 말을 모르는 이상 알아낼 수 없는 건가……."

아벨이 얼굴을 찌푸리며 말했다.

"그렇군요. 알아내는 건 포로들에게서 그 말을 빼낸 다음이 되겠네요."

료도 얼굴을 찌푸리며 말했다.

"저도 아까 들었는데, 강제 침식 의자를 쓴다고요. 그건 확실히 머릿속의 정보를 끌어낼 수는 있습니다만…… 애초에 사람의 머릿속에 들어 있는 정보라는 것은 방대합니다. 그걸 분석하는 연금 도구도 있긴 하지만, 사용한다 해도 정밀 조사하는 데 몇 달은 걸릴 것이고, 분석을 하는 사람은 방대한 정보를 전부 훑어봐야 하기 때문에…….”

“엄청 고된 일일 것 같네요.”

“그러게.”

케네스의 설명에 료도 아벨도 한숨을 내쉬었다.

머릿속에서 빼낸 방대한 정보 속에서 원하는 정보를 찾기란 쉽지 않은 일일 것이다.

설명을 마친 케네스는 방 한구석에 놓인 가방을 열었다. 료처럼 어깨에 매는 가방이 아니라, 여행할 때 가져갈 것 같은 꽤 큰 여행 가방이었다. 가방 안에는 종이를 묶어둔 폴더 같은 것이 대량으로 들어 있었다.

케네스는 그중 하나의 폴더를 꺼내더니 작업 책상 위에 올려놓았다. 그리고 폴더를 열어서 한 장의 종이를 꺼냈다.

“운이 좋다면 이걸 사용할 수 있을 겁니다.”

그 종이는 A3용지 정도의 크기였다. 꽤 정밀하게 만들어진…….

“마법진?”

“네. 료 씨, 한번 보시겠어요?”

케네스가 기쁜 얼굴로 료에게 그것을 보여주었다.

료는 테이블 위에 펼쳐놓고 빨려들어갈 것처럼 바라보았다.

“뭐죠, 이게……. 엄청 복잡해……. 이건 루프 구조? 아니, 하나씩 밀어내면서 루프? 그와 동시에 그룹 조합 같은데……. 음? 이 외부 읽기 같은 건 뭐지? 손가락을 올리고 거기서 마력을 불어넣는 건가?"

료가 마법진을 보면서 중얼거렸다.

머리속에서 이것저것 고민하고 있는지 그 생각이 입밖으로 튀어나왔다.

그 사이에 케네스는 다른 여행 가방에서 받침대 같은 접이식의 얇은 판을 꺼내왔다. 방금 그 마법진 아래에 받쳐서 쓰는 도구인 것 같았다.

"케네스…… 잘 모르겠어요. 다만 대략적인 구조랑 현재의 상황을 감안하자면, 혹시 아까 그 상자의 '정해진 말'을 강제로 찾아내는 도구인가요?"

"아, 역시 료 씨. 정답입니다."

시험이 곧 끝나가는데 정답을 풀지 못해, 일단 뭐라도 적어내자는 심정으로 튀어나온 료의 말. 그것을 듣고 정답이라며 칭찬하는 케네스.

하지만 료는 기쁘다기보다 부끄러운 표정이었다.

"맞히긴 했지만, 마법진을 제대로 해독한 건 아니니까요……."

"조금씩 경험을 쌓다 보면 언젠가 완벽하게 읽을 수 있게 될 겁니다. 괜찮습니다."

칭찬으로 성장하게 만든다. 케네스는 그런 타입인 것 같았다.

그런 두 사람의 대화를 말없이 지켜보던 아벨. 정말로 작은 소리로 중얼거렸다.

"내 눈에는 그냥 예쁜 낙서로만 보였는데……."

케네스는 접이식 판을 펼쳐두고 그 위에 마법진이 적힌 종이를 올려놓았다. 이어서 마법진 위에 그 상자를 놓았다.

그리고 마법진 모서리 두 군데에 있는 의미심장한 소용돌이 문양 위에 양손 엄지손가락을 각각 올려놓고는 주문을 외웠다.

"〈판독 개시〉."

그 순간 마법진에서 희미한 빛이 피어올랐다.

연금술이 발동할 때 나는 빛이었다. 자세히 보자 그 빛은 색조를 미세하게 바꾸면서 상당한 속도로 명멸하고 있었다.

"명멸하는 연금술 빛은 처음 봤어요."

"색깔도 바뀌고, 예쁘네."

료와 아벨이 그 광경을 보고 소감을 밝혔다.

소리 없이 빛만 변하는 광경은 꽤 환상적이었다. 지금은 아직 낮이지만, 밤이었다면 더 아름다웠을 것이다.

시간으로 따지면 1분 정도였을까?

갑자기 받침대로 두었던 판에 글씨가 새겨졌다.

"'황제 폐하 만세 세계의 모든 것을 제국의 깃발 아래에'가 기동용 문구입니다."

케네스가 그려진 글자를 읽어냈다.

"어떻게 이런 오만한 말을!"

"뭐, 제국이니까."

료가 분개하고, 아벨이 쓴웃음을 지었다.

'세계의 모든 것'까지는 모르겠지만, 중앙 연방에서 제국의 국력은 압도적이있다. 경제력도 군사력도, 3대 강국이라 불리는 왕국이나 연합과 비교해도 한 수 위. 그것은 나라 중추에 있는 사람뿐만이 아니라 평범한 각국의 국민들조차 그렇게 생각하고 있었다.

"제국은 연금술에서도 앞선 나라입니다. 공표되는 경우가 거의 없기 때문에 잘 알려지진 않았지만, 제국 연금 협회에서 개발되는 연금 도구는 독창적인 것들이 많습니다. 아마 이 상자도 그런 것의 일종이겠지요."

케네스는 그렇게 말하면서 책받침과 마법진 종이를 치우고 상자를 테이블 위에 올려놓았다.

"그럼 아까 그 말로 기동해 볼까요?"

"괘, 괜찮은 거야? 갑자기 터지는 건 아니겠지……?"

"괜찮습니다."

아벨의 우려를 웃는 얼굴로 달래주는 케네스.

료는 말이 없었지만 침을 삼켰다. 걱정이 아니라 무엇을 위한 도구인지 궁금해하는 얼굴이었다.

"'황제 폐하 만세 세계의 모든 것을 제국의 깃발 아래에'."

케네스가 마력을 불어넣으며 소리쳤다.

상자는 열리지 않고, 상자 표면에 글자가 새겨졌다.

"흠……."

그것을 읽고는, 가끔씩 적절하게 마력을 불어넣으면서 무언가 조작해 나가는 케네스.

잠시 후 고개를 끄덕이며 말했다.

"이건 토속성 마법사의 마력을 불어넣어 주변의 지형 정보를 수집하는 연금 도구입니다."

"주변 지형 정보?"

"그런 걸 수집해서 뭐에 쓰려고?"

케네스의 대답에 료가 고개를 갸우뚱했고, 아벨도 뜻을 몰라 물었다.

"아마 정보를 받아 해석해 주는 큰 연금 도구가 따로 있을 겁니다. 예를 들면 제도(帝都) 같은 곳에 말이죠. 이 상자 안에 누적된 지형 정보를 바탕으로 그 도구가 지도를 만들어주는 것이지요."

"지도……."

"그렇군. 그런 거였나."

케네스의 설명에 료는 여전히 고개를 갸우뚱했다. 하지만 아벨은 무언가 짚이는 것이 있는 듯했다.

"아벨, 뭔가 생각난 게 있나요?"

"그래, 군사 작전을 수행할 때 없으면 곤란한 게 몇 가지 있어. 그 중에서도 적국을 침공할 때 미리 확보해 두고 싶은 것, 그중 하나가 바로 상대국의 지도지."

"그 말은 즉……."

"제국이 왕국 침공을 염두에 두고 있다는 뜻이야."

침묵이 별채를 뒤덮었다.

제국의 왕국 침공…… 물론 그것이 언제 행해질지는 알 수 없었다. 1년 후일지, 5년 후일지, 아니면 10년 후일지.

그 전에 정세가 바뀌어 침공을 하지 않게 될 가능성도 있었다.

역사적으로 봐도 여러 나라가 얽힌 정치 정세라는 것은 변수가 많았다.

국주가 서거하거나, 왕자나 공주의 혼인으로 새로운 관계가 맺어지거나…… 천재지변이나 대재해에 의해 전력이 약해지거나, 혹은 전쟁의 필요성이 사라지거나…….

"잠깐 제도에 가서 황제를 죽이고 올까요?"

"응, 절대 하지 마. 애초에 아직 침공이 이루어진 것도 아니잖아. 이쪽에서 먼저 전쟁의 불씨를 던지지 마."

료의 제안은 아벨에 의해 기각되었다.

"여러 가지로 서둘러야겠군요."

케네스는 그렇게 말하고는 고개를 한번 끄덕였다.

하지만 곧 손에 들고 있는 상자를 떠올렸다.

"하지만 우선은 이 안에 들어 있는 정보를 〈복사〉해 두죠. 왕국 내의 지도도 어느 정도는 있긴 하지만, 이 안에 있는 것과 조합하면 더 정밀한 지도를 만들 수 있을 테니까요."

"그렇군요. 역시 케네스예요."

케네스의 제안을 무조건적으로 칭찬하는 료.

"들었죠? 아벨. 이게 바로 건설적인 의견이라는 거예요."

"그래, 확실히 건설적이긴 한데…… 왜 그걸 나한테 말하는데?"

"아벨이 평소에 파괴적인 행동만 하는 검사니까 하는 말이죠."

"료가 더 파괴적인 행동만 하는 마법사겠지."

"무지몽매하군요, 아벨! 이걸 보도록 해요!"

료는 그렇게 말하더니 얼음으로 케이크를 만들어냈다.

높이 1미터짜리 몽블랑 케이크를.

"파괴의 반대는 창조. 다시 말해 저는 창조적인 마법사라고요."

"이건, 굉장하군요."

가슴을 펴는 료. 정밀하고 아름다운, 얼음 조형물로서 손색없는 훌륭한 케이크를 칭찬하는 케네스. 걸음을 옮기며 케이크를 찬찬히 둘러보기 시작한다.

"그래…… 놀랄 정도로 창조적이네, 그건 인정해. 하지만……."

아벨은 거기서 한번 말을 끊었다가, 다시 말을 이었다.

"도움이 되지 않는다는 의미로, 건설적이지 않아."

"으윽……."

아벨의 단정에 분한 표정을 짓는 료.

건설적이지는 않더라도, '제국의 침공'이 드리운 무거운 침묵의 공기는 케이크로 인해 완전히 사라져 있었다.

"그럼 상자 안의 내용을 복사하고 오겠습니다. 아무래도 여기서는 힘들 테니 연금 실험실 쪽에서 하고 오도록 하지요."

"오!"

케네스가 말하자 료가 반색하며 반응했다.

"그거 알아요, 아벨? 이 영주관의 연금 실험실에는 온갖 연금 도구가 가득해요."

"왜 료가 그런 걸 알고 있는데?"

"예전에 세라의 안내를 받아서 구경했거든요."

료는 그때 본 연금 도구를 떠올린 것인지 히죽히죽 웃고 있었다.

그런 료를 보고 미소 지은 케네스는 별채를 떠났다.

"료, 케네스는 갔어. 우리는 어쩔까? 그 실험실이라는 곳에 따라갈까?"

"아뇨, 아벨. 거기는 기본적으로 저희 같은 외부인은 들어가면 안 돼요. 세라가 데려다 줬을 때도 사전에 절 데려가겠다는 신청을 해 줬기 때문에 들어갈 수 있었던 거고요."

"흐음, 확실히 엄중하네."

아벨은 크게 고개를 끄덕였다.

아벨은 제2 왕자라는 입장상 예전부터 이 룬 변경백이 '어떤 것'을 만들고 있다는 것을 알고 있었다. 수십 년에 걸쳐 연금술을 총동원하고, 기계 공학의 정수를 모으고, 야금 기술의 극치에 이른 어떤 것의 존재를 알고 있었다……. 그것을 위해 많은 인재를 민간에서 계속 모으고 있다는 것도.

이번에 케네스 헤이워드를 왕도에서 초빙한 것도 그와 관련된 것이라고 확신했다.

아마도 연금술 면에서는 최종 조정에 가까운 상태까지 와 있을 것이다.

하지만 눈앞에 있는 연금술을 취미로 하는 수속성 마법사에게 그것까지는 말할 수 없었다. 그래도 언젠가는 알게 될 것이다. 그것을 알게 되었을 때 기뻐할 얼굴도 쉽게 상상할 수 있었다.

"뭐, 때가 되면."

"네? 아벨, 뭐라고 했나요?"

"아니, 아무것도 아니야. 그래, 언젠가 료가 들어가게 될 지하 감옥에나 가볼까? 붙잡힌 녀석들도 있을 거고. 그 강제 침식 의자라는 것도 좀 보고 싶으니까."

"아벨도 본 적이 없군요."

"그래, 없어. 들어본 적은 있지만……."

"알 것 같아요. 뭔가 좀 무섭죠."

"응, 뭔가 무서워."

그리하여 두 사람은 별채를 나와 지하 감옥이 있는 영주관 제2별관으로 향하게 되었다.

◆

마르크돌프 함교에서는 탈환 작전의 최종 확인이 진행되고 있었다.

그 도중에 하르트무트가 질문을 했다.

"잡혀 있는 곳이 룬이라는 것은 알았지만, 세세한 장소까지는 아직 불분명하다는 거군요. 그건 언제쯤 확정됩니까?"

"가까이 가면 알 수 있습니다."

피오나가 대답했다.

"가까이 가면?"

하르트무트가 고개를 갸우뚱했다.

"피오나 전하께서는 일정 거리까지 접근하면 마법사단원의 위치를 파악하실 수 있습니다. 그렇기 때문에 하르트무트 경이 이끄는 19명 탈환 측에 참가해 주시는 거고요."

오스카가 대답했다.

"……그건 마법적인 의미로 감지할 수 있다는 뜻으로 이해해도 되겠습니까?"

"네, 그렇게 보시면 됩니다. 하지만 하르트무트 경, 이 사실을 아는 사람은 사단원을 제외하면 황제 폐하와 집정 키르히호프 백작뿐입니다. 그러니, 부디 비밀을 지켜주세요."

"네, 알겠습니다."

미소 지으며 알려준 피오나의 대답에 깊게 고개를 끄덕이는 하르트무트.

하르트무트 역시 지금 멤버 구성만으로도 이것이 제국의 최고 기밀이라는 것을 이해했다.

최고 기밀에 관해서는 비록 제국에서 검의 정점이라 불리는 황제 12기사라 해도 극도로 신중하게 다뤄야 했다. 무심코 밖으로 누설해 버리면…… 비유가 아니라 정말로 목이 날아간다.

그런 와중 문득 의문이 생겨났다.

탐지 계통의 마법 대부분은 풍속성 마법이었다. 대표적으로는 〈탐사〉 마법이 유명했다. 하지만 피오나가 다루는 것은 화속성과 광속성. 두 속성을 동시에 다루는 것만으로도 매우 드문 일인데, 그 두 속성에 관해서는 제국 전역에서도 거의 정상급이라고 알려져 있었다. 하지만 둘 다 〈파악〉이나 〈탐사〉와는 거리가 먼 계통의 마법…….

그런데도 마법사단원의 위치를 알 수 있다고?

그렇게 생각하고 있는데, 문득 하르트무트의 시야에 피오나가

늘 허리에 차고 있는 검이 들어왔다.

보검 레이븐.

대대로 황실에 전해 내려오는, 중앙 연방에서 가장 유명한 마검 중 하나. 대부분의 경우는 황제가 차고 있지만, 현재는 제11 황녀 피오나의 애검이 되어 있었다. 두 가지 속성의 마법을 지닌 것이 레이븐의 특성 중 하나였다. 화속성과 풍속성.

거기까지 생각하자, 하르트무트의 머릿속에 무언가가 섬광처럼 떠올랐다.

'설마 보검 레이븐의 특성? 혹은 그로 인한 무언가인가?'

그러나 떠오르기는 했지만 입 밖으로 내지는 않았다.

방금 막 비밀을 지키라는 당부를 들은 지 얼마 되지 않았다. 생각나는 대로 말을 전부 뱉다가는 목숨이 몇 개라도 부족할 것이다. 그것은 황제 12기사라도 마찬가지였다. 아니, 어쩌면 제국 중추 가까이 있는 만큼 시정의 백성들보다 입밖에 내는 말에 훨씬 더 신중을 기해야 했다.

하르트무트는 가볍게 고개를 젓고는 눈앞의 최종 확인에 집중했다.

"마법 혹은 연금술에 의해 19명에게서 귀중한 정보가 유출될 가능성이 있다. 그러니 밤까지 기다릴 여유가 없어. 도착하는 대로 탈환 작전을 개시한다. 엘머, 지금 속도라면 룬 상공에 도달하는 건 언제지?"

"한 시간 후, 오후 4시다."

오스카의 물음에 함장 엘머가 답했다.

이 마르크돌프로 침투했다가 이 마르크돌프로 철수하는 이상, 함장 엘머도 작전의 세부 사항을 알 필요가 있었다.

"돌입, 탈환, 철수까지 30분 안에 끝내는 것으로. 그동안 마르크돌프는 공중에서의 지원을 부탁하마. 사단원 스무 명을 남겨두겠다. 그들이 함에서 지상을 향해 마법 포격을 할 테니 잘 활용해서 격추당하지 않도록 부탁해."

"알았어."

"돌입 시, 공중에서의 마법 일제 사격으로 상륙 지점을 확보한다. 여러모로 배를 기동하기 까다로운 환경일지도 모르지만, 그 부분은 맡기마."

"그래, 알았어. 동료를 데리고 무사히 돌아만 와."

◆

제2 별관으로 가는 길, 료와 아벨은 아는 사람을 만났다. 정확히는 료의 아는 사람이었다.

"안녕하세요, 아브라함 루이 씨."

"료 씨, 이런 곳에서 뵙다니 별일이군요."

바로 룬에서 무기상을 운영하고 있는 아브라함 루이. 처음 만난 것은 위트나쉬에서 에토가 쓸 노를 샀을 때였다.

그 후 아브라함 루이는 위트나쉬의 가게를 정리하고 룬에 가게를 열었다. 심지어 세라가 자주 가는 단골 무기상 드란 주인장의 가게에서도 만나 마침내 료는 자신의 이름을 전할 수 있었다.

"이쪽은 아브라함 루이 씨. 굉장한 연사식 노를 제작하는 데다 동시에 천재 시계사이기도 해요."

료가 아벨에게 소개했다.

료의 마음속에서 아브라함 루이는 천재 시계사였다. 이름만으로도 지구 역사상 가장 유명한 시계사였던 아브라함 루이 브레게가 머릿속에 떠오르기 때문이었다.

아벨과 아브라함 루이가 서로 인사를 나눴다.

"아벨 씨라면 얼마 전에 A급으로 승급하신?"

"네, 맞아요. 이렇게 보여도 실은 굉장한 검사거든요."

"어떻게 보인다는 건데……."

아브라함 루이가 놀라고, 료가 애매한 칭찬의 말을 던졌고, 아벨이 못마땅한 얼굴로 중얼거렸다.

"그러고 보니 아브라함 루이 씨는 영주관 개발 공방에도 협력하고 있다고 했죠. 드란 주인장 가게에서 그런 얘기를 들었어요."

"네. 요 몇 주 동안은 여기에 계속 상주하고 있습니다."

"저도 거의 매일 영주관에 오고 있는데, 뵌 건 처음이네요."

"료는 기사단 초소에만 가니까 당연히 모르겠지."

아벨이 작게 고개를 저으며 말했다.

"기사단 초소?"

"검술 지도역과 모의전을 한다더군요."

"검술 지도? 아! 세라 님과 매일 모의전을 하고 있다는 모험가가 바로 료 씨였습니까? 저도 들어봤습니다. 대단한 진투라고 하던데요."

"아뇨, 그 정도는 아니에요."

칭찬을 받고 수줍어하는 료.

료와 세라의 모의전은, 영주관 안에 있는 사람들에게 널리 알려진 모양이었다.

기본적으로 공방에만 출입하는 그조차 알 정도로…….

두 사람은 아브라함 루이와 헤어지고 다시 제2 별관을 향해 걷기 시작했다.

하지만 곧 또다시 아는 인물을 만났다.

이번에는 둘 다 아는 인물. 애초에 1시간 정도 전까지 함께 있었던…….

"길마?"

두 사람이 만난 인물은 길드 마스터 휴 맥글러스였다.

"음? 아벨이랑 료인가? 아까 보고 또 보는군. 아, 료는 세라와 모의전인가…… 아니, 그건 기사단 초소 연습장에서 하잖아. 이쪽은 아니지?"

"네, 오늘은 모의전이 아니라 아까 그 포로들의……."

료는 뭐라고 해야 할지 고민하다가 말끝을 흐리고 옆에 있는 아벨을 바라보았다.

"그 강제 침식 의자라는 걸 좀 보고 싶어서."

아벨은 돌려 말하지 않고 분명하게 전했다.

"아벨, 그렇게 대놓고 말하면 안 돼요. 좀 도와주러 왔다거나,

망을 보는 분들에게 먹을 걸 가져왔다거나, 그런 식으로 부드럽게 둘러대야죠…….”

“지금 네 입으로 둘러댄다고 말했는데?”

“아차!”

아벨이 어이없다는 얼굴로 고개를 저었고, 료가 실수를 지적받고 눈을 크게 떴다.

그런 두 사람의 대화를 듣고 휴는 작게 한숨을 내쉬었다.

“강제 침식 의자를 보고 싶다는 건가……. 뭐, 평범하고 정상적인 인간이라면 평생 볼 일이 없는 물건이긴 하지.”

“평범하고 정상적인 인간, 이라는 건, 료는 앞으로 볼 일이 있을지도 모르겠네.”

“저는 평범하고 정상적이니까 그럴 일 없어요. 오히려 아벨 쪽이 더 가능성이 높죠. 평범하지도 않고 정상적이지도 않으니까요!”

“그렇다 해도 료한테는 듣고 싶지 않아.”

“무례해요! 아벨에게만은 듣고 싶지 않아요.”

“걱정하지 마, 둘 다 평범하지 않으니까.”

“에엑…….”

휴의 결론에 료도 아벨도 할 말을 잃고 말았다.

◆

세 사람은 사이좋게 제2 별관을 향해 걸어갔다.

하지만 그런 와중 충격적인 사실이 휴의 입을 통해 전해졌다.

"지하 감옥에는 없어."

"네?"

"이번 같은 경우가 아니면 거의 쓰지 않는 물건이니까. 평소에는 제2 별관 대형 창고 같은 데에 둔다고 하더군. 애초에 현대의 연금술사도 만들 수 없는 도구이니 지하 감옥처럼 습기 많은 곳엔 두기 어렵지."

"뭐, 그것도 그렇네."

휴의 말에 고개를 끄덕이는 아벨.

하지만 왠지 료가 분한 표정을 지었다.

"왜, 료가 그런 표정을 짓는 거지?"

"현대의 연금술사…… 케네스라면 만들 수 있다고 생각해요!"

제멋대로 스승으로 모시고 있는 천재 연금술사 케네스 헤이워드 남작이라면 분명 만들 수 있을 것이라 주장하는 료.

"아니…… 나한테 그런 말을 해 봤자……."

료의 기세에 주춤하는 휴.

"시간만 있다면 케네스는 분명 해낼 거예요. 문제는 너무 바쁘다는 거예요. 연달아서 일을 가져오는 주위 사람들이……."

"상자 분석을 부탁한 료도 해당되겠네."

작은 소리로 중얼거리는 아벨.

"그, 그건 어쩔 수 없어요. 나라의 명운이 걸린 분석이라고요!"

료는 순간 주춤했지만 주어를 크게 키워서 얼버무렸다.

세 사람은 제2 별관 대형 창고 앞에 도착했다.

문 앞에서는 당연하게도 룬의 기사단이 지키고 있었다.

"기사단장 호출을 받고 왔는데."

"들었습니다, 맥글러스 님."

휴가 말하고 기사단원이 경례하며 대답했다.

"아벨, 휴 씨가 뭔가 거물 같은 분위기를 내고 있어요."

"거물 같은 분위기가 아니라 실제로 거물이잖아. 길드 마스터니까."

"저도 좀 해 보고 싶어요."

"뭐?"

료의 말뜻을 알아듣지 못한 아벨.

"아무도 안 불렀는데, 왔습니다만."

"네? 아, 전달받진 못했지만, 들어가십시오, 료 공……."

갑작스러운 료의 애드리브에 놀라면서도, 들어가라는 허락을 내주는 기사단원.

"해냈어요, 아벨. 이게 바로 얼굴 패스라는 거죠. 세라가 가끔 하는 걸 보고 멋있다고 생각했는데, 저도 할 수 있었어요."

"응…… 왜 굳이 그런 헷갈리는 짓을…… 아니, 멋있으니까 그런 건가. 응, 역시 난 료를 이해하지 못하겠어."

"아벨은 안 들어가나요? 절 따라오면 분명 들어갈 수 있을 거예요."

"그래?"

아벨은 힐끔 기사단원을 바라보았다.

"들어가시죠."

기사단원은 그렇게 말하며 길을 터주었다.

제2 별관 대형 창고.

확실히 **대형**이라는 글자가 붙은 만큼 넓었다.

지구의 돔구장 정도일까. 길이는 200미터 가까이 되어 보였다.

그런 광활한 공간임에도, 놓여 있는 물건은 극히 적었다. 창고이기는 하지만 광활한 공간 한켠에 물건들이 조금씩 놓여 있을 뿐.

하지만 들어선 료와 아벨의 시선을 사로잡은 것은 그곳이 아니라…….

"바닥에 눕혀놨어요……."

"상당히 이질적인 광경이네."

기절 쇠고랑을 채운 18명의 포로들이 동일한 간격으로 바닥에 얌전히 눕혀져 있었던 것이다. 그리고 가장 안쪽에는 의자 하나와 그곳에 앉혀진 남자가 한 명.

의자는 유난히 등받이가 컸다. 거기에 연금 도구로서의 기능이 가득 들어가 있는 듯했다. 한 연금술사가 등받이 뒤로 돌아가서 무언가를 조작하고 있었다.

물론 의자 주위에도 기사단원이 서 있었고, 창고 벽가에도 상당수의 기사단원이 배치되어 있었다.

앞서 들어간 휴가 그 중 한 명의 곁으로 걸어갔다.

"그래, 휴, 왔군."

"네빌, 이게 강제 침식 의자라는 건가? 꽤 크네."

그들을 맞이해 준 것은 기사단장 네빌 블랙. 휴는 강제 침식 의자의 거대한 등받이에 놀랐다.

"저 등받이에 여러 가지가 들어 있다고 하니까. 뭐, 나도 자세한 건 몰라."

"저 뒤에서 조작하는 사람은……."

"헤이워드 남작의 부하야. 라덴 공이었나."

"아, 왕립 연금 공방의……."

네빌과 휴의 대화는 료와 아벨에게도 들려왔다.

"이미 의자가 작동하고 있는 모양이에요."

"그래, 소리가 작게 들리네."

귀를 기울이자 웅웅거리는 저음이 희미하게 들려왔다.

"앉아 있는 건 장군님이죠?"

"랜셔스 장군이지."

"의자에서 뻗어 나온 뭔가가 귀나 머리에 구멍을 뚫고 들어가는 건 줄 알았는데 그건 아닌가 보네요. 눈을 감고…… 머리는 의자에 고정되어 있지만 아파 보이지는 않아요."

"고문 기구는 아니니까."

료의 말에 아벨은 어깨를 으쓱이며 대답했다.

료는 상상했던 것이다. 강제로 의자에 묶인 채 '끄아아아악!' 하는 비명을 지르며 머리에서 정보가 뽑혀나가는 광경을. 솔직히 고문은 좋아하지 않기 때문에 그런 광경은 보고 싶지 않다고 생각했는데…… 그런 모습이 아니라 안심했다.

"오히려 장군님의 표정이 편안해 보여요."

"료도 그렇게 생각했어? 아마 정말 기분이 좋은 게 아닐까?"

강제 침식 의자에 앉아 있는 랜서스 장군의 표정이, 작업이 진행됨에 따라 점점 온화해지고 있었다.

그 모습은 역시 예상 밖이었다.

"아벨, 저게 끝나면……."

"싫어!"

"네? 제가 무슨 말을 할지 알았나요?"

"응, 나더러 저걸 시도해 보라고 할 거잖아? 다시 한번 말할게, 싫어."

"검사된 자라면 선두에 서서 늘 도전하는……."

"싫어!"

료의 제안을 완강히 거절하는 아벨.

"그럼 료가 가면 되잖아."

"안 돼요, 전 마법사니까요."

"상관없어!"

"아니에요. 마법사라는 건 늘 안전하고 안락한 후방에서 지시를 내리는 입장이라고요."

어째서인지 으스대며 말하는 료.

아벨은 작게 고개를 저으며 깊은 한숨을 내쉬었다.

영주관에서는 그런 평화(?)로운 시간이 흐르고 있었지만…….

갑자기 룬에 울려 퍼진 종소리에 의해, 그 평화는 깨졌다.

◆

그 순간 영주관 옥상이나 망루에 있던 수비병들은 무슨 일이 일어났는지 이해하지 못했을 것이다.

태양을 등지고 들어오는 배를 인식할 수 있는 사람은 거의 없을 테니까.

아니, 애초에 하늘에서 배가 돌진해 온다는 것 자체가 상상 밖의 일이 아닐까.

"좋아, 시작한다."

함교에서 함장 엘머가 선언했다.

그 말에, 많은 사람들이 말없이 고개를 끄덕였다. 순서는 완벽하게 숙지하고 있었다.

엘머가 한번 깊게 숨을 들이마셨다.

그리고 옆의 전성관을 향해 소리쳤다.

"지금부터 급강하를 실시한다! 전원, 뭐든 붙잡아라!"

숨을 한번 쉬고, 평소와 같은 목소리로 명령을 내렸다.

"마르크돌프, 돌입."

그에 반응해 함교 내에 구령이 난무했다.

"부각, 10초 만에 최대 전속에 도달합니다."

"〈슬라이드〉 갑판 상부에도 전개."

"〈장벽〉, 전면에 최대 전개합니다."

룬에서 멀리 떨어진 곳이라면 하늘에서 일직선으로 룬을 향해 돌진하는 배가 보였을 것이다. 그것은 마치 배가 급강하하는 모습처럼 보였다. 크기는 전혀 다르지만.

"몇 번을 해도 힘들어."

"몇 번을 해도 적응 안 돼."

함교에서 투덜거리는 쌍둥이 자매.

하지만 말이라도 할 수 있는 것이 그나마 다행이었다.

조타수인 자샤는 관성에 눌려 의자에 딱 붙은 채로 조타륜을 움켜쥐고 있었다. 이 급강하의 성패가 그의 손끝에 달려 있었다.

"대상과의 거리, 1000 이하!"

냉정하게 보고하는 것은, 전 척후이자 일등 항공사 겸 초계원 안이었다.

그 목소리를 근거로 함장 엘머는 지시를 내려야 했다. 그 지시가 급강하의 성패를 결정하는 또 하나의 요소였다.

"거리, 500…… 400…… 300!"

"오스카, 쏴!"

엘머가 전성관에게 고함을 질렀다.

그 순간 선수 갑판에서 백 개가 넘는 불길이 뿜어져 나왔다.

대상은 룬 변경백의 영주관.

명중한 불길이 옥상과 망루에 있던 수비병들을 쓰러뜨렸다.

화염이 발사됨과 동시에 자샤가 조타륜을 끌어올렸다. 동시에 역추진 장치를 밟는다. 급제동의 충격이 전원에게 덮쳐들었다.

하지만 사태는 기다려 주지 않았다. 그리고 상관도 기다려주지 않았다.

영주관 제2 별관 옥상에 호버링한 마르크돌프의 선복이 열렸다. 동시에 포로 탈환 습격대를 이끄는 황제 12기사 중 한 명인 하르트무트 바르텔의 목소리가 울려 퍼졌다.

"돌격!"

명령과 동시에 가장 먼저 뛰쳐나가는 하르트무트. 그 바로 뒤를 잇는 피오나와 마리. 그리고 황제 마법사단 10명과 제국 제8군 100명이 뒤따랐다.

차출된 제8군은 전원 포로 탈환 측에 배치되었다.

곧이어 선복에서 열 명의 마법사가 더 나왔다. 갑판에서 뛰어내려 그곳으로 합류하는 오스카.

"상자와 케네스 헤이워드 남작을 확보하러 간다."

그렇게 말하며 오스카 일행은 달리기 시작했다. 도시에 울려 퍼지기 시작한 종소리를 들으며.

◆

도시에 울려 퍼지는 종소리는 제2 별관 대형 창고 안에도 전해졌다.

"습격이군."

"제국놈들, 빠르네. 대체 어떻게 이렇게 빨리……. 지금은 됐어. 목적은 여기겠지."

휴가 단정하고 네빌이 얼굴을 찌푸렸다.

“음…….”
“왜 그래? 료.”
신음하는 료를 보고 아벨이 물었다.
“이 방 안에 있으면 바깥의 상황을 알기 어렵네요.”
료의 소나 마법은 공기 중의 수증기를 타고 전해지는 정보를 포착해 분석하는 것이었다. 그렇기 때문에 이런 대형 창고처럼 기밀성 높고 창문도 문도 열려 있지 않은 환경에서는 정보를 얻기가 매우 어렵다.
하지만 그럼에도 알아낸 정보를 큰 소리로 보고했다.
“백 명 정도의 사람들이 일직선으로 이곳을 향해 오고 있어요!”
“그래! 제국의 마법이나 연금술 같은 걸로 이놈들이 있는 장소를 알 수 있는 거겠지.”
“과연 제국답군.”
휴가 추측했고, 네빌이 인상을 쓰며 감탄했다.

30초 후.
정면의 문이 열렸다.
그 순간 뛰어드는 자들이 있었다.
동시에, 창고 안에서도 세 개의 그림자가 번개처럼 달려갔다.
교차하는 순간 억눌린 목소리가 터져 나왔다.
돌격한 세 개의 그림자는 멈추지 않고 검을 부딪쳐 전투 불능자를 더 만들어낸 뒤 원래의 자리로 돌아갔다.
아벨, 휴, 네빌 세 명이다.

료는 혼자 고개를 갸우뚱하고 있었다.

'황녀님과 또 한 명의 간부가 있어. 유르겐 씨를 데려왔으니까 당연한 거겠지. 하지만, 가장 중요한 그 녀석이 안 보여…….'

"한 사람이 부족해요."

료의 말은 그리 크지 않았다. 하지만 아벨에게는 들렸다.

"폭염의 마법사인가. 황녀님이 있는데 안 왔을 리가 없지. 다른 목적이 있는 건가?"

"다른 목적? 달리 그 녀석이 갈 만한 곳……?"

"……상자다!"

"상자는, 케네스가!"

료는 말이 끝나기가 무섭게 한달음에 달려갔다.

달려갔다, 라고 하는 표현은 올바른 것일까……. 그 움직임을 인식하고 움직일 수 있었던 것은 단 한 사람.

정면의 제국 기사뿐.

채앵.

스쳐 지나가던 찰나 날아온 제국 기사의 일격. 그것을 무라사메로 받아넘기고 그대로 방을 빠져나가는 료.

그가 지나간 자리에는 미세한 물 입자가 아른거리고 있었다.

"호오, 무시무시한 게 있었군. 저건 저쪽으로 갔습니다만?"

제국 기사, 즉 하르트무트가 씨익 웃으며 피오나 쪽을 바라보았다.

이에 피오나는 작게 고개를 저었다. 내버려 두자고, 저쪽에 맡기자는 뜻으로.

“알았습니다. 그럼 우리는 못난 아우를 데려가도록 하지요.”

“아우?”

하르트무트의 말에 휴가 의아한 얼굴로 중얼거렸다.

“황제 폐하께서는 웃으시면서, 습격 때 이름을 대도 좋다고 하셨지. 그러니 이름을 대마. 나는 황제 12기사 중 한 명인 하르트무트 바르텔. 저기 기절해 있는 유르겐 바르텔의 형이다.”

그 자기소개가 미친 충격은 상당했다.

“황제 12기사라니…….”

그렇게 중얼거린 이는 네빌이었다.

“영주관을 습격해 놓고 굳이 그 이름을 댄다는 건, 전쟁이 나도 상관없다는 말인가?”

휴가 물었다.

“글쎄…… 10년 전의 왕국이라면 전쟁이 됐을지도 모르지. 하지만 지금의 왕국 정부가 그런 판단을 내릴 수 있을 것 같진 않은데. 어떤가?”

하르트무트는 웃는 얼굴로 분명하게 단언했다.

그 말에 반박할 수 없는 휴. 표정은 바꾸지 않았지만 속으로 씁쓸하게 내뱉었다.

‘그래, 맞는 말이야!’

그리고 적과 아군을 포함해 한번 주위를 둘러보았다.

그런 다음 입을 열었다.

“분명히 말해서, 황제 12기사를 상대하는 건 나로서는 무리다.”

누구에게 한 말인지는 분명했다.

들은 본인도 이해하고 대답했다.

"즉, 나더러 상대하라는 거군."

아벨이 작게 한숨을 내쉬었다.

"내가 황녀 전하를 상대하겠다. 네빌, 기사단을 이끌고 나머지 녀석들을 처리해 줘."

"알겠다."

휴가 배정하고 네빌이 고개를 끄덕였다.

이리하여 대형 창고 전투는 다음 국면으로 넘어갔다.

◆

"내 상대를 해 줄 사람은 귀공인가? 마검 사용자라니…… 상대로 부족함은 없겠군."

"아니, 힘 빼고 대충 해 주는 게 더 좋을 것 같은데."

하르트무트의 말을 가볍게 되받아치는 아벨.

하지만 아벨의 마음속은 절규하고 싶은 기분이었다.

'뭐야, 이 자식, 마주 서기만 했을 뿐인데 위험하다는 게 느껴져!'

채앵.

아무런 예고도 없이 근처까지 파고들어, 내리꽂히는 하르트무트의 검.

그것을 받아내는 아벨.

"호오. 겉보기에는 모험가지만, 흔한 모험가와는 결이 다르군."

그렇게 말한 하르트무트는 웃었다.

그것은 지금까지와는 다른, 흉흉한…… 그야말로 전투광의 웃음.

그에 반해 아벨에게 웃을 여유는 없었다.

일격만에 알아버렸다.

'위험해위험해위험해위험해! 말도 안 되게 강하잖아! 염제 따위랑은 비교도 안 될 정도로…… 이 정도로 강한 검은 본 적도 없어…… 아니, 아니다. 스승이다. 스승과 비슷해. 하지만 스승은, 어쨌든 '검성'이잖아? 그런 스승과 동등할 정도로 강하다니, 말도 안 돼!'

어지럽게 흐트러지는 아벨의 마음.

하지만 지금, 그런 강적과의 검격이 막 시작되었다. 어떻게든 흔들림을 없애야했다.

어떻게?

자신보다 절대적으로 강한 상대라면 어떻게 싸워야 할까?

받아치기만 하면 패배할 뿐이다.

그러면?

'공격한다!'

아벨은 순식간에 각오를 굳혔다.

그 순간, 마음의 흔들림이 사라졌다.

마음의 흔들림이 사라지면 칼끝의 흔들림도 사라진다.

"호오."

그 검을 받아내며, 저도 모르게 탄성을 터뜨리는 하르트무트.

“왕국의 모험가, 귀공의 이름을 꼭 듣고 싶군.”
묻는 그 목소리에는 경의마저 배어 있었다.
“A급 모험가, 아벨이다.”
“그렇군. 역시 A급까지 오른 모험가는 다르다는 건가?”
아벨의 대답에 작게 고개를 끄덕이는 하르트무트.
그리고 분명하게 선언했다.
“전력을 다해 쓰러뜨려주마.”
아벨도 맞받아쳤다.
“해 보든가.”
이곳에서, 중앙 연방 최정상 간의 칼싸움이 막을 올렸다.

공격과 방어…… 공수 전환이 격렬한 싸움.
아벨은 왕국 왕가 출신, 하르트무트는 제국 백작가 출신이었다.
어린 시절부터 아벨은 왕국 기사단을 이끌어야 하는 입장이었고, 하르트무트는 무문으로 명성 높은 바르텔 가문의 차기 당주였기 때문에 둘 다 검으로 입신할 각오로 성장해 왔다. 그리고 적어도 반평생을 검에 바쳤다고 해도 과언이 아니었다.
검에 관한 배경만 보면 어떤 의미로는 닮았다고 할 수 있었다.
아벨은 중앙 연방에서 정통파로 불리는 휴므류. 하르트무트는 휴므류에서 파생된 제국 정전(正傳)류. 검의 유파로 봐도 친척 관계라 볼 수 있었다.
“기본을 완벽하게 습득했군. 귀공, 정말 모험가인가?”
“어디의 그림자군 사령관도 똑같은 소릴 하던데, 모험가들을 너무 얕봤어.”

“그건 실례했군. 하지만 그래. 유르겐과 랜셔스를 쓰러뜨린 게 귀공이었나.”

“그건 반은 맞고 반은 틀려. 랜셔스 장군은 나지만, 네 동생을 쓰러뜨린 건 내가 아니다.”

“……아까 뛰쳐나간 남자인가?”

“잘 알았네.”

하르트무트의 입에서 갑자기 나온 정답에 놀라는 아벨.

“그자는 솔직히…… 좀 이질적으로 느껴졌다.”

“그래? 그 감각은 맞을지도 몰라.”

아벨은 작게 고개를 끄덕였다.

누구보다도 료를 신뢰하고 있다. 그것은 흔들리지 않는다.

하지만 가끔 생각한다. 료는 정말 인간인가?

자신들과는 다른, 별개의 존재…… 혹은, 이 세계 안에서도 이질적인 무언가…….

그렇다고 해도…….

‘그래서 뭐 어쩌라는 거냐. 료는 료야.’

아벨과 하르트무트의 검격은 점점 더 이어졌다…….

바로 옆에서는 또 다른 싸움이 벌어지고 있었다.

데브히 제국 제11 황녀이자 황제 마법사단장 피오나와 룬 모험가 길드 마스터이자 전 A급 모험가 휴 맥글러스의 싸움이었다.

검과 검을 맞대고 있지만 순수한 칼싸움은 아니었다.

캉, 카앙…….

검끼리 부딪치는 소리 사이사이에 조금 더 가벼운 소리가 울렸다. 그것은 작은 질량의 무언가가 금속에 맞아 튀는 소리였다.

자세히 보면 검격 사이마다 피오나에게서 뭔가가 나왔고, 휴가 그것을 피하거나 검으로 받고 있었다. 가벼운 소리는 거기에서 나는 소리였다.

"검격 사이에 마법을 쏘다니……."

휴의 중얼거림은 씁쓸함을 담고 있었다.

치명타는 받지 않았지만, 공격에 밀려 주도권을 뺏기고 있다…… 좋은 경향은 아니었다.

"하지만 막고 있군요……. 스승님 이외에는 용사 정도였습니다. 이 공격을 막아냈던 건."

"용사…… 로먼과도 싸운 적이 있는 건가?"

피오나의 말에 휴가 얼굴을 찌푸렸다.

"용사 로먼을 알고 성검을 휘두른다? 아, 여긴 룬이었죠. 그렇다는 건 길드 마스터……."

"이것이 성검이라는 걸 알아차린 건…… '불꽃' 때문인가."

진짜 불꽃은 아니다.

하지만 불꽃이라고 부를 만한 강렬한 빛이, 검과 검이 부딪칠 때마다 발생하고 있었다.

"성검과 마검이 부딪히면 나온다는군. 나도 오랜만에 겪는 거지만."

오랫동안 톱 모험가 자리를 지켜오며 전장에서도 활약한 휴조차 성검과 마검의 전투를 경험한 것은 손에 꼽을 정도였다.

그만큼 성검도 마검도 수가 적었다.

"룬 모험가 길드 마스터 휴 맥글러스…… 마스터(검의 달인). 손에 든 검은 검성 줄리안에게 이어받은 성검 갈라하드."

"피오나 루빈 보르네미사…… 황제의 숨은 패. 손에 든 검은 황제에게 대대로 내려온 보검, 바람과 불 두 가지 속성을 품은 마검 레이븐."

피오나도 휴도 상대와 상대가 든 검에 관해서는 이해하고 있었다.

이해하고 있기 때문에…… 휴는 자신의 불리함도 알고 있었다.

'레이븐은 주인으로 인정한 사용자의 검속은 물론 몸의 움직임조차 그 몸에 깃든 풍속성 마법으로 끌어올려준다. 아까부터 느껴지는 검의 무게도 그것이 이유겠지. 게다가 화속성도 있어. 황녀님 본인이 화속성 마법을 사용하니까 더 성가시군…….'

내려베기, 가로베기, 올려베기, 찌르기…… 동시에 화속성 공격 마법.

근접전에서 마법을 섞는 것은 불가능하다.

그것은 중앙 연방에서의 상식이다.

그럼에도 피오나는 검격 사이사이에 〈파이어 재블린〉이나 〈피어싱 파이어〉를 날리고 있었다.

휴는 전 A급 검사의 반사 신경과 초인적인 수읽기로 그 모든 것을 피해낸 덕분에…… 아직 대미지는 입지 않았다.

입지 않았지만…….

'현역에서 물러났는데, 요즘 들어 강자랑 붙는 일이 너무 많은 거 아닌가?'

속으로 그런 푸념을 중얼거렸다.

실제로도, 정말 난감했다.

강한 상대와의 싸움은 쉽게 결말이 나지 않는다. 힘, 속도, 기술, 그 모든 것에서 뛰어나야 하는 것은 당연하지만, 그 상태를 오래 유지해야 한다. 결판이 날 때까지 계속.

그래, 지구력이 필요한 것이다.

힘과 빠르기는 기술로 어느 정도 보완할 수 있다. 하지만 지구력은 보완이 되지 않는다.

나이를 먹고, 매일의 수련도 옛날만큼은 하지 못한다……. 그렇게 되면, 당연히 지구력은 떨어진다.

그것은 어쩔 수 없는 일이다.

애초에 현장에 나가 싸우는 일이 적어진 현재로서는 지구력이 떨어졌다는 것을 크게 실감할 일 자체가 거의 없었는데…….

'이런 상대라면 싫어도 알 수밖에 없군.'

눈앞의 피오나는, 완전한 전력이었다.

검선이 정직했기에 아직은 경험으로 어떻게든 버티고 있었다. 하지만 그것은 언젠가 균열이 간다. 틈틈이 쏘아오는 공격 마법이 그 리듬을 조금씩 무너뜨리고 있기 때문이었다.

아마 거기까지 생각하고 검과 마법을 융합시킨 것이리라.

'분명 열여덟 살이었지, 이 황녀님. 그런데 이런 실력이라니…… 믿을 수 없군.'

'역시 소문이 틀리지 않았어, 검의 달인(마스터) 맥글러스. 일선에서 물러난 지 몇 년이나 지났는데, 쇠퇴가 전혀 느껴지지 않아. 이건 경험인가? 모든 움직임이 읽히는 느낌마저 드는데…… 아니, 그건 아니야.'

피오나는 확신했다.

'스승과 함께 갈고 닦은 검과 마법의 융합. 그렇게 쉽게 다 읽히진 않을 거야!'

한 번 짧게, 그리고 깊게 숨을 들이마셨다.

그 순간 보검 레이븐이 녹색의 빛에 감싸였다.

본래의 레이븐은 칠흑의 검.

하지만 레이븐에는 여러 전설이 있다.

가로되, 주인으로 인정한 자의 모든 속도가 올라간다.

가로되, 무의식적으로 화속성 공격 마법을 날릴 수 있다.

가로되, ……녹색의 빛을 두르면, 무적이 된다.

슈욱.

"뭐야?"

저도 모르게 휴의 입에서 그런 말이 튀어나왔다.

지금, 확실하게 피오나의 팔을 베어냈다. 분명 깊지는 않았다. 피부를 살짝 그은 정도였다.

하지만 확실히…… 베었다고, 검사의 감각으로 확신할 수 있었다.

하지만 어째서인지…… 무언가에 튕겨서, 칼날이 표면을 미끄러졌다.

피오나가 희미하게 웃고 있었다.

즉 우연적인 일이 아니라 의도적으로 일어난, 혹은 의도적으로 일으킨 무언가였다.

휴의 마음속에 피어오르는 의문.

그것은 자신의 검에 대한 의문.

베어도 벨 수 없다…… 그것은 무시할 수 없는 의문이었다.

왜냐하면 검은 베기 위한 것이니까.

그러나 베지 못하게 되면, 다른 접근법을 생각할 필요가 있었다.

'확인할 필요가 있겠어.'

그래, 확인할 필요가 있었다. 그것은 안다. 그것은 알지만…….

눈앞에 있는 것은 그렇게 만만한 상대가 아니다. 아직 어리지만 무시무시한 검의 사용자이자 무시무시한 마법사.

게다가 사용하는 것은 전설의 검.

'무리수를 쓸 수밖에!'

휴는 이를 악물고 왼팔을 내밀었다.

피오나의 검이 휴의 왼팔 손등을 스치고 지나갔다…… 당연하지만 레이븐에 맞은 왼팔이 멀쩡할 리가 없다.

손등이 찢어지며 피가 세차게 튀었다.

그럼에도 휴의 의식은 그곳에 없었다.

오른팔 하나로 다루는 자신의 성검 갈라하드가 피오나의 왼팔을 덮쳤다……. 그곳에 모든 의식을 집중했다.

슈욱.

조금 전과 마찬가지로, 팔의 표면에서 튕겨 나가며 검이 미끄러졌다.

피오나의 팔에는 상처가 나지 않았다.

하지만 휴는 이해했다.

"바람 방어막인가!"

"네."

활짝 웃는 피오나.

그래, '바람 방어막'…… 와이번의 몸에 늘 발생하며, 모든 원거리 공격으로부터 몸을 보호한다고 알려진 풍속성 마법.

설마 보검 레이븐에 그런 능력이 있었다니.

"가로되…… 녹색의 빛을 두르면 무적이 된다는 말은, 바람 방어막으로 주인을 지킨다는 말이군."

"네."

"반칙 아니냐."

휴는 무심코 내뱉었다.

하지만 입에 담고 나서야 깨달았다.

전설로 남아 있긴 해도 바람 방어막의 보호를 받은 사람의 이야기는 들어본 적이 없었다. 즉, 그 힘을 끌어낼 만큼 레이븐에게 인정받은 주인은 지금까지 거의 없었다는 뜻이었다.

눈앞의 황녀님은 레이븐이 인정할 정도로 검을 단련하고, 마법을 단련하고, 그리고 이 자리에 서 있었다.

"그래…… 그렇겠지. 황녀 전하가, 그 레이븐을 써왔던 역대의 황제들 누구보다도 검과 마법을 갈고닦아, 레이븐을 완전하게 다룰 수 있게 되었다는, 증거인가."

휴는 그렇게 말하고 한 번 크게 뒤로 뛰었다.

그리고 세 번 깊게 호흡했다.

한 것은 그것뿐이다.

그것뿐이지만…….

"분위기가 달라졌군요."

피오나의 말대로 공기가 바뀌었다.

"도전자의 마음으로 도전하겠다."

휴는 그렇게 말하고는 단번에 간격을 파고들어 검을 내리쳤다.

동서고금을 막론하고 변치 않는 진실이 있다.

그건…….

도전자가 공격한다.

죽기살기로.

휴의 머릿속에서 지구력이 사라졌다.

전력으로 달려든다.

지금 할 수 있는 전력을 다해 덤빈다.

앞으로의 일 따위는 생각하지 않고…… 전력으로 달려들었다.

거기서는, 오히려 화려한 기술은 나오지 않는다. 쓸데없는 생각을 비우고 휘두르는 검. 반복하고, 또 반복하고…….

오랫동안 현장을 떠나 있던 사이에, 아주 사소한 기억들이…… 조금씩, 조금씩 사라졌다. 그것이 쌓이면서 커다란 빈 조각이 되어 있었다.

그 조각이, 지금, 조금씩 메워져갔다.

몸이 잊고 있던 기억이, 재생되어 갔다.

하나하나.

세포 하나하나가 떠올린다.

조금씩, 조금씩.

하는 일은 단순하다. 떠올리는 일도 단순하다.

검을 휘두른다.

그저 그뿐.

누가 휘두르든, 검의 궤도는 아홉 개.

위에서 내려베기, 오른쪽 위에서 사선베기, 오른쪽에서 가로베기, 오른쪽 아래에서 역 사선베기, 아래에서 올려베기, 왼쪽 아래에서 역 사선베기, 왼쪽에서 가로베기, 왼쪽 위에서 사선베기, 그리고 찌르기.

이것이 전부다.

모든 검은 이 조합.

그 모든 것이, 어렸을 때부터 수십만 번, 수백만 번 반복해 온 궤도. 몸이 기억하는 궤도.

그 궤도를 따라가며, 비어 있던 조각을 채운다.

휴는 쓸데없는 생각은 하지 않았다. 검을 휘두른다, 그저 그것만 생각했다.

한결같이.

그것이, 전성기 때의 검을 되살리려 하고 있었다.

슈욱.

휴의 검이 피오나의 바람 방어막에 미끄러지는 소리.

하지만 그 소리에도 변화가 일기 시작했다.

조금씩, 소리가 커지고 있었다.

스치기만 했던 검이, 깊은 곳에 닿기 시작했다는 신호.

하지만 그것은, 피오나의 몸에만 생기기 시작한 변화는 아니었다.

마찬가지로, 아니, 그 이상으로, 휴의 몸에도 레이븐이 새긴 상처가 늘고 있었다.

두 사람의 변화를 유심히 관찰한 자가 있었다면, 비록 검에 문외한이더라도 파국이 코앞까지 다가왔음을 느낄 수 있었을 것이다.

예전의 검을 되찾고 있는 휴…… 하지만 동시에, 그것이 불가능하다는 사실도 깨닫고 말았다.

'지구력이 한계야…….'

이것만큼은 임기응변으로 해결할 수 있는 일이 아니었다.

동시에, 검이 사고 전체를 차지하고 있던 머릿속에 그런 잡념이 들어오기 시작했다는 자체가 끝이 가까워지고 있음을 알려주었다…….

'승리는 포기한다! 하지만 어떻게든 황녀님도 전선에서 이탈시킨다.'

태세를 전환할 수 있는 것은 숱한 경험을 쌓아왔기 때문이었다.

나 혼자만의 싸움이 아니다.

좌우에서는 아직 전투가 계속되고 있었다.

그리고 이 대형 창고의 전장은 제국군의 습격이라는, 영주관 전체에 퍼져 있는 전장의 일부였다. 자신이 이기지 못한다 하더라도, 끝까지 버티지 못한다 하더라도, 할 수 있는 것을 해야만 했다…….

휴는 일개 검사가 아니다. 길드 마스터였다.

'와이번의 바람 방어막은 어디까지나 화살 공격 같은 원거리 공격 마법을 튕겨내는 것. 칼이나 창의 직접적인 공격을 완전히 상쇄하지는 못한다. 그렇다면!'

휴는 각오를 다졌다.

그 변화를, 상대하던 피오나가 느낀 바로 다음 순간.

휴가 평소 이상으로 더 깊게 파고들었다.

스스로 왼손을 레이븐에 가져가서…… 한순간 레이븐의 움직임을 멈췄다. 그 뒤에는 휴의 왼팔이 잘려나갔다.

어쩔 수 없다. 예상된 결과다.

잘려나감과 동시에 오른손에 든 성검 갈라하드가 피오나의 오른쪽 팔꿈치를 베어냈다. 레이븐을 움켜쥔 채 바닥에 떨어지는 피오나의 오른팔.

하지만…….

"〈피어싱 파이어〉."

"흠……."

제로 거리에서의, 평소와는 다른 두꺼운 〈피어싱 파이어〉가 휴의 배에 박혔다.

무너져 내리는 휴 맥글러스.

황녀 대 길드 마스터의 싸움은 이렇게 막을 내렸다.

당연히 그 모습은 옆에서 싸우던 자들의 눈에도 들어왔다.

"역시 피오나 전하, 팔이 잘린 직후에도 바로 마법을 쓸 수 있다니. 대단한 집중력이군."

감탄한 것은 하르트무트.

"하지만 길드 마스터가 몸으로 막아준 덕분에 오른팔을 잃었어. 더는 싸울 수 없겠지."

어깨로 숨을 몰아쉬며 지적하는 아벨.

"아아, 아벨. 귀공은 잊었나보군. 피오나 전하가 다루는 마법을."

"뭐라고?"

"전하는 화속성뿐만 아니라 광속성 마법도 다루실 수 있다."

"설마……."

그때, 피오나의 목소리가 들렸다.

"〈엑스트라 힐〉."

천천히, 팔꿈치 아래의 오른팔이, 자라났다.

"말도 안 돼……."

아벨의 목소리가 갈라졌다.

"마법사란 정말 무섭지."

하르트무트는 입꼬리를 올리고 작게 고개를 저으며 말했다. 그것은 반대로 그 마법사가 아군이라 다행이라는 의미이기도 했다.

아벨은 크게 숨을 내쉬고 다시 들이마셨다.

옆은 옆. 동요하고 있을 여유는 없었다.
호흡이 갖춰졌다.
자세가 갖춰졌다.
싸울 준비가 갖춰졌다…….
검을 들었다. 상단에 겨눈다.
“굉장하군, 모험가 아벨.”
칭찬한 것은 하르트무트. 그것은 빈정거림이 아니었다. 진심 어린 경의를 표한 말이었다.
압도적인 상대와 대치하고, 열세에 몰리고, 심지어 아군은 쓰러졌다. 그런 상황에서, 여전히 계속 버틴 채로 싸우는 것이 얼마나 어려운 일인지, 하르트무트는 잘 알고 있었다. 그도 처음부터 강했던 것은 아니었으니까.
눈앞의 상대가 하고 있는 일이 얼마나 어려운지 알고 있는 것이다. 그것은 아무나 할 수 있는 일이 아니다. 그와 같거나 비슷한 경험을 했거나, 혹은 상당한 상상력을 가지고 있거나…… 그렇지 않고서는 결코 할 수 없는 일이었다.
상단에 겨눈 검.
그 이유는 일격.
단 일격에 모든 것을 건다.
이 일격에 자신의 목숨마저 걸겠다는 결의.
그 모든 것을 이해한 하르트무트는, 왼발을 앞으로 내밀어 몸을 옆으로 돌리고, 검을 오른쪽 허리에 낮춰서 쥐었다. 일본도라면 옆구리칼 자세나 양세라고 할 수 있을까.

이쪽도 단 일격에 모든 것을 걸었다.

조금씩 미끄러지듯 다가서는 두 사람.

그리고…….

달려든 것은 동시.

내려베기.

가로베기.

교차하는 검광.

하르트무트의 오른쪽 어깨에 핏방울이 튀었다.

하지만…….

무너져 내린 것은, 아벨이었다.

하르트무트의 검에, 배를 찔리고…….

"후우…… 후우……."

격렬한 호흡을 가다듬으며 스스로를 진정시키는 하르트무트.

이긴 그에게 있어서도 아슬아슬했던 승부.

결코 여유로운 일격이 아니었다.

하지만 결과는 명백했다.

그리고 하르트무트는 천천히 아벨에게 다가가며 검을 치켜들었다.

"모험가 아벨, 귀공을 살려두면 제국의 화근이 될 것 같군. 그러니, 그 목숨을 받아가겠다."

"크……."

눈빛은 여전히 날카롭지만, 아벨의 입에서 새어나오는 목소리에는 힘이 없었다. 배를 베였으니 당연하다면 당연했다.

"잘 가라."

내리꽂히는 하르트무트의 검.

그 순간 은빛 광채가 가로질렀다.

채앵.

하르트무트의 검을 받아낸 은색의 빛은…….

"영주관을 습격하다니 배짱 한번 두둑하구나, 제국군."

"……세라."

아벨에게 가해진 공격을 막아낸 것은, 룬 변경백령 기사단의 검술 지도역, 세라였다.

하르트무트는 검을 거두며 크게 뒤로 뛰었다.

세라는 한 손으로 하르트무트에게 검을 겨눈 채 아벨에게 포션을 건넸다. 있는 힘을 다해 포션을 배에 반쯤 뿌리고, 나머지를 들이키는 아벨.

드디어 제대로 말을 할 수 있게 되었다.

"신입들을 데리고 성밖 훈련을 나가 있었어. 늦었다."

"아, 응……."

세라의 설명에 뭐라고 대답해야 할지 몰라 주춤하는 아벨.

"하지만 이 정도로 강력한 제국 기사가 있다는 건, 이게 적의 주력이라는 거지? 료는 어딨어?"

"케네스를 구하러 갔어."

"케네스? 케네스 헤이워드 남작 말인가. 연금술 스승이라고 했었지. 저쪽에도 이렇게 강력한 제국 기사가 있나?"

"아마, 폭염의 마법사가 저쪽에 있을 거다."

"그렇군, 오스카 루스카. 확실히 그건 성가시지만……."

세라는 뭔가 떠올린 얼굴로 고개를 갸우뚱하더니, 한번 고개를 끄덕이며 단언했다.

"료라면 지지 않을 거야."

"왜, 단언할 수 있지?"

"케네스 헤이워드 남작을 보호하기 위해 간 거잖아? 료는 그럴 때 진심이 되니까. 아무리 강한 상대라도 지지는 않을 거야."

세라는 밝은 미소를 지으며 확실하게 단언했다.

그리고 정면을 응시했다.

"저기 있는 제국 기사도 꽤 강해 보이네. 황제 12기사라도 되나?"

"황제 12기사 제3석, 하르트무트 바르텔입니다. 풍의 세라와 대치할 수 있다니 더할 나위 없는 영광입니다."

"글쎄, 어디서 만난 적이 있던가?"

세라는 고개를 갸우뚱했다. 이 정도 강자라면 잊을 리가 없는데, 기억에는 없었다.

"일방적으로 아는 것뿐입니다. 6년 전, 제국에서 열렸던 격투대회를 관전했거든요."

"아, 그거 말이지."

세라가 고개를 끄덕이고 말을 이었다.

"그 대회는 별로 재미없었어."

"음? 그토록 치열한 접전을 펼쳤으면서?"

"할머님이 잠깐 나갔다 오라고 해서 나갔는데…… 상대는 별로 강하지도 않았고, 검은 부러지고. 뭐, 검을 부러뜨린 시점에서 실력 부족이라고 하면 할 말은 없지만. 그 뒤에 대장장이에게 엄청 혼났어."

그렇게 말하며 세라가 웃었다.

하지만 그런 세라를 노려보는 시선이 느껴졌다.

그것은, 여성. 아마도 성인이 된지 얼마 되지 않은…….

"눈빛 한번 사납네……. 그 검은 레이븐인가? 보검 레이븐을 소지한 젊은 여성이라면 한 명밖에 없지. 제국의 제11 황녀 피오나 전하. 그렇다면, 오스카를 약하다고 말해서 화가 난 건가?"

"네."

"그건 미안해. 하지만 그때 약했던 건 사실이니까. 지금은 강해졌어?"

"스승님은 강합니다."

세라의 말에 겁먹지 않고 단언하는 피오나. 오스카를 모욕하는 것은 누구든 용서하지 않겠다는 얼굴이었다.

"그렇구나. 그럼 언젠가 한번 싸워보고 싶네."

세라가 웃었다.

"하지만, 지금은 너희들이 내 상대다."

그 순간 공기가 변했다.

"아벨, 황녀 전하를 맡아줄 수 있을까? 무리라면 거기 누워 있어. 내가 두 사람 다 동시에 상대할 테니까."

세라의 말은 분명 아벨에게 한 말이었지만…… 제국 측에 있는 두 명의 인물에게 강한 분노를 이끌어냈다.

"왜 부추기는 거야……."

그것을 느끼고 어이없어하는 아벨.

"료가 그랬어. 상대의 냉정함을 빼앗는 건 대인전의 기초 중 기초라고."

"응, 너희들은 정말 잘 어울려."

"후후후, 아벨도 뭘 좀 아네."

아벨은 어이없다는 의미로 한 말이었는데, 세라는 칭찬을 들은 것처럼 기뻐했다.

다만 공기는 변하지 않았다.

여전히 얼어 붙어 있었다.

"피오나 황녀는 내가 맡지."

"저기 쓰러져 있는 마스터 맥글러스는 치워놔. 밟히면 진짜 죽을지도 모르니까."

아벨이 선언했고, 세라는 쓰러져 있는 휴를 언급했다.

"그럼 제국 기사, 하르트무트 경이라 했지. 해 볼까?"

대형 창고에서 제2 라운드가 시작되었다.

하지만…….

"이건, 말도 안 돼."

불과 한 합.

칼이 날아간 것을 보고 멍한 표정을 짓는 하르트무트 바르텔.

"강한 건 알고 있었으니까. '풍장'을 전력으로 펼쳐서 보내버렸지. 료와 모의전을 하면서 나도 조금은 강해진 모양이야."

작게 웃으면서 말하는 세라.

"강한 건 알고 있었다. 빠르다는 것도 알고 있었다. 하지만 그래도……."

자신의 패배를 납득하지 못하는 하르트무트.

"아마도 나와 하르트무트 경의 힘은 그렇게 큰 차이는 없을 거다."

세라가 설명했다.

"그럼 어째서!"

"하르트무트 경이 부상을 입었기 때문이지."

"부상?"

"그 오른쪽 어깨 상처. 네가 생각하는 것 이상으로 영향이 컸다는 뜻이다."

"설마……."

무심코 왼손으로 오른쪽 어깨를 누르는 하르트무트. 포션을 먹고 회복했다고 생각했는데, 완전하지 않았던 것이다. 물론 그 상처를 낸 것은…….

"아벨 덕분에 이길 수 있었는데……."

세라는 그렇게 말하며 옆에서 싸우는 아벨과 피오나를 바라보았다.

아직 버티고는 있지만, 보검 레이븐으로 힘과 속도를 끌어올린 피오나에게 아벨은 밀리고 있었다.

게다가 그 너머에서는 네빌 블랙이 이끄는 룬 기사단이 마리가 이끄는 습격대와 싸우고 있었다. 그쪽도 아슬아슬하게 버티고는 있지만, 아마 앞으로 5분도 못 가 전선은 붕괴할 것이다.

인원차가 거의 두 배. 부대 전체의 효율적인 움직임으로 어떻게든 커버하고는 있지만, 그만큼 아군의 체력 소모가 상대편 이상으로 극심했다.

"개입해야겠지만, 어떻게 할까……."

세라는 고민한다.

확실히 눈앞의 하르트무트의 검은 날려서 제압했다. 하르트무트 자신도 패배를 받아들인 모습이었지만, 그래도 세라가 다른 전투에 끼어들면 검을 주워들고 다시 참전할 것이다.

이번에는 오른쪽 어깨의 부상까지도 감안하고 덤벼들 테니, 아까처럼 순식간에 무장해제당하는 일은 없을 것이다. 즉, 더욱 성가신 상대가 된다.

솔직히 어떻게 움직이는 것이 가장 좋은지, 세라로서는 판단할 수 없었다.

그때였다.

부오오오. 부오오오. 부오오오.

밖에서 낮지만 멀리까지 울리는 소리가 세 차례 들렸다.

그 소리에 반응한 것은 제국 측.

소리가 들린 순간…….

"〈파이어 재블린〉."

황제 마법사단이 주저하지 않고 주문을 외쳤다.

동시에 몇 명이 품에서 꺼낸 주먹만한 무언가를 바닥에 던졌다.

퍼져나가는 연기.

그땐 이미 바닥에 누운 열여덟 명 곁에 사람이 모두 붙어 있었다.

“철수.”

피오나의 목소리가 세라에게도 또렷이 들렸다.

게다가 세라는 자신들의 배후에서도 움직이는 적을 감지하고 있었다. 큰 의자에 앉혀둔 제국의 인간을 회수하고 있을 것이다.

하지만, 모든 것을 알고 있음에도 세라는 움직이지 않았다.

아군의 소모가 예상보다 심각하다는 것을 이해하고 있었기 때문이었다.

연기가 퍼져나감과 동시에 한쪽 무릎을 꿇는 룬 기사단. 적이 물러났다는 것을 인지한 순간 몸이 더는 따라주지 않게 된 것이다.

그것은 네빌과 아벨도 크게 다르지 않았다. 무릎을 꿇지는 않았지만, 검을 받치고 간신히 서 있었다. 이 상태에서 어설프게 추격했다가 반격을 당하면 최악이었다.

포로를 넘겨주고 아군의 손해를 여기서 멈출 것인가, 포로를 넘기는 것을 방해해 아군의 손해를 늘릴 것인가, 그 둘을 저울질한다면…… 당연히 전자를 택해야 했다.

그래서 세라는 움직이지 않았다.

◆

제2 별관 대형 창고에서 치열한 싸움이 벌어지는 동안 다른 곳에서도 전투가 벌어지고 있었다.

대형 창고를 뛰쳐나온 료가 향한 곳은 연금 실험실. 거기서 케네스 헤이워드가 상자 분석을 하고 있는 중이었다.

습격한 자들 중에는 피오나 황녀가 있었다.

그녀는 제11 황녀이지만 동시에 황제 마법사단의 단장이기도 했다. 당연히 잡힌 유르겐을 되찾으러 왔을 것이다. 황녀라는 신분임에도 몸을 아끼지 않고 사지에 나서는 것은 실로 그녀다웠다.

료는 피오나를 높이 평가하고 있었다.

하지만 그런 습격자 중, 유르겐이 부관으로 모시는 인물이 보이지 않았다.

겁을 먹고 발을 뺐나?

그럴 리가 없다. 오스카 루스카라는 남자는 그런 나약한 인물이 아니었다.

료는 오스카 루스카를 싫어한다.

위트나쉬에서 에토가 크게 다친 모습을 봤을 때부터…… 그 원인이 오스카에게 있다는 것을 알았을 때부터 그가 끔찍이도 싫었다.

하지만 부대를 지휘하는 자로서의 평가는 결코 낮지 않았다. 아니, 오히려 높았다. 누가 뭐래도 부하를 위기로 몰아넣고 자신만 안전지대로 빠지는 타입은 아니었다. 그렇게 생각했다.

그렇다면 이번 습격대에도 가담했을 것이다.

하지만 자신은 부관의 탈환에는 참가하지 않았다.

왜?

당연히 그 이상의 역할을 상부에 부여받았기 때문이다.

그것은 무엇인가?

우선은 상자일 것이다. 그 상자만 확보하면 앞으로 왕국을 상대로 한 전쟁에서 유리한 입지를 차지할 수 있었다.

하지만 그게 전부일까?

그게 전부라면 그나마 나았다.

……상자와 함께 있는 것은, 케네스다. 희대의 천재 연금술사, 왕국의 보물.

그런 인물이 룬에 있다는 것을 알고 있다면?

만약 료가 황제라면 당연히 이렇게 말했을 것이다. 같이 잡아오라고.

그러니까…….

료가 연금 실험실로 뛰어들었다.

정신을 잃고 축 늘어진 케네스를 오스카가 두 팔로 안고 있는 것을 본 순간, 료는 격노했다.

그 광경은 과거의 피를 토하던 에토의 모습을 떠올리게 했다.

"케네스를 내려놔!"

〈워터 제트 슬러스터〉를 사용해 거의 순간 이동을 한 료.

말이 끝나기가 무섭게 그 오른쪽 주먹이 오스카의 왼쪽 뺨을 후려쳤다.

날아가는 오스카.

떨어지는 케네스를 료가 받아들었다.

그 광경을 앞에 두고, 그 누구도 움직일 수 없었다.

사람은 이해할 수 없는 광경을 앞에 마주하게 되면 몸이 굳는다…….

"윽……."

케네스의 신음을 듣고 무사함을 확인했다. 겉으로 봤을 때 큰 상처는 없었다.

료는 케네스를 방구석으로 옮겨 바닥에 눕히고 얼음으로 감쌌다.

근처에는 쓰러진 것으로 보이는 룬의 수비병이나 기사단이 있었다. 몸을 바쳐 케네스가 끌려가는 것을 막기 위해 애썼을 것이다.

"감사합니다."

료는 작게 중얼거렸다.

그들이 지켜준 덕분에 료가 늦지 않고 제때 도착할 수 있었다.

그리고 **적**을 향해 돌아섰다.

날아갔던 **적**도 몸을 일으켰다.

"수속성 마법사…… 료……."

"케네스에게 손을 대고 무사히 넘어갈 거라고는 생각하지 않았겠죠?"

오스카도 료도 완전한 임전 태세.

"전원, 각자의 몸을 지키는 것에 전념해라."

하지만 오스카는 냉정했다.

부대를 지휘하는 지휘관으로서, 냉정함을 잃지 않았다. 오스카의 명령에 열 명의 마법사단원이 고개를 끄덕였다.

료는 그것이 마음에 들지 않았다.

왕국 대 제국 구도로 봤을 때, 지금까지는 계속 당하는 쪽이었다. 선수를 빼앗기고, 휘둘리고, 게다가 상대가 냉정함까지 유지하면 승산이 희박해진다.

그럴 때 꺼내야 할 카드는 정해져 있었다.

“황녀님도 오셨더라고요. 나중에 붙잡아서 얼린 다음 룬의 성문에 장식해 둬야겠어요.”

“네놈!”

상대의 냉정함을 빼앗는 것은 대인전의 기초 중 기초.

게다가 오스카뿐만 아니라 다른 10명의 냉정함을 빼앗는 것에도 성공한 것 같았다.

“〈퍼머프로스트〉.”

“〈장벽〉.”

영구동토라는 이름이 붙은 료의 광역 동결 마법을, 〈장벽〉을 펼쳐 막아내는 황제 마법사단.

냉정함을 잃고도 순간적으로 필요한 마법을 외울 수 있다는 것은 단련되어 있다는 증거.

곧바로 공수 전환.

“〈염창 연탄 X〉.”

“〈아이시클 랜스 100〉.”

백 개의 불꽃 창을 백 개의 얼음 창으로 요격한다.

싸움은 치열한 마법전으로 시작되었다.

하지만 오스카는 금세 깨달았다.

“이래선 끝이 안 나!”

물론 료도 금방 이해했다.

"거슬리게!"
채앵.
맞물리는 두 자루의 검. 마법사 간의 검격.
두 사람 다 마법 공격으로는 시간이 걸린다고 판단한 것이다. 그래서 근접전으로 이행.
그러나, 칼싸움이지만 두 사람은 마법사이기도 했다.
게다가 초일류 마법사.
검과 검이 교차하는 거리에서 마법도 난무했다.
쌍방 모두 치명적인 공격 마법. 보통 사람이었다면 일격에 절명할 정도의 공격…….
하지만…….
"〈아이스 월〉."
"〈장벽〉."
서로 비정상적으로 단단한 방어를 두르고 있었다.
그렇다면 어떻게 할까?
일격에 무너뜨릴 강력한 공격이 필요하다. 게다가 검격 도중에도 계속 박아넣을 수 있는 기술이!
"〈피어싱 파이어 확산〉."
"〈드리즐링〉."
상대를 삼키며 펼쳐지는 태양, 크게 뛰어 뒤로 물러나면서 전개되는 이슬비.
대기술의 접전.
맞부딪히며 쌍소멸의 빛이 난무했다.

그 빛은 눈이 시릴 정도였다.

하지만 오스카도 당연히 읽고 있었다.

"와라!"

작게, 하지만 날카롭게 중얼거렸다. 일격에 끝내기 위한 상단의 자세.

쌍소멸의 빛을 베어내고, 검을 든 남자가 돌진해 왔다.

맞았다.

완벽한 일격. ……하지만.

"뭐야?"

베어낸 느낌이 들지 않았다. 소멸했다.

그리고…….

푸욱.

"아바타거든요."

검에 베여 소멸했어야 할 수속성 마법사가, 미소를 지으며 오스카의 배에 검을 박아넣었다…….

그 미소는…….

천진난만함과 흉악함이 뒤섞인 미소.

기만과 광희가 뒤섞인 미소.

어째서인지, 상냥함과 자애가 넘치는 것 같은…… 미소.

"크. 〈피어싱 파이어 확산〉."

오스카는 다시 한번 태양을 펼치고는, 이번엔 스스로 뒤로 뛰었다.

"〈아이스 게이트〉."

놔줄 마음이 없는 료는 얼음 터널을 만들어 강제로 태양 속을 꿰뚫었다.

그 속을 지나 추격한다.

챙, 챙, 챙…….

사선베기, 역 사선베기, 가로베기, 가로베기에 이은 찌르기…….

눈에 띄지도 않는 료의 연격.

하지만 그 모든 것을 막아내는 오스카.

배에 검이 박혀 큰 구멍이 뚫렸을 텐데도 검의 힘이 사그라들지 않는 오스카…… 그것에는 료도 의아함을 느꼈다.

무슨 냄새가 난다. 아니, 확실히 났다.

"고기 타는 냄새. 그것도 불쾌하게 타는……."

조금 전, 무라사메가 관통한 오스카의 배는…… 피가 멈춰 있었다.

"본인 몸을 지져서 피를 멈춘 건가요?"

"젠장…… 짜증 나는 기억을 떠올리게 만드는군."

료가 놀랐고 오스카가 욕을 뱉었다.

과거에 비슷한 상황에서 스스로의 몸을 지져서 출혈을 막은 적이 있는 모양이었다. 아마 상대는 어딘가의 엘프…….

"전에 당신을 찔렀던 그 사람이 제대로 당신 목숨을 끊어뒀다면 세상은 더 평화로웠을 텐데 말이죠."

"네가 있는 한, 세상은 평화롭지 않을 거다."

"**당신의** 세상은 평화롭지 못하겠죠, 폭염."

단언과 동시에 단번에 거리를 좁히는 료.

하지만 오스카도 나아갔다.

간격이 틀어졌다.

검과 검 사이의 거리가 아니라, 좀 더 가까운…… 주먹과 주먹!

료는 왼손을 무라사메에서 떼어냈다.

동시에 왼발을 내디뎠다.

왼발, 허리, 왼어깨, 그리고 왼팔로 회전운동이 전해지며 오스카의 오른쪽 옆구리에 레버 블로가 직격했다.

완벽하게 들어갔……을 텐데.

오스카도 마찬가지로 왼쪽 주먹을 박으려 하는 것이 시야 끝에서 보였지만…… 일부러 무시했다.

자신의 왼쪽 주먹이 먼저 들어간다는 확신이 있었기 때문이다.

실제로도, 먼저 닿았다.

하지만 거의 동시에, 자신의 오른쪽 옆구리가 **타들어가며 소실**된 것을 느꼈다.

그래서 왼쪽 주먹을 끝까지 밀어넣지 않고, 전력으로 왼쪽으로 뛰었다.

뛰는 사이에 보였다.

오스카의 왼쪽 주먹이 눈부시게 빛나고 있는 것이. 그 빛은 〈피어싱 파이어〉와 같은 빛.

플라스마의 빛.

〈아이스 아머〉째로, 초고온으로 소멸시키는 빛…….

료는 크게 뛰어 한 바퀴 회전하고 한쪽 무릎을 꿇었다.

살짝 오른쪽 옆구리를 만졌다.

"윽……."

푹 패여 있었다.

당연하다. 경우에 따라서는 1억 도에 달하기도 하는 것이 플라스마다.

일단 얼음으로 덮어 봉했다.

훅이 아닌 스트레이트로 뻗은 주먹이 로브의 틈을 타고 료의 오른쪽 옆구리에 박힌 것이다. 직선 스트레이트였던 만큼 거리가 짧고 빨랐다.

하지만 가장 두려운 것은 플라스마…….

"왜, 그런 걸 쓸 수 있는 거죠?"

료는 얼굴을 찌푸리고 다시 오스카를 바라보았다. 왼팔의 팔꿈치부터 끝이 사라져 있었다.

"자폭 기술!"

플라스마를 두른 손이 멀쩡할 리가 없었다. 그 정도는 알고 있을 텐데…… 저 화속성 마법사는 기술을 사용했다.

"〈소작〉으로 꿰뚫기 전에 뛰어서 피했군."

오스카의 중얼거림이 들렸다.

"그 근성만은 높이 사죠. 하지만……."

료는 한번 거기서 말을 끊었다가 다시 입을 열었다.

"그 왼팔과 배로 싸울 수 있을까요?"

"뭐야, 왕국의 수속성 마법사는 고작 왼팔 하나 없다고 못 싸울 정도로 물러터졌나?"

"이 상황에서 도발할 수 있다는 게 대단하네요. 확실히 말해 어리석어요."

"입만 놀리지 말고 공격하는 게 어때? 옆구리가 박살 난 네놈이 검을 휘두를 수 있을 것 같진 않은데."

"당신에게만은 듣고 싶지 않아요!"

료는 단번에 뛰어들려고 했다……. 하지만 그 눈이, 한순간 웃은 오스카를…… 정말로 약하게 웃은 오스카를 포착했다.

급정지.

〈워터 제트 슬러스터〉를 전력으로 펼쳐 급정지했다.

그 눈앞에서 공기가 튀었다.

눈앞만, 튀었다.

공간은 극히 적었다.

지름 1밀리미터 정도.

그 정도의 공기가 튀었다.

만약 료가 그곳에 파고들었다면, 미간에서 뒤통수까지 지름 1밀리미터의 구멍이 났을 것이다.

스스로를 미끼로 삼은 오스카의 함정.

"위험했다…… 냉정함이 부족했어."

료는 순순히 인정했다.

싸움은, 마지막 순간까지 어떻게 될지 알 수 없다. 냉정함을 잃으면 지는 것이다.

그 시선 끝에 씁쓸한 표정을 한 오스카가 비쳤다. 함정에 빠뜨리지 못한 것에 대한 아쉬움이었다.

부오오오. 부오오오. 부오오오.

밖에서 기적 같은 소리가 세 번 울렸다.

"부장님!"

"빌어먹을. 시간이 다 됐군."

황제 마법사단이 오스카에게 알렸다.

철수 타이밍이 된 것이다.

"폭염, 도망가는 거냐!"

여기까지 와서도 도발하는 료. 하지만 료도 알고 있었다. 철수 명령은 절대적이다.

"머지않아 결판을 내주마, 수속성 마법사, 료."

오스카는 그렇게 말하고는 부하 10명과 함께 철수했다.

료는 쫓지 못했다.

〈소작〉에 당한 오른쪽 옆구리는, 생각했던 것 이상으로 중상이었던 탓이었다.

얼음을 감싸 출혈을 막긴 했지만, 전투 중이기도 해서 그 지혈은 어설펐다…….

애초에 옆구리가 패였다. 서 있을 수 있었던 것만으로도 기적 같은 일이다…….

"아아…… 피가 부족해……."

그렇게 말하고, 료는 정신을 잃었다.

◆

"열아홉 명 전원이 의식을 회복했습니다. 또한 부장님이 가져

오신 '상자'도 문제없이 사용할 수 있을 것 같다고 합니다."

"그렇군."

마리의 보고에 고개를 끄덕이는 오스카.

그리고 피오나 쪽을 향해 다시 한번 고개를 숙였다.

"전하, 〈엑스트라 힐〉로 회복시켜 주셔서 감사드립니다."

"스승님……."

피오나가 불안한 눈으로 오스카를 바라보았다.

팔이 사라진 것이 벌써 두 번째였기 때문이다.

그때는 엘프가 상대였다. 이번에는, 그 엘프와 관계가 깊은…….

"역시, 그 수속성 마법사는 까다로웠습니다."

오스카는 한번 눈을 감았다.

그리고 다시 눈을 뜬 순간, 그 눈에는 결의가 차 있었다.

"이번에는 졌습니다…… 하지만 다음에 싸울 때는 완벽하게 쓰러뜨릴 겁니다."

◆

"음……."

료는 침대 위에서 눈을 떴다.

"료!"

"꾸엑."

눈을 뜬 료를 끌어안는 세라. 끌어안기며 한심한 소리를 내는 료.

하지만, 곧바로 상황을 이해했다.

"세라? 아, 도와주러 왔구나. 고마워요."

료는 미소를 지으며 감사를 전했지만, 세라는 몇 번이나 고개를 흔들었다.

"응?"

의미를 몰라 료는 고개를 갸우뚱했다.

"대형 창고 쪽으로 갔어……."

"응, 고마워요. 그쪽이 주전장이었으니까요."

"아니야. 아벨 같은 건 내버려 두고 료한테 갔어야 했어. 이렇게 크게 다치다니."

"이봐……."

료는 감사를 전했지만 세라는 판단을 잘못했다고 사과했고, 아벨이 작게 불만을 전했다.

"확실히 난 세라 덕분에 간신히 목숨을 건졌어."

"아, 역시 세라. 좋은 판단이에요. 고마워요."

울기 직전인 세라의 뺨을 부드럽게 쓰다듬어주는 료.

"하지만 료가……."

"난 괜찮아요."

료는 그렇게 말하고 오른쪽 옆구리를 살짝 만져보았다. 보아하니 나아 있는 것 같았다. 자고 있는 사이에 〈엑스트라 힐〉을 받은 모양이었다.

"피를 좀 많이 흘려서 그래요. 기운을 차리면 또 포식정에 카레를 먹으러 가죠."

"응!"

료의 제안에 기쁜 얼굴로 대답하는 세라.

하지만 거기서 료의 표정이 바뀌었다. 아벨 쪽을 돌아보며 물었다.

"그러고 보니 케네스는요?"

"무사해. 무사하지만…… 실험실에, 료의 얼음 안에 있어. 눈을 뜨긴 했지만 나오지 못하고 있지."

"아차……."

이후 케네스 헤이워드 남작까지 얼음 속에서 빠져나오며, 모두 함께 무사함을 축하할 수 있었다.

◆

"아벨, 우리는 졌어요."

"말하기 껄끄러운 부분을 술술 잘도 말하네……."

료와 아벨은 영주관 안을 거닐며 대화를 나눴다.

"패배를 인정해야 더 크게 성장할 수 있는 법이에요."

"확실히 난 12기사에게 졌지만…… 료는 폭염의 마법사를 쫓아냈잖아? 실제로 케네스도 지켰고."

"케네스를 지킬 수 있었던 건 다행이지만 상자는 빼앗겼어요. 그리고 옆구리도 패였고요……."

아벨의 말에 인상을 쓰며 대답하는 료.

케네스를 빼앗기지 않은 것은 분명 다행이다. 그건 확실하다. 하지만 그 공로의 상당 부분은 료가 도착할 때까지 몸을 바쳐 케네스를 지켜낸 수비대와 룬 기사단에게 돌아가야 한다고 생각했다.

그리고 료와 오스카의 승부는 제한 시간 종료라는 결말……. 옆구리가 패이고, 전투 후에 기절한 것을 생각하면, 적어도 이겼다고는 말할 수 없었다. 좋게 말해서 판정패…….

"대원칙을 어기면 진다는 거죠."

"대원칙?"

"상대의 냉정함을 빼앗는 것은 대인전의 기초 중 기초."

"아, 료는 그 소리 자주 하지."

료가 거의 버릇처럼 달고 사는 말이라 아벨도 이제는 외워버렸다.

"방에 들어가는 순간 폭염이 케네스를 안고 있었어요. 그래서 저는 냉정함을 잃은 것 같아요."

료는 작게 고개를 저으며 말했다.

"별일이네."

"폭염 어쩌구와 대치하면 냉정함을 유지하지 못하는 경우가 많은 것 같아요."

"그러고 보니 위트나쉬 때는 에토가 피를 흘리고 있었나."

"네, 그래서 머리에 피가 쏠렸어요. 이번에도 비슷한 느낌이었고요. 도중에 안정을 찾았다고 생각했지만, 아직 멀었네요. 이건 다시 점검할 필요가 있어요. 시험에 나옵니다!"

"시험이라니 뭐야……."

료가 시험의 포인트를 짚어주는 선생님 같은 대사를 밷자, 영문을 몰라 고개를 젓는 아벨.

두 사람은 패배에 대해 이야기하며 걷고 있었지만, 그 분위기는 결코 어둡지 않았다.

"진 건 어쩔 수 없어요. 살아남았으니까 다음에 이기면 돼요."

"그렇게 단언할 수 있는 건 정말 굉장하네."

료가 고개를 끄덕이며 말했고, 아벨은 그 모습을 보고 감탄 섞인 감상을 뱉었다.

정말로, 아벨은 감탄했다.

패배를 받아들인다는 것은 쉬운 일이 아니다. 크고 작은 이유를 대며 패배를 외면하는 사람이 대부분이다. 그것은 어떤 세상에서도 변하지 않는다.

하지만 아벨은 알고 있었다. 패배에서 눈을 돌리지 않고 그 패배를 넘어서는 자만이 더 높은 경지로 올라갈 수 있다는 것을.

"기본적으로 전 항상 지기만 했거든요."

료는 어깨를 으쓱했다.

론도 숲에 있을 땐 매일 밤 검의 스승인 듀라한에게 패했고…….

이 도시에서도, 거의 매일 풍장을 두른 세라에게 패하고 있다…….

하지만 결코 져도 괜찮다거나, 져도 어쩔 수 없다는 마음으로 싸우지는 않았다. 언젠가 반드시 쓰러뜨린다…… 그게 어쩌면 이번일지도 모른다, 혹은 다음일지도 모른다. 그렇게 생각하면서 싸우고 있었다.

"폭염 어쩌구는 다음에 반드시 쓰러뜨리겠어요! 아벨도 황제

12기사 같은 건 아주 납작하게 눌러버리세요!"

"아, 응…… 열심히 해 볼게……."

료가 주먹을 치켜들며 선언했고, 아벨도 최선을 다할 것을 약속했다. 약속은 했지만…… 솔직히 이길 수 있을 것 같지는 않았다.

하지만, 거기에 복음이!

"아벨, 저희가 다음에 이기기 위해 필요한 게 뭔지 알아요?"

"아니? 료는 알아?"

"당연하죠."

어째서인지 자신감에 찬 표정을 짓고 있는 료.

경험상 아벨은 이럴 때의 료가 기대에 못미치는 대답을 하는 경우가 많다는 것을 알고 있었지만…… 그래도 이번에는 지푸라기라도 붙잡고 싶은 기분이었을 것이다. 그다음에 이어질 말을 기다렸다.

"우리에게 필요한 것, 그건 바로 새로운 필살기예요!"

"……뭐?"

우쭐한 얼굴이란 바로 이런 것…… 딱 그런 표정으로 단언하는 료. 조금도 이해할 수 없는 아벨.

"다음에 그들과 싸우기 전까지 새로운 필살기를 익혀야 해요. 아니, 만들어내야 해요! 이건 꽤 힘든 일이 될 거예요."

힘들다고 하면서도 어쩐지 기쁜 표정을 짓는 료.

료 입장에서는 기쁜 것이 당연했다. 왜냐하면 그런 새로운 필살기를 개발하면 지금보다 확실히 더 강해질 테니까. 지금보다 강해진다는 것을 알게 되면 마음이 들뜨는 것도 당연했다.

하지만 그것을 이해하지 못하는 검사가 한 명…… 그는 작게 고개를 흔들고 있었다.

그런 검사 아벨을 무시하고, 료는 이야기를 계속 이어갔다.

"역시 필살기니까요. 멋진 이름이어야 돼요. 그리고 들은 사람이 '그게 뭐야!'라고 외칠 만한 기술명이 좋겠죠. 지금 생각하고 있는 건 '무라쿠모'나 '오보로' 같은 거예요. 어설픈 외국말로 하는 것보단 이런 게 더 의미심장한 느낌이 들어요. 그야말로 강자의 기술이라는 느낌이죠."

심취한 얼굴로 미소 지은 료는 그렇게 중얼거리며 몇 번이고 고개를 끄덕였다.

어쩔 수 없이 아벨도 좀 어울려주기로 했다.

"그…… 무라쿠모인지 뭔지 하는 건 어떤 기술인데?"

"네? 아뇨, 아직 어떤 기술로 할지는 안 정했어요. 이름뿐이에요."

"이름뿐?"

"네, 그렇게 쉽게 필살기가 뚝딱 나올 리가 없잖아요? 아벨도 좀 더 현실을 직시할 필요가 있어요."

"……응, 그래."

아벨은 성대한 한숨을 내쉬었다. 그것은 자신의 상식으로 료를 재단하려 한 실수를 깨달은 것에서 나온 한숨이었다.

"아, 하지만…… 조건이 갖춰져야만 쓸 수 있는 필살기 같은 건 좀 곤란해요."

"조건?"

"이를 테면…… 궁지에 몰려야만 발동할 수 있는 필살기 같은 거요. 확실히 히어로 같아서 멋있기는 하지만…… 사실 쓰는 입장에서 생각하면 엄청 사용하기 불편하잖아요."

"뭐, 그렇긴 하지."

"그리고 자폭 기술 같은 것도요. 폭염 어쩌구는 본인의 왼팔을 초고온으로 달궈서 제 옆구리를 도려냈는데, 당연히 왼팔이 날아갔어요. 그런 짓을 했다가는 계전 능력이 단번에 떨어져 버려요."

"……뭔가, 살벌하네, 마법사들의 싸움은."

료의 설명에, 아벨은 솔직한 감상을 말했다. 검사끼리의 싸움도 확실히 오감을 갈고닦는 것이기는 하지만, 그렇다고 자신의 팔을 버리면서까지 기술을 쓰는 경우는 없었다.

"하지만 검사들 간에도 살을 내주고 뼈를 취하는 전술 같은 건 있잖아요?"

"그렇군. 듣고 보니 그렇네."

"강한 상대를 상처 없이 쓰러뜨릴 수는 없어요. 어쩔 수 없이 무언가를 대가로 삼아 승리하는 형태가 되겠죠."

"어디까지의 희생을 허용할 것인지는 개인 간의 전투뿐만 아니라 어떤 일에도 적용되는 문제일지도 모르겠네."

료도 아벨도 이해했다.

승리는 쉽게 얻을 수 없다는 것을.

그렇기 때문에 평소의 준비가 중요하다는 것을.

두 사람은 목적지에 도착했다.

"아, 료 씨, 이제 일어나도 괜찮은 건가요?"

"그럼요, 케네스. 사실은 그날 바로 일어나도 괜찮았는데 주위에서 말린 것뿐이에요."

"주로 세라가."

케네스가 료의 몸을 걱정했고, 료가 미소를 지었고, 따라온 아벨이 정보를 보충했다.

이곳은 연금 실험실.

소동의 흔적은 말끔하게 수리되어 이미 재가동을 하고 있었다.

"왕국 내에서 가장 안전하다고 여겨졌던 이 룬에서도 습격을 받다니, 놀랐습니다."

케네스가 쓴웃음을 지으며 말했다.

"제 말이요…… 아벨은 대체 뭘 하고 있었던 거예요?"

"왜 또 나야?"

"나라의 보배이자 우수한 두뇌를 지키는 건 검사의 의무라고요."

"포로를 빼앗기지 않도록 하는 것도 검사의 의무다."

"하지만 결국……."

"그래, 빼앗겼지……."

"저도 상자를 빼앗겼어요……."

어째서인지 본인들이 던진 화제로 함께 침울해진 아벨과 료.

"상자 안에 있는 정보 자체는 〈복사〉해 두었으니까요. 덕분에 지금까지 이상으로 상세한 국내 지도를 만들 수 있을 것 같습니다."

"오! 역시 케네스예요."

케네스의 실력을 칭찬하는 료.

하지만 다시 얼굴을 찌푸렸다.

"하지만 제국에 정보가 넘어갔어요……. 아니, 그보다, 그건 대체 뭐였죠?"

"그거?"

"공중전함……?"

"아아……."

"소나로 **봤을** 뿐이라 정확하지는 않지만요. 제국에 옛날부터 있었다고 하는 공중전함은 알고 있지만, 그것과는 다른 거였죠? 즉 새로 만들었다는 뜻. 제국조차 새로운 공중전함을 만드는 기술은 없다고 들었는데……."

분한 얼굴로 말하는 료.

하지만 그런 료의 모습을 보고, 케네스는 상냥한 미소를 지으며 말을 이었다.

"괜찮습니다, 료 씨. 아직 자세히는 말할 수 없지만, 왕국도 지지 않았습니다."

"네?"

"다 왔습니다. 이제 곧……."

케네스는 그렇게 말하고는 힘차게 고개를 끄덕이는 것이었다.

에필로그

그곳은 새하얀 세상.

미카엘(가명)은 오늘도 여러 세계를 관리하고 있다.

손에는 평소 늘 쓰는 태블릿(돌판).

"미하라 료 씨, 무사히 뱀파이어들과도 싸운 모양이군요. 그 나라에서 뱀파이어를 이끄는 사람은 환생자입니다만…… 여기에는 그의 기록이 남아 있지 않습니다. 그런 일이 가능한가요? 가능하다면…… 그 '대혼란'이 일어났을 때? 그때 환생한 사람이 있었던가?"

미카엘(가명)은 몇 번이나 고개를 갸우뚱하면서 손에 든 돌판을 조작했다. 하지만 역시 찾는 정보는 나오지 않았다.

"뭐, 됐어요. 그런 일도 있을 수 있겠죠."

찾는 것을 포기한 모양이다. 세계는 사람들이 생각하는 것보다 더 모호한 것일지도 모른다.

"그것보다 미하라 료 씨가 나아갈 미래…… 왕국과 제국의 전면전입니까. 정말 파멸적인 전쟁이군요. 사람들은 왜 다툼을 멈추지 못하는 걸까요."

하지만 거기서, 미카엘(가명)은 작게 고개를 저으며 말을 이었다.

"아니죠, 다투는 건 사람만이 아닙니다. 살아있는 것…… 존재하는 모든 것이 다 싸웁니다. 같은 종끼리, 혹은 이종 간에도. 살아남지 않으면 먹잇감이 된다…… 그것이 세계의 섭리인 이상, 다툼에서 자유로워질 수 있는 존재는 없겠죠."

작게 한숨을 내쉬고는 중얼거리듯 말한다.

"그 '대혼란'도 마찬가지입니다. 다툼…… 그것이야말로 세계의 이치, 모든 것을 해독하는 키워드인지도 모르겠군요. 아주 슬픈 일이지만요."

후기

오랜만입니다. 쿠보 타다시입니다.

《수속성 마법사 제1부 중앙 연방편Ⅵ》을 읽어주셔서 감사합니다.

이 수속성 마법사라는 작품은 원래 '소설가가 되자'라는 사이트에서 공개된 것을 서적화한 것입니다. 서적화할 때 '소설가가 되자'에서 한 번 읽은 독자분들도 즐기실 수 있도록 가필을 더하고 있습니다만, 이번 6권은 12만 자 이상의 가필을 진행했습니다. 아마도 과거를 통틀어 최대일 겁니다.

왜 그렇게 되었느냐고요?

여러분, 지금 한번 표지를, 혹은 등표지 등 제목을 봐주세요. '수속성 마법사 제1부 중앙 연방편'이라고 되어 있죠? 다음으로 나올 7권으로 이 '제1부'가 완결됩니다. 그 균형을 맞추기 위해, 이 6권은 '소설가가 되자'에서 '트와일라이트 랜드'의 내용만 수록했습니다.

이 '트와일라이트 랜드'편은 약 10만 자.

매권 22만 자 이상의 글자수를 자랑하는 《수속성 마법사》에서 10만 자로 한 권을 낼 수는 없지요.

네, 담당 편집자님이 허락해도 제가 허락하지 않습니다!

물론 이번에는 담당 편집자님께도 양이 부족하니 꽤 많은 가필이 필요하다는 말을 듣긴 했습니다만!

그 결과 12만 자에 달하는 가필을 하게 되었습니다. 새로운 장이라는 형태로. '전초전'이라는 형태로. 7권에서 나오는 에피소드의 전초전입니다.

전초전이기 때문에 여기저기에서 팽팽하게 맞붙습니다.

5권까지 연재되었던 '외전 화속성 마법사'에 나온 제국 관련 인물들도 이번 6권부터 드디어 본편에 등장합니다. 그 부분도 즐겁게 읽어 주신다면 좋겠습니다.

새로운 장은 즐겁게 썼습니다만, '소설가가 되자'에서 수록된 '트와일라이트 랜드' 쪽도 꽤 가필과 수정이 이뤄져서 원형이 사라져버렸다는 느낌이 듭니다. 뭐, 예전보다 더 재미있어졌으니 저로서는 만족스럽습니다. 그러니 문제는 없을 겁니다…… 아마.

이 6권도 편집부를 포함한 출판사 TO북스 님, 일러스트레이터의 메바루 선생님, 책 디자인을 맡아주신 베이브리지 스튜디오 님, 인쇄소 여러분 등 많은 분들의 도움을 받아 출간할 수 있었습니다. 이 자리를 빌어 감사의 말씀을 전합니다.

그리고 독자 여러분…… 여러분의 응원이, 저의 가장 큰 버팀목이 되고 있습니다. 앞으로도 많은 응원 부탁드립니다.

[수속성의 마법사 6 -중앙 연방편-]

2025년 10월 15일 1판 1쇄 발행

저 자 쿠보 타다시
일러스트 메바루
옮 긴 이 이소정
발 행 인 유재옥
담당편집 정영길

이 사 조병권
편 집 2 팀 정영길 조찬희 박치우
편 집 3 팀 오준영 이소의 권진영 정지원
디자인랩팀 김보라 전세연
디지털사업팀 김지연 윤희진 장혜원
라이츠사업팀 김정미 이지현 유아현
영업마케팅팀 최원석 윤아림
물 류 팀 백철기
경영지원팀 최정연
인쇄제작처 ㈜코리아피엔피
발 행 처 ㈜소미미디어
등 록 제2015-000008호
주 소 서울시 마포구 토정로222, 502호 (신수동, 한국출판콘텐츠센터)
판매 및 마케팅 (070) 8822-2301

ISBN 979-11-384-4121-6
ISBN 979-11-384-1601-6 (세트)